岩 波 文 庫

32-463-6

パ サ ー ジ ュ 論

（四）

ヴァルター・ベンヤミン著
今村仁司・三島憲一・大貫敦子・
高橋順一・塚 原　史・細見和之・
村岡晋一・山 本　尤・横 張　誠・
與謝野文子・吉村和明 訳

岩 波 書 店

Walter Benjamin

DAS PASSAGEN-WERK

凡例

一 本書は、Walter Benjamin, *Das Passagen-Werk*, Herausgegeben von Rolf Tiedemann, Suhrkamp Verlag, Frankfurt am Main, 1982（*Gesammelten Schriften*, Unter Mitwirkung von Theodor W. Adorno und Gershom Scholem のⅤ・1、Ⅴ・2と同一のテクスト）からの翻訳である。

一 各断片の末尾に使われている断片番号（例[A2, 1]）は、ベンヤミン自身によるものである。ズールカンプ版ではベンヤミン自身の考えやコメントが記されている断片は文字が大きいが、本書ではその断片番号をボールド体にした。

一 ■ ■は、他のテーマもしくは新しいテーマへ移すことを考えてベンヤミン自身がつけたものである。したがって、現実には存在しない項目のことも多い（例■天候■）。

一 〈 〉は、原書の編纂者ロルフ・ティーデマンによる補いである。［ ］および（ ）はベンヤミン自身によるものである。

一 原文がイタリック体の箇所には傍点をつけた。

一　複数の著者や複数の刊行場所を表示する際には、／を使った。
一　翻訳者による注や補いは、〔　〕を使った。

＊本書は、二〇〇三年六月に岩波書店から刊行された『パサージュ論』全五巻（岩波現代文庫）の再録である。再録にあたっては、訳者が各巻二名ずつでドイツ語およびフランス語原文にあたり、訳文の全体を見直し、若干の修正を行った。また各巻にそれぞれ新たに解説を付した他、ベンヤミン及び各巻の主要人物の顔写真を掲載した。
　岩波現代文庫版では、原書に付されていた編纂者ティーデマンの解説も訳してあるが、今回は煩瑣にわたるのと、本書についてすでにさまざまな著述があるなかで、この解説だけ特記する必要性も認められないので、省略した。

目次

『パサージュ論』全巻構成　＊は既刊

パサージュ論　第1巻　＊
概要〔Exposés〕
パリ――19世紀の首都〔ドイツ語草稿〕
パリ――19世紀の首都〔フランス語草稿〕
覚え書および資料
A：パサージュ、流行品店、流行品店店員
B：モード
C：太古のパリ、カタコンベ、取り壊し、パリの没落
D：倦怠、永遠回帰
E：オースマン式都市改造、バリケードの闘い
F：鉄骨建築
G：博覧会、広告、グランヴィル

パサージュ論　第2巻　＊
H：蒐集家
I：室内、痕跡
J：ボードレール

パサージュ論　第3巻　＊
K：夢の街と夢の家、未来の夢、人間学的ニヒリズム、ユング
L：夢の家、博物館〔美術館〕、噴水のあるホール
M：遊歩者
N：認識論に関して、進歩の理論
O：売春、賭博
P：パリの街路
Q：パノラマ
R：鏡
S：絵画、ユーゲントシュティール、新しさ
T：さまざまな照明

パサージュ論　第4巻　＊
U：サン＝シモン、鉄道
V：陰謀、同業職人組合
W：フーリエ
X：マルクス
Y：写真
Z：人形、からくり
a：社会運動

パサージュ論　第5巻
b：ドーミエ
d：文学史、ユゴー
g：株式市場、経済史
i：複製技術、リトグラフ
k：コミューン
l：セーヌ河、最古のパリ
m：無為
p：人間学的唯物論、宗派の歴史
r：理工科学校
初期の草稿
土星の輪あるいは鉄骨建築
『パサージュ論』に関連する書簡

パサージュ論（四）

覚え書および資料

ABCDE FGHI
JKLMNOPQR
STUVWXYZ
a b d g i
k l m p r

U

サン＝シモン、鉄道

「一八三〇年までの時代全体の特徴は機械の普及が遅かったことである。……企業家たちの気質は経済の面ではまだ保守的だった。フランスでは、蒸気機関を製造している工場はまだごくわずかだった。企業家が保守的な気質でなければ、蒸気機関の輸入関税を価格の三〇パーセントにまで引き上げられることはなかっただろう。その意味では王政復古期のフランスの産業は、いまだに革命前の体制と本質的なところで似通っていた。」ヴィリー・シュピューラー『サン＝シモン主義——サン＝タマン・バザールの思想と生涯』チューリヒ、一九二六年、一二ページ　[U1, 1]

「近代プロレタリアの形成過程がゆっくりだったのは、大工業の発展がなかなか進まなかったことと関係している。……大量の労働者がほんとうの意味でプロレタリア化していくのは、一九世紀の三〇年代末から四〇年代にかけてである。」シュピューラー『サン＝シモン主義』一三ページ　[U1, 2]

「王政復古期の間を通してずっと……議会はきわめて極端な保護貿易政策をとりつづけ

た。……貿易収支についての旧弊な理論が、重商主義の時代と同じようにまたはやり出していた。」シュピューラー『サン＝シモン主義』チューリヒ、一九二六年、一〇―一一ページ

[U1, 3]

「一八四一年にはじめて、児童労働に関するささやかな小法案が採択された。おもしろいのは、これに対して異議を唱えた著名な物理学者ゲー＝リュサックの意見である。彼によればこうした干渉こそが、「サン＝シモン主義やファランステール主義の始まり」だという。」シュピューラー『サン＝シモン主義』一五ページ

[U1, 4]

「アフロディーテの鳥たちが、パリからアムステルダムに向かって空を飛ぶ。その翼の下には場外証券取引市場の相場表が結びつけられている。電報でパリからブリュッセルに、三パーセントの利子付き国債の相場がどのくらい上がったか探りをいれてくる。伝令は息せききって走る馬で道を急ぐ。本物の王様たちの使者が、想像上の王様たちと取引をする。ロンドンのネイサン・ロスチャイルドを訪れると、ブラジルから着いた、掘り出したばかりのダイヤモンドが詰まった小箱を見せてくれるだろう。それでブラジルにつきものの負債の利子を埋めようというのだ。おもしろいことではないか。」カー

ル・グツコウ『著名人の人物像　第一部』ハンブルク、一八三五年、二八〇ページ（「ロスチャイルド」）　[U1, 5]

「一九世紀末までのサン＝シモン主義の影響と発展には、労働者的な性格がほとんどまったくない。サン＝シモン主義は大工業の精神と大工事の実行にはずみをつけ、理想を提供する。サン＝シモン主義者だったペレール兄弟が、七月王政と第二帝政の、鉄道、銀行、不動産関係の諸企業を支配する。スエズ運河は、フェルディナン・ド・レセップスがカイロの領事だったある時期に、アンファンタンとランベール＝ベイ（ベイはオスマン・トルコの称号）がさまざまな計画を検討し、構想を練ったもので、今なおサン＝シモン主義による地球規模の企業の典型となっている。生産と起業を旨とするサン＝シモン主義の大ブルジョワ的事業を、消費と享受を旨とするフーリエ主義的ファランステールの小ブルジョワ的事業に対立するものと見なすこともできよう。」アルベール・ティボーデ『フランスの政治思想』パリ、一九三二年、六一―六二ページ■秘密結社■　[U1, 6]

「ジラルダンは……一八三六年に『プレス』紙を創刊して、廉価な日刊新聞と連載小説を創案することになった。」デュベック／デスプゼル『パリの歴史』パリ、一九二六年、三九一

「数年前から、完全な革命がパリのカフェというカフェで起こっている。葉巻とパイプがいたるところに入りこんだのだ。かつて、煙草は、下層階級の人々しか行かないエスタミネ〔居酒屋〕と呼ばれる特別の場所だけで吸われていたが、いまではいたるところで吸われている。……オルレアン家〔七月王政〕の王子たちの所業についてわれわれが許せないことが一つある。それは、煙草を異常なほど流行させたことだ。悪臭を放ち、吐き気を催させるこの植物は、身体と知性を同時に汚染するのである。ルイ＝フィリップの息子たちはみな、スイス人傭兵のように煙草を吸っていた。この汚らわしい産物の消費を、彼らほど助長した者はなかった。このことは国家財政を肥え太らせたとはいえ、その陰では公衆衛生と人智が犠牲になっていたのである。」『パリのカフェの歴史――ある遊び人の回想からの抜粋』パリ、一八五七年、九一―九二ページ [U1a, 1]

「象徴の使用は、かくも深く根を下ろしているので……さまざまな典礼だけに見出されるわけではない。前世紀には、人間同士の兄弟愛的助け合いに注意を喚起するために、アンファンタンの弟子たちがボタンを背中でとめるスタイルのチョッキを着ていたのが見られたではないか？」」ロベール・ジャカン『マルセル・ジュッス神父の著作に基づく言語の諸概念』パリ、一九二九年、二二ページ　[U1a, 2]

「一八〇七年に、パリには九万四〇〇〇人の労働者がいて、一二六種の仕事に従事していた。彼らは厳しい監視下に置かれていた。結社《アソシアシオン》は禁じられ、就職斡旋所は規制され、労働時間が決められていた。賃金は二フラン五〇から四フラン二〇の間で、平均は三フラン三五であった。労働者は最初の食事をしっかり取り、夕食は軽くして、夜食を取った。」リュシアン・デュベック／ピエール・デスプゼル『パリの歴史』パリ、一九二六年、三三五ページ　[U1a, 3]

「一八一七年八月二七日、ド・ジュフロワ侯爵によって考案された蒸気船ジェニー・デュ・コメルス〔商業の守護神〕が、セーヌ河をロワイヤル橋からルイ一六世橋まで航行した。」デュベック／デスプゼル『パリの歴史』三五九ページ　[U1a, 4]

国立作業場は「穏健派のマリの提案に基づいて創設された。なぜなら、大革命は労働者が労働によって生計を立てることをすでに保障していたし、過激派を満足させる必要があったからである。……作業場は、民主的かつ軍隊的なやり方で組織され、選出された主任のいるいくつもの班があった」。デュベック／デスプゼル、前掲書、三九八―三九九ページ

[U1a, 5]

サン＝シモン主義者たち。「ロマン主義とともにあった諸思想のあの壮大な混乱のなかで、彼らは成長し、一八三〇年にはタランヌ街の屋根裏部屋を見捨てて、テトブー街に引っ越せるほどになった。彼らはそこで講演会を開いたが、聴衆は青い服を着た若者や紫のスカーフに白い服の婦人たちであった。彼らは『グローブ』紙を買い取って、社会改革の計画を吹聴した。……政府は……女性解放を説いたという口実でサン＝シモン主義者を告訴した。彼らは立派な礼服を着て、吹き鳴らされる角笛とともに法廷に現われた。アンファンタンの服には、胸のところに大きな文字で「父親《ペール》」と書かれており、彼は自分がたしかに人類の父親であると、裁判長に向かって平然と言い放った。それから、彼は判事や検事たちの目をじっとみつめて、彼らに催眠術をかけようとした。結局、彼は禁錮一年を食らい、こうした馬鹿騒ぎに終止符が打たれた。」デュベック／デスプゼル『パリの歴史』三九二―三九三ページ■オースマン■秘密組織■

[U1a, 6]

「ジラルダンは……『なぜ憲法が必要か』という題で小冊子を出版したことがあった。彼はフランスの憲法の全体を一〇行からなる簡単な声明に要約して、それを五フラン硬貨に刻印しようとしたのである。」S・エングレンダー『フランス労働者アソシアシオンの歴史』Ⅳ、ハンブルク、一八六四年、一三三―一三四ページ　[U1a, 7]

「大革命の時代に新しい要素がパリに現われはじめる。大工業だ。これは、同業者組合の消滅と、その後の統制されない自由な体制と、英国との戦争の結果である。この戦争のために、かつては輸入していた品物を、自国で製造せざるをえなくなったのだ。第一帝政の末期には、この発展は完了することになる。革命期からすでに、硝石、銃、木綿や羊毛の布、肉のびん詰め、小型工具類などの製造場が建設されている。亜麻や綿の紡績工場は一七八五年からカロンヌに奨励されて発展し、ルイ一六世治下にはブロンズの鋳造場ができ、化学製品や染料の製造場はアルトワ伯によってジャヴェルに設置される。ディド＝サン＝レジェはサン＝タンヌ街で新しい製紙機械を開発する。一七九九年に、フィリップ・ルボンは照明用ガスの製法に関する特許を取る。一七九八年九月二二日から三〇日にかけて、最初の「フランスの工芸・産業製品博覧会」がシャン・ド・マルスで開催される。」デュベック／デスプゼル『パリの歴史』パリ、一九二六年、三二四ページ■博

覧会■　[U2, 1]

サン＝シモン主義者について。「エンジニアと起業家、強大な銀行勢力に後押しされた大手のやり手実業家たちのまさに一団からなる一派。」A・パンロシュ『フーリエと社会主義』パリ、一九三三年、四七ページ　[U2, 2]

「労働者アソシアシオン〔結社〕は総じて模範的で、きちんと誠実に運営されていたが、……それにもかかわらずブルジョワジーは一斉にこれに反対する態度をとった。たいていの市民たちは、アソシアシオンの印と……看板のある家の前を通りすぎるたびにある種の不安を感じた。アソシアシオンに属する店と、他の似たような店とを区別するものといえば、「労働者友愛的アソシアシオン。自由、平等、連帯」と書いてある看板だけであったが、このような店がプチブルたちには、ある朝突然飛びかかるのをじっと狙っている蛇のように思えたのだった。プチブルたちは、アソシアシオンの発端である二月革命のことを考えるだけで、もうたくさんだった。……一方アソシアシオンのほうとしても、ブルジョワをなだめて彼らから援助を得ようとあらゆる努力をした。こうした理由から、アソシアシオンの人々はその店をできるかぎりすばらしくしつらえ、たくさんの顧客を誘い込もうとした。商売上の競争に耐え抜くために、こうして労働者がみずからに課した窮乏生活は想像を絶するほどのものだった。一般の人がだれでも入れる店には極上の品々をそろえておきながら、労働者はたいてい工具ひとつないような工場の床に座っていたのだった。」ジグムント・エングレンダー『フランス労働者アソシアシオンの歴史』Ⅲ、ハンブルク、一八六四年、一〇六―一〇八ページ■秘密結社■　[U2, 3]

初期の連載小説の影響。「一スー〔五サンチーム〕の新聞も一〇サンチームの新聞もある。恰幅のいいお人よしのブルジョワが通るのをある物売りが見ている。そのブルジョワはいつもの『コンスティテュシオネル』紙を真面目な顔で読み終え、……無造作にたたんでポケットにつっこんだ。彼はこの熱心な読者に近づき、一スーしかしない『ル・プープル〔人民〕』とか『ラ・レヴォリュシオン〔革命〕』とかいった新聞を差し出して、こう言った――「ムッシュー、よろしければ、さっき読んでいらした新聞と交換に、市民プルードンの新聞『ル・プープル』とその付録をさしあげましょう。あの有名なメナール＝セヌヴィル〔19世紀仏の詩人・科学者・画家・共和主義者〕の連載があるんですよ」。人の読んだあとの『コンスティテュシオネル』紙でいったい何ができるのだろうかと思いながら、ブルジョワはこの申し出を受け入れ、新聞を交換したのである。メナール＝セヌヴィルという抵抗し難い名前に釣られたのだ。自分をかくも退屈させた新聞を厄介払いできたことの喜びにわれを忘れたブルジョワが、おまけに一スー付けてやることさえしばしばであった。」A・プリヴァ・ダングルモン『知られざるパリ』パリ、一八六一年、一五五－一五六ページ　[U2a, 1]

ヴィルメサンの有名な原則。「何の変哲もない出来事でも、目抜き通り《ブールヴァール》やその近辺で起これば、ジャーナリズムにとってはアメリカやアジアの大事件より重要である。」ジャン・モリアンヴァル『フランスにおける大新聞の創始者たち』パリ、〈一九三四年〉、一三二ページ　[U2a, 2]

「『オートグラフ』紙はブールダンによって主宰されていた。というのもヴィルメサンは、ナポレオン同様、手に入れた王国を分かちあたえることを好んだからである。この奇妙な男は、独立不羈の精神に富んでいたが、単独ではめったに行動を起こさなかった。彼は「協同」したのである。」ジャン・モリアンヴァル『フランスにおける大新聞の創始者たち』パリ、一四二ページ　[U2a, 3]

サン＝シモン主義の詩芸術について。「『プロデュクトゥール（生産者）』誌の第一巻の序言でA・セルクレは切々と芸術家に呼び掛けている。……後に協同組合運動の指導者となったビュシェ（19世紀仏のサン＝シモン主義者）も同じように芸術家たちに説き勧めている。……ビュシェは、ちょうど正統王朝派と自由主義とが政治の世界を二つに分けるように、擬古典主義とロマン主義とがサン＝シモン主義者たちのかかわる世界を分けているという言い方をした。……一八二五年には、ラングドック運河の建設者であるピエール・リケの記念碑が建立された。スメはこれを機に躍動的な讃歌を作詞した。……有名な作曲家の兄弟であり、『プロデュクトゥール』誌の学芸欄寄稿者であったレオン・アレヴィは、この詩を熱烈に褒めそやし、これを「産業の詩」として評価した。……スメはサン＝シモン主義者たちが彼に託した期待に、部分的にではあってもともかく応えたのである。その後になって彼の作品「神の叙事詩」でも、工場労働の槌打つリズムの拍子や車輪の音が響いてはいるが、しかし同時にこの詩人の最良のこの作品には、形而上学的な抽象化の傾向が現われている。……ちなみに、アレヴィ自身も詩人であった。……一八二八年にアレヴィは「ヨーロッパの詩」を発表している。……一八三一年には、一八二五年に没したサン＝シモンに捧げる頌歌が、彼によって書かれた。」H・トゥロウ「社会主義文芸の黎明より」『ノイエ・ツァイト』二一巻二号、シュトゥットガルト、一九〇三年、

二一七—二一九ページ　[U2a, 4]

一八三三年二月一五日の『両世界評論』掲載のサント＝ブーヴの書評について。「サント＝ブーヴが評したのは若くして世を去ったブリュエイユという詩人の遺作である。……ところでサント＝ブーヴはその同じ文芸記事で一つの小説を紹介している。その小説は「女性サン＝シモン主義者」という独特な題で、サン＝シモン主義思想の勝利を……描いたものである。……ル・バシュ夫人という著者は、この勝利を実際にはありえないような形で、つまりサン＝シモンの教えに感染した若者の血を血管から採って、厳しい教会の教育をうけて育った恋人の血管に輸血するという形で成就させている。これは基本的には不自然な苦しまぎれの筋と見做すこともできるだろうが、それと同時にサン＝シモン主義の神秘主義的な側面も見せつけている。サン＝シモン主義の神秘主義的な要素は、輸血が行われる直前、メニルモンタン街の彼女の最後の隠れ家に「家族」が滞在中に、非常に強まった。サン＝シモン主義運動にまつわるこの最後のエピソードは、それにふさわしい文学を、たとえば詩や唱歌、韻文のお祈りや散文のお祈りといった形で作り出しているが、その謎めいた象徴的な表現は内情に通じたわずかの者にしか理解できなかった。……サン＝シモン主義は政治的・経済的な発展の力におされて進展の途を閉ざされ、形而上学にはまりこんでしまった。」H・トゥロウ「社会主義文芸の黎明より」『ノイエ・ツァイト』二一巻二号、シュトゥットガルト、一九〇三年、二一九―二二〇ページ

［U3, 1］

空想的《ユートピア》社会主義。「資本家階級は……空想的《ユートピア》社会主義の信奉者たちを変人であり、たわいのない熱狂者であると思っていた。……もっともこうした信奉者たち自身もできる限りを尽くして、そのように見えるようにしていた。たとえば彼らは、特別な裁ち方をした服を着て（サン＝シモン主義者たちの場合、上着は背中でボタンをかけるようになっていたので、着る時には仲間に助けてもらわねばならず、それによって団結の必要性がわかるようになっていた）、とてつもなく大きな帽子をかぶり、とても長い髭を生やすなどといったことをした。」ポール・ラファルグ「フランスにおける階級闘争」『ノイエ・ツァイト』一二巻二号、六一八ページ

［U3, 2］

「七月革命の後で、サン＝シモン主義者はロマン派の闘争紙『グローブ』さえをも買収してしまった。ピエール・ルルー（19世紀仏のサン＝シモン主義の哲学者・政治家）がその発行者になった。」フランツ・ディーデリヒ「ヴィクトール・ユゴー」『ノイエ・ツァイト』二〇巻

一号、六五一ページ、シュトゥットガルト、一九〇一年　[U3, 3]

オーストリア社会民主党機関紙『闘争』の一九一一年一一月号についての記事。「サン＝シモンの生誕一五〇周年に際して……マックス・アドラー〔20世紀オーストリアの中心的マルクス主義思想家〕が記念記事をよせている。……アドラーによればサン＝シモンは社会主義者であるが、それは今日社会主義者という言葉が意味するのとはまったく別の意味においてであるという。……階級闘争に関してはサン＝シモンは産業主義とアンシャン・レジームとの対立しか考えていない。ところが彼はブルジョワと労働者をともに産業階級に属するものとみなし、このうち、より豊かなものには貧しい仲間の運命を心にかけてやるようにと要求しているとアドラーは言う。またアドラーは、フーリエのほうが新しい社会形態の必要性をはっきりと見ていたとも述べている。」「雑誌レヴュー」『ノイエ・ツァイト』二九巻一号、一九一一年、三八三―三八四ページ　[U3, 4]

フォイエルバッハの『キリスト教の本質』についてのエンゲルスの見解。「この本の欠陥でさえも、今日におけるフォイエルバッハの影響を助長している。その大衆文学的な、ところによっては大袈裟で誇張が多いとさえいえる文体が、広汎な読者を獲得しているのだが、その文体も抽象的で難渋なヘーゲル病が長年続いた後では、少なくとも一服の清涼剤ではあった。それと同じことはフォイエルバッハにおける愛の過度な神格化についても言える。つまり愛の神格化は、「純粋思考」の絶対的な支配権に耐えがたくなったからこそ許容されるように……なったのである。しかし、われわれが忘れてはならないのは次の点である。それは、まさにフォイエルバッハにおけるこの二つの弱点にこそ、一八四四年以降いわゆる「教養主義的」ドイツに疫病のように流布した「真正社会主義」の思想の発端があるということだ。この「真正社会主義」は、科学的認識ではなく大衆文学的な常套句を、また生産の経済的改革によるプロレタリアートの解放ではなく、「愛」による人類の解放を唱え、端的に言えば悪趣味な安文学と愛の誇張に終わってしまったのである。その典型がカール・グリューン〔独の初期社会主義者の一人〕であった。」

フリードリヒ・エンゲルス「ルートヴィヒ・フォイエルバッハとドイツ古典哲学の終末」『ノイエ・ツァイト』四巻、シュトゥットガルト、一八八六年、一五〇ページ〔C・N・シュタルケによる書面広告「ルートヴィヒ・フォイエルバッハ」シュトゥットガルト、一八八五年〕　［U3a, 1］

「鉄道は……とてつもないことをさまざまに引き起こしたばかりでなく、財産所有のあり方の変更をも迫った。……実際それまでは一人のブルジョワが工場ないし交易を自分の資産で運営し、そうでない場合でもせいぜい一人ないし二人の友人か知人と一緒に営んでいた。……ブルジョワは資産を管理し、しかも実際に工場や商会の所有者だった。ところが鉄道は巨大な資本を必要とし、ごく数人の手に蓄積されている資本では不可能だった。そのためにブルジョワの大多数が、これまでけっして目を離したことのなかった寵愛する資産を、ほとんど名も知らぬ人々に委ねざるをえなくなった。……そしていったん資産を渡してしまえば、その運用をコントロールすることはほとんどできなくなった。また駅や車両や機関車などについても、その所有権を持たなくなってしまった。……彼らは利潤請求権だけしか持っていなかった。彼らには物件の代わりに見栄えのしない紙切れ一枚が渡され、その紙が(鉄道会社の)実質資産——その名は紙の下のほうに大きな活字で記してあった——のうち極めて微小な、計り知れないほどわずかな一部分だということを擬制的に表わしている。……こうした(財産所有の)形式は、ブルジョワがそれまで知っていたものとひどく異なるものであり、その形式を支持したのは社会秩序を覆そうとしていると噂された人々、つまり社会主義者たちだけだった。フーリエがまず最初に、そしてさらにサン゠シモンが財産を株券のかたちで動産化することを称賛したのだった。」ポール・ラファルグ「マルクスの史的唯物論」『ノイエ・ツァイト』二二巻一号、シュトゥットガルト、一九〇四年、八三一ページ　[U3a, 2]

「連日暴動が起こっている。ブルジョワの子息である大学生たちは労働者と連帯し、労働者たちは来るべき時が到来したと信じている。理工科学校《エコール・ポリテクニク》の学生たちも、本気で頼りにされているのだ。」ナダール『私が写真家だった頃』パリ、〈一九〇〇年〉、二八七ページ

[U3a, 3]

「労働力取引市場を作ろうという……考えが初めて生まれたのは、プロレタリアートからではなく、ましてや民主主義者からではもちろんなかった。『ジュルナル・デ・ゼコノミスト』誌の編集長であったド・モリナーリ氏は、その考えが出たのは一八四二年だとしている。この考えを「鉄道の将来」について述べた記事の中で展開したのが、彼その人だった。時代がどれほど変化したのかを証明するために、彼はもっぱらアダム・スミスを引き合いに出している。アダム・スミスは、およそ労働という商品はもっとも移動が難しいという見解を述べているのだが、これに対してド・モリナーリ氏は労働力は可動的になったと言明している。そしてヨーロッパ、つまり全世界が市場として労働力を自由に受け入れるようになっているという。……ド・モリナーリ氏は「鉄道の将来」の記事の中で、労働力取引市場となるべき機関に利するような結論を出しているが、そ

の要点は次のようである。低賃金の主な原因は、よくあるように労働者数と労働需要との釣合がとれていないことにある。さらに労働者が特定の生産拠点に過度に集中してしまうことにもよる。……わずかな出費で……居住地を変えられるような手段を労働者に与えるがよい。またもっとも有利な条件で働けるのはどこかわかるようにしてやるがよい。……労働者がすみやかに、そして何よりも安く移動できるようになれば、遠からぬうちに労働力の取引市場もできるだろう。」また「就職情報誌」を作ろうという提案について は次のように言われている。「グザヴィエ・デュリューの編集する『フランス通信』に掲載されたこの提案を受けて、直接労働者に向けた以下のような記事が載った。……「われわれは労働者のために当新聞に欄を設けて、株式相場表に対応するような労働相場表を掲載するつもりである。……ところで株式相場表はどのような役割をしているのだろうか。株式相場表は周知のように、世界のさまざまな市場の国債や株式の相場を示すものである。株式相場表がなければ、資本家は自分の資産をどこに投資したらよいかわからない状態に絶えずおかれてしまう。株式相場表がなければ資本家は、仕事を見つけるのにどこへ行ったらいいのかわからない労働者とちょうど同じ状況におかれてしまうだろう。……労働者は労働の売り手であり、そうであるかぎり労働者のいっさいの関心はその商品がどこで売れるかにある。」」ルイ・エリティエ「労働力取引市場」『ノイ

エ・ツァイト』一四巻一号、シュトゥットガルト、一八九六年、六四五―六四七ページ　［U4, 1］

サン＝シモンとマルクスの間にある注目すべき相違点。サン＝シモンは搾取される者の数を可能なかぎり多く算定している上に、ここに企業家も含めている。なぜなら企業家も融資者に対して利子を支払うからだという。これとは逆にマルクスは、たとえ搾取の犠牲になってはいても、なんらかの形で搾取をしている者をすべてブルジョワに数えている。　［U4, 2］

サン＝シモン主義の理論家たちの間では、産業資本と金融資本との区別があまり行われていないのは特徴的なことだ。すべての社会的矛盾は、近い将来に進歩が与えてくれるという妖精の国のなかで解消してしまうというわけである。　［U4a, 1］

「マニュファクチュアがさかんなフランスの大都市のどこか一つに入ってみよう。……おそらくいかなる敗北した軍隊も、敗走する軍隊も、勝利を収めたはずの産業労働者軍ほど痛ましい光景を呈したことはなかったであろう。リール、ランス、ミュルーズそしてマンチェスターやリヴァプールの労働者たちを見たまえ。そして、彼らが勝利者に似ているなどと、言えるものなら言ってみたまえ！」ウジェーヌ・ビュレ『イギリスとフランスにおける労働者階級の貧困について』Ⅰ、パリ、一八四〇年、六七ページ
[U4a, 2]

知識人の政治的役割について。『労働者の警鐘』誌の編集者であるエミール・バローの『ラマルティーヌ氏への手紙』は重要である。〔「フランス第三革命以降の社会主義と共産主義の運動」シュタイン『現代フランスの社会主義と共産主義』（ライプツィヒ／ウィーン、一八四八年）の付論（二四〇ページ）〕
[U4a, 3]

次の問題を追究してみる必要がある。帝国主義以前の時代においては、資本収益のうち消費に流れる部分が比較的多く、新たな投資に流れる部分は比較的少なかったのではないか。
[U4a, 4]

一八六〇年。「ナポレオン〔三世〕はイギリス政府と通商条約を締結した。……そのおかげで二国間の関税は著しく引き下げられた。イギリスにおいてはフランスの農産物の関税が、フランスにおいてはイギリスの手工業製品の関税が引き下げられた。この条約は大衆にとって非常に有利だった。……ところが、フランスの産業家はイギリス製品の攻

勢に対抗するために、自分たちの製品の販売価格を下げざるをえなかったので……反ナポレオン派に加わった。産業家が反対派にまわったことのバランスをとるために、ナポレオンはリベラル派の支持を求めることが有益だと判断した。このことが体制の改革と自由帝政の端緒となるのである。」A・マレ／P・グリエ『一九世紀』パリ、一九一九年、二七五ページ（「新聞・雑誌報道の監視の緩和、議会での議論が出版されたことについて」）　[U4a, 5]

王政復古のもとでの新聞・雑誌のグループ化。一つは過激王党派《ウルトラ》〈？〉。それに属するのは『ガゼット・ド・フランス〔フランス時報〕』、『コティディエンヌ〔毎日新聞〕』、『ドラポー・ブラン〔白旗〕』、『ジュルナル・デ・デバ〔議事録新聞〕』（一八二四年までは）。次は独立派《アンデパンダン》。これには『グローブ』、『ミネルヴ』、そして王政復古期最後の年一八三〇年から『ナシオナル』、『タン』が属する。そして立憲主義派。これは『コンスティテュシオネル』、『クーリエ・フランセ』、そして一八二四年からの『ジュルナル・デ・デバ』である。　[U4a, 6]

新聞が少なかったので、カフェでは何人も一緒に新聞を読んだ。このほかに新聞を手に入れるには、年間八〇フランで定期購読するほかなかった。一八二四年には、もっとも普及度の高い一二の新聞の定期購読者数をすべて合わせても約五万六〇〇〇だった。ちなみに自由主義者も王党派も下層階級を新聞から遠ざけようとしていた。　[U4a, 7]

貴族院で否決された正義と愛の法律。「この法案の精神は細則一つ見ればよくわかる。すなわち、すべての印刷された紙片には、単なる通知状であっても、一部につき一フランの税金が掛けられるはずだった。」Ａ・マレ／Ｐ・グリエ『一九世紀』パリ、一九一九年、五六ページ　[U5, 1]

「サン＝シモンは一五世紀から一八世紀の歴史にかなり長く取り組み、この時期の諸階級を比較的具体的に、特に経済固有の視点から特徴づけている。それゆえに階級闘争理論の展開にとっては、サン＝シモンの体系のこの部分がきわめて重要な意味を持っている。それはその後の階級闘争理論の展開に非常に大きな影響を及ぼした。……サン＝シモンは諸階級の特徴をあげ、また諸階級の台頭と崩壊の原因を述べる中で、一八世紀以降の時代にとって経済的な要素の重要性を強調しているのだが、……もしこの立場を徹底させたならば、サン＝シモンはこうした経済の営みの中に社会階級が生じる本来の原因をも求めるべきであったろう。そしてもし彼がそうしていたならば、彼は必然的に唯物論的な歴史把握に行き着いていたであろう。だがサン＝シモンはこうした道を取らず、彼の一般的な構想は観念論的なものに留まったのである。……サン＝シモンの階級理論において、それがこの時代にあった実際の階級関係と食い違いを見せているがゆえに不可解に思える第二の点は、彼が産業階級を一つの階級と考えていることである。……プロレタリアートと企業家の間に明らかに存在する差異は、彼にとっては表層的なことであり、その階級間の対立は相互の無理解によるものと考えられていたのである。実際に、工場経営者と一般大衆の利害は一致すると彼は言う。……このまったく根拠のない主張が、サン＝シモンにあってはきわめて現実的な社会矛盾を解消し、産業従事者の階級の統一を救い、またその結果として新しい社会システムを平和裡に架けるという展望を救っている。」V・ヴォルギン「サン＝シモンの歴史的な位置づけについて」（『マルクス＝エンゲルス・アルヒーフ』I、D・リャザノフ編、フランクフルト・アム・マイン、〈一九二八年〉）、九七―九九ページ　[U5, 2]

サン＝シモン。「産業システムは人間による指揮をもっとも必要としないものだという。なぜなら、あるシステムの直接的な目的が多数者の幸福であるならば、そのシステムにおいては多数者はもはや現存する秩序の敵ではなくなり、その多数者に対する権力維持のためにエネルギーが浪費される必要もなくなるというのである。……「秩序を維持する仕事は、そうすると、……妨害する者を抑えるにせよ、異議申し立てを解決するにせよ、容易に全市民共通の負担とすることができる。」国家システムは人間を支配するのではなく、事柄を管理するシステムとなるだろう。……そして学者、芸術家および実業家がこの行政権力の担い手となり、その主要課題は地球の文明化を組織することになるだろう、と言われている。」V・ヴォルギン「サン＝シモンの歴史的な位置づけについて」(『マルクス＝エンゲルス・アルヒーフ』I、リャザノフ編、フランクフルト・アム・マイン)、一〇四―一〇五ページ [U5, 3]

サン＝シモンによる総合芸術の構想について(『選集』Ⅲ、三五八―三六〇ページ)。「サン＝シモンは預言者、詩人、音楽家、彫刻家そして建築家がいっしょに協働することによって祭儀が発展するさまを想像していた。彼はすべての芸術が一体化して、祭儀を社会のための役に立つように、つまり祭儀によって人間をキリスト教道徳の精神にかなうよう作りかえることを要請している。」V・ヴォルギン「サン＝シモンの歴史的な位置づけについて」(『マルクス＝エンゲルス・アルヒーフ』I、フランクフルト・アム・マイン)、一〇九ページ [U5a, 1]

ルイ＝フィリップについての記述に関して。サン＝シモンは次のように説いている。「産業システムは王権と矛盾しない。王はかつて王侯の中の第一人者であったように、産業システムにおいては産業家の中の第一人者となろう。」V・ヴォルギン「サン＝シモンの歴史的な位置づけについて」(『マルクス＝エンゲルス・アルヒーフ』I、フランクフルト・アム・マイン)、一一二ページ　[U5a, 2]

サン＝シモンはテクノクラートの先駆けである。　[U5a, 3]

リヨンの労働者蜂起に関する『グローブ』紙の記事からの引用二カ所(〈一八三一年〉一〇月三一日号と一一月二五日号)。「最下層の労働者も工場長も含めたすべての勤労者の守護者であるわれら。」そして労働者階級について――「労働者階級がみずからの粗暴な態度によって色褪せてゆくのを見ることは、胸を引き裂かれる思いだ。われらの心臓は、肉体的悲惨よりもはるかに醜悪な精神の貧困を目の当たりにして、血を流している。……われらは……彼らに伝えたい……われらに充満している秩序と平和と和解の感情を」。またその箇所では、リヨンのサン＝シモン主義者に宛てて、賛同の言葉を向けている。彼らは「サン＝シモン主義にふさわしい冷静さを保った」という。E・タルレ『リヨンの労働者蜂起』(『マルクス＝エンゲルス・アルヒーフ』II、D・リャザノフ編、フランクフルト・アム・マイン、一九二八年、一〇八、一〇九、一一一ページ)に引用　[U5a, 4]

鉄道の歴史、特に蒸気機関車の歴史についてカール・カウツキー(19―20世紀独のマルクス主義者。社会民主党の指導的理論家)に重要な資料がある。『唯物論的歴史把握』第一巻、ベルリン、一九二七年、六四五ページ以下。鉄道にとって鉱山は重要な意味を持つことになる。それはそこではじめて蒸気機関車が使われたというためばかりでなく、鉄軌道がそこで生まれたからである。軌道がもともとトロッコの移動のため(初めは木製であったらしいが)に使われたことに、起源が求められている。　[U5a, 5]

サン＝シモンの進歩の考えについて(多神論、一神論、多数の自然法則の認識、一つの自然法則の認識)。「重力は普遍的・絶対的な理念の役割を果たし、神の理念に代わるものとなるべきである。」『選集』II、二一九ページ。V・ヴォルギン「サン＝シモンの歴史的な位置づけについて」(『マルクス＝エンゲルス・アルヒーフ』I、フランクフルト・アム・マイン、一〇六ページ)に引用　[U5a, 6]

「サン＝シモン主義者のシステムの中では、銀行は産業を組織化する力として機能しているばかりではない。銀行はまた、システムを揺るがすアナーキーを防止するために現在のシステムが作り出した唯一の抗毒剤である。それは、未来のシステムの一要素であり、……個人の富の増殖という刺激からは影響を受けることなく、社会の一制度となっている。」V・ヴォルギン「サン＝シモンの歴史的な位置づけについて」(『マルクス＝エンゲルス・アルヒーフ』I、D・リャザノフ編、フランクフルト・アム・マイン、九四ページ)　[U6, 1]

「産業システムのもっとも重要な役目は、社会によって遂行されるべき……労働計画を立てることであるとされている。……だが……この理想は社会主義より国家資本主義にはるかに近づいていく。サン＝シモンの場合、私有財産の廃止や公用徴収などは問題にされない。国家は産業従事者たちの営みをある程度まで普遍的な計画に従わせるだけである。……サン＝シモンは……彼の経歴を通してずっと、膨大なプロジェクトを立てたがる傾向がある。それはパナマ運河やマドリッド運河の計画に始まり、地球を天国に変える計画にまでおよぶ。」V・ヴォルギン「サン＝シモンの歴史的な位置づけについて」(『マルクス＝エンゲルス・アルヒーフ』I、フランクフルト・アム・マイン、一〇一―一〇二、一一六ペ

ージ）　[U6, 2]

「全世界が近代的アソシアシオンの恩恵にあずかれるようにと、株式を「民主化」した。いまや株式会社に蓄積する資本が「アソシアシオン」として称賛されるからだ。ところが、その資本を金融業の大物たちが株式所有者を犠牲にしながら、大きな顔で堂々と勝手に使いこなすのである。」W・レクシス『フランスにおける労働組合と企業家連盟』ライプツィヒ、一八七九年、一四三ページ。D・リャザノフ「第一インターナショナルの歴史」（『マルクス＝エンゲルス・アルヒーフ』I、D・リャザノフ編、フランクフルト・アム・マイン、一四四ページ）に引用　[U6, 3]

かつてサン＝シモン主義者であったエミール・ペレールは、クレディ・モビリエ（動産信用）銀行の創設者だった。――シュヴァリエは『サン＝シモン主義の宗教』の中で、エミール・ペレールを「理工科学校《エコール・ポリテクニク》卒業生」と記している。　[U6, 4]

新聞の歴史について。シャルル一〇世の治世下において諸修道会に対抗して出された文学が、階層に応じて分別されたこと、およびその発行部数について。「ヴォルテールは、縮約の仕方によって、あらゆる身分の精神と余暇に適した読み物になる！「大地主向きのヴォルテール」「中地主向きのヴォルテール」「わらぶきの田舎家向きのヴォルテール」等々があるのだ。三スーの『タルチュフ』もある。オルバック、……デュプレー〈?〉〔デュピュイか?〕……、ヴォルネーも新版が出ている。こんな具合に、七年間で二七〇万部以上が流通したという。」ピエール・ド・ラ・ゴルス『王政復古』第二巻、『シャルル一〇世』パリ、五八ページ　[U6, 5]

ブルジョワの終焉を告げ、「主《あるじ》の遺産を穏便に管理してくれたことを一家の父に感謝した」啓示者の期待。これはおそらくアンファンタンのことを指しているのだろう。この戯曲の導入部には、一種のプロレタリアートの嘆きがあるが、パンフレットの結びの部分でそれが示されている。「平和的な解放者として、彼は世界をかけめぐり、プ、ロ、レ、タ、リ、アと《女性》に解放を分配するだろう。」嘆きの言葉。「われわれの作業場に来てあなたが見ることになったのは、あの真っ赤に燃えた鉄のかたまりである。このかたまりを炉からとり出して、風よりも速く回転する円柱の歯の間に注ぎこむと、乳のような炎がほとばしり出て、どくどくと流れ、空中に火花の粒をまきちらす。そして、鉄が驚くほど薄く延ばされて、円柱の歯から出てくる。実は、われわれ自身がこの鉄のかたまりのように圧縮されているのだ。われわれの作業場に来て、あなたが見ることになったのは、車輪に巻きつけられた鉱山用のロープである。このロープは鉱材の塊や山ほどの石炭を一二〇〇ピエ〔約三九〇メートル〕の深さまで取りにいくのだ。車輪は車軸のうえで泣き叫び、ロープは巨大な重荷に引っぱられて伸びる。われわれはこのロープのように引っぱられているが、車輪のように泣き叫びはしない。われわれは強靭であるだけでなく、忍耐強いのだから。大いなる神よ！　俺が何をしたというのか？　ダヴィデ王のように苦悩にうちのめされた民衆は言う。俺のいちばん頑強な息子たちが大砲に撃たれるための肉体になってしまうとは？　俺のいちばんきれいな娘たちが売春のための肉体になってしまうとは？」ミシェル・シュヴァリエ『サン＝シモン主義の宗教』「ブルジョワ――啓示者」〈パリ、一八三〇年、三―四ページ、I〉　［U6a, 1］

シュヴァリエ、一八四八年。約束の地にやってくる前に、イスラエルの民衆は砂漠に四〇年間いたと彼は言っている。「勤労者が繁栄する……体制に移行する前に、われわれもまた一度立ちどまらなければならない。この停止のための時間を受け入れることにしよう。……そしてもし、社会改良が間近に迫っているはずだという口実で……民衆の怒りをかきたてようとする連中がいれば……あの〔ベンジャミン・〕フランクリン、偉人となった、労働者、が彼の同国人に語った言葉を高く掲げようではないか。「誰かが諸君に、勤労と節約によらなくとも金持ちになれると言ったら、彼の言葉に耳を傾けてはならない。それは害毒をまきちらす人だ。」」フランクリン『金持ちになるための忠告』パリ、一八四八年(ミシェル・シュヴァリエによる序文のI—IIページ)

[U6a, 2]

シャルル一〇世治下の新聞。「宮廷の重要人物の一人であるソステーヌ・ド・ラ・ロシュフーコー氏は……壮大な計画を考えついた。反対派の新聞を買収して、吸収しようというのだ。だが、買収に応じるのは、売り物にできるはずの影響力などまるでない新聞だけだ。」ピエール・ド・ラ・ゴルス『王政復古』第二巻、『シャルル一〇世』パリ、八九ページ

[U7, 1]

フーリエ主義者たちは、『ファランジュ』紙に連載小説欄を設ければ、読者のうちから大量の改宗者が出ると期待していた。(フェラーリ「フーリエの思想とフーリエ学派」『両世界評論』一四巻、一八四五年(3)、四三二ページ参照)

[U7, 2]

「詩人たちよ！　諸君は目をもちながら、見ていない。耳をもちながら、聞いていない。

あの偉大な事柄が諸君の目の前で起こっているのに、諸君がわれわれに提供するのは戦争の歌なのだ！」「このあと《ラ・マルセイエーズ》の好戦的なインスピレーションの特徴の描写が続く」。「この血の讃歌、残虐な呪いが表わしているのは、祖国の危機ではなくて、リベラルな詩の無力さである。戦争や闘争あるいは嘆きのほかにはインスピレーションを得られない詩だ。……だが民衆よ！　それでも歌え、《ラ・マルセイエーズ》を歌え。君らの詩人たちは口をつぐんだままなのだから、あるいは君らの父たちの讃歌の色あせたコピーしか朗唱できないのだから。歌え！　君の歌声のハーモニーはかつて勝利が君の魂を満たしたあの歓喜をなおしばらくの間ひきのばしてくれるだろう。君にとって、幸福の日々はかくも稀少で、かくも短いのだ！　歌え！……君の喜びは君に共感する者たちにとってかくも甘美なものだ！　君の口から彼らに聞こえてくるものが嘆きと呻きと呟きでしかなくなってから、かくも長い時間が流れたのだ！」『サン＝シモン主義の宗教』「ラ・マルセイエーズ」（『オルガニザトゥール』誌一八三〇年九月一一日号からの抜粋）［国立図書館カタログによれば筆者はミシェル・シュヴァリエ］、三一―四ページ。このラプソディーの基盤にあるのは、穏健な七月革命と一七八九年の血にまみれた革命とを対比させようとする考えである。それを反映して本論の序には、次のように書かれている。「正統かつ神聖な権利に基づくと称する王権を転覆するためには、三日間の戦闘で十分だった。……勝利者は、自分の働きによって生計を立てている民衆、作業場に満ちあふれたごろつき、悲惨な労働を強いられる下層民、自分の腕以外の財産をもたないプロレタリア、つまり、パンを得るために血と汗を流し、イタリア座〔オペラ劇場〕のバルコニー席で気取ったりできないので、サロンのダンディやお偉方からあれほど軽蔑されている人種のほうだったのである。これらの豪邸に押し入っても、彼らは彼らの捕虜となった人々を許してやり……負傷者の手当てをした。……その後で、こう考えた。「ああ！誰が俺たちの手柄を歌ってくれよう？　誰が俺たちの栄光と希望を語ってくれよう？」」

「ラ・マルセイエーズ」前掲書、一ページ　［U7, 3］

シャルル・プラディエの作品（その詩作品）について『パリ評論』誌が批判的な書評を載せたことに対してプラディエが応酬した記事からの抜粋。「われわれが毎日群衆の前に足を運ぶようになって三年になるので、諸君はわれわれがすっかり慣れてしまったと思っている。……いやはや！　諸君は思い違いをしている。演説台に登ろうとするたびに、われわれはためらう。おのれの意志を曲げてしまおうかと思う。天気が悪すぎる、通行人が少なすぎる、通りがやかましすぎる、などと感じられるのだ。といっても、そこで気持ちが挫けてしまうなどと告白するほど、われわれは厚かましくない。……さて、もうおわかりいただけるだろう。自分たちの仕事を思うと、われわれがなぜ胸の高鳴りを覚えるのかを、……われわれがかくも熱狂する姿を見て……なぜ諸君やその他の多くの人々が、現実のものとは思われないほどの誇らしさの存在を信じることができたのかを。」Ch・プラディエ「『パリ評論』誌への回答」『ル・ボエーム』一巻八号、編集長シャルル・プラディエ、一八五五年六月一〇日。この箇所は、一年以上続かなかった『ル・ボエーム』誌の朴訥で怖じけた態度をきわめて特徴的に表わしている。すでに第一号で同誌は、規律にルーズで道徳に囚われないボヘミアン〔ボエーム〕と一線を画しており、ミカエル・ブラダッツによって設立された強い信念に基づくフス派の教団「ボヘミアの兄弟」を思わせる所がある。『ル・ボエーム』は、このボヘミアの兄弟たちの後継者を文学の分野で作ろうとしていた。 [U7a, 1]

『ル・ボエーム』誌の記事にある文体の見本。「屋根裏部屋に押しこめられて、ひどく苦しんでいるもの、それは知性であり、芸術であり、詩であり、魂である！……――なぜなら、魂とは天国の紙幣しか入っていない財布のことなのだが、この世の食料品屋どもはそんな紙幣を、まるで贋金使いの手から落ちてきたかのように、彼らの勘定台にピンで止めかねないからだ。」アレクサンドル・ゲラン「屋根裏部屋」（『ル・ボエーム』一巻七

号、一八五五年五月一三日）　[U7a, 2]

下層インテリと指導者層との確執から。「あなたがた、知性という紋章をつけた思想の王族よ……というのも、あなたがたがわれわれを認知することを拒否した以上、われわれはあなたがたが父であることを否定し、王権を無視し、紋章を不当と見なしたのである。あなたがたがかつて自分の作品のために求めた仰々しい題名を、われわれは捨て去った。われわれはもはや「飛躍」「星」「鬼火」などではない。……われわれは「ルーセル弟」「無一文」「約束の地」「恐るべき子ども」「劇場のパーリア」あるいは「ル・ボエーム」〔いずれも当時の雑誌名〕なのだ。こうして、われわれは……あなたがたの身勝手な父権に抗議するものである。」シャルル・プラディエ「父と子」（『ル・ボエーム』一巻五号、一八五五年四月二九日）　[U7a, 3]

『ル・ボエーム』誌の創刊号には、「非政治的新聞」というサブタイトルが掲げられていた。　[U8, 1]

「パンテオンや医学部の建物のそばに立ちならぶミルクホールや怪しげなたまり場のあ

たりを、ぜひ歩きまわってほしいものさ。そこでは、妬み心やその他のあらゆる低俗な情念だけで活気づけられている詩人たち、進歩という神聖な大義の自称殉教者たちが……何もせずに……パイプをくゆらせている姿が見られる。ところが、ピコネル、諸君がその美しい詩篇を引用したピコネル、八人を養うために日に四フラン五〇サンチームを稼ぐ、この服地の下絵師は、貧民救済の慈善事務所に登録しているのだ!!……私はべつに……大デュマ氏の自画自賛ぶりを図に乗らせたり、若手作家に対する彼の友人たちの無関心を大目に見たりするといった、逆説的な意図をもっているわけではない。しかし私は諸君に断言する、恵まれない作家たちの最大の敵は高名な作家、日刊新聞の連載を独占する輩ではなくて、落伍者ぶった連中なのだと。彼らは侮蔑的な言辞を弄し、酒をあおり、善良な人たちを憤慨させる以外のことは何もしないが、それもみな芸術のためだというのである。」エリック・イゾアール「ボエーム気取り」(『ル・ボエーム』一巻六号、一八五五年五月六日) [U8, 2]

産業にもある程度協調する文学プロレタリアートの権利を認める『ル・ボエーム』誌の一巻五号で、ポール・ソーニエ氏が「小説一般について、そして特に近代小説家について」というタイトルで書いている箇所で、「代作者」を使うことを糾弾しているのは、特記すべきことである。この流行小説家はド・サンティス氏という名で、ぶらぶらと一日を過ごした後で家にもどってくる。「自宅にもどると、ド・サンティス氏は閉じこもり……書棚の奥に隠された小さなドアを開けに行く。――するとそこはうす汚くて、暗い小部屋になっている。そこには、長い鵞鳥の羽根ペンを手にして髪を逆立て、同時に陰気で気の抜けたような顔をした男がいる。――ああ！　この人物は『コンスティテュシオネル』紙の連載小説でバルザックの技法を学んだ、官庁の元小役人にもかかわらず、どこから見ても小説家という感じではないか。彼こそは『頭蓋骨たちの寝室』の真の著者だ！　小説家なのだ！」　[U8, 3]

「ポルトガル系ユダヤ人のペレール兄弟によって一八五二年にクレディ・モビリエという最初の近代的な大銀行が設立された。この銀行は、ヨーロッパ最大の賭博場だと言われた。ここではすべての面で荒っぽい投資が行われた。たとえば鉄道、ホテル、植民地、運河、鉱山、劇場などであるが、一五年後には完全に倒産してしまった。」エーゴン・フリーデル『近代の文化史』Ⅲ、ミュンヘン、一九三一年、一八七ページ　[U8a, 1]

「ボエーム、ボエーム、は一八四〇年の常用語である。当時の言語感覚では、それは、遊び好きで、陽気で、明日を思いわずらうことなく、怠惰で、騒々しい芸術家や学生の同義語だ。」ガブリエル・ギユモ『ボエーム』パリ、一八六八年、七―八ページ（ギゼラ・フロイント〈「社会学的視点から見た写真」手稿〉、六〇ページに引用）
[U8a, 2]

「連載小説はフランスで一八三六年に『世紀《シエクル》』紙によって開始された。連載小説が新聞の売り上げに良い影響をもたらしたことは、一八四五年に『コンスティテュシオネル』紙および『プレス』紙とアレクサンドル・デュマが交わした契約によって、誰の目にも明らかになった。……デュマは年に最低一八本を書くことを条件に、五年にわたり六万三〇〇〇フランの年俸を受け取ることになったのである。」ラヴィス『七月王政の歴史』Ⅳ、パリ、一八九二年（ギゼラ・フロイントによる引用。引用箇所は不明）
[U8a, 3]

ミュルジェール（19世紀仏の作家）による言葉（ギゼラ・フロイント、六三ページに引用）。「ラ・ボエーム（ボヘミアン）、それは芸術的な生活の見習い期間であり、アカデミーか、パリ市立病院かあるいは死体置き場への序曲である。」
[U8a, 4]

ギゼラ・フロイント（ベンヤミンの友人だった女性写真家）は（その著の六四ページで）ボヘミア

ンの第一世代と第二世代の違いを強調している。第一世代に属するのは、ゴーティエ、ネルヴァル、ナントゥイユであり、彼らはたいてい堅実な市民階級の出であった。第二世代の「ミュルジェールはアパルトマンの管理人兼仕立て屋の息子だった。シャンフルーリはラン市役所の書記の息子だった。バルバラは小さな楽譜屋の息子、ブーヴァンは田園監視人の息子、デルヴォーはフォーブール・サン＝マルセルのなめし革職人の息子だった。そしてクールベは兼業農家の息子だった」。この第二世代に属するのが、ナダールである。彼は落ちぶれた出版業者の息子だった。（彼は後に長いことレセップスの秘書をしていた。）　[U8a, 5]

「ド・マルティニャック氏は……彼の一八二八年七月の法律によって、新聞に死の種をまいた。従来よりリベラルな法律ではあったが、日刊紙や定期刊行物を……万人に求めやすいものにすることで、それらに一定の財政的条件が課されたのである。……新たな出費を負担するには、どうしたらよいだろうか、と新聞社は頭をひねった。なんだって！　それなら広告を取ればよい、というのが彼らの得た答えだった。……広告の効果は迅速で無限だった。同じ新聞の中で、良心的で自由でありつづけている部分を、大衆的で金銭ずくになった部分から切り離そうとしても無駄だった。境界は……やがて乗り越えられた。宣伝が二つの部分の橋渡しをしたのだ。二行下で時代の驚異と自称しているものを二行上から非難することなど、どうしてできるだろうか。広告にますます使用される大文字の魅力が勝利を収めた。それは羅針盤を狂わせる磁石の山だった。……この種の不吉な広告は、出版社にも致命的な影響を及ぼさないわけにはいかなかった。……広告は経費の倍増をもたらした。……新刊本一冊につき一〇〇〇フランの広告料がかかったのである。こうして、それ以後、出版社は無慈悲にも、作家たちに作品を一冊ではなくて二冊書かせ、小型本ではなくて、もっと大きい八つ折り本を要求した。広告費には変わりがなかったからだ。……広告については……それこそ一冊の物語が書けるだろう。スウィフトなら、辛辣な筆で、そんな物語を書いたかもしれない。」宣伝《レクラム》という語については、次の注釈がある。「様子を知らない人のために言っておけば、書籍の宣伝《レクラム》とは新聞の終わりのほうのページにしのばせられる短評で、普通出版社が費用を負担する。書籍の広告《アノンス》が出るのと同じ日か、その翌日に掲載され、紙面の記事として出る書評を準備し、先取りする追従的な寸評が印刷されている。」サント゠ブーヴ「産業的文学について」(『両世界評論』一九巻四号、一八三九年、六八二―六八三ページ)　[U9, 1]

「何かを書いて出版することは、ある人を他から区別する特徴ではなくなってゆくだろう。選挙風俗や産業風俗の変化とともに、誰もが、少なくとも一生に一度は、自分のページ、自分の演説、自分のビラをもち、自分のために祝杯をあげてもらえるようになるだろう。著者になることがあるだろう。ここから連載小説を書くまでは、一歩しか離れていない。……そのうえ今日では、少しも売文にあまんじていないと言える者はいるだろうか。……」サント＝ブーヴ「産業的文学について」(『両世界評論』一九巻四号、一八三九年、六八一ページ)

[U9, 2]

一八六〇年と一八六八年に、ガストン・ド・フロット男爵によって『パリ式いんちき集――新聞、雑誌、書籍』の二巻本がマルセイユとパリでともに刊行された。これは新聞、ことに連載小説の歴史記述の軽率さと無責任さに対抗することを課題としていた。本書がただしたのは、文化史、文学史、政治史に関する事実および伝説である。

[U9, 3]

連載小説の原稿料は一行あたり場合によっては二フランにもなった。多くの作家は、行をいっぱいに埋めなくても行数をかせげるように、できるだけ対話ばかりを書いた。

[U9a, 1]

サント＝ブーヴは、論文「産業的文学について」の中で、設立されたばかりの文学者協会（本来はなによりもベルギー製の海賊版に抗するためだったのだが）の創設期のことを特に扱っている。　　　　[U9a, 2]

「ゼネフェルダーは初めは、原稿の複製をどうすれば楽にできるかということだけしか考えていなかった。そして彼はこの実現をめざした新しい手法を一八一八年に出版された『石版術《リトグラフ》全書』の中で公表した。しかし、リトグラフ技術についての彼の着想を利用したのは、別の人々だった。この技術によって、文字印刷とほとんど同じ速度で絵を描くことができるようになったのである。……それはペン画ジャーナリズムであった。」エーゴン・フリーデル『近代の文化史』Ⅲ、ミュンヘン、一九三一年、九五ページ　　　　[U9a, 3]

一八四八年のパリの革命的新聞についての概観。『革命渉猟。赤色新聞――〔一八四八年二月二四日から一〇月一日までパリで発行の〕ウルトラ共和派の全紙の批判的歴史――』パリ、一八四八年、あるジロンド党員による〈序文つき〉　　　　[U9a, 4]

「コレラを退ける方法は一つしかない。それは大衆の精神状態に働きかけることだ。自分の精神が満足すべき状態にある人なら、疫病など何も恐れることはない。……したがって今日では、大衆のうちに、彼らを向上させる精神の高揚状態を引き起こすべきだということには十分理由がある。……それには特別の手段が必要だ。……クーデタを起こさねばならない。産業的クーデタだ。……このクーデタは行政命令《オルドナンス》によって土地収用法を変えることを内容とするだろう。現行法の規定では土地収用に果てしなく時間がかかるのを、わずか数日で収用可能なように変えるのだ。……こうしてパリで、たとえばルーヴルからバスティーユまで通りの工事を三〇の地点で始めて、いちばん不潔な地区がそれによって清潔になるだろう。……その結果、市の門のところから鉄道を開設する……ことができるようになるだろう。……工事の開始は……荘厳に行われ、公開の祝典によって祝われるだろう。すべての官僚が徽章をつけて出席し、手本を示す。国王と王族たち、大臣たち、コンセイユ・デタ〔国務院〕、破毀院〔最高裁判所〕、訴訟院および両議会の残りの者たちがしばしば工事現場を訪れ、スコップやつるはしを手にするだろう。……連隊の兵士たちが礼装して、音楽を演奏し、任務を果たすだろう。……さまざまなスペクタクルが、間隔を置いて、数カ所で繰り広げられ、最高の俳優たちが出演を熱望するだろう。社交界の花形女性が労働者たちと合流し、彼らを元気づけるだろう。こうして気分が高揚し、誇りに満ちた民衆は、必ずやコレラをはねつけるだろう。産業は発展し、政府は……非常に強固なものとなるだろう。」ミシェル・シュヴァリエ「クーデタによるコレラの終焉」『サン＝シモン主義の宗教』〔パリ、一八三二年〕。サン＝シモン主義者たちは医薬品を無償で提供することを望んでいる。 [U9a, 5]

「普通列車の乗務員はつらい苦役を引き受ける。彼はパリを朝七時に出発し、ストラスブールに深夜の一二時に到着する。勤務時間は一七時間であり、その間例外なくすべての駅で、列車の扉を開けるために下車しなければならない！……この乗務員は、零下一二度かもっとひどい寒さの中を、列車のすべての扉を開閉するためにすべての駅で下車し、三〇分ごとに雪のなかを五、六分間難儀して歩かねばならないのだから、その苦痛は大変なものにちがいない。」A・グランヴォー『社会を前にした労働者』パリ、一八六八年、二七―二八ページ（「鉄道員と鉄道の運行」） [U10, 1]

ある意味ではボードレールの「旅」のまったく通俗的な対応物として、旅行者が奇妙に崇拝されるということがあった。それをバンジャマン・ガスティノーの『鉄道の生活』（パリ、一八六一年）に見ることができる。この本の第二章（六五ページ）には「一九世紀の旅人」というタイトルがついている。この章は旅人の礼讃であって、旅人には永遠のユダヤ人の特性と進歩の開拓者の特性とが奇妙な形で混じり合っている。例えば次のようである。「旅行者は通過するいたるところに、心情と想像力の豊かさを撒き散らした。すべての人に福音を説き、……労働者を激励し、無学な人々を轍から引き出し……卑屈になった者たちを立ち上がらせた。」（七八ページ）「神々しい愛を求める女性、旅する女よ！――貞淑な女性を求める男性、旅する男よ！――……新しい地平線を渇望する芸術家、旅行者よ！――自分が見た幻覚を現実ととりちがえる狂人、旅行者よ！――……栄光をめざす走者、思考の吟遊詩人、旅行者よ！――人生は一回の旅であり、女性の胎内から出て、大地の胎内に戻ろうとする者は旅行者である。」（七九－八一ページ）「人類よ、おまえこそは永遠の旅行者なのだ。」（八四ページ）

[U10, 2]

バンジャマン・ガスティノー『鉄道の生活』（パリ、一八六一年）からの引用。「突然乱暴なやりかたで、太陽の上に、美の上に、あなたの思考と心情が通りすがりに楽しんできた自然と生活の無数のタブローの上に、幕が降りる。それは夜であり、死であり、墓場であり、専制政治であり、トンネルである。だが、この暗闇から出ないで、自由と真理の純白の翼を二度と見ようとしない人々がなんと多いことか！……とはいえ、漆黒の丸天井に進入するときには、列車の乗客たちが男も女も嫌悪と恐怖の叫びをあげ、トンネルを出る時には歓喜の叫びを発するのを聞くと、……人間という生き物は光と自由に向かうようにできてはいない、などとあえて主張する者は一人もいなくなる。」（三七―三八ページ）　[U10, 3]

バンジャマン・ガスティノー『鉄道の生活』（パリ、一八六一年）からの引用。「鉄道によって生み出された、未来の美しい人種たちよ、諸君に敬礼！」（一一二ページ）「ご乗車ください！　ご乗車ください！　汽笛の音が駅の響きのよい丸天井に鋭く反響した。」（一八ページ）「鉄道が創設されるまで、自然はピクリとも動かず、まるで眠れる森の美女だった。……天空も不変であるように見えた。ところが、鉄道はすべてに生気をあたえた。……天空は揺れる無限となり、自然は動く美となった。キリストは十字架から解き放たれて歩きはじめ、彼のあとの路上に老いたさまよえるユダヤ人《アハスヴェルス》を置き去りにした。」（五〇ページ）　[U10a, 1]

「ミシェル・シュヴァリエは、組織の創設者と征服者の地位を際立たせるために、歴史上の偉大な時期について述べ、とりわけ、しばしばアレクサンダー大王、カエサル、シャルルマーニュ、ナポレオンに言及したとき、〔理工科学校の〕生徒たちに喜ばれた。」

G・ピネ『理工科学校《エコール・ポリテクニク》の歴史』パリ、一八八七年、二〇五ページ　[U10a, 2]

「大部分が鉱山学校から、つまり理工科学校の最良の生徒たちから……集められたサン＝シモンの弟子たちは……彼らの年若い仲間たちに相当な影響力を行使しないはずはなかった。……とはいえ、サン＝シモン主義は理工科学校から多くの新しい信奉者を得るだけの時間がなかった。一八三一年の大分裂はサン＝シモン主義に致命的な打撃をあたえた。メニルモンタン街での気違いざた、奇妙な服装や滑稽な命名などが、サン＝シモン主義を滅ぼした。」G・ピネ『理工科学校の歴史』二〇四―二〇五ページ　[U10a, 3]

スエズ運河の発想は、アンファンタンによるものである。彼はエジプトの太守メフメット・アリに許可を請い、四〇人の弟子とともにスエズへ行くつもりだった。彼に許可がおりなかったのはイギリスが働きかけたせいである。　[U10a, 4]

「サン＝シモンは国有地を取得するために、一七八九年一一月二日の……政令によって提供された便宜を利用して一つのアソシアシオンを設立しようとした。その代金はアシニャ紙幣によって一二年の年賦で支払い可能となった。この政令はわずかな資本で田舎の土地を大量に取得することを可能にした……。「あらゆる金融投機は企業の設立と資本への投資を基盤にしている。金融投機の利益は、企業と資本がそれぞれのおよぼした影響に比例する割合で配分されねばならない。私がド・レーデルン氏とともに行った投機の場合、資本は二次的な役割しか果たさなかった。」」これは、ボワシー・ダングラスに宛てた一八〇七年一一月二日付のサン＝シモンの手紙からの引用である。ここには資本と労働と能力の関係に関する彼の理論がそれとなくうかがえる。マクシム・ルロワ『サン＝シモンの土地投機と、出資者レーデルン伯爵との取引上の紛争』パリ、〈一九二五年〉、二一および二二三〔ページ〕

[U11, 1]

「サン＝シモンは科学を信頼していた。……しかし、初期の探究においては、ほとんど数学と物理学だけしか彼の関心を引かなかったのに、その後彼は社会についての確実な知識を得るための鍵を自然諸科学に求めるようになる。彼自身、社会の確実性が得られるかどうかに不安を抱いていたのだ。彼は書いている。「私は一八〇一年に理工科学校から離れて、医学部のそばに引っ越し、生理学者たちとつきあうようになった。」」マクシム・ルロワ『アンリ・ド・サン＝シモン伯爵の真実の生涯』パリ、一九二五年、一九二一一九三ページ。理工科学校は、当時ブルボン宮にあり、サン＝シモンはその近くに住んでいた。

一八五六年のある版画の下には「グラン・カフェ・パリジャンの教会堂身廊」と記してある。実際にそこにいる群衆の光景は、教会堂身廊かパサージュにいる群衆のそれに似ている。客の多くは身廊に置かれたいくつものビリヤード台の間に立ったり、そのまわりをあちこち徘徊したりしている。

[U11, 2]

[U11, 3]

ユバールは「情愛と感受性の人間が、つねに知性と思惟の人間の犠牲にされている」と言っている。その際に引き合いに出しているのは——まったく正当だとは言えないが——サン＝シモンが離婚のため妻に別れを告げる際に涙したことである。マクシム・ルロワ『アンリ・ド・サン＝シモン伯爵の真実の生涯』パリ、一九二五年、二一一ページに引用

[U11, 4]

「アレクサンダーの輩にもう敬意を表することはない。アルキメデスたち万歳！」サン＝シモンによる。ルロワ、〈前掲書〉、二二〇ページに引用

[U11, 5]

〔オーギュスト・〕コントは四年間サン＝シモンのもとで働いた。 [U11, 6]

『コンスティテュシオネル』紙に連載されたウジェーヌ・シューの『さまよえるユダヤ人』は、ヴェロン〔ジャーナリスト、『パリ評論』『シャリヴァリ』の編集長〕が本来『コンスティテュシオネル』紙に掲載を予定していたティエールの『執政政府と第一帝政の歴史』の代わりに載ったものだった。 [U11, 7]

サン＝シモン『大革命を仕上げるために取るべき諸手段についての考察――一九世紀の科学的諸事業への序論』 [U11a, 1]

サン＝シモンは革命的なトランプを考え出した。それは、四つの守護神（戦争、平和、芸術、交易）がキングで、四つの自由（宗教、結婚、出版、職業）がクィーン、そして四つの平等（義務、権利、尊厳、党派）がジャックになっているものだった。ルロワ〈『アンリ・ド・サン＝シモン伯爵の真実の生涯』パリ、一九二五年〉、一七四ページ [U11a, 2]

サン＝シモンは一八二五年五月に死んだ。彼の最期の言葉。「これでもうこっちのもの

だ。」ルロワ、〈前掲書〉、三二八ページ

[U11a, 3]

サン＝シモンについて。「彼は、労働と社会に関するあのさまざまな予測によってわれわれを驚かせるが、それなのに、何かが欠如していたような印象をわれわれに与える。……つまり、ある種の環境なのだ。環境、つまり、一八世紀をその楽天的な方向に延長させるような環境が彼には欠けていた。未来を見る人であるはずのサン＝シモンは、大革命によってその頭脳ともいうべき彼の同輩たちが首を切断されたあとの社会で、ほとんど単独で思想を構築しなければならなかった。……近代実験科学の創始者であるラヴォワジエはどこにいるのか？　彼の哲学者であったコンドルセは、彼の詩人であったシェニエはどこにいるのか？　ロベスピエールが彼らをギロチンに掛けなかったとしたら、彼らはまだ生きていただろう。ところがサン＝シモンは、彼らの助力なしに、彼らがすでに着手していた組織化の困難な仕事を確実に行わねばならなかった。そして、この広大な務めを単独で十全に果たさねばならなかったので、……彼はあまりにも多くの任務を一手に引き受けるはめになった。新時代の詩人であると同時に、実験家であり、哲学者であらねばならなかったのである。」マクシム・ルロワ『アンリ・ド・サン＝シモン伯爵の真実の生涯』パリ、一九二五年、三二一―三二二ページ

[U11a, 4]

パテルの石版画《リトグラフ》の一つは、「リトグラフと闘う銅版画」を描いている。リトグラフのほうが勝ったようである。国立図書館版画室　[U11a, 5]

一八四二年のある石版画《リトグラフ》は「ムーア人のカフェ」における「パリのアルジェリア女性の長椅子」を描いている。ヨーロッパ人とならんで異邦人たちがうごめいているカフェの後ろの方には、小さな長椅子に三人のオダリスク〔トルコの後宮の白人女性奴隷〕が鏡の下にぴったりと寄り合って座っていて、水煙草を燻らしている。国立図書館版画室　[U11a, 6]

一八三〇年の版画は好んで、しかもしばしばアレゴリー的にさまざまな新聞の間の抗争を描き出している。またこの時期の版画は、たくさんの人がいっしょに読まねばならないような新聞のありさまを好んで描いた。またこうした版画は、新聞の所有をめぐって、あるいは新聞が主張している意見をめぐって起こるいさかいも描いている。国立図書館版画室、一八一七年の版画『ニュース好き、あるいは政治マニア』　[U11a, 7]

「証券取引所では、一人のサン＝シモン主義者はユダヤ人二人分の価値がある。」「株屋、パリ」(『ビルボケの回想の著者による《小パリ》』)〔タクシル・ドロール〕、パリ、一八五四年、五四ページ

[U12, 1]

ブールヴァール新聞〔街頭で売られる大衆紙〕の全盛期をきわめてうまく特徴づける言葉。「エスプリという言葉をどんな意味で使いますか？――さよう、巷間には流布しているが、家々の中にはめったに入ってこないもの、の意味ですな。」ルイ・リュリーヌ『パリ一三区』パリ、一八五〇年、一九二ページ

[U12, 2]

新聞広告を書籍の流布のためにばかりでなく、工業生産品の流布の役にも立てようという考えは、ヴェロン博士に由来する。彼は新聞広告をすることで、鼻風邪薬であるルニョー軟膏に、一万七〇〇〇フランを投資して一〇万フランも儲けた。「それゆえ、こう言うことができる。……フランスでジャーナリズムを創造したのが医者のテオフラスト・ルノドーであるとすれば、……新聞の最終ページに、かれこれ半世紀も前に広告のページを創始したのは、ヴェロン博士である、と。」ジョゼフ・ダルセー『ヴェロン博士の食堂』パリ、一八六八年、一〇四ページ

[U12, 3]

アンファンタンにおける「肉体の解放」は、フォイエルバッハが唱えた諸説とゲオルク・ビューヒナー〔19世紀独の劇作家。『ダントンの死』を書いた〕の洞察と比較すべきである。弁証法的唯物論は、人間学的唯物論をも包括する。 [U12, 4]

ヴィルメサン。「彼は初めのうちは、リボン類を扱う商売をしていた。この商売から、この……若者はモード雑誌を創設するにいたった。……ヴィルメサンはそれからまもなく政治へと転じ、正統王朝派に入り、一八四八年の革命以後は風刺のきいた新聞記事の書き手になっていった。彼は次々と三つの異なる新聞を発行した。そのなかには、一八五二年に帝政政府から発禁処分を受けた『パリ・クロニック』がある。またその二年後には『フィガロ』紙を創刊した。」エーゴン・セザール・コンテ・コルティ『ホンブルクとモンテカルロの魔術師』ライプツィヒ、〈一九三二年〉、二三八―二三九ページ [U12, 5]

フランソワ・ブランは、初期の大広告主の一人だった。彼は代理業者を通じて、ホンブルクのカジノの広告を『世紀《シエクル》』紙と『国民議会《アサンブレ・ナシオナル》』紙に掲載した。「彼は個人的にも一八、いや五〇ものシリーズ広告を……『プレス』『ナシオナル』『パトリ〔祖国〕』『ガリニャーニ』〔パリで発行の英語新聞〕といった新聞に載せた。」エーゴン・セザール・コンテ・コルティ『ホンブルクとモンテカルロの魔術師』ライプツィヒ、九七ページ
[U12, 6]

サン＝シモンの時代について。「ポルタル男爵によって主張された、エマニュエル・スウェーデンボリ〔18世紀スウェーデンの哲学者・神秘主義者〕の新エルサレム教会とは別に、……シャルル・フーリエのファランステールがあったし、自称ゴール首座司教シャテル神父の、いわゆるフランス教会があった。ファブレ＝パラプラ氏によって組織されたテンプル騎士団再建派や、マパーのつくったエヴァ・アダム教があった。」フィリベール・オードブラン『ミシェル・シュヴァリエ』〈パリ、一八六一年〉、四ページ
[U12, 7]

サン＝シモン主義のプロパガンダ。「ある日、この教義の信奉者の一人にあなたの役割は何かとたずねたとき、彼は答えた。――私はサロンに特化した人、社交界の雄弁家なのだ。どんな場所にも出ていけるように、エレガントな服を着せてもらい、ホイスト〔トランプ賭博〕だってできるように、財布には金を入れている。私が成功しないはずはない。」フィリベール・オードブラン『ミシェル・シュヴァリエ』六ページ
[U12a, 1]

サン＝シモン主義者の分裂によって、その教義の支持者たちはバザールかアンファンタンのどちらかを選ぶところまで追いつめられた。 [U12a, 2]

メニルモンタンでは、サン＝シモン主義の一派〔アンファンタン派〕に属する者はさまざまな家事労働の部門を担当した。調理（シモン、ロシェット）、配膳（タルボ）、食器洗い（デシュテル、ランベール）、靴磨き（バロー）。 [U12a, 3]

メニルモンタンのサン＝シモン主義者たち。「『砂漠』や『ブラジルの真珠』や『ヘルクラーヌム』の作曲者である未来の大音楽家フェリシアン・ダヴィッド氏が、彼らのオーケストラを指揮していた。彼は彼らの歌うメロディ……とりわけ食事の前と後の歌を作曲した。」フィリベール・オードブラン『ミシェル・シュヴァリエ』〈パリ、一八六一年〉、一一ページ [U12a, 4]

アンファンタンがいつか場合によって結婚するまでは、全員が独身でいることは、メニルモンタンの規則の一つだった。 [U12a, 5]

シュヴァリエは、メニルモンタン〔の結社〕が解散して一年の禁錮刑に処せられた後、ティエールによってアメリカに派遣された。またティエールは、シュヴァリエを後にイギリスに派遣した人物でもある。シュヴァリエは二月革命で地位を奪われ、その後彼は保守反動になる。ナポレオン〔三世〕のもとで、彼は元老院議員となる。　[U12a, 6]

五〇年代の終わりに『世紀《シエクル》』は三万六〇〇〇部という最大の発行部数を有していた。――ミランは一スーで販売される『プティ・ジュルナル』を創刊した。　[U12a, 7]

『芸術家へ――美術の過去と未来について（サン＝シモンの教義）』（パリ、メニエ書店）についてのバルザックの見解。「伝道と布教は芸術家的な使命なのだが、この冊子の著者は、そうした立派な性格にふさわしく振る舞えなかった。彼の仕事についての総括的な見解は広大だが、その結果はちっぽけなものだ。……サン＝シモンは傑出した人物だが、まだよく理解されてはいない。したがって、この派の長たちには、キリストのように時代と人により適合した言葉を用いて、理屈をより少なくし、より多く感動させることで、新しい信奉者を獲得することが大切なのである。」サン＝シモンに関連して、同書では次のように述べてある。「真理はおそらくそこにある。」オノレ・ド・バルザック『文芸批

評』ルイ・リュメ編、パリ、一九一二年、五八、六〇ページ(『週刊政治新聞文芸付録』紙掲載記事)　[U12a, 8]

サン=シモン主義者の間での分裂を招いたきっかけは、肉体の解放というアンファンタンの教義であった。それに加えて、ピエール・ルルーなどが、それ以前にも、公けに行われる告解にすでに反発していたこともあげられる。　[U13, 1]

サン=シモン主義者は民主主義に対して、ほんのわずかしか共感を持っていなかった。　[U13, 2]

シャルル一〇世治下の新聞。「新聞は一部売りされておらず、予約購読者しか読めなかったが、予約購読料は高くついた。それは事実上貴族や大ブルジョワジー専用のぜいたくだった。新聞の全発行部数は、一八二四年には五万六〇〇〇部にすぎなかった(そのうち四万一〇〇〇部が野党の新聞だった)。」シャルル・セニョボス『フランス国民の真正の歴史』パリ、一九三三年、四一一—四一二ページ。ちなみに、新聞は高額の保証金を払わねばならなかった。　[U13, 3]

『プレス』紙の発行者であったジラルダンは、新聞の一部売り、新聞広告および連載小説を取り入れた。　［U13, 4］

「新聞売りたちは、新聞を仕入れるのに大変苦労している。自分の番が来るまで、道端で夜のうちから列をつくらねばならない。」『一八四八年の共和政のパリ』「パリ市図書館および歴史記念建造物事業局」展に際して刊行、一九〇九年、四三ページ　［U13, 5］

一八四八年頃に、カフェ・シャンタン〔歌謡カフェ〕が誕生した。それを作ったのはモレルである。　［U13, 6］

挿絵。「女性サン＝シモン主義者《サン＝シモニエンヌ》たちの適材適所の仕事」（『民衆版画』、一八三二年）。赤や緑や黄色の目立つ多色刷り。「教義を説くサン＝シモン主義者の女性」「この花束は、私たちの兄弟のためには美しすぎることはない」「狩猟を夢見る女性サン＝シモン主義者」等々。アンリ＝ルネ・ダルマーニュ『サン＝シモン主義者たち　一八二七―一八三七年』（パリ、一九三〇年）の挿絵、二二八ページの対向ページ。これと対になるのが「メニルモンタンの使徒たちの、それぞれの能力に応じた労働」（前掲書の挿絵、三九二ページの対向ページ）である。この点についての参考事項（前掲書、二九六ページの対向ページ――新発売の飲料「サン＝シモン主義者たちのリキュール」のためのラベル。アンファンタンの弟子たちの一群、その中央にアンファンタンと三色旗を振りかざす女性の姿をした共和国のシンボル。全員がグラスを挙げている）。［U13, 7］

一八三一年にバザール、シュヴァリエおよびその他の何人かは、サン＝シモン教会の「聖職者」として、国民軍に奉仕することを拒否した。そのために二四時間の禁錮刑に処せられた。［U13, 8］

リヨンの労働者蜂起についての『グローブ』紙（一八三一年一〇月三一日付）の意見では、この蜂起がきっかけになって賃金が引き上げられると、リヨンの工業は危機に陥るかもしれないとされている。「諸君は少しも理解しないのか？　産業にかかわる紛争を……直接調停することが強制される場合でも……諸君は、社会のある階級の苦しみを一時的に鎮めることができても、他の諸階級をおそらく抑圧せざるを得ないことを。リベラル派の演説家たちが再度主張する……競争の恩恵と自由放任を今や称賛しよう。」Ｈ・

R・ダルマーニュ『サン＝シモン主義者たち』パリ、一九三〇年、一四〇ページ　[U13, 9]

サン＝シモン主義者たち。ブルジョワジーのなかの救世軍。　[U13a, 1]

オアールとブリュノーへのシュヴァリエの言葉、一八三二年一一〈月〉五日。「リヨンのこの声に耳を傾けたまえ！　リヨンが諸君を呼んでいる。怒号をあげながら、われわれを呼んでいる。リヨンは張り裂けそうだ。リヨンは震えている。あのプロレタリアたちの、何というエネルギーだろう！　スパルタクスを思わせる、なんという人類だろう！」アンリ＝ルネ・ダルマーニュ『サン＝シモン主義者たち　一八二七―一八三七年』〈パリ、一九三〇年〉、三二五ページ　[U13a, 2]

欺瞞的。

「その頭脳もその腕力も人が恐れる、この民衆。
それなら彼らを絶えず歩かせるがよい！
諸君が彼らの歩みを止めたとき、
彼らは気づく、自分の靴が自らを傷つけていることに。」

レオン・アレヴィ『新しい寓話』「靴」パリ、一八五五年、一三三ページ（リーフデ『フランス詩におけるサン＝シモン主義』〈ハーレム、一九二七年〉、七〇ページに引用）

[U13a, 3]

「平和部隊の工兵」――労働者全体を表わすサン＝シモン主義の言葉。

[U13a, 4]

ピエール・ラシャンボーディの『寓話と詩さまざま』（パリ、一八五一年）にある『煙』という一篇の作品。製鉄所の煙と祭壇の香煙とが空中で出会い、神の仰せに従って一つになる。この詩は、聖なる煙を出す蒸気機関車をうたったデュ・カンの詩にまでさらにつながっていく。

[U13a, 5]

『グローブ』紙は――少なくとも一時的には――パリで無料で配られた。

[U13a, 6]

「神のうちに見出される女性と男性の要素を、男女の司祭が夫婦となることで再現しようというわけだが、この要素は、この派の詩で歌われることはなかった。この教義が暗示された詩の例は一つしか見つからない。……

「善き女であり男である神よ。この世界には信仰がない。

世界は懐疑のうちにある。父は囚われ人なのだから！

母が、おお神よ！　摂理そのものとなるだろう。

幸福に包まれている世界が否定できない摂理！」

（ジュール・メルシエ「神がわれらにそれを返すだろう」『新しき信仰』一五ページ）、C・L・ド・リーフデ『フランス詩におけるサン＝シモン主義』〈ハーレム、一九二七年〉、一四六―一四七ページ　[U13a, 7]

諸階級の統一が愛によって実現すると考えていたジョルジュ・サンド（19世紀仏の女性作家。人道的社会主義小説も書いた）は、それを次のような意味で捉えていた。「下層階級の出身ではあるが、才能があって美しい若者が、貴族の、美しくて非の打ちどころのない若い娘と一緒になると、階級の融合がなされる。……『アンジボーの粉屋』に登場する英雄的な職人であるレモールは、貴族の未亡人の求婚を、彼女が金持ちだという理由で拒否する。……この未亡人は、火事が起こると歓喜するのだが、それは火事が彼女を破産させ、恋人との間の最後の障害を除去してくれるからである。」シャルル・ブラン『一九世紀フランスの社会小説』パリ、一九一〇年、九六―九七ページ　[U13a, 8]

アンファンタンは、僧侶、芸術家、商人など職業によって、それぞれ体質も(病気も)まったく異なることを想定していた。
[U13a, 9]

ジラルダンの文体。「各文が一語だけでできているので、一つの文ごとに改行する。正反対の観念が似たような言葉でつつまれている。散文なのに韻がある。……すべての名詞を大文字で始める。ラブレーを想起させる列挙、しばしば何も想起させない定義。」エドゥアール・ドリュモン『英雄と道化』パリ、〈一九〇〇年〉、一三一ページ(「エミール・ド・ジラルダン」)
[U14, 1]

ジラルダンについてのドリュモンの言葉。「死後一週間で忘れられてしまうという結果に到達するために、彼は一生の間毎朝五時に起きたのである。」エドゥアール・ドリュモン『英雄と道化』パリ、一三四―一三五ページ(「エミール・ド・ジラルダン」)
[U14, 2]

ある計算によると、一八三〇年から三二年までの間に、サン＝シモン主義者たちは一八〇〇万ページにおよぶ印刷物を世間に出したことになるという。(Ch・ブノワ「一八四八年の人」『両世界評論』一九一三年七月一日参照)
[U14, 3]

働き蜂と雄蜂とを教訓的に対照させている点で、サン＝シモン主義者たちはマンデヴィルの『蜂の寓話』に戻っている。　[U14, 4]

サン＝シモン主義の運動について。クレール・デマールとペレ・デゼサールが心中する前に〔シャルル・〕ランベールに残した手紙から。クレール・デマール――「彼の声が私を引きずりこんだのではないとしても、この最後の宴に私を誘いだしたのが彼ではないとしても、少なくとも私は彼の旅路を急がせたりはしなかった。ずっと前から彼は用意ができていたのだ。」デゼサール――「公務と公務員は同時に消滅する。われわれはそのことをしばしば繰り返してきた。なぜなら、どちらも他方なしではやっていけないのだ！　ところで、つねに闘争と孤立の人であったこの私、ただ一人群れから離れて歩きつづけたこの私は、……秩序と統一に対する反抗を生き抜いてきた。だから、諸民族が宗教的な絆で統一され、彼らの手が結び合ってあの荘厳な連鎖を形成しようという時に、私がこの世から退くのは、何も驚くようなことではない。……ランベール、私は人類に疑いをもたないし、神の摂理も疑いはしない。……だが、われわれの生きるこの時代には、すべてが神聖なのだ、自殺さえも！……われわれの屍の前で脱帽しない者に災いあれ！　その者は冒瀆者である！　さらば。一八三三年八月三日夜一〇時。」クレール・デマール『私の未来の掟』シュザンヌによる死後出版、パリ、『女性たちの論壇』紙事務局およびすべての流行品店にて、一八三四年、八ページ、一〇―一一ページ　[U14, 5]

年々の日刊紙、月刊誌、隔週誌の創刊数のみを取り上げた統計。

一八三三年――二五一	一八三八年――一八四
一八三四年――一八〇	一八四〇年――一四六
一八三五年――一六五	一八四一年――一六六
一八三六年――一五一	一八四二年――二一四
一八三七年――一五八	一八四五年――一八五

シャルル・ルアンドル「文学統計――過去一五年間におけるフランスの知的生産について」(『両世界評論』一八四七年一一月一日、四四二ページ)　[U14, 6]

トゥスネルはアンファンタンについて、彼は法廷の有罪判決から自分を立ち直らせ、自分の魅力がそのさい何の役にも立たなかった失意を自らなぐさめるために、投機に精を出したと言っている。ちなみに、トゥスネルはアンファンタンの人となりを次のように描き出している。「神々にも似た一人の男がいて、その名をアンファンタンと言った。高貴なビリヤード遊びのキューの手技の力強さによっても、狩猟では頻繁にすぐれた倍《ばい》賭《かけ》をおこなうことによっても名高い男で、数人の魅力的な女性たちの支持に気を良くして、……中軸的な役を演じるのに向いた肉体を完全にもち合わせた者であるという態度を取り、《父《ペール》》として喝采を浴びた。……「栄光の三日間」〔七月革命〕の直後だったので、この男は信奉者を得た。」A・トゥスネル『ユダヤ人――時代の王』I（第三版）、ガブリエル・ド・ゴネ編、パリ、〈一八八六年〉、一二七ページ　[U14a, 1]

コレラが流行したとき、人々は感染の原因を酒屋のせいにした。　[U14a, 2]

『ジュルナル・デ・デバ』紙は外国に通信員を派遣した。「〔社主〕ベルタン氏がミシェル・シユヴァリエ氏をアメリカ合衆国への政府派遣使節に任命させ、おかげで彼の新聞に有名な「北アメリカについての手紙」を発表する機会をもたらしたわけだが、それ以来、彼〔ベルタン〕は政府が費用を負担するこれらの使節団に興味を示すようになった。……「北アメリカについての手紙」に続いて……「スペインについての手紙」が出た。それから「中国についての手紙」が出るはずだった。」A・トゥスネル『ユダヤ人――時代

の王』Ⅱ、パリ、一二一―一二三ページ　[U14a, 3]

サン＝シモン主義者たちは、大司祭である《父《ペール》》〔アンファンタンのこと〕と合体するとされる女性救世主（《母《メール》》）の到来を待っていた。[U14a, 4]

「オランド師「……もしあなたが女性サン＝シモン主義者なら、われわれが望んでいるのが共和国ではないことを知っておきなさい。」」フィルマン・マイヤール『解放された女性の伝説』パリ、一一一ページ　[U14a, 5]

ハイネは『ドイツ論』〔De l'Allemagne の初版〕をアンファンタンに献呈した。アンファンタンはそれにこたえてハイネに手紙を書いた。その手紙は一八三五年にデュゲによって『エジプトのプロスペル・アンファンタンへ、ハイネより』という題のもとに、別刷りで『ドイツ論』（国立図書館、分類番号8°M. Pièce, 3319）の表紙として出版された。この手紙はハイネに、特に宗教に関することがらについて辛辣な批判を抑えるようにと注意している。そしてハイネはドイツの思想についてではなく、アンファンタンが本質的に牧歌的だとみなしているドイツのあり方について、ドイツの心情について本を書くべきだとしている。

[U14a, 6]

ジュリー・ファンフェルノ〔七月革命功労者〕がサン＝シモン主義に転向したこと——彼女はのちにフーリエ主義に帰依した——は、サン＝シモン主義者たちによって劇的な作品に仕立て上げられた。この作品はグループの雑誌に発表され、フィルマン・マイヤールは『解放された女性の伝説』（パリ、一一五ページ以下）でその何カ所かを引いている。

[U15, 1]

ヴィヴィエンヌ街のサン＝シモン。「晩餐と肩の凝らない夜会がひっきりなしに繰り広げられた。……夜がふけてくると、そこには愛の戯れが始まろうとしており、何人かの客たちが、いわば……アナクレオン風の悦楽に身をまかせるのだったが、サン＝シモンは、肘掛け椅子に深々と体を沈め、落ち着きはらって、何事にも動ぜず、会話に加わることさえなしに、そうした有り様を見つめていた。……すべての事柄を記憶にとどめつつ、人類の変革に備えていたのだ。」フィルマン・マイヤール『解放された女性の伝説』パリ、二七ページ

[U15, 2]

女性救世主は、デュヴェリエによれば娼婦の出身でも、またほかのどの階級の出身でもよいとされたが、多くの人々はオリエント（コンスタンティノープル）からくるに違いないと考えた。バローと一二人の仲間たちはそれゆえに「母」を捜しにコンスタンティノープルへ旅立った。　［U15, 3］

サン＝シモン主義者たちの分裂について。「バザールは……あの有名な一斉告白の結果、致命的な打撃を受けた。妻から、彼に共感を寄せているにもかかわらず、彼が近づいてくると、一度として本能的な嫌悪を感じなかったことはない、と知らされたことである。彼が卒中で倒れたのを見て誰かが言ったものだ、あれは鎖につながれたヘラクレスだよ、と。」フィルマン・マイヤール『解放された女性の伝説』パリ、三五ページ　［U15, 4］

「メニルモンタンの隠れ家のことは人に知られている。……そこで彼らは独身生活を送っていた。結婚と女性の解放についての彼らの思想が、快楽主義的計算の結果などでは少しもないことを示すためである。」フィルマン・マイヤール『解放された女性の伝説』パリ、四〇ページ　［U15, 5］

プルードンはサン＝シモン主義と厳しく対立した。彼は「サン＝シモン主義という腐敗」という言い方をしている。

[U15, 6]

「諸芸術は、有機的な時代という条件のもとでしか開花できないし、インスピレーションは、それが社会的で宗教的であるときにはじめて強力にも有益にもなる。」E・バロー はこう述べて（『芸術家へ――美術の過去と未来について』パリ、一八三〇年、七三ページ）、不毛な「批判の時代」を攻撃する。

[U15, 7]

サン＝シモン主義における根源の思考の最後の現われ。「今日、文明諸国が鉄道の建設に注いでいる熱意と激情は、数世紀前の教会建立のための出来事に比べられるものだ。……一般にそう言われているように、宗教という語が「結びつける《レリガーレ》」から生じたとすれば、……鉄道は、普通思われているよりも、宗教的精神と深い関係を持っていることになる。各地に散らばった諸民族を結びつけるために、……これほど強力な装置はかつて存在しなかった。」ミシェル・シュヴァリエ「鉄道」『経済学辞典』パリ、一八五二年、二〇ページからの抜粋

[U15a, 1]

「政府は独力で鉄道を作ろうとした。この〔官営〕方式は、確かにさまざまな不都合を含んでいたが……それでもそれが、われわれのために鉄道がつくられるには必要な解決法とされた。ところが、この提案にたいしては、大きな反発が起こり、政治的対立がからんできた。科学さえもが……かたくなな反対派の後ろ楯となった。さる高名な学者〔テュルゴ〕は、愚かにも鉄道反対の陰謀に彼の名声の権威を提供したのだった。国家による鉄道事業の遂行は、圧倒的多数派によって退けられた。一八三八年のことである。政府は、妥協的だったので、方針を変えて私企業の味方をするようになった。このすばらしい道を受け取りたまえ、と政府は私企業に言った。鉄道の営業権を諸君にあたえよう。今度はこの言葉から、新たな嵐が起こった。何ということだ！　銀行家と資本家が、これらの企業によってますます豊かになってゆく！……これでは封建制度が、その灰から再生することになってしまう。――そこで、私企業への鉄道払い下げの計画は遠ざけられた、……というよりも計画書は真面目な株主にはとうてい受け入れられない条項で満たされることになった。一八四四年までは、こんな具合に事態が進行していた。」ミシェル・シュヴァリエ「鉄道」『経済学辞典』パリ、一八五二年、一〇〇ページからの抜粋

[U15a, 2]

すでにシュヴァリエは、鉄道車両を使った兵力輸送を表わすのに、兵隊四〇人と馬六頭が等しいという方程式をたてている。（ミシェル・シュヴァリエ「鉄道」『経済学辞典』パリ、一八五二年、四七―四八ページからの抜粋参照）
[U15a, 3]

サン＝シモン主義の芸術理論。それは歴史を「有機的または宗教的時代と批判的または非宗教的時代」とに分けるという考え方にもとづいている。「……この作業に含まれる歴史の展開は、二つの有機的時代を提示する。最初の時代はギリシアの多神教の支配下に形成され、第二の時代はキリスト教の支配下に形成される。これらの有機的時代の次に、二つの批判的時代が来る。一つの時代は、ギリシア人たちの哲学的時代からキリスト教の出現までを、もう一つの時代は一五世紀末から今日までを包括している。」［E・バロー］『芸術家へ――美術の過去と未来について』一八三〇年、六ページ
[U15a, 4]

普遍史は、サン＝シモン主義者バローの場合には新しい芸術作品として現われる。「それでは、ローマ最後の悲劇作家や喜劇作家を、雄弁な説教を始めたばかりのキリスト教説教家と、できるものなら比較してみたまえ！　コルネイユ、ラシーヌ、ヴォルテール、モリエールは二度と再び現われないだろう。演劇の才能はその任務を終えた。……最後

に、小説もまたこれらの二つのジャンルと共通点を持つことによって、また歴史との関係において、つまり小説が歴史の幻の偽造物であるという点において、滅び去るだろう。……歴史は、たしかに力強い魅惑を取り戻すだろう。……オリエントの小国の歴史だけが神聖なものとされる時代は終わるだろう。全世界の歴史がまさに歴史と呼ばれるのにふさわしいものとなり、真の叙事詩となるだろう。そこでは、各国の歴史が一つの歌となり、それぞれの偉人の生涯が一つのエピソードとなるだろう。」［E・バロー］『芸術家へ――美術の過去と未来について』パリ、一八三〇年、八一―八二ページ。叙事詩は有機的時代に、小説と演劇は批判的時代に固有のものとされる。

［U16, 1］

バローは、世俗化された宗教的祭儀の諸要素が芸術にとって持つ意味についておぼろげな考えをすでに持っていた。とはいえ彼は宗教的祭儀と結びついた時代のほうを強調している。「ギリシアには、オリエントのような宗教的カースト制度はまったく存在しなかったとはいえ、ギリシアの叙事詩は、やはり宗教的祭儀と詩との最初の分離の実例となっている。……宗教的正統が批判的時代のなかにまで延長されているように、逆に言えば批判的時代の流れもまた正統をひそかな源としている。」［E・バロー］『芸術家へ――美術の過去と未来について』パリ、一八三〇年、二五―二六ページ

［U16, 2］

サン＝シモンは、人類の進歩を決定的に推し進めた男たち——ルター、ベーコン、デカルト——はまぎれもなく情熱の対象を持っていたと、得意な調子で指摘している。それはルターの場合には、食事の楽しみであり、ベーコンの場合にはお金であり、デカルトでは女と賭事だった。Ｅ・Ｒ・クルティウス『バルザック』〈ボン、一九二三年〉、一一七ページ参照

［U16, 3］

ギゾーの著書『フランス政府と現在の閣僚について』（パリ、一八二〇年）はブルジョワジーの台頭を一階級の数百年におよぶ闘いとして記述している（とはいえ、彼の著書『民主主義について』（パリ、一八四九年）は、その後ブルジョワとプロレタリアの間の闘いとなった階級闘争に悲惨さしか認めていないが）。このギゾーを引き合いに出して、プレハーノフは空想的社会主義者たちの思想について、それが「理論的にも実践的にも大きな後退である」と主張している。「その原因は、当時のプロレタリアートの発展が弱かったためである」という。ゲオルク・プレハーノフ「階級闘争理論の始まり」［『ノイエ・ツァイト』二一巻一号、シュトゥットガルト、一九〇三年、二九六ページ］

［U16, 4］

オーギュスタン・ティエリ〔19世紀仏の歴史家。一時サン＝シモンの秘書。七月革命の推進役となる〕は、サン＝シモンに育てられた子である。マルクスによればティエリは、「フランスのブルジョワジーが、イギリスのように単に交易や産業を通じてのみではなく、当初から、いや少なくとも都市の勃興以来、議会や官僚制などの形で成立したことによって多大な影響力を持つようになった様子……を非常にうまく記述している」。「一八五四年七月二七日付のカール・マルクスよりフリードリヒ・エンゲルス宛て書簡」〔カール・マルクス／フリードリヒ・エンゲルス『往復書簡選集』V・アドラツキー編、モスクワ／レニングラード、一九三四年、六〇ページ〕　[U16a, 1]

サン＝シモン主義の影響。「当時の版画では、祈りのために手を組んで、恍惚感にひたっている姿で描かれているピエール・ルルーは、『両世界評論』誌に神についての論文をぜひとも載せたいと思っている。……ルイ・ブラン〔19世紀仏の社会主義者・歴史家〕が無神論に反対する講演という御馳走で〔無神論者〕ルーゲ〔パリに亡命した独の初期社会主義者の一人〕をもてなしたことも、記憶に新しい。キネ〔仏の歴史家・文学者。カトリックを批判〕は、ミシュレとともに、イエズス会士と必死で闘ったが、彼の同国人たちを福音書と和解させたいというひそかな願望を失っていない。」C・ブーグレ『社会主義の予言者たちの

場合』パリ、一九一八年、一六一－一六二ページ　[U16a, 2]

ハイネの『ドイツ論』はアンファンタンに捧げられている。　[U16a, 3]

シュラーブレンドルフは、サン＝シモンが物理学を、いや物理学こそを真の宗教にしようと考えていたと伝えている。「宗教の教師たちは教会で自然の秘密と奇跡についての講演をすべきである。そうなれば、私の考えるには、静電気発電機が祭壇に置かれ、ガルヴァーニの電極で信者たちに触るようになっていたことだろう。」「パリのグスタフ・フォン・シュラーブレンドルフ伯が報じた当時の出来事と人物」[カール・グスタフ・ヨッホマン『聖遺物』ハインリヒ・チョッケ編、第一巻、ヘヒンゲン、一八三六年、一四六ページより]　[U16a, 4]

アンファンタンはルイ・ナポレオンのクーデタを神の摂理の仕業として歓迎した。　[U16a, 5]

一八四六年に、フェリシアン・ダヴィッドの『砂漠』が初演され、大きな反響を呼んだ。

スエズ運河のプロジェクトは当時すでに計画段階にあった。「理想主義的な詩人は砂漠を永遠の喩えとして讃え、石の墓穴にいる都市住民を嘆いている。」S・クラカウアー『ジャック・オッフェンバックと彼の時代のパリ』アムステルダム、一九三七年、一三三ページ。『砂漠』はオッフェンバックによってパロディ化された。

[U16a, 6]

「革命の夢の建築の中でルドゥの実験は特別の位置にある。……彼の「平和の家」の立方体の形は、それが正義と恒常性のシンボルであるがゆえに、彼には正当なものと思えたのだった。同じように、彼にとっては基本的な形態はすべて内的な浄化を示す意味深い印であったのだろう。より高き……生が住まいを見出すことになっている「誕生の街」は、楕円形のきれいな輪郭線で囲まれる。……新しき法の家パシフェールについて彼は『建築』の中でこう言っている。「私の空想が案出した建築は、そこに表現されている法と同じように単純であるべきだ。」」エミール・カウフマン『ルドゥからル・コルビュジエまで――自律的建築の起源と発展』ウィーン/ライプツィヒ、一九三三年、三二ページ

[U17, 1]

ルドゥの記念寺院(女性の家)。「郊外の邸宅の四隅に立つ凱旋柱に彫り込まれた叙事的

なレリーフは、生命を授けてくれた母たちの栄誉を告げるものである。それは将軍たちの血にまみれた成功に対して建てられてきた今までのような記念碑に代わるものである。この突飛な作品によって、この芸術家は生涯に遭遇した女性たちに感謝を捧げようとしたのだ。」エミール・カウフマン『ルドゥからル・コルビュジエまで——自律的建築の起源と発展』ウィーン／ライプツィヒ、一九三三年、三八ページ　［U17, 2］

ルドゥについて。「建築においては序列格差がなくなるので、すべての建築の課題は同じ価値を持つようになる。……かつてのようなテーマ上の折衷主義は、もっぱら教会や宮殿や「上等」な邸宅や、せいぜいでも城塞しか作ってこなかったが、建築上の新たなる普遍主義はこの折衷主義を駆逐する。……住居建築の市民化という革命的なプロセスは、芸術形式としてのバロック式外装の終焉と歩をともにしている。……郊外の団地として考えられた比較的大きな建築群は正方形の中庭を囲んで作られ、二部屋から四部屋のある住居からなる。そしてそれらの住居のどれにも不可欠な納戸があり、台所と貯蔵室とその他の家事に必要な諸々の設備は、中庭の中央にある建物に備えつけられる。こうして、共同炊事場付き集合住宅として現在宣伝されている建築のタイプが、おそらくはじめて現われることになるだろう。」エミール・カウフマン『ルドゥからル・コルビュジエ

まで――自律的建築の起源と発展』ウィーン／ライプツィヒ、一九三三年、三八ページ　[U17, 3]

「人々はオリエントを発見した。母を求めてかの地に旅立った者たちもいた――エフェソスのアルテミスのように、多くの乳房でおおわれたこの世紀の真の形象としての、母だ。」アドリエンヌ・モニエ「書物の友通信」一四ページ（『ラ・ガゼット・デ・ザミ・デ・リーヴル〔書物の友通信〕』I、一九三八年一月一日、パリ）　[U17, 4]

「男は過去を思い出す。女は未来を予感する。夫婦は現在を見ている。」サン＝シモン主義の警句。デュ・カン『文学的回想』II、パリ、一九〇六年、九三ページによる　[U17a, 1]

「《母》」、「それは自由な女性でなくてはならなかった。……自由な女性とは、女性の適性をきわめたがゆえに……同性の告解を聞けるような、思考と論理の女性でなくてはならなかった。……《母》……の探求はアンファンタンの新機軸などではなかった。彼よりはるか以前に、サン＝シモンは（オーギュスタン・ティエリが彼の秘書だった頃だが）、この……すばらしいものを見つけようとして……スタール夫人〔18―19世紀仏の自由主義の文学者〕のうちにそれをたしかに発見したと信じた。」スタール夫人はサン＝シモンとともに人類に救世主をもたらそうという提案を拒否した(九一―九三ページ)。――「《母》を求める派遣団が作られ、出発した。巡礼者は、隊長のバローも含めて総勢一二名だった。コンスタンティノープルまで行く必要があったのだが、……金がなかった。パリを発つときに彼らが立てた純潔の誓いのしるしとして、白装束に身を固め、手に杖をもって、一行は《母》の名において道中で物乞いをした。ブルゴーニュ地方では、刈り入れを手伝って「日雇い仕事」をした。リヨンには、ちょうど公開処刑の前日に到着したので、翌朝ギロチン台の前で死刑制度に対する抗議行動を行った。彼らはマルセイユから船に乗り、水夫の仕事をしたが、この商船の副船長はガリバルディだった。……彼らは広大な墓場で眠り、糸杉の蔭に朝の露をしのぎ、バザールをさまよい、ときおり立ち止まってはサン＝シモンの教えを説き、トルコ人たちにフランス語で話しかけたが、理解されるはずもなかった。」(九四―九五ページ)彼らは逮捕されたが、釈放され、太平洋に浮かぶロトゥマ島で母を捜し求めようと決意したが、オデッサにまでしか到達できず、そこからトルコに送還された。マクシム・デュ・カン『文学的回想』Ⅱ、パリ、一九〇六年より　[U17a, 2]

「ゴーディサールは、この記事を深く検討するためには記憶力と知力の膨大な働きが必要だという口実で、一週間分の補償金として五〇〇フラン要求した。その期間、サン＝シモンの教養の実践に身をゆだねるはずだったから、というのである。」ゴーディサールは『グローブ』紙（および『子ども新聞』）のために旅をした。H・ド・バルザック『名高きゴーディサール』パリ、カルマン＝レヴィ書店、一一ページ　　[U18, 1]

〔ナポレオンがイギリスに対して行った一八〇六年の〕大陸封鎖は、サン＝シモン主義をいわば実地に行った最初の試みだった。ハイネは（『全集』I、ハンブルク、一八七六年、一五五ページ――『フランスの状況』）、ナポレオン一世をサン＝シモン主義的な皇帝と言っている。　　[U18, 2]

背中でボタンをはめるサン＝シモン主義者たちのチョッキに、サン＝シモン派の両性具有的な理想が暗示されていると考えていいだろう。しかし、それはアンファンタンにさえ意識されていなかったと見るべきである。　　[U18, 3]

サン＝シモン主義者に敵対したコンスタンタン・ペクール〔19世紀仏の社会主義者・経済学者〕は、「人文科学アカデミーによって一八三八年に出題された問題、「現在普及しつつある輸送手段は……社会に対して……いかなる影響を及ぼしうるか?」に答えてこう述べた。「鉄道の発展は、乗客たちを客車内で同胞的関係に導くと同時に、人々の生産活動を……過剰に高揚させるだろう。」ピエール＝マクシム・シュル『機械と哲学』パリ、一九三八年、六七ページ　[U18, 4]

鉄道が歴史上に残した刻印は、それが最初の――そして外洋航路に使われた大きな蒸気船を除いてはおそらく最終的な――大衆をまとめて運ぶ交通機関であるということである。郵便馬車も、自動車も、飛行機も小さなグループの旅行者を運ぶにすぎない。　[U18, 5]

「鉄道の軌条のように単調な、われわれの文明の精彩を欠いた生活」とバルザックは言う。『あら皮』フラマリオン書店、パリ、四五ページ　[U18, 6]

V

陰謀、同業職人組合

「しばしば暴動に紛れ込んだ挑発分子は、第二帝政下では、「白シャツ」と呼ばれた。」

ダニエル・アレヴィ『自由のデカダンス』パリ、〈一九三一年〉、一五二ページ　[V1, 1]

「一八四八年には、ルイ＝フィリップはパリに、シャルル一〇世のときは九五〇人だった憲兵の代わりに三〇〇〇人の親衛隊、四〇〇〇人の警官の代わりに一五〇〇〇人の警官を置いていた。第二帝政は警察がことのほか大好きで、素晴らしい建物を作ってやった。裁判所とノートル＝ダムとの間にあって、シテ島の中心を占める、あの兵舎、要塞、事務所を兼ねた広大な建物〔パリ警視庁のこと〕は第二帝政のおかげでできたもので、美しさでは劣り、大きさでは勝るが、トスカナの諸都市の執政官《ポデスタ》が住まうあの官邸を思い起こさせる。」ダニエル・アレヴィ『自由のデカダンス』パリ、一五〇ページ　[V1, 2]

「警視庁の身上書類は有名だし恐れられている。新警視総監がその職務に就くと、彼自身の身上書類が彼のところに届けられる。このように彼だけが手心を加えてもらえるのだ。大臣たちも、共和国大統領さえも、決して自分自身の身上書類を読むことはない。

それは記録保管所の中に分類され、保存されていて、だれもそこに調べに入ることはできない。」ダニエル・アレヴィ『自由のデカダンス』パリ、一七一—一七二ページ　[VI, 3]

「カルチエ・ラタンのほうへ戻ってくると、ヴァル＝ド＝グラース街とラベ＝ド＝レペ街の間に、アンフェール街の原始林が広がっていた。それは、人が住まなくなって崩れかかった古い館の庭園で、そこには、互いにからんだプラタナスやシカモア〔カエデの一種〕やマロニエやアカシアが入り乱れて生えていた。中央には井戸があってカタコンベに通じていた。そこには幽霊が出ると言われていた。実は、井戸は炭焼党員《カルボナロ》たちや秘密結社《天は自ら助くるものを助く》のロマン主義的雰囲気の集会のときの通り道に使われていたのだ。」デュベック／デスプゼル『パリの歴史』パリ、一九二六年、三六七ページ■庭園とセーヌ■　[VI, 4]

「国民軍、それは冗談などでは決してなかった。王の軍と蜂起した民衆の間にあって、武装したパリのブルジョワジーは仲介的な大勢力であり、国民の英知だった。……一八三〇年から一八三九年までに、国民軍のブルジョワは、バリケードの前で二〇〇〇人の仲間を失い、ルイ＝フィリップが王座に留まることができたのも正規軍のおかげというよりも彼らのおかげだったのである。……若者たちが年老いたせいか、飽きが来ないものは無いせいか、とにかくブルジョワたちは、メリヤス業者と家具職人が六カ月ごとに武器を取って撃ち合わなければならないというばかげた生活に飽きてしまった。メリヤス業者たちはおとなしい人々だっただけに、家具職人たちよりも先に、それが嫌になってしまったのである。以上の指摘だけでも二月革命の説明がつくだろう。」デュベック／デスプゼル『パリの歴史』三八九―三九一ページ　[V1, 5]

六月蜂起。「貧相な風采をしているだけで、犯罪者として扱われた。「暴動者的風貌」なるものがでっち上げられたのもこの頃であり、こうした風貌をした人物はだれでも逮捕された。……国民軍自身も二月革命に加わったのだが、ただし彼らには国王に反旗を翻した者たちを反乱者と呼ぼうなどとは思いもよらなかった。私有財産に対して……蜂起した者たちだけが、反乱者と呼ばれたのである。国民軍は……「社会を救った」わけであるから、当時彼らは思いついたことをすべてすることができたのである。どんな医者でも、国民軍が病院に入るのを拒否できなかったであろう。……それどころか、国民軍の見境のない狂暴ぶりはあげくの果てには、譫妄状態でうわ言を言う熱病患者たちに向かって「黙れ」と叫び、もし学生たちが止めに入らなかったならば彼らを殺してしまったかもしれないほどだった。」エングレンダー『フランス労働者アソシアシオンの歴史』Ⅱ、ハンブルク、一八六四年、三二〇ページ、三二七―三二八ページ、三二七ページ　［VI, 6］

「労働者アソシアシオンが一八五一年一二月二日のクーデタによって基盤を失ったのは当然である。すべての労働者アソシアシオンは、国家から援助を得ていたものも、そうでないものも、平等のシンボルと「自由、友愛、平等」という言葉が書かれた彼らの看板をさっそく取り外しにかかった。あたかもクーデタの血によって怯えたかのように。クーデタ後にも、実際にはまだアソシアシオンはパリに残っていたのだが、労働者はこのアソシアシオンという名を使おうとはしない。……まだ残っているアソシアシオンを見つけるのは難しいだろう。なぜなら、街の職業録にも看板にも労働者アソシアシオンという名はもう見られなくなったからである。クーデタ以降、労働者アソシアシオンは、ごく普通の商会という形でかろうじて存続していた。たとえば、左官職人たちがかつて組織していた友愛アソシアシオンは、「ブイエ・コアドン商会」という会社の名で知られているにすぎない。また同様に今も続いている金メッキ職人のアソシアシオンは、いまでは「ドレヴィル、ティブ商会」という会社になっている、といった具合に、まだ存続しているどの労働者アソシアシオンでも、支配人の名前が会社の名前となっている。

……クーデタ以降、新会員を受け入れたアソシアシオンは一つもない。たとえ新会員が入ったとしても、ひどい不審の目で見られたことだろう。なぜなら、客が入ってきただけでも不審の目で見られたほどだし、いたる所で警察の気配が感じられたし、それどころか警察があれこれの理由をつけて実際にやってきたのだから、ますますそう思う十分な根拠があったからである。」ジグムント・エングレンダー『フランス労働者アソシアシオンの歴史』Ⅳ、ハンブルク、一八六四年、一九五ページ、一九七—一九八ページ、二〇〇ページ

［V1a, 1］

カベについて。「二月革命後、トゥールーズの県庁の書類箱のなかに、〔イカリア派建設のためにアメリカに向かった〕最初の部隊の幹部ないし隊長であるグーナンの手紙が一通発見された。彼は一八四三年にトゥールーズの〔イカリア共産主義者の〕裁判の最中に、ルイ・フィリップ治下の警察のスパイとなることを自ら申し出たのである。スパイの毒がフランスでは家庭生活のすみずみにまで浸透していることはみな知っていたとはいえ、旧弊な社会のもっとも醜い瘤であった一人の警察のスパイが、イカリア派騎兵隊の前衛部隊の指揮者にまでなり、ついには自らも滅びる危険を冒してまでその前衛部隊を壊滅させたことは、人々に驚愕の念を引き起こした。というのも、パリでは警察のスパイが、

自分を雇っている政府に反抗してバリケードの上で戦い、そして死んでいったのを、人々は見ていたからである。」ジグムント・エングレンダー、前掲書、Ⅱ、一五九―一六〇ページ■ユートピア主義者■ [V1a, 2]

「プロレタリアの陰謀活動が次第に発展してくると、分業が必要になった。メンバーは次の二つに分けられた。一つは、機を見て活動する陰謀家〔conspirateurs d'occasion〕、すなわち通常の職業を営みながら陰謀を行う労働者である。彼らは、会議にだけは参加し、指導者の命令があれば集合場所に出向く用意がある。もう一方はすべての営為を陰謀のために行い、それによって生計を立てている、職業的陰謀家たちである。この階級の生活状態は、はじめからすでに彼らの全性格を決定している。プロレタリアの陰謀活動は、当然のことながら彼らにきわめて限られた不安定な生活の糧しか提供しなかった。それゆえに、彼らは陰謀のための資金にたえず手をつけざるをえなかった。彼らの多くはブルジョワ社会一般と直接衝突を起こし、軽犯罪裁判所にもっともらしい様子で出頭してくるのだった。個々の点では自らの行動よりもむしろ偶然に支配された彼らの不安定な生活、居酒屋――ここが共謀者たちが落ち合う場だったのだが――だけが唯一の決まった行き場であるような彼らの不規則な生活、彼らが否応なしに知り合うことになるいかがわしい人物たちとの交遊関係、そうしたものが、パリでボエームと呼ばれる生活圏に彼らを引き込んでいく。プロレタリア階級出身のこうした民主主義的ボヘミアンたちは、働くことをやめてそのために身を落とした労働者であるか、あるいはルンペンプロレタリアの出で、この階級のだらしない習慣をみなそのまま新しい生活に持ち込んでいるような連中であった。……こうした職業的な陰謀活動家の生活はすべて、ボエームのもっとも顕著な特徴を帯びている。陰謀活動の勧誘担当下士官たちは、飲み屋から飲み屋へと歩いてまわり、労働者たちの脈をさぐり、使えそうな人物を探し出しては、彼らを陰謀へと誘い込んだ。そしてその場合にどうしても飲むことになるワインの支払いは、組合の資金から払うか、あるいは勧誘で獲得した新しい友人にもたせるのである。飲み屋の亭主たちは一般に、本当の意味で陰謀家たちの宿主である。陰謀家は飲み屋の亭主のところにたいてい入りびたっていて、ここで仲間や自分の属する部門の仲間たちと会い、勧誘すべき人たちと出会うのである。そして最後に、複数の部門(班)や班長たちの秘密の会合が行われるのもここだった。パリのプロレタリアが皆そうであるように、陰謀活動家はもともと非常に陽気な性格なので、このように絶えず飲み屋での雰囲気に浸っていると、ほどなく完璧なる放蕩者となってしまう。秘密集会ではスパルタ的な厳格さを身をもって示した陰険な陰謀活動家が、突然打ち解けて、どこでも見受けられる酒好きで女好きの常連客に変身してしまうということもある。こうした飲み屋のユーモアは、陰謀活動家がつねに危険に晒されていることによって、さらにその度を増す。というのは、彼はいつ何時バリケードに呼び出され、そこで命を落とすかもしれないからである。そしていたる所で警察が彼に罠をかけていて、監獄や、それどころかガレー船〔漕役刑者を乗せてこがせる船〕にぶち込もうとしているのだから。……それと同時に最大の危険が常日頃から迫っていることに慣れっこになっているために、陰謀活動家は生命や自由に対して無関心になってしまっている。監獄にいても彼は酒場でと同じように我が家気分でいる。毎日、毎日、彼は行動開始の指令が来るのを待っている。パリの蜂起で常に見られるすてばちの無鉄砲さは、まさにこうした老練な職業的陰謀活動家、つまりフランス人の言う奇襲兵〔hommes de coups de main〕によってもちこまれたものである。最初のバリケードを築き、その指揮をとり、抵抗を組織し、銃砲店からの略奪と、家々からの武器や弾薬の没収を指揮し、蜂起のまっ最中に大胆な奇襲攻撃を行って政府側をたびたび混乱に陥れるのは、彼らなのだ。一言で言えば、彼らは反乱の将校なのである。もちろん、これらの陰謀家の仕事が一般に革命的プロレタリアートを組織することに限られているわけではない。彼らの仕事は、革命的な発展過程を先取りして、その過程を人為的に危機へと駆り立てて、革命の条件をそろえることなく革命を即座に行うことである。

彼らにとって革命の唯一の条件といえば、陰謀を十分に組織することしかない。彼らは革命の錬金術師であり、昔の錬金術師たちが抱いていた固定観念に見られる思考の錯乱や偏狭さをそっくりそのまま共有している。彼らは革命的奇跡を引き起こすだろうと思われる発明に熱中している。たとえば焼夷弾、魔術的な作用のある破壊機械、合理的な理由が少ないほど、奇跡的で意外な効果をもたらすとされる暴動などがそれである。こうした夢想的な企みばかりを仕組んでいた彼らがまず目指しているのは、現存政府の転覆であり、彼らは、労働者に自分たちの階級利害をもっと理論的に啓蒙することを心から軽蔑している。したがって、理論的な啓蒙という運動の側面を代表している多少とも教養のある人々――「黒服〔habits noirs 黒の燕尾服〕」と呼ばれる――に対して彼らが抱く憤懣も、プロレタリア的なものではなく、むしろ平民《プレベイヤン》的なものである。だが、彼らは党の公式代表者であるこの「黒服」から、決して完全に独立することはできない。そして「黒服」のほうは、ときどき彼らの資金源となってやらざるをえないのである。ところで、陰謀家たちが革命的政党の動きに、否応なしに、従わねばならないことは自明のことである。陰謀家たちの生活の一番の特徴は、警察との闘争である。彼らと警察との関係は、ちょうど泥棒や売春婦と警察の関係と同じなのである。」この論文の別の箇所ではリュシアン・ド・ラ・オッド〔19世紀仏のジャーナリスト・詩人。七月王政下で共和派の活動に対して警察のスパイを務めた」に関するシュニュの報告に依拠しながらこう述べられている。「ここに見られるのは……雨の降るなかで、警察官に出会ったらチップを貰おうと待ち伏せしている卑しい政治的売春婦である。」「ある晩散歩をしていると――こうシュニュは語っている――私はド・ラ・オッドがヴォルテール河岸通りを往ったり来たりしているのに気づいた。雨が滝のように降り注いでいたこともあって、この様子から私はいろいろと思いをめぐらせた。この親愛なるド・ラ・オッド氏ももしかして秘密資金から金をくすねようというのだろうか。……「今晩は、ド・ラ・オッドさん。いったいこんな時間に、しかもこんなひどい天候のなかで何をしておられるのですか。」「私が金を貸している不届き者を待っているんだ。そいつは毎晩この時間になるとここを通るので、金を返してもらおうと思ってね。さもなければ」――と彼は言いながら、河岸の柵をステッキで激しくたたいた。ド・ラ・オッドはシュニュをやっかい払いしようとした。……シュニュは彼から離れた。……とはいっても学士院のアーケードのかげに身を隠しただけである。……それから一五分ほどして、小さな緑色のランタンを二つつけた馬車がやってきたのに気づいた。……一人の男が馬車から降りると、ド・ラ・オッドはこの男のほうにまっしぐらに歩いていった。彼らはしばらく話していたが、その後ド・ラ・オッドが、金をポケットにしまいこむ動作をするのが見えたのだった。」マルクス／エンゲルス「シュニュ『陰謀家』(パリ、一八五〇年)、およびド・ラ・オッド『〔一八四八年二月における〕共和国の誕生』(パリ、一八五〇年)についての論評」『新ライン新聞』の復刻記事、〈『ノイエ・ツァイト』〉四巻、シュトゥットガルト、一八八六年、五五五―五五六、五五二、五五一ページ所収　[V2; V2a]

一八四八年の労働者と大革命。「労働者は、革命によってもたらされた状況に苦しんだにもかかわらず、みずからの困窮の原因が革命にあるとは考えなかった。彼らは、革命が民衆の幸福につながらなかったのは、陰謀家たちが革命の根底にある原理を歪めたからなのだと思い込んでいた。彼らの考えによれば、大革命はそれ自体としては良いものだったのであり、一七九三年を新たに繰り返す決意があってこそ人々の困窮をなくすことができるというのだ。それゆえに彼ら労働者たちは、不信の念をもって社会主義者と袂を分かち、革命的な方法によって共和政を創出する目的のために陰謀を企てるブルジョワの共和派のほうにむしろ魅力を感じたのである。ルイ・フィリップ治下の秘密結社は、活動的な多数のメンバーを労働者階級から集めたのだった。」ポール・ラファルグ「フランスにおける階級闘争」『ノイエ・ツァイト』一二巻二号、一八九四年、六一五ページ　[V3, 1]

「共産主義者同盟」についてのマルクスの見解。「「同盟の秘密の教義について言えば……その教義はフランスとイギリスにおける社会主義と共産主義、およびそのドイツにおける変形をも含めて、そのありとあらゆる変遷をたどってきた。……この団体の秘密結社的な形式の起源は、パリにある。……私は最初にパリにいた頃(一八四三年末から一八四五年初頭にかけて)、パリの共産主義者同盟の指導者たちとも、フランスのほとんどの労働者秘密結社の指導者たちとも個人的につき合ってはいたが、そのいずれにも加盟はしなかった。ロンドンにあるこの同盟の中央局がブリュッセルでわれわれと連絡を取り合うようになり、時計職人ヨーゼフ・モルなる人物を派遣してわれわれを同盟に加盟するよう勧めた。モルは、中央局が共産主義者同盟会議をロンドンで招集するつもりだと打ち明けることによってわれわれの疑念を晴らしてくれた。……こうして、われわれは同盟に加盟することになった。会議は……開催され、何週間も続いた激しい議論のあげく、エンゲルスと私が起草した『共産党宣言』が採択された。」マルクスがこの文章を書いたとき、彼はその内容を「半分忘れかけた、とうに過ぎ去ってしまった話」だと言っている。……五〇年代の反革命によって打倒されてしまった労働運動は、一八六〇年には、ヨーロッパのどこでもまだ再起してはいなかった。……ヨーロッパの労働運動の開始の日付を共産党宣言の発表に置くとすれば、共産党宣言の歴史を誤って理解することになろう。共産党宣言はむしろ七月革命から二月革命までの労働運動の第一期の締めくくりをなすものであった。……マルクスとエンゲルスが到達しえた最高のものは、理論的明晰さであった。……当時のイギリスおよびフランスの社会主義に、そして当時のドイツ哲学に何年ものあいだ精神的な共感を示しながらともに歩んできた秘密結社的な労働者同盟が、ひたすら最高の敬意を表するしかないような思考のエネルギーを発揮したのである。」「共産主義のある記念日」『ノイエ・ツァイト』一六巻一号、シュトゥットガルト、一八九八年、三五四―三五五ページ。マルクスの引用は、フォークトに対する論争文から

［V3, 2］

「当時の共産主義者による陰謀の実行プログラムは……上層階級（「貴族階級」）に対する闘争なしに労働者階級（「民衆」）の解放はありえないと深く確信していた点で、ユートピア社会主義者のそれとは区別され、それよりもはるかにすぐれてもいる。ほんの一握りの人間たちが、民衆の利害の名のもとに陰謀を企てたとしても、そうした闘争が決して階級闘争と呼ばれえないのは当然である。しかしその陰謀家の大部分が労働者からなるならば、この反乱は労働者階級の革命的闘争の萌芽となりうるのである。「貴族階級」

についての「季節社」の考え方は、当時のフランスの革命的共産主義者たちの理念と、一八世紀のブルジョワ革命家や王政復古期の自由主義的野党の理念との間に密接な遺伝的関係があることを証言している。……オーギュスタン・ティエリと同様に、フランスの革命的共産主義者たちは、貴族階級に対する闘争が社会のそれ以外の全成員の利益のためには不可避であるという意識から出発していた。しかし彼らは、血統による貴族階級に代わって財力による貴族階級が登場してきたということ、それゆえにブルジョワジーに対する……闘争が行われねばならないことを正当にも指摘している。」ゲオルク・プレハーノフ「階級闘争理論の始まり」(『共産党宣言』のロシア語版序より)、第三章「階級闘争に関するマルクス以前の思考」『ノイエ・ツァイト』二一巻一号、シュトゥットガルト、一九〇三年、二九七ページ　[V3a, 1]

一八五一年。「一二月八日に出された政令は……秘密結社に属している、あるいはかつて属していた、すべての者を裁判ぬきに流刑に処することを命じた。秘密結社とは、相互扶助組織であれ、文学愛好会であれ、白昼堂々と結成されていても知事に届け出ていないあらゆる結社のことをいう。」A・マレ／P・グリエ『一九世紀』パリ、一九一九年、二六四ページ　[V3a, 2]

「オルシニの〔ナポレオン三世〕暗殺未遂事件の結果……帝政政府はただちに……一八四八年六月事件と一八五一年一二月事件のときにすでに処罰を受けたすべての者を……逮捕し、裁判ぬきで流刑に処する権限を政府に与える、いわゆる治安維持法を可決させた。……各県では、知事は命令を受け、大急ぎで一定数の犠牲者の名簿を提出しなければならなかった。」A・マレ／P・グリエ『一九世紀』パリ、一九一九年、二七三ページ　[V3a, 3]

「独立派には独自の秘密結社があった。一八二一年の初頭にイタリアのカルボナリ党をモデルにして組織された炭焼党である。その組織者は、ナポリ亡命から帰ってきたばかりのぶどう酒外交販売員のデュジエと、医学生のバザールであった。……各加盟者は月に一フランを支払い、銃を一丁と五〇発の弾を持たなくてはならず、リーダーの命令を盲目的に実行することを誓った。特に学生と兵士が炭焼党員になった。炭焼党は二〇〇〇の支部と四万人の党員を擁するまでになった。炭焼党員たちは、「外国人によって復帰させてもらった」ブルボン家を転覆し、「自分たちにふさわしい政府を選ぶ権利の自由な行使を国民に取り戻させる」ことを目指していた。彼らは、一八二二年の最初の六カ月の間に、九つの陰謀を組織したが、すべて失敗に終わった。」A・マレ／P・グリエ

『一九世紀』パリ、一九一九年、一九ページ。炭焼党の蜂起は武装蜂起であった。それはデカブリストの蜂起〔一八二五年一二月にロシアに起こった将校反乱〕とある種の類似性をもっていた。 [V4, 1]

一八二七年四月二九日に国民軍はヴィレールによって解散させられた。その理由は、国民軍が彼に抗議するデモを行ったためである。 [V4, 2]

理工科学校《エコール・ポリテクニク》の学生約六〇名が七月蜂起の指導層にいた。 [V4, 3]

一八三一年三月二五日、国民軍が再建された。「それは……連隊長を除いて、士官を内部から選び任命した。……国民軍は……およそ二万四〇〇〇人を擁した本物の軍隊であった。……この軍隊は……警察力であった。……したがってそこでは労働者たちを遠ざける配慮がなされた。……国民軍に加わるには自前で制服を用意し、装備を整える義務を課することでそうしたのである。……しかもこのブルジョワの国民軍は、あらゆる機会に、律義にその義務を果たした。集合を知らせる鼓手隊が通るとすぐに、各人は自分の仕事を止め、商店主は店を閉めた。そして制服を着ると、集合場所において部隊と合

流するのであった。」A・マレ／P・グリエ『一九世紀』パリ、一九一九年、七七、七九ページ　[V4, 4]

「共和派は大部分が炭焼党に属したことがあった。彼らは反ルイ・フィリップの秘密結社を次々と結成していった。もっとも重要な結社は……人権協会であった。それは炭焼党を真似てパリで創設され、またたく間にほぼ四〇〇〇人の加盟者を獲得し、大部分の主要都市に支部をもった。これが、一八三二年六月と一八三四年四月のパリとリヨンの大蜂起を組織した。主要な共和派新聞には、『トリビューヌ』と『ナシオナル』があり、前者の主筆はアルマン・マラストで、後者のそれはアルマン・カレルであった。」マレ／グリエ『一九世紀』パリ、一九一九年、八一ページ　[V4, 5]

理工科学校《エコール・ポリテクニク》の学生たちによって『コンスティテュシオネル』紙編集部で行われた一八三〇年一二月一九日の宣言。「「煽動者のなかに、理工科学校の制服を着た男がいたら、この男は偽物である……」と彼らは言った。そして彼らは、場末の労働者街に理工科学校の学生の影響力を不当に利用しようとしてその制服を着て現われる男たちを、いたるところで追いつめさせた。ボスケの言うところでは、エコールの学生を識別する手段は、彼らに「$\sin x$ あるいは $\log x$ の微分」を質問することであった。「彼らが答えることができるなら、彼らは理工科学校の卒業生であり、そうでなければ、彼らを監獄にぶちこませる。」」G・ピネ『理工科学校《エコール・ポリテクニク》の歴史』パリ、一八八七年、一八七ページ。シャルル一〇世の大臣たちに対してなされた裁判をきっかけにして騒乱が起きた。ピネはこうつけ加えている(一八七ページ)。「共和派の信念をもっていた人々は、ブルジョワジーの利益を支持して人民の大義を裏切った、といって非難されるのを恐れていたようだ。」いずれにせよ、理工科学校は、その後の声明で、平等・普通選挙を断固として支持する立場をとった。 [V4a, 1]

「公然であれ非公然であれ、組織された結社に加入した学生たちは、毎日、指令を受けとりにそこへ出向く。……彼らには準備中の動きが知らされる。理工科学校《エコール・ポリテクニク》は自らを国家の中の第四権力であると信じるまでになった。……いまや共和派は国民軍の砲兵隊全体、学生、プロレタリア、労働者、七月革命の受勲者をその隊列に加えて……活動を再開し、「人民の友協会」、「人権協会」、「ゴロワーズ協会」といった民衆の結社は多くの加入者を獲得した時であり、国民軍だけでは公共の安寧を維持するには十分ではなく、サン＝シモン派は社会秩序をゆさぶるおそれがあり、……『ナシオナル』紙と『トリビユーヌ』紙は権力に対して日々の闘争を維持している時である。」G・ピネ『理工科学校《エコール・ポリテクニク》の歴史』パリ、一八八七年、一九二―一九三ページ　[V4a, 2]

コレラが流行したときに、政府は井戸に毒を流したとして非難された。たとえばフォーブール・サン＝タントワーヌの地区ではそうだった。　[V4a, 3]

「さまざまの学校の青年たちは赤いベレー帽をかぶることに決めた。秘密結社では、人々は、次の機会には、国民剃刀〔ギロチンのこと〕を研がせるのだと決意を固めていた。」シャルル・ルアンドル『現代の危険思想』パリ、一八七二年、八五ページ　[V4a, 4]

民主主義者たちの秘密結社には、偏狭な愛国主義の風潮があった。彼らは戦争によって共和国を国際的に宣伝しようとした。　[V5, 1]

「後になってある被告が貴族院国家反逆罪法廷で答えたこと。――おまえの頭目は誰か。――そのころそんな者は知らないし、いたとしても認めてはいません。」ヴィクトール・ユゴー『全集――小説八』パリ、一八八一年、四七ページ（『レ・ミゼラブル』「歴史の知らない歴

史の源」)　［V5, 2］

「ときどき、「ブルジョワ風の立派な身なりをした」男たちが「もったいぶって」やって来て、「酒を注文する」ような態度をみせながら、主だった連中と握手して立ち去った。彼らは決して一〇分以上は留まらなかった。」ヴィクトール・ユゴー『全集――小説八』パリ、一八八一年、四二―四三ページ(『レ・ミゼラブル』「歴史の知らない歴史の源」)　［V5, 3］

「人権協会」はその回状に大革命期の年号を使用している。共和暦四二年雨月《プリュヴィオーズ》には、支部がフランス全体では三〇〇、パリでは一六三あり、それぞれの支部には独自の名前がついていた。プロレタリアートに対するブルジョワの勧誘宣伝には次の利点があった。「救援物資や寄付金という物質的援助によって屈辱を与えながら彼らを引きつけるのではなくて、心づかいや敬意、共同の舞踏会や宴会によって、ブルジョワの指導者たちは彼らを味方にしようと努めたことである。」シャルル・ブノワ「一八四八年の人」I(『両世界評論』一九一三年七月一日、一四八―一四九ページ)　［V5, 4］

「情宣《プロパガンダ》協会」。「一八三三年末の大ストライキは、一部はこの結社の功績であった。このストライキは植字工、機械修理工、石工、綱製造工、辻馬車御者、靴の反り付け工、手袋職人、製材工、壁紙製造工、メリヤス製造工、錠前工にまで広がり、「仕立て師八〇〇〇人、靴職人六〇〇〇人、大工五〇〇〇人、宝石細工職人四〇〇〇人、パン職人三〇〇〇人」をくだらない規模になった。」Ch・ブノワ「一八四八年の人」I(『両世界評論』一九一三年七月一日、一五一ページ)　[V5, 5]

「不可視の委員会〔Le Comité invisible〕」――リヨンの秘密結社の名前。　[V5, 6]

一八三二年以降になって初めて、特に一八三四年ないし一八三五年頃になってから、革命的プロパガンダはプロレタリアートの間に定着するようになった。　[V5, 7]

秘密結社は、一八三五年以降に組織が強化され、秘教伝授的な要素が強まった。曜日や月の名が、挺身隊や特別奇襲隊の暗号となった。フリーメイソンの影響を受け、秘密裁判を思わせるような入会儀式が行われるようになった。ド・ラ・オッドの言うところによれば、すでにこの儀式において、なかんずく「政治革命を行うべきか、社会革命を行うべきか」という問いが行われていたという。(Ch・ブノワ「一八四八年の人」I『両世界

評論』一九一三年七月一日、一九五九―一九六一ページ参照） [V5, 8]

「ジャコバン派、山岳派、秘密結社、陰謀、閲兵、武装蜂起、奇襲などは一八四〇年にはすべて終わった。「共産主義」がこれからは好まれるだろう。……労働者たちは、ベルヴィルの宴会に参加し、そこで時計師のシマールが演説した。パリだけでも三万人を決起させた一八四〇年の大ストライキは彼らの結束を固めた。……ハインリヒ・ハイネはその著作『ルテティア』で十数箇所にわたって、……パリの場末の労働者に対する共産主義の強力な影響を鋭い筆法で描いた。彼は〔『ルテティア』に収められた〕『アウクスブルク新聞』への手紙の中で、共産主義者たち自身に共産主義を教えてやったといって自慢している。……しかし……いろんな共産主義者がいる。私は一八四三年の『イカリア年鑑』から次の警告を書き写しておく。……「今日、共産主義者は二つの主要なカテゴリーに区分される。一つは、結婚と家族を廃棄しようとする単純な共産主義者であり、もう一つはイカリア派の共産主義者であって、その際立った特徴は家族と結婚を肯定し、秘密結社、暴力、暴動、テロ行為を斥けることである。」」（シャルル・ブノワ「一八四八年の人」II（『両世界評論』一九一四年二月一日、六三八―六四一ページ） [V5a, 1]

三〇年代の半ばに、職人組織と職人たちの伝統に危機が生じた。同業組合《ツンフト》の時代から引き継がれた階層序列が揺らぎ始め、多くの職人の歌が時代遅れのものと感じられるようになった。人々はアソシアシオンを知的・道徳的に高めようとした。アグリコル・ペルディギエは、歌や教訓的あるいは教化的な読み物が入っている一種の職人読本を作った。この書物からわかるのは、消滅しつつある同業組合の慣習こそが秘密結社の土壌だったということである。　［V5a, 2］

一八三九年以後の結社《セナークル》。《悪魔の息子たちのシャンソン酒場》《唯物論的共産主義者》。　［V5a, 3］

酒屋の制度。「現行法はこれを自由にしているが、たしかに第二帝政はこれから自由を奪った。ナポレオン三世は居酒屋を「秘密結社への勧誘場所」だと見ていたが、注釈付法令［Code annoté］［パンフレット、ジュリアン・グージョン『カフェ経営者に関する注釈付法令』］は、「三〇万の住民とその家族を非公式の監視人や投票工作員に変えようとし」「恐怖政治を敷こう」としたといってナポレオン三世を非難している。したがって、三〇万の飲み屋《エスタミネ》と、バルザックが「人民議会」と呼んでいる飲み屋に数えられる政治的な飲み屋は……七月体制〔一八三〇年〕と一八四八年政体の下でもすでにその網を広げていたのだ！」モーリス・タルメール「酒屋」（『両世界評論』一八九八年八月一五日、八七七―八七八ページ）

[V5a, 4]

アグリコル・ペルディギエ『同業職人組合の書』（パリ、自費出版、一八四〇年）から抜粋された雑録。「一八三〇年に、見習い指物師と見習い錠前工たちはボルドーで組合の仲間たちに対して反乱を起こし、自分たちで新しい結社の中核をつくった。それ以来、リヨン、マルセイユ、ナントでも、他の見習い職人たちが反乱を起こして結社をつくった。……これらのさまざまな結社は互いに連絡をとって、連合結社、別称独立職人結社が創設された。……それらには、秘密も加入儀式も差別もなかった。……結社のすべてのメンバーは平等である。」（一七九―一八〇ページ）しきたり。「組合員たちが住まい、食事し、集会をする家に組合員が行くとき、「母のところに行く」と言う。」（一八〇―一八一ページ）名前。「カルカソンヌの薔薇、トゥールニュの決然たる男、等々。」（一八五ページ）挨拶――決まった形式の組合員の出会い方。「彼らは、どの筋のものか、どの組合のものか、を互いに質し合う。彼らが同じ筋・組合のものであることがわかると、大喜びし、彼らは同じひさごの酒で祝杯を上げる。……反対の場合には、最初に悪口の、ついで拳固の、応酬がある。」(一八七ページ) さまざまなやり方で身につけた異なった色のリボンは、違った職業の印である。さらに、耳輪もよく使われていて、異なった職業によってこれ以外はつけてはいけないという装飾品(蹄鉄、ハンマー、ものさし、等々)が決まっている。「三角定規とコンパスは、同業職人組合なるもの全体の象徴である。なぜなら……組合職人〔compagnon〕の語源はコンパス〔compas〕に由来すると考えられているからである。……靴職人とパン職人はコンパスを身に帯びる名誉を得るために、時として高い犠牲を払った。他の職業の同業職人組合の組合員たちが襲いかかってきたからである。」(一八九ページ)「同業職人組合の社会では、ムッシュウという言葉は決して使われない。……フランス人、スペイン人、イタリア人、スイス人たちが集まると、互いに自分をスペインの国《ペイ》、イタリアの国《ペイ》、スイスの国《ペイ》、等々と呼び合う。……さらに彼らは天空という同じ丸天井の下に住まい、同じ地球の上を歩くのであり、彼らが国であり、自分を国と名乗るのである。なぜなら、彼らにとって世界は一つの大きな国でしかないからである。」(四一ページ) ――組合の職人たちは自分をソロモンの子どもだと称している。ペルディギエは、ビュシェによって創刊された『アトリエ』紙(一八四〇―一八五〇年)の寄稿者であった。この新聞は、一万八〇〇〇フランの供託金を払えなかったので、一八五〇年に廃刊された。 [V6, 1]

七月革命の時期には、共和派ブルジョワジーとプロレタリアートが接近したために、秘密結社が急激に発展した。　[V6, 2]

《一二月一〇日結社》。「パリのルンペンプロレタリアートは、大統領に選出された後のルイ・ナポレオンによって、福祉協会を設立するという口実のもとに、数多くの秘密結社的なセクションに分割され、それぞれのセクションは、ボナパルト派の工作員に統率されていた。」エードゥアルト・フックス『ヨーロッパ諸民族の戯画』Ⅱ、ミュンヘン、〈一九二一年〉、一〇二ページ　[V6, 3]

ベロム広場の居酒屋《キャバレー》。「ルイ＝フィリップ時代に、この居酒屋は、警察と通じた人物によって経営されていた。店の客の大部分は、この時代のすべての陰謀家たちであって、彼らはそこで週に二度、月曜日と木曜日に、集まりをもった。木曜日に信用のおける者が紹介され、月曜日には、彼らは仲間として受け入れられた。」A・ルパージュ『パリの政治カフェと文学カフェ』パリ、〈一八七四年〉、九九ページ　[V6a, 1]

ロシアの情報提供者ヤコフ・トルストイが、ルイ・ナポレオン公から任務を委託されたイングランド植民地銀行の頭取キャンベルと交わした会話に関して記した秘密報告からポクロフスキーは次の記述を引用している。「公はキャンベルに自分の置かれている状況の難しさを打ち明けた。というのも公は〔穏健な〕《ナシオナル紙派》(すなわちカヴェニャック反対派——ポクロフスキーによる補足)を相手に戦わねばならないばかりか、……巨額の資金を使うことができる(!)赤い共和主義者たち(ルドリュ＝ロラン——ポクロフスキーによる補足)とも戦わねばならないからというのだ。……その後……彼〔キャンベル〕は私に、ロシアの政府がこの金額〔つまり選挙活動に必要だがイングランドでは調達できない金額〕を公に与える意向はないだろうかと尋ねた。……そう言われてわかったことだが、キャンベル氏はルイ公の一種の密使なのだった。そこで私は彼の注意をそらし話を終わらせるために、すべては冗談だというように仕向けた。私は彼に、ルイ・ボナパルトは彼が要求する一〇〇万フランの見返りとしていったいロシアに何をすることができるだろうかと聞いてみた。——「あらん限りの譲歩です」とキャンベル氏は意気込んで答えた。——「するとロシアはフランス共和国の元首を買えるというわけですか」と私は尋ねた。「しかもたったの一〇〇万フランで。四年間の在任期間に分ければ一年あたり二五万フランというわけです。高い額ではないことはお認めになりますね。」――「この値段であなたは彼〔ルイ〕を完全に意のままにすることができる、と保証します。」――「彼は少なくとも自分の権威をすべて使って、ポーランドやロシアからの移住者をフランスから一掃するでしょうか。」――「私はあなたにこう申し上げたい。彼はこの点に関しては形式上は義務を引き受けはするでしょう。なにしろ彼は人間が置かれうる困難のうちで最大の困難な状況に置かれているのですから、と。」」M・N・ポクロフスキー『歴史論文集』ウィーン／ベルリン、〈一九二八年〉、一二〇ページ（「ラマルティーヌ、カヴェニャック、ニコライ一世」）　[V6a, 2]

「「コンパニオン」という古い職人組合（多くの歴史家はそこにカルボナリ運動の起源があるとみなしている）の成立は、一四世紀、あるいはもしかすると……一二世紀にさかのぼるものだが、この結社はバルザックの関心をとくに引かずにはいなかった。……コンパニオン自身は……自分たちが創設された時期をソロモンの神殿建設の時代にまでさかのぼらせている。……『十三人組物語』の序文で、バルザックは今日でもフランスの民衆のなかにコンパニオンの支持者がいるらしいことを暗にほのめかしている。」エルンスト・ローベルト・クルティウス『バルザック』ボン、一九二三年、三四ページ　[V7, 1]

「フランスで不気味で不安をかき立てるさまざまな話の種を大衆に提供していたのは、特に「ラ・コングレガシオン」の名で知られる秘密結社だった。ことに王政復古期の作家たちは、きわめて不気味な陰謀の物語を仕立て上げた。アルトワ伯、後のシャルル一〇世は秘密結社と親密な関係にあった。……当時シャルル・ノディエは『軍隊内の秘密結社の歴史』で読者をとりこにした。彼自身、一七九七年に創立された「フィラデルフ協会」の会員だった。……「ソシエテ・デュ・シュヴァル・ルージュ〔赤馬協会〕」もまた少しも危険のない協会だったが、この協会はバルザックがゴーティエやほかの何人かとともに設立したものである。協会の会員たちがサロンに影響を与えることによって……互いに力と名声を得ることができるという強い確信をもって設立した協会だった。……監獄の囚人たちからなるある秘密結社は《グラン・ファナンデル協会》といい、その組織はヴォートランのような人物を仕立て上げる背景となっている。」エルンスト・ローベルト・クルティウス『バルザック』ボン、一九二三年、三二一―三四ページ　[V7, 2]

フォーブール・サン゠タントワーヌとタンプル地区内が手工業にとって重要だったのは、修業期間が終了する以前に開業することを職人たちに禁止する法律がその地区だけには適用されていなかったからである。職人の全国修業旅行は三―四年を必要とし

た。 [V7, 3]

職人たちについての他の多くの報告と並んで、シャプタルは好戦的な諸派について報じている。「その仕事道具はつねに彼らの武器となった。」シャプタル『フランスの産業について』Ⅱ、パリ、一八一九年、三一四ページ [V7, 4]

「親しい仲間で夕べに集うときのほかは、この頃パリにいたドイツの職人たちはよく日曜日に一家そろって郊外のレストランに集まった。かつて近衛将校であったアーダルベルト・フォン・ボルンシュテットは、プロイセン政府のために、当時パリにいたドイツの急進派の作家や職人たちをスパイしていたのだが、彼は一八四五年一月、マルクスやヘスを告発する密告文の中で、ヴァンセンヌ大通りで行われたそのような集会の様子を記している。その集会では、王の殺害や金持ちへの憎しみや私的所有の廃止がおおっぴらに公言されていたという。」グスタフ・マイアー『フリードリヒ・エンゲルス』第一巻「初期のフリードリヒ・エンゲルス」ベルリン、〈一九三三年〉、二五二ページ [V7, 5]

「アーダルベルト・フォン・ボルンシュテットは……プロイセン政府の……スパイだっ

た。エンゲルスとマルクスは彼を利用したが、自分たちが関わっている人物の正体をかなりよく承知していたようだ。」グスタフ・マイアー『フリードリヒ・エンゲルス』第一巻「初期のフリードリヒ・エンゲルス」(第二版)、ベルリン、三八六ページ　[V7a, 1]

フローラ・トリスタンは労働者を同業職人組合というくびきから解き放とうとした。
[V7a, 2]

シュラーブレンドルフは、タンプル大通りで演じていた大衆的な喜劇役者ボベーシュについて、次のように報じている。「彼の小劇場はあまりにも小さくて、彼が一緒に演技をしている義兄(弟)も舞台に上がるともう彼の身動きする場もなくなってしまうほどだった。そうすると彼はなにもできなくなってしまう。だから彼が最近ではこう叫ぶのももっともなことなのだ。「わしには居場所《プラース》が必要だ、どうしても居場所《プラース》がいるのだ！

――だがおまえ、職務《プラース》を果たさ《ランプリール》なくてはならないことが本当にわかっているのかい。

――いっぱいにする《ランプリール》だって？　広場《プラース》の一部は誰かが埋めるし、他の部分は他の誰かが埋めるのさ。――ではおまえはどんな広場《プラース》がほしいのだい。――ヴァンドーム広場さ。

――ヴァンドーム広場だって？　おまえにはとうてい無理だよ。――これほどやさしいことはないさ。わしは記念柱を密告してやるのだ。」」「パリ滞在中のグラーフ・グスタフ・フォン・シュラーブレンドルフが報じた当時の出来事と人物」〔カール・グスタフ・ヨッホマン『聖遺物——遺稿集』I、ハインリヒ・チョッケ編、ヘヒンゲン、一八三六年、二四八—二四九ページ〕
[V7a, 3]

カルボナリ党員たちはキリストを貴族政体の最初の犠牲者とみなした。
[V7a, 4]

パリの警察のスパイは、いわゆる神の摂理の目のついたバッジをつけていることでそれとわかる。カール・グスタフ・ヨッホマン『聖遺物』III、ハインリヒ・チョッケ編、ヘヒンゲン、一八三八年、二三〇ページ
[V7a, 5]

「『人間喜劇』の登場人物の役割を自分たちに割り振り、その人物に似せて生きることに没頭する男女のサークルが、著者が生きているうちからすでにヴェネツィアやロシアでつくられたことを指摘するだけで、バルザックの作品が……本当に神話的に見えてくるだろう。」ロジェ・カイヨワ「パリ——近代の神話」(『NRF』誌、二五巻二八四号、一九三七年五月一日、六九八ページ)
[V7a, 6]

「バルザックに関しては、『イエズス会正史』がその最初の作品あるいはほとんど最初と言っていい作品であり、彼はそれを「史上もっとも美しい結社」への賛辞とみなすような人であり、同時に〔人物〕ヴォートランの創造者にして『十三人組物語』の作者であることを思い起こせば……十分である。」ロジェ・カイヨワ「パリ――近代の神話」（『NRF』誌、二五巻二八四号、一九三七年五月一日、六九五―六九六ページ）。イエズス会士は暗殺者と同様に、バルザックの空想世界においてもボードレールの空想世界においても、一つの役割を果たしている。　[V8, 1]

「フランス軍一〇個連隊がカタコンベ〔地下納骨所〕に降りたとしても、たった一人のカルボナリ党員〔炭焼党員〕も捕らえることができなかっただろう。それほどに納骨所の何千もの地下道は敵を寄せつけない隠れ家に通じていた。そのうえ、カタコンベは五、六箇所に、爆薬が巧みに仕掛けられていて、火花一つでセーヌ左岸全体を爆破することができた……。」A・デュマ『パリのモヒカン族』Ⅲ、パリ、一八六三年、一一ページ　[V8, 2]

一八三〇年〔七月革命〕の反乱者たちは、厳格な古典主義的な考えをもっていて、ロマン主義の激しい敵対者だった。ブランキは一生、この典型に忠実でありつづけた。

[V8, 3]

一五〇〇人を超える聴衆がブランキの演説に聞き入っている《人民の友》社の集会について、ハイネはこう述べている。「その集会は、何度も読まれたために脂じみて擦り切れた一七九三年の『モニトゥール』紙の古いバックナンバーの匂いがした。」(ジェフロワ『幽閉者』〈一九二六年版〉、I、五九ページに引用)

[V8, 4]

七月革命後の秘密結社。《秩序と進歩》《政治犯連盟》《七月の主張者》《フランク族の生まれ変わり》《人民の友社》《家族社》。

[V8, 5]

《家族社》の後を継いだ《季節社《ソシエテ・デ・セゾン》》の序列。一番上に位置するのは、四つの季節であり、その長は春。それぞれの季節の下には三つの月があり、その長は七月。それぞれの月の下には週があり、その長は日曜日。それらの長は、集会には出席しない(あるいはそれとわからないように出席している)。ジェフロワ『幽閉者』I、〈一九二六年版〉、七九ページを参照

[V8, 6]

カルボナリ党の支部は、炭焼き場《ヴァント》と呼ばれた（カルボナリという表現は、ギベリン党（皇帝派）とゲルフ党（教皇派）との戦いの際に、ある炭焼き職人の家で計画された陰謀に由来している）。最高位の炭焼き場《ヴァント・シュプレーム》、郡の炭焼き場《ヴァント・ダロンディスマン》、小郡の炭焼き場《ヴァント・ド・カントン》などと呼ばれた。フランス支部を作った人々のなかにバザールがいた。　[V8, 7]

「レ・アール（中央市場）・クラブ」に関するJ-J・ヴァイスの言葉。「そのクラブの集会はカフェの上にある二階の小ホールで開かれるのだった。メンバーが少なくて、いかめしくてひっそりとしたクラブであった。ラシーヌやコルネイユが上演される日のコメディ・フランセーズの様子を思い浮かべてほしい、そしてその日の観客と、軽業師が宙返りをうつサーカスに集まる群衆とを比べてもらいたい。そうすれば秩序党の「フォリー・ベルジェール」クラブと「ヴァレンティーノ・ホール」クラブという、いまはやりの二つのクラブの感じと比較して、ブランキの革命的クラブに入ったときの感じがどんな風だったかが正確にわかるであろう。それはちょうど古典的陰謀への正統的崇拝のための礼拝堂のごときものだった。門戸は万人に開かれているが、信者でなければ二度と来たいとは思わないところだ。毎晩、陰気な虐げられた人々が次々と演壇に登り、人民に対する銀行家の陰謀を告発する者がいるかと思えば、自分の課長を告発する者がおり、また鉄道の経営者を告発する者がいるといった具合に、いつも決まって告発した後、その司祭が立ち上がり、いま聞いたばかりのもったいぶって怒り狂った数人の愚か者たちに代表される人民という得意先の苦情を要約するという口実の下に、彼は状況を説明するのであった。彼は風采は上品で、立居振舞は非難の余地はなく、顔だちは端正で洗練され穏やかであった。細くて小さい刺すような目には時おり凶暴で陰険な光が走ったが、この目は普通の状態であったなら、厳しいというよりも優しい目だと言えよう。その言葉遣いは控えめで、親しみがあり、正確であった。その言葉は、私がかつて聞いたなかでは、もっとも飾り気のない点で、ティエール氏の言葉と双璧をなすものであった。演説の内容に関しては、ほとんどすべては正鵠を射ていた。……いったいどこでコルネイユは兵法を学んだのか、と『セルトリウス』の初演のときに大コンデが叫んだものだった。ブランキはコルネイユと同じく兵法を学んだことはないと私は思う。しかし、彼は並はずれて政治的能力をもっていたので、……軍事に関してさえ、あらゆる警告を与えた。それがちゃんと聞き届けられたなら、きっと救いをもたらしたであろう。」ギュスターヴ・ジェフロワ『幽閉者』パリ、一八九七年、三四六―三四八ページに引用　[V8a]

ヴィクトール・ノワールの殺害後の一八七〇年一月。ブランキは、グランジェが彼に推薦したブランキストたちに自分のそばを分列行進させたが、まったく気づかれなかった。「彼は武器をもって出掛け、姉妹たちにお別れを言い、シャンゼリゼ通りで持ち場についた。そこでグランジェはブランキに向かって、彼の目の前に軍隊を分列行進させると告げた。グランジェはこの軍隊の秘密の将軍であった。ブランキは指揮官たちを知っていたから、彼らが現われるのが見えるであろうし、彼らの一人一人の背後に、部下たちが連隊のように規則正しく編成され、並足で歩くのが見えるというのだった。すべては言われた通りに行われた。ブランキは閲兵を行ったが、誰一人としてこの奇妙な光景をいぶかる者はなかった。木にもたれたり、群衆のなかで同じくものを眺めている人々のなかに立ちまじったりして、この注意深い老人は、彼の友人たちが、ひしめく民衆のなかでも規則正しく、だんだんと喧騒へと高まるなかでも沈黙したまま出現するのを目にしたのだ。」ギュスターヴ・ジェフロワ『幽閉者』一八九七年、二七六―二七七ページ　[V9, 1]

ブランキがサント＝ペラジー監獄で受けたマキャヴェリの影響について。「あれほど明晰で、驚嘆すべき知性とイロニーに富んだフランス的ブランキにもかかわらず、隠密の計画を信じ、武力攻撃の実現可能性を信じた、フィレンツェかヴェネツィアあたりのあのイタリア的老ブランキが顔を覗かせる。」ギュスターヴ・ジェフロワ『幽閉者』パリ、一八九七年、二四五―二四六ページ　[V9, 2]

半分頭がおかしい、そして何よりもいかがわしい職人であるダニエル・ボルムは、四〇年代に特徴的な陰謀家の典型であった。彼はヴィドックの指図を受けて働いていた。ヴィドックのほうも、コシディエールとルイ・ナポレオンからの指令を受けていたのである。ボルムはヴェズュヴィエンヌ〔一八四八年二月革命のときに、フランスで作られた革命的婦人団体員〕たちの連隊を創設した。彼は一八四八年に、ほかのヴェズュヴィエンヌの幾人かと一緒に、ラマルティーヌ夫人に面会を許された。ラマルティーヌ自身はヴェズュヴィエンヌの連中との交渉を拒否した。どうもヴェズュヴィエンヌのための作業場を作るつもりであったらしい。ボルムは一八四八年二月二八日に出した貼り紙で、女性市民にこう呼び掛けた。

「愛国女性市民諸君、共和国のわが姉妹たちよ、……私は臨時政府に対して、諸君をヴェズュヴィエンヌの名の下に連隊に編成するように要求した。兵役は一年になるだろう。応募資格があるのは、一五歳から三〇歳までの未婚の者。サン＝タポリーヌ街一四番地に、正午から四時までに出頭すること。」ロジェ・デヴィニュ「一九三七年の《ミリシエン

ヌ》〔女性義勇兵〕から一八四八年の《ヴェズュヴィエンヌ》まで」(『ヴァンドルディ』誌、一九三七年五月二一日)　[V9, 3]

レオン・クラデル『滑稽な殉教者たち』の論評の中でボードレールはこう言っている。「才人が鋳型にはめて人民を作り、幻視者が現実を創造する。私は、フェラギュス二三世〔バルザックの小説の主人公〕に心酔し、遊牧民が征服した帝国を分かち合うように、近代社会のあらゆる仕事と富を分かち合うために、大まじめに秘密結社を作ろうと試みた幾人かの哀れな人々を知っている。」ボードレール『ロマン派芸術』パリ、四三四ページ　[V9a, 1]

Ch・プロレスは、その『一八七一年革命の人々』〈パリ、一八九八年〉、九ページ)の中で、ブ、ラ、ン、キ、ストでパリ・コミューンのときの警視総監であったラウル・リゴーについてこう述べている。「彼には、どんな事態においても、……熱狂しているときでさえ、独特の冷静さとともに、何か陰気で物に動じない、人を煙に巻くようなところがあった。」(ジョルジュ・ラロンズ『一八七一年のコミューンの歴史』パリ、一九二八年、四五ページに引用)
同書の三八ページには、スパイの正体を暴くというリゴーの特技について書かれている。

「第二帝政下では、彼はその特技を大いに発揮した。……彼は毎日きちんとノートをつけていて、スパイたちがやって来ると直ちに、まごつく彼らの正体を暴いてしまう。「ところで、親分は元気かね。」そして彼は冷笑を浴びせつつ、彼らを名指しで呼ぶ。ブランキはこうした明敏さを、利用できる資質がある証拠だと見た。ある日、彼の口から、意表をつくような形で、次のような賛辞が漏れた。「彼は小僧でしかないが、第一級の警官だ」と。」 [V9a, 2]

コミューン時代のブランキストたちの教義。「国民に向かって指令を発することは、連合主義〔プルードン派の理論〕のユートピアに逆らうことであり、……今も首都であるパリからフランスを統治しているように見せるということだった。」ジョルジュ・ラロンズ『一八七一年のコミューンの歴史』パリ、一九二八年、一二〇ページ [V9a, 3]

ブランキストたちはエベールの思い出を大切にしていた。 [V9a, 4]

「いくつかの編集室やグラン・ブールヴァールのカフェ、とくにカフェ・ド・スエードは、陰謀家たちの……センターであった。そこから蜘蛛の巣のように陰謀の網の目が広がっていた。陰謀の蜘蛛の巣はコミューン全体を締めつけていった。陰謀の織物はたしかに恐るべきものだったが、それは陰謀が成功したからではない。なぜなら、陰謀の企てがありすぎて陰謀成就などできない相談であったからだ。むしろ陰謀が怪しい……雰囲気を発散させたからである。市庁舎から次々と情報漏洩《リーク》が見られた。秘密の議決や決定があると、すぐさまティエールの知るところとなった。」ジョルジュ・ラロンズ『一八七一年のコミューンの歴史』パリ、一九二八年、三八三ページ　[V9a, 5]

マルクスはルンペンプロレタリアートの組織である一二月一〇日結社の詳細な特徴づけをして、次のような言葉でまとめている。「要するに、フランス人たちがボエームと呼んでいる、まったく不特定の、まとまりを失った、行方の定まらない群衆である。」カール・マルクス『ルイ・ボナパルトのブリュメール一八日』リャザノフ編、ウィーン／ベルリン、〈一九二七年〉、七三ページ　[V10, 1]

バルザックについて。「サント＝ブーヴは……この上なく……奇妙な挿話を語っている。あるとき、一結社の全員がヴェネツィアに集合したが、それはもっとも貴族的な結社の一つであった。この結社は、『人間喜劇』からさまざまな役割を取り出してそのメンバーに割り振り、その役割のいくつかは本当に最後の最後まで演じられた、とこの批評家は秘密めかして付け加えている。……これは一八四〇年頃に起きたことである。」アナトール・セールベール／ジュール・クリストフ『H・ド・バルザックの『人間喜劇』総覧』パリ、一八八七年、ポール・ブールジェの序文、Vページ　[V10, 2]

一八二八年にブリュッセルで、ブオナロッティ〔一七六一—一八三七年〕の『平等派の陰謀〔Verschwörung der Gleichen〕』が出版された。「この本はただちに陰謀家たちの座右の書になる。」『平等のための陰謀〔Conspiration pour l'Egalité〕』〔ブオナロッティ『バブーフの陰謀の歴史』のこと〕という表題で、数日で六万部を売り尽くした。一八三七年のブオナロッティの葬儀には、一万五〇〇〇人が集まった。ミシュレの父親はバブーフの駆け出しの頃に知り合いであったし、ミシュレはブオナロッティと知り合いであった。アンドレ・モングロン『フランスの前ロマン主義』II『感受性豊かな者たちの師』グルノーブル、一九三〇年、一五四—一五五ページ参照　[V10, 3]

W

フーリエ

「数々の海が探検される！　未知の天空が姿を現わす！
神を探し求めるものたちは、それぞれに、
自分の翼に無限をのせて運ぶ、
フルトンは緑の無限〔海洋〕を、ハーシェルは青の無限〔天空〕を、
マジェランは船出する、フーリエは飛び立つ。
皮肉屋で移り気な群衆は、
彼らが夢見たことにそしらぬふりをする。」

ヴィクトール・ユゴー『恐ろしい年　先駆者たち』（ペラランの小冊子『フーリエ生誕一〇四年』パリ、一八七六年のエピグラフ）、A・パンロシュ『フーリエと社会主義』パリ、一九三三年、補遺に引用

「私がフーリエ伝の冒頭に引用したジャン・パウルの言葉――「彼は、人間の魂の中で震えるあらゆる線維のうち、どれ一つとして断ち切らず、それらすべての調べを調和させた」――は、見事なまでにこの社会主義者に当てはまるし、いやひょっとするとこの言葉が全面的に当てはまるのは彼だけではあるまいか。この言葉以上に適切にファランステール〔協働生活体〕哲学を特徴づけるものはないだろう。」シャルル・ペラン『略伝』一八三九年、六〇ページ。A・パンロシュ『フーリエと社会主義』パリ、一九三三年、一七―一八ページに引用　[W1, 1]

自分の商人としての活動についてのフーリエの言葉。「私は嘘つきの仕事場で私の青春時代を失ってしまったが、どこにいても次の不吉な占いの言葉が耳にひびいていた。「何とまあ正直な若者よ！　彼はまったく商売には向かないのだ。」実際、私は自分が企てたあらゆる仕事で騙されたし、金を奪われもした。しかし、たとえ私が商売をやるには向かないとしても、商売の仮面を剝ぐことには向いているだろう。」『シャルル・フーリエの草稿の公刊　一八二〇年』I、一七ページ。A・パンロシュ『フーリエと社会主義』パリ、一

九三三年、一五ページに引用 [W1, 2]

フーリエの期待したこと。「どの女もまずは一人の夫をもち、彼によって二人の子どもを身ごもることができる。第二に、彼女は一人の産ませる人(Géniteur)をもち、彼からたった一人の子どもしか得ることを許されない。第三に、彼女は愛人(Favori)をもつ。彼は彼女とかつて一緒に生活したことがあり、愛人という名称を保持している。最後に第四として、彼女は幾人かの性的関係しか持たない人(Possesseurs)をもつが、彼らは法の前ではいかなる資格もない連中である。……いまだ夫を見つけていない一八歳の乙女は売春してもかまわないとはっきり書く人物、すべての少女を、一八歳以下の乙女(Jouvencelles)と一八歳以上の自立した女(Emancipées)の二つのクラスに分けて、そのうちの後者は、愛人をもち私生児を産む権利をもつべきだと要求する人物、快楽に身をまかす未婚の少女たちのほうが既婚の女たちよりも高い美質をもっていると主張する人物、……少女軍団全体が老婦人の監督下でどれほど売淫に耽るのかを微に入り細に入り描写する人物、こういう人物は人類の永遠の基礎を把握していない。」ジグムント・エングレンダー『フランス労働者アソシアシオンの歴史』I、ハンブルク、一八六四年、二四五、二六一—二六二ページ。これと同じ意味でこうも言われている。「売春する少女たちがバッカスの女と名づけられ、彼女たちは純潔の少女たちと同じほど必要で、友愛の徳を為すとされる制度についてなんと言ったらいいのだろうか。それは、どのようにして汚れなき若い人たちがその無垢を失うことになるかが見てとれる制度なのだ。」エングレンダー、前掲書、二四五―二四六ページ　[W1, 3]

「一八〇三年か一八〇四年頃、商店員、彼の言い草によれば「番頭〔sergent de boutique〕」の職にあったフーリエは、パリにいて、彼に約束された地位を四カ月の間、待たなくてはならなかった。彼はその時間を何に使うべきかを自問し、すべての人々を幸せにする手段の探究に取り組もうと決心した。彼はまともな結果に辿りつけるのではないかと思ってこうした仕事を自分に課したのではなくて、単に知的な遊びとしてやってみたのだ。」シャルル゠M・リムーザン『フーリエ主義』パリ、一八九八年、三ページ　[W1, 4]

「フーリエは、レルミニエが正当にもスウェーデンボリと彼を比較しているほどに、着想の面でも途方もない記述の面でもたいへん豊かな才能をもっている。……フーリエもまた、あらゆる天体と惑星に精通していた。というのも、彼は魂の運行を数学的手法で計算し、人間の魂が惑星の運行を終結させて地球にもどってくることができるまでに八一〇の異なった形態をとらねばならず、これらの八一〇の形態のうち七二〇年は幸福で、四五年は順調、四五年は不順ないし不幸であるにちがいない、と証明したのだ！　彼は、われわれの惑星の没落後に魂に何が起こるのかを記述し、また選ばれた魂が太陽に引き寄せられるであろうと予言したのだ！　さらに彼は、われわれの魂がわれわれの惑星で八万年を過ごした後に、他のありとあらゆる惑星や世界に住まうにちがいないと計算した。彼はまた、人類が七万年間北極光を浴びた後ではじめて、没落を開始するとも計算する。彼の証明するところによれば、北極光によるばかりでなく、魅力的＝引力的労働によっても……セネガルの気候は、ちょうどフランスの夏が現にそうであるように、おだやかになるにちがいない。彼の描写では、海水がレモネードに変わるやいなや、人間は大洋からカスピ海、アラル海、黒海へ魚を運ぶだろう。なぜなら、北極光はこの塩分の多い海水に対しては、大洋に対するよりずっと柔和な作用を及ぼすだろうし、またそうなれば海の魚は徐々にレモネードに慣れて、ついには人間はそれを再び大洋に連れ戻すことができるだろうからである。フーリエはまたこうも言っている。第八期では、人間は、魚のように水中で生き、鳥のように空中を翔ぶ能力を獲得するであろうし、また七フィートの背丈をもち、最低でも一四四歳まで生きられるであろう。そうなれば、人間はだれでも両生類に転換することができるであろうし、二つの心室を結ぶ穴を随意に開けたり閉めたりする能力を獲得し、したがって肺を通さずに血液を心臓に直接送り込む能力を獲得するであろう。……彼の主張では、自然はこれほどまでに発展するであろうから、オレンジがシベリアで開花し、獰猛な獣が危険でなくなる時代が来るであろう。反ライオン、反鯨が人間に役に立つようになり、凪が船を牽くであろう。彼の意見では、このような次第で、ライオンは良き馬として利用され、現在犬が狩りに役立っているのと同様に、鮫は漁にとって有益になる。新星が生成し、現在すでに衰退しかかっている月にとって代わるであろう。」ジグムント・エングレンダー『フランス労働者アソシアシオンの歴史』I、ハンブルク、一八六四年、二四〇—二四四ページ　［W1a］

「フーリエは……晩年になって、三歳から一四歳までの子どもたち（彼は一万二〇〇〇人を集めたいと考えていた）だけが住まうファランステールを建設しようとしたが、この計画に向けた彼のよびかけが実現することはなかった。彼は草稿の中で詳細な計画案を残しているが、そこでは、どのように子どもたちがアソシアシオンの理念のために教育されるべきかが、十分に展開されている。子どもが歩けるようになる瞬間から、その子の趣味と情熱を見つけ出し、それによって彼の天職を見出してやらねばならない。街路での生活を好み、大騒ぎをやらかし、きれいなことには向いていない子どもたちを集めて、フーリエはいくつかの小隊をつくり、それらにアソシアシオンの汚い仕事をまかせる。他方で、生まれつき優雅と豪奢への趣味をもつ子どももいる。フーリエは、彼らによってファランジュ〔フーリエの提唱する共同体〕の豪奢を維持するために、やはり彼らを一つの集団に入れる。……子どもたちは……偉大な歌唱芸術家になる。フーリエが言うところによれば、ファランジュは、七〇〇—八〇〇人の俳優、音楽家、舞踏家を擁しており、アルプスやピレネーのもっとも貧しい地方でさえ一つの歌劇場をもつであろうし、それは、たとえパリの大歌劇場よりもずっと優れているとはいわないにしても、少なくともそれと同じ程度には良いものになる。《調和社会》のためのこうした一般的な感覚を創造するために、フーリエは子どもたちを保育室にいるときから二重唱や三重唱で歌わせる。」ジグムント・エングレンダー『フランス労働者アソシアシオンの歴史』I、一八六四年、二四二—二四三ページ　[W2, 1]

「フーリエの弟子たちのうちでもっとも愉快な一人は、このアルフォンス・トゥスネルであった。彼は一八四七年と一八五二年に、一時期人気のあった二つの著作——『動物の精神』と『鳥の世界』——を出版した。……フーリエと同じく……彼も自然の中に生気ある存在しか見ない。「惑星たちは——と彼は言う——何よりもまず渦動体《トゥルビヨン》の女性市民として、次いで一家の母親として果たすべき大きな義務がある。」そして彼は地球と太陽との情事を肉感的に描く。「恋人が愛の訪問のためにもっとも美しい着物で身を飾り、髪をつややかにとかしつけ、言葉使いを香わしくするように、毎朝、地球はもっとも豪奢な衣装をまとって、愛しい星の光線を迎えるために走り出る。……恒星公会議が太陽の接吻の不道徳性に対してまだ一度も破門の宣告を下したことがないのをみても、地球は三たび幸せなるかな！」……「公式の物理学の教授諸氏は電気の両性と言ってしまう勇気はない。彼らは両性を両極と呼ぶほうが道徳にかなっているとみなしている。……このような非常識な考え方にはとてもついていけない。……愛の火が、金属や鉱物であれ他のものであれすべての存在を燃え上がらせるのでなければ、酸素に対するカリウム、水に対する塩化水素のあの激しい親和性の理由はいったいどこにあるのか、と私は問いたい。」」〈トゥスネル〉『動物の精神』〈第六版〉、パリ、一八六二年、九ページ、二―三ページ、一〇二―一〇六ページ。ルネ・ド・プラノール『愛のユートピア主義者たち』パリ、一九二一年、二一九―二二〇ページに引用　[W2, 2]

「われわれの惑星は、その住民の社会的階梯上の発達の遅れによって、物質的衰退期に入っている。それは数年の間に毛虫によって葉が食い尽くされるままに放置される樹木に似ている。その樹は衰え枯れるであろう。」フーリエ『現実離れしたあるいは消極的な理論』三二五ページ。「われわれの渦動体は若く、一〇二の惑星が列をなしてわが宇宙に根を下ろそうとしており、この宇宙〔地球〕はいまや第三強度から第四強度へと移行しようとしている。」フーリエ『四運動の理論』一八〇八年、七五ページ、四六二ページ、およびフーリエ『折衷論あるいは思弁論および組織化の旧習的概括』二六〇、二六三ページ。E・シルベルラン『ファランステール社会学辞典』パリ、一九一一年、三三九、三三八ページに引用　[W2a, 1]

〔ジュル・〕ゲーの雑誌『ル・コミュニスト』〔一号のみの月刊〕は言う。「彼〔フーリエ〕においてとくに注目すべきことは、性的関係の完全な変革を伴わないならばコミュニスムを樹立することはできないという思想を表明したことである。……「コミューン的社会では……すべての男女が異性ときわめて多くの性的な関係を結ぶだけではなく、最初の出会いからしてすでに、お互いの間で真の共感がつくられる。」」エングレンダー『フランス労働者アソシアシオンの歴史』Ⅱ、ハンブルク、一八六四年、九三―九四ページ　[W2a, 2]

カベについて。「〔彼は〕アメリカへ移住し、大いに辛苦して荒野にコロニーを建設しよう、と主張しているのではない。……そうではなくて、カベはこう叫んでいるのだ。

「イカリアに行こう！」……。このロマンの世界にとびこみ、イカリアを現実のものにし、あらゆる不如意からわれわれを解き放とう！……と。それ以来、彼の雑誌のどの論文も、イカリアのことばかりを書いた。そしてついには、彼は、ラ・ヴィレットにおける蒸気機関の大爆発が何人かの労働者たちを傷つけるさまを描いて、その説明を次の言葉で結びさえしたのである――「イカリアに行こう！」と。」エングレンダー、前掲書、Ⅱ、一二〇―一二一ページ　[W2a, 3]

カベについて。「たいていの通信員たちは、あたかも彼らがアメリカへ旅をすれば人類の一般的宿命から逃れられるかのように語っている。」（『ポピュレール』紙の通信員のこと）エングレンダー、前掲書、Ⅱ、一二八ページ　[W2a, 4]

「急進共和派がペテンのかどで攻撃したカベ」は、「革命を画策したという告発に対して弁明するために……サン＝カンタンに赴かなくてはならなかった。たとえイカリア党員たちがカベとともに船出しても、彼らは再びフランスの海岸線の別の地点に上陸して、革命を開始するだろう、というのが告訴理由であった。」エングレンダー、前掲書、Ⅱ、一四二ページ■秘密結社■　[W2a, 5]

「水星《マーキュリー》はわれわれに読み方を教えるであろう。それはわれわれに、太陽と調和した諸惑星で話される統一的な調和言語のアルファベット、語尾変化、そして文法のすべてを伝達してくれるであろう。」モーリス・アルメル『シャルル・フーリエ』(『過去の肖像』第二年三六号)パリ、一九一〇年、一八四ページにあるフーリエの言葉　[W2a, 6]

「ヘーゲルの同時代人のうち、市民的諸関係をヘーゲルと同じほど明瞭に洞察したのはシャルル・フーリエだけであった。」G・プレハーノフ「ヘーゲル没後六〇周年によせて」『ノイエ・ツァイト』一〇巻一号、シュトゥットガルト、一八九二年、二四三ページ　[W2a, 7]

フーリエは、「「産業的情熱[fougue industrielle]」原理が支配するという、つまり「複合」あるいは「合体」の……法則にもとづく熱狂が蔓延するという。皮相的に観察すれば、あたかもわれわれは現在すでにこの段階に到達しているかのように見えもしよう。産業的情熱は、投機熱や資本蓄積衝動に現われている。「合体情念」は、諸資本の集積、たえず増加する資本集中に現われている。しかし、たとえフーリエが発見した諸要素がこうした観点から実在しているにしても、それらの諸要素は、彼が夢想し予感したように、秩序づけられて規則づけられているわけではない」。シャルル・ボニエ「フーリエの引力原理」『ノイエ・ツァイト』一〇巻二号、シュトゥットガルト、一八九二年、六四八ページ
[W3, 1]

「フーリエの著作を読むと、フーリエは著作が出版されたその年から彼の理論が実行に移されることを要求していたことがわかる。彼は……「緒論」(Prolégomènes)の中で、一八二二年を調和協働体《アソシアシオン》の実験地域の設立のための準備期としている。一八二三年にはこれが実際に建設され試行され、それにひきつづいて一八二四年には文明人によるこれの模倣が広く行われるはずであった。」シャルル・ボニエ「フーリエの引力原理」『ノイエ・ツァイト』一〇巻二号、シュトゥットガルト、一八九二年、六四二ページ
[W3, 2]

死後の影響。「ゾラの力強い小説『労働』のなかで、この偉大なユートピア主義者は厳かに復活することになった。……ルコント・ド・リールは後にパルナッソス派〔象徴派の詩人たち〕の著名な頭目になるが、彼の疾風怒濤時代にはフーリエ派社会主義の唱導者であった。『社会主義評論』のある寄稿者が伝えるところによれば……〔一九〇一年一一月号を見よ〕……この詩人は『デモクラシー・パシフィック』の編集部からの招きで、最

初はこの雑誌に寄稿し、その後には主として『ファランジュ』に寄稿した。」H・トゥロウ「社会主義文芸の黎明より」『ノイエ・ツァイト』二一巻二号、シュトゥットガルト、一九〇三年、二三二ページ　[W3, 3]

「一八四八年以前の社会主義者たちがお手本とした経済学者や政治家たちは常にストライキに反対していた。彼らは労働者たちに、ストライキはたとえ勝利した場合でも彼らにとって何の利益ももたらさないのだ、労働者はストライキを起こすためではなくて、むしろ生産・消費組合の創立のために彼らの金を使うべきだ、と説教した。」プルードンは「賃金を上げるためにではなくて、賃金を下げるために労働者たちをストライキに立ち上がらせるという天才的な考えを……もっていた。……そうなれば、労働者は消費者として、生産者としての彼が稼ぐ額の二倍ないし三倍を手に入れることができるからである」。ラファルグ「フランスにおける階級闘争」『ノイエ・ツァイト』一二巻二号、一八九四年、六四四、六一六ページ　[W3, 4]

「フーリエ、サン＝シモンおよび他の改革者たちは、彼らの信奉者たちをほとんどもっぱら手工業者層……とブルジョワジーの知的エリートから集めていた。わずかの例外を除けば、彼らのまわりには教養ある人々が結集していたのであり、この人々は、社会が彼らの貢献に対して……十分な評価をしてくれないと考えていた。彼らは階級離脱者であって、……大胆な企業家、抜け目のない商人、投機家へと転身した。……例えばゴダン氏〔19世紀仏のフーリエ主義の工業家・社会改革家〕は……ギーズ(エーヌ県)にフーリエの原理によるファミリステール〔住宅・消費協働体〕をつくった。彼は、広大な四角形の、ガラスで覆われた中庭を取り巻く堂々たる建物に、ホウロウびきの食器生産に従事する多くの労働者たちを住まわせた。ここにはこうした労働者たちのために、住居だけでなくあらゆる日用品……劇場やコンサートでの娯楽、子どもたちのための学校等々も備わっていた。要するに、ゴダン氏は、労働者の身体的・精神的欲求のすべてに配慮しただけでなく、……そうすることで多大の利潤をあげたのである。彼は人類の恩人という評判をえて、しかも百万長者として死んだ。」ポール・ラファルグ「フランスにおける階級闘争」『ノイエ・ツァイト』一二巻二号、シュトゥットガルト、一八九四年、六一七ページ　[W3a, 1]

フーリエの株式論。「フーリエはその『普遍統一論』の中で……この所有形態が資本家たちに与える利益をかぞえ上げている。「彼〔資本家〕は、盗まれたり、火事や地震によってさえ損害を被る危険はない。……未成年者でも、彼の財産管理において損害を被る危険は決してない。なぜなら、彼のための財産管理はすべての株式所有者のための財産管理と同じであるからである。……資本家は、たとえ彼が一億フランの株式をもっているときでも、いつでもその財産を現金に換えることができる。」等々。……他方では、「貧乏な者も、たとえ彼が一ターレルしかもたないときでも、ごく小さい部分に分割された……人民株式に参加することができるし、またそうであればこそ……われわれの宮殿、われわれの商店、われわれの金庫について語ることができるのである」。ナポレオン三世とクーデタの共犯者はこの思想が大いに気に入っていた。……彼らの一人がはっきりと言ったように、彼らは、五フラン、いやそれどころか一フランで債券を買う権利を導入することで、国債を民主化した。このようなやり方で彼らは、大衆を公債の安定に関与させ、政治革命を予防できると信じた。」ポール・ラファルグ「マルクスの史的唯物論」『ノイエ・ツァイト』二二巻一号、シュトゥットガルト、一九〇四年、八三一ページ

[W3a, 2]

「フーリエは単に批判家であるだけではない。彼のいつも変わらぬ陽気な性格が彼を風刺家にするのであり、しかもあらゆる時代のなかでももっとも偉大な風刺家にするのである。」ルドルフ・フランツ「E・シルベルラン『ファランステール社会学辞典』パリ、一九一一

年の〈書評〉」の中で引用されたエンゲルスの言葉。『ノイエ・ツァイト』三〇巻一号、シュトゥットガルト、一九一二年、三三三ページ　［W3a, 3］

ファランステールの伝播は「爆発」によって実現される。フーリエは「ファランステールの爆発」という言い方をしている。　［W3a, 4］

イギリスでは、フーリエの影響はスウェーデンボリの影響と一体となっていた。　［W3a, 5］

「ハイネは社会主義を大変よく知っていた。しかも彼はフーリエその人を見かけたことがある。彼はかつてその通信記事「フランスの状況」(一八四三年六月一五日)のなかでこう書いている。「たしかに、ピエール・ルルーは、かつてサン＝シモンやフーリエがそうであったように貧乏である。しかもこれらの偉大な社会主義者たちの天命的貧困こそ、世界を豊かにしたのである。……フーリエもまた友人たちの施しをあてにしなくてはならなかった。私は、彼が灰色の擦り切れた上着を着てパレ＝ロワイヤルの柱廊に沿って急ぎ足で歩いて行くのを何度も見たことがある。上着の両ポケットは重そうに膨らんでいて、一方のポケットからはブドウ酒瓶の首が、他方のポケットからは長い棒パンがのぞいていた。私の友人の一人は、彼を指して私に教えてくれてから、その人の貧しさにあらためて注意を促した。彼は自分で出向いて行って、酒屋ではブドウ酒を量り売りで買い、パン屋で自分のパンを買わなくてはならなかったのである。」」「マルクスに宛てたハイネの手紙」『ノイエ・ツァイト』一四巻一号、一六ページ、シュトゥットガルト、一八九六年に引用(原典――『ハイネ全集』V、ベルシェ編、ライプツィヒ、三四ページ[「共産主義、哲学、聖職者」I])

[W4, 1]

「マルクスは、アンネンコフ(19世紀ロシアの批評家)の思い出のために記した寸評の中で、こう書いている。「……フーリエは、小ブルジョワジーの理想化を嘲笑した最初の人であった。」」(P・アンスキ「マルクスの人物描写について」の中の言葉。『ルスカヤ・ミュスル』一九〇三年八月、六三ページ)。N・リャザノフ「一八四〇年代におけるマルクスと彼のロシアの知人たち」『ノイエ・ツァイト』三一巻一号、シュトゥットガルト、一九一三年、七六四ページ

[W4, 2]

「グリューン氏がフーリエの恋愛論を安易に批判できるのは、現実の恋愛関係に対する

フーリエの批判を、フーリエが自由恋愛についての考えを述べるときの奇抜な発想を尺度にして、捉えようとするからだ。グリューン氏は正真正銘のドイツの俗物として、この奇想をくそ真面目に受け取る。それは、彼が真面目に受け取る唯一のものですらある。彼がいったんはフーリエの体系のこの側面に目を向けようとしたのであれば、なぜ彼がフーリエの教育論にも立ち入らないのか理解に苦しむ。フーリエの教育論は、この種のものでは実に最良のものであり、数々の天才的な観察を含んでいるのだ。……「まさにフーリエこそ文明化されたエゴイズムの最悪の表われである」(二〇八ページ)というグリューン氏がただちにその証拠だとして挙げているのは、フーリエの世界秩序においては、もっとも貧しいものでも毎日四〇皿を平らげ、毎日五度の食事をし、人々は一四四歳まで生きるだろう、等々である。フーリエがつつましやかで凡庸な王政復古期の人間[『ダンプボート』誌では次の語句が挿入されている……「無限にちっぽけな連中」(ベランジェ)]に対して素朴なユーモアをもって対置する巨大な人間観も、グリューン氏にとっては、そこからもっともたわいもない側面を取り出し、それについて俗物の道徳的陰口をたたく機会でしかない。」社会主義の歴史の記述者としてのカール・グリューンに関するマルクスの論文。この論文は、最初に、『ヴェストフェーリッシェス・ダンプボート』一八四七年八月・九月号に発表されたが、『ノイエ・ツァイト』一八巻一号、シュトゥットガルト、一九〇〇年、一

三七―一三八ページに再録

ファランステールは、人間機械装置と形容することができる。これは非難ではないし、またそれがなんらかの機械論的なものであると言っているのでもない。そうではなくて、その構造がきわめて複雑であるということを言っているのだ。ファランステールは、人間からなる一つの機械である。 [W4, 3]

フーリエの出発点は、小売業の考察である。この点に関して次の文章を参照せよ。「小口消費のおかげで生計を立てているパリの仲介業者の数、計量し、重さを測り、荷作りし、右手から左手へと食料品を手渡すことばかりに従事するこの恐るべき人間群の数を調べてみれば、人が戦慄するのも当然である。……わが国の産業都市にあっては、一つの店は三ないし四家族が切り盛りしていることも考慮しなくてはならないだろう。……「さらに、商人から買い入れてただちに売りとばす人々は恥ずべき人々である。なぜなら、彼らは買い手を大いにだますのでなければ、儲けることはできないだろう。そして実をいえば詐欺ほど恥ずべきことはない。」〔キケロ〕『義務について』〔I、XLII、一五〇、原文はラテン語〕……現在の商工会議所会頭は、昨年、正式に、商業の混乱の是正策と [W4, 4]

して同業組合の再建を再び要請した。」ウジェーヌ・ビュレ『イギリスとフランスにおける労働者階級の貧困について』Ⅱ、パリ、一八四〇年、二一六—二一八ページ　［W4a, 1］

「近代プロレタリアートの歴史喪失、歴史的に続いてきた職業と階級の伝統全体から最初の工場労働者世代が切断されていること、小手工業、小農民層、農業労働者およびあらゆる種類の家内労働者といった彼らの出自の多様さは、このカテゴリーの経済的人間が、新国家、新経済、新道徳を新たに即席につくるような世界観になじむのを容易にしている。達成すべき目的の新しさは、これらの新しい人々がいる状況の新しさに論理的に見合っている。」ローベルト・ミヘルス「反資本主義的大衆運動の心理学」三一三ページ［『社会経済学大綱』九巻一「資本主義における社会階層」テュービンゲン、一九二六年］　［W4a, 2］

「グランヴィルの人生はかなり平凡である。平穏無事で、あらゆる行き過ぎから遠ざかり、危険な熱狂とは無縁な生活である。……彼の青年時代の生活は、小綺麗な商店のまじめな手代の生活であって、この店では、一八二七年当時の「平均的フランス人」が望むような批評趣味に見合ったさまざまな絵が、いくぶんの茶目っ気をこめて、塵一つない棚に並べられている。」マッコルラン「先駆者グランヴィル」（『グラフィック技術工芸』誌四

四号、一九三四年一二月一五日、〈二〇ページ〉）　[W4a, 3]

フーリエとサン＝シモン。「経済分析と現存社会秩序批判の面ではフーリエのほうがずっと興味深く多面的である。しかし反対に将来の経済発展についての見解では、サン＝シモンのほうがフーリエにまさっている。当然のことながらこの発展は世界経済の方向へと……動くはずであって……フーリエが夢想したような自立した小経済のほうに向かわなかった。サン＝シモンは資本主義的秩序を……一つの段階と捉えているが……フーリエはこれを小ブルジョワジー的といって拒否する。」V・ヴォルギン「サン＝シモンの歴史的な位置づけについて」（『マルクス＝エンゲルス・アルヒーフ』I、〈フランクフルト・アム・マイン、一九二八年〉、一一八ページ）　[W4a, 4]

「ゾラは……文筆家カミーユ・モクレールに対する反論の中で……自分は集産主義は好きになれない、それは狭量で空想主義的だと、はっきりと断言した。ゾラは、自分が社会主義者というよりはむしろアナーキストであるという。……彼の考えによれば、……空想的社会主義は個別企業から出発して、生産協働体《アソシアシオン》の思想にいたり、共同体の共産主義に向かって進もうとしていた。一八四八年以前までの時代についてのゾラの考えはこのようなものであった。しかしゾラは三月前期の方法に戻り、……芽生えつつあった資本主義的生産関係に見合ったフーリエの考えを取り上げて、それを現代の大規模に成長したこの生産形態と結合しようとする。」フランツ・ディーデリヒ「空想主義者としてのゾラ（『労働』について）」『ノイエ・ツァイト』二〇巻一号、シュトゥットガルト、三二六—三二九ページ　　[W5, 1]

フーリエは美食の禁止を認めない（『産業的・協働的新世界』一八二九年）。「このような不手際は、またしてもわれわれの五感を敵視するように、また感覚的快楽の過度の追求をもっぱらそそのかす商業の味方となるようにしむける道徳の一つの手柄なのである。」E・ポワソン『フーリエ』［これはフーリエのテクストの抜粋を収録している］、パリ、一九三二年、一三一ページ。してみると、ここでフーリエは不道徳的な商業のなかに理想主義的道徳の補完物を見てとっているのだ。彼は両者を快楽主義的唯物論に対置している。彼の立場は、かすかに、ゲオルク・ビューヒナーの立場を思わせる。上に引いたフーリエの言葉は、おそらくビューヒナーのダントンが口にしてもおかしくはなかろう。　[W5, 2]

「ファランジュは、特定の同じ品質をもつ一〇〇〇キンタル（一キンタルは五〇キログラム」の小麦を売るのではなく、五、六、七種類の風味の品質ごとに区分された一〇〇〇キンタルの小麦を売るのである。ファランジュは、パンの製造所で風味の違いを検査して、その違いを生産地の土壌とか耕作方法に応じて区別するのである。……このような仕組みはわれわれの転倒した世界、改善の余地のあるわが文明とは正反対のものになるだろう。……またわれわれの文明では、品質の悪い食料が良質の食料の二〇倍も多く、また販売もしやすくなっており、……良いものと悪いものとの違いすら見分けられなくなっている。道徳が、良いものも悪いものも無差別に食べるように文明人を慣れさせているのである。この味覚の野蛮は、あらゆる商業上のペテンの支えなのである。」(『四運動の理論』一八二八年)E・ポワソン『フーリエ』パリ、一九三二年、一三四―一三五ページ。子どもたちは早くから「なにもかも呑みこむ」すべを学ばなければならない。［W5, 3］

「時おり、北極上空に放電が生じて、一年のうち六カ月間も夜に閉ざされる地域を照らし出す……ことを知っていたフーリエは、大地が合理的に耕作されるなら、あらゆる地域で北極光が永続するだろうと予告する。これは馬鹿げたことだろうか。」これに続けて著者はその説明をひねり出している。地球が改良されれば太陽から吸収する電気が少なくなり、吸収されない電気は北極光帯として地球を取り巻くだろう、と。シャルル・

M・リムーザン『フーリエ主義——「フーリエとその仕事」と題されたエドモン・ヴィレーの論文への回答』パリ、一八九八年、六ページ　[W5a, 1]

「フーリエが……〔フリーメイソンの〕マルチニスト系のロッジに加入していた、あるいは少なくともこうした観念が瀰漫していた環境の影響を被っていたとしても、驚くことがあろうか。」シャルル・M・リムーザン『フーリエ主義』パリ、一八九八年、九ページ　[W5a, 2]

リムーザンが指摘しているように、所有欲がフーリエにあっては《情念》ではないということは注目すべきことである。同じ著者は《機械化情念》の概念を他の情念の働きを規制する情念として定義する。さらに彼は付言している(一五ページ)——「フーリエが義務を笑い物にしたのはまったく間違っている。」フーリエは学者というより発明家であるという彼の見解(一七ページ)は正当である。　[W5a, 3]

「フーリエにおける神秘学は産業の神秘学という新しい形態をとる。」フェラーリ「フーリエの思想とフーリエ学派」(『両世界評論』一一巻)[一八四五年、3、四〇五ページ]　[W5a, 4]

フーリエの機械論的思考について。「調和社会《アルモニー》の住居の歯車装置一覧表」はギャルリ型〔アーケード状〕街路の中のアパートに対して五〇フランから一〇〇〇フランまで二〇等級の家賃を設定し、とりわけ次のような理由をあげて説明している。「六系列《セリー》の歯車状連鎖は第一二情念の法則である。単純級数は、たえず増大したり減少したりするから、きわめて重大な不便を生じるだろう。原理上、それは単純であるがゆえに、まちがっているし有害でもある。……それを実施すれば有害な結果をもたらすだろう。というのも、……両翼の居室群は……劣等な等級として……評価されてしまうことになるからである。多様な等級の歯車状連鎖を妨げるこの単純配分を避けなくてはならない。」したがって、ギャルリ型街路の同じ区画に、異なった生活水準の間借り人たちが住むであろう。「家畜小屋については後で述べる。……それについては、私は特別にいくつかの章を割いて詳細な記述を……与えるつもりである。この章では住宅を扱うだけにとどめなくてはならない。ギャルリ型街路であれ、普遍結合ホールであれ、その一部分を見るだけでも、三〇〇〇年にわたる建築研究の後でさえ文明人は統一の絆について何一つ発見することができなかったことが明らかになる。」E・ポワソン『フーリエ〔選集〕』パリ、一九三二年、一四五—一四六ページ　[W5a, 5]

フェラーリ「フーリエの思想とフーリエ学派」(『両世界評論』一四巻、パリ、一八四五年[3])からフーリエの数の神秘学に関するいくつかの言葉を抜粋する。「すべてを勘案すれば、フーリエ主義はピュタゴラスの調和論に根拠を置いていることがわかる。……彼の科学は……古代人の科学であった。」(三九七ページ)「利益を算定するに際して、数のリズムが反復される。」(三九八ページ)ファランステールの居住者は、2×810人の男女から構成される。なぜなら「八一〇という数字は、一群のカバラ的半諧音に照応する和音の完璧な系列を与えるからである。」(三九六ページ)「フーリエにおける神秘学が産業形式という新形式をとるとしても、この形式が秘儀伝授の気まぐれな詩情のなかでは取るに足りないことを忘れてはならない。」(四〇五ページ)「数はその象徴的法則に従ってあらゆる存在を類別する。それはあらゆるグループを系列によって展開させる。系列は宇宙の中に数々の調和(和音)を分配する。……ところで系列は……自然全体においては完全である。人間だけが不幸である。つまり数が人間を統治すべきなのに、文明が数にとって代わっているのだ。人間を文明から引き離したいものだ。……そうすれば、物理的運動、有機的運動、動物的運動を支配する秩序は、情念運動……の中に輝き出るであろう。自然は自ら協働《アソシアシオン》を組織するであろう。」(三九五―三九六ページ)　[W6, 1]

フーリエにおける市民王の予感。「彼は、錠前製造、指物細工、魚売り、封蠟製作に熱中する王たちについて語っている。」フェラーリ「フーリエの思想とフーリエ学派」(『両世界評論』一四巻、一八四五年[3]、三九三ページ) [W6, 2]

「フーリエは一生の間、彼の思想がどこから来たかということにはただの一度も疑問をもたないで、考えつづけた。彼は人間を一つの情念機械だとみなしている。彼の心理学は五感とともに始まり、情念複合で終わるが、幸福の問題を解決する場合に理性を介入させることなどは……考えてもいない。」フェラーリ「フーリエの思想とフーリエ学派」(『両世界評論』一八四五年(3)、四〇四ページ) [W6, 3]

ユートピアの諸要素。「結合された秩序は「科学と芸術の輝き、遍歴騎士の見世物、政治的感覚で調理された美食……、軍隊動員のための恋のかけひき」の様相を呈する。」(フェラーリ、三九九ページ)「世界は正反対の型でつくりなおされ、獰猛あるいは有害な動物は人間に役立つために作り変えられる。ライオンは郵便業務を行う。北極光は両極を温め、大気圏の表面は鏡のように透き通るようになり、海水は淡水になり、四つの月が夜を照らす。要するに、われわれの惑星の大いなる魂が衰弱し疲れ切って、すべての人間の魂を引き連れて別の惑星に移るまでに、地球は二八回も更新されるのだ。」（フェラーリ、四〇一ページ）　[W6, 4]

「フーリエは、獣であれ人間であれ、そこに動物性を見てとる才に秀でている。彼は卑近なものをとらえる才能に恵まれている。」フェラーリ「フーリエの思想とフーリエ学派」（『両世界評論』一四巻、一八四五年（3）、三九三ページ）　[W6a, 1]

フーリエの警句。「ネロはフェヌロンよりも有益となろう。」（フェラーリ、三九九ページ）〔本書第1冊六二ページ参照〕　[W6a, 2]

以下の一二情念の図式の中で、四つの情念からなる第二グループは集合化情念を、三つの情念からなる第三グループは系列化情念を表わす。「第一グループに、五感があり、第二グループに、愛、友情、家族愛、野心がある。第三グループに、陰謀情念、可変性情念、連合情念、言い換えれば、カバリスト〔陰謀〕、パピヨンヌ〔移り気〕、コンポジット〔複合〕の諸情念がある。第一三情念、ユニテイスム〔統一情念〕は他のすべての情念を

吸収する。」フェラーリ「フーリエの思想とフーリエ学派」(『両世界評論』一四巻、一八四五年(3)、三九四ページ)

[W6a, 3]

フーリエの最後の著作『虚偽の産業』から。「月世界に関するハーシェルの発見について行われたアメリカの有名な誇大宣伝は……フーリエにとって諸惑星の中にファランステールを直接見ることができるということを期待するきっかけになった。この宣伝のばけの皮が剝がされたとき……フーリエの回答は次のとおりである。彼は言う、「アメリカの誇大宣伝は次のことを証明する。(1)新聞報道の混乱。(2)超新しいもの好きのおしゃべりの不毛性。(3)大気圏の殻についての無知。(4)巨大望遠鏡の必要」。」フェラーリ「フーリエの思想とフーリエ学派」(『両世界評論』一四巻、一八四五年(3)、四一五ページ)

[W6a, 4]

『虚偽の産業』の中の寓意的言葉。「金星《ヴィーナス》は地球上に、道徳の象徴であるトゲのあるクロイチゴをつくり出し、そして劇場で吹聴される反道徳の象徴である、虫がついたキイチゴをつくり出す。」フェラーリ「フーリエの思想とフーリエ学派」(『両世界評論』一八四五年(3)、四一六ページ)

[W6a, 5]

「フーリエによれば、ファランステールは、見物人だけに限ってみても、一二年間に五〇〇〇万の利益をあげるはずであった。」フェラーリ「フーリエの思想とフーリエ学派」(『両世界評論』一八四五年(3)、四一二ページ)　[W6a, 6]

「フーリエにとってファランステールは紛れもない幻覚であった。彼はそれを文明の中にも自然の中にもいたるところで見た。彼は軍隊パレードをも見のがさなかった。彼にとって軍隊の演習は、破壊目的のために転倒しているとはいえ、集団と系列の全能の働きを示すものであった。」フェラーリ「フーリエの思想とフーリエ学派」(『両世界評論』一八四五年(3)、四〇九ページ)　[W6a, 7]

教育目的のために小規模のコロニーを建設する提案についてのフーリエの発言。「フルトン〔アメリカの発明家。蒸気船を発明〕だったら、蒸気の力を小規模ながら証明するような小さくてかわいい短艇を建造したにちがいない。あるいは少なくとも提案したにちがいない。彼の小船なら、パリからサン＝クルーまで、帆も漕ぎ手も馬もなしに、半ダースばかりのニンフ〔美女〕たちを運ぶであろう。彼女たちは、サン＝クルーから帰る道すがら、この奇跡を言いふらしてくれるであろうし、パリ中の上流社会を興奮させたことであろう。」フェラーリ「フーリエの思想とフーリエ学派」(『両世界評論』一四巻、一八四五年(3)、四一四ページ)　[W7, 1]

「人々はパリを要塞化したいと思っているし、このようにして戦争事業に何億もの金を浪費したがっている。魔術師なら百万もあれば、あらゆる革命、あらゆる戦争の原因を永久に根絶したかもしれないのに。」フェラーリ「フーリエの思想とフーリエ学派」(『両世界評論』一四巻、一八四五年(3)、四一三ページ)　[W7, 2]

ミシュレのフーリエ評。「一方で、あれほどのこれみよがしの物質主義、他方で、禁欲的で無私の精神主義的生活。なんという奇妙な対照であろうか!」J・ミシュレ『民衆』パリ、一八四六年、二九四ページ　[W7, 3]

「爆発」によるファランステールの伝播というフーリエの考えに関しては、私の「政治」に関する二つの考え方と比較することができる。一つは、集団の技術的器官の神経伝播としての革命の考え(月を捉えようと努力するなかでものをつかむことを学ぶ子ど

もと比較せよ)であり、もう一つは「自然目的論の破砕」の考えである。［W7, 4］

フーリエ『全集』〈Ⅲ〉、二六〇ページ。「神の社会法典には欠陥があると仮定して、神に対して提出すべき告訴箇条表。」［W7, 5］

フーリエの思想の再現。「調和社会によってその本来の使命に戻されたクロドミール王は、もはや自分の同業者たるジギスムントを井戸に投げ込む獰猛なメロヴィング朝の王ではない。「それは花と虫の友であり、モスローズ、「金糸織《ドラ・ドール》」(品種)のプラム、パイナップル味の白イチゴ、および他の多くの植物の熱心な信奉者である。……彼は巫女アンティゴネーと結婚し、吟遊詩人として彼女の後に従い、ヒッポクレーネのファランジュにやって来る。」ルイ一六世は、生まれつき性にあっていない王の職をみじめに勤めるのではなくて、すばらしい錠前師になる。」シャルル・ルアンドル『現代の危険思想』パリ、一八七二年、五九ページ[出典不明の引用]［W7, 6］

デルヴォー『時のライオン族』(パリ、一八六七年、五ページ)は、フーリエの「卓抜な隠語」について語っている。［W7, 7］

「どのような大衆的……「関心」でも、それがひとたび世界の檜舞台に登場すると、「観念」あるいは「表象」のなかでその現実的限界を踏み越えて、人間的関心一般と取り違えられることは、容易に理解できる。この幻想は、フーリエがそれぞれの歴史的時代の主調音と名づけるものである。」マルクス／エンゲルス『聖家族』(『史的唯物論』I、〈ライプツィヒ、一九三二年〉、三七九ページ)　[W7, 8]

オーギュスタン＝ルイ・コーシーはトゥスネルの著書(『動物の精神』パリ、一八八四年、一一ページ)によってフーリエ主義的傾向をもった数学者として言及されている。　[W7a, 1]

マルサス主義を扱った箇所でトゥスネルは、問題の解決はおしべの花糸が花弁に転化し、「その結果、樹液と絢爛さの過剰によって繁殖力を失う」ロードス島の二重咲きの(八重咲きの?)薔薇にあると説明している。「すなわち……貧困が増大していく間は、それに並行して性器の生殖能力も増大するであろう。たえず増大していく生殖能力を抑制する手段は一つしかない。すなわち、あらゆる女性を贅沢の享楽で取り囲むことである。

贅沢がなければ、全般的豊かさがなければ、救いもない！」A・トゥスネル『動物の精神——情念動物学』パリ、一八八四年、八五ページ　[W7a, 2]

フーリエ学派のフェミニズムについて。「ハーシェル〔天王星〕とジュピター〔木星〕においては、植物学の講義は一八歳から二〇歳までの若い巫女たちによって行われる。……私が一八歳から二〇歳までと言うとき、それは地球の言葉遣いに合わせているのである。というのは、木星での年月はわれわれの年月よりもはるかに長く、巫女職の年齢はおよそ一〇〇歳ころにようやく始まるからである。」A・トゥスネル『動物の精神』パリ、一八八四年、九三ページ　[W7a, 3]

トゥスネルのイノシシに関する章に見られるフーリエ主義心理学の模範。「人間社会には、瓶の破片、半端になった釘、蠟燭の残りが山とあるが、もしこれらの無価値なガラクタが人間の手によって丹念に知恵を働かせて収集され、もう一度加工されて新たに消費できるように再構成されるのでなければ、これらは完全に社会から失われてしまうであろう。この重要な職務は吝嗇家の領分である。……ここでは吝嗇家の性格と使命は目に見えて向上する。小銭をためこむしみったれは屑屋になる。……豚は自然の偉大な屑屋である。豚は自分が肥え太るのに誰も犠牲にはしない。」A・トゥスネル『動物の精神』パリ、一八八四年、二四九、二五〇ページ

[W7a, 4]

マルクスはフーリエの不十分な点を次のように特徴づける。すなわち、フーリエは「平均化され、断片化された、したがって不自由な労働という特殊な労働様式を……私的所有の害悪と、人間を疎外する私的所有の本質の害悪を生み出す源泉として把握した」が、労働それ自体を私的所有の本質として告発することはなかった。カール・マルクス『史的唯物論』I、ランツフート/マイアー編、ライプツィヒ、〈一九三二年〉、二九二ページ(『経済学と哲学』〔『経済学・哲学草稿』のこと〕)

[W7a, 5]

フーリエの教育学は、ジャン・パウルの教育学とまったく同様に、人間学的唯物論との関連で究明されなくてはならない。その場合、フランスにおける人間学的唯物論の役割は、ドイツにおけるその役割と比較されるべきである。そうすれば、フランスでは人間の集団が、ドイツでは人間的個人が、関心の中心にあることがはっきりとわかるであろう。また次のことにも注意すべきである。すなわち、ドイツでは人間学的唯物論がよりはっきりとした特徴を打ち出すにいたったが、その理由は、ドイツではそれの反対物で

ある観念論がフランスにおけるよりもずっと尖鋭な性格をもっていたからである。ドイツでは、人間学的唯物論の歴史はジャン・パウルから（ゲオルク・ビューヒナーとグッコウを経て）ケラーにまで達している。フランスでは、人間学的唯物論は社会主義的ユートピアと生理学の形をとって現われる。　[W8, 1]

『さまよえるユダヤ人』（ウジェーヌ・シューの新聞連載小説）に登場する上流婦人マダム・ド・キャルドヴィルは、フーリエ主義者である。　[W8, 2]

フーリエ主義教育学に関しては、おそらく、模範の弁証法が研究されなくてはならないだろう。この模範は、モラリスト的意味での手本としては有害ではないとしても教育的には無価値ではあるが、達成度を確認しながら段階を踏んで学習できる模倣の対象になりうる身振りの模範としては、きわめて大きな意義をもっている。　[W8, 3]

「週に三回発行される『ファランジュ、社会科学新聞』（一八三六―一八四三年）は……後に日刊紙『デモクラシー・パシフィック』（一八四三―一八五一年）に席を譲って消え去ることになる。後者の大理念は……アソシアシオンによる「労働の組織」である。」シャル

ル・ブノワ「一八四八年の人」Ⅱ(『両世界評論』一九一四年二月一日、六四五ページ) [W8, 4]

フーリエに関するネットマン(19世紀仏の歴史家・ジャーナリスト)の記述から。「神は現在の世界を創造しながらも、連続創造によって世界の様相を変える権利を留保した。創造の回数は全部で一八回である。すべての創造は南極の流体と北極の流体との接合によって行われる。」最初の創造のあとの諸創造は調和社会においてはじめて実現される。アルフレッド・ネットマン『七月王政下におけるフランス文学の歴史』Ⅱ、パリ、一八五九年、五八ページ [W8, 5]

「彼(フーリエ)によれば、魂は肉体から肉体へ、いやそれどころか世界から世界へと輪廻転生する。それぞれの惑星は一つの魂をもっていて、その魂は、そこに移り住んでいた人間の魂を引き連れて別の上級の惑星に生気を吹き込みにいくであろう。このようになれば、八万一〇〇〇年間持続するはずのわれわれの惑星が終わるまでに、人間の魂は一六二〇回の人生をもったことであろうし、またこのようにして別の惑星では五万四〇〇〇年を、こちらの惑星では二万七〇〇〇年を、生きたことになるであろう。……地球は、初めに生まれ出ようとしたときの生みの苦しみ中に腐敗熱におかされ、その熱を月にうつし、月はそれで死んでしまった。しかし地球は、調和社会として組織されるなら、月を蘇らせるであろう。」ネットマン『七月王政下におけるフランス文学の歴史』Ⅱ、五七、五九ページ

[W8, 6]

飛行体に関するフーリエ主義者の見解。「軽気球は……いたるところで神の被造物を大切にする……炎の車である。それは、相場師の評判を落とした人殺しの蒸気機関車をまねて、谷を埋めたり山を穿ったりしないですむ。」A・トゥスネル『鳥の世界』Ⅰ、パリ、一八五三年、六ページ

[W8a, 1]

「シマウマ、クアッガ〔シマウマの絶滅種〕、南アフリカ産サヴァンナシマウマ、野生ロバ、ポニーたちは、未来の子ども騎兵隊を運ぶことになる自分の宿命を承知しているが、動物が名誉ある地位を見出すに違いない騎兵制度を夢物語として扱うわが政治家たちの政治に共感することは……ありえない。……ライオンは、鋏を使うのが可愛い娘であれば、喜んで爪を削り落としてもらうものだ。」A・トゥスネル『鳥の世界――情念鳥類学』Ⅰ、パリ、一八五三年、一九―二〇ページ。著者は女性を人間と動物との仲介者と見ている。

[W8a, 2]

ジャン・ジュルネがヴィクトール・クーザンに献呈した著作に関して、ジュルネに宛てたクーザンの記念すべき手紙。この手紙は一八四三年一〇月二三日に書かれており、次のように終わっている。「あなたが苦しんでいらっしゃるときには、社会の再生ではなくて、神のことを考えてください。……神は単に幸福のためにではなく、たとえようもなく崇高な目的のために人間をつくったのです。」序文の筆者は次のように付け加えている。「もしこの取るに足りない手紙――これは満足しきった無知の真の傑作だが――が、この二一年もの間、わが国の運命を……導いてきた党派の政治学……を要約していなかったとすれば、われわれはこの小さな逸話を忘却のなかに放置しておいたであろう。」ジャン・ジュルネ『調和社会の詩と歌』パリ、一八五七年、XXVI-XXVIIページ(「編者の序文」)

[W8a, 3]

「木星と土星の人類……の歴史がわれわれに教えるところによれば、《文明社会》は……男と女との政治的平等によって……《互恵社会《ギャランティスム》》に移行する、そして《互恵社会》は女の優位の承認によって《調和社会》に移行する。」A・トゥスネル『鳥の世界』I、パリ、一八五三年、一三一ページ

[W8a, 4]

一八四九年に『ル・リール〔笑い〕』誌上に載った〔アンリ・〕エミのデッサンは、フーリエの《尻尾をはやした人間》をエロティックに風刺した。フーリエの突飛な発想は、ミッキー・マウスを援用して説明することができる。ミッキー・マウスにおいては、まさにフーリエの想念に合わせて、自然の道徳的動員が遂行されているからだ。ミッキー・マウスにおいて、諧謔《フモール》が政治を検証する。マルクスがフーリエの中にとりわけ偉大な諧謔家を見たのがいかに正当であるかを、ミッキー・マウスは確証してくれる。自然目的論は諧謔を企てることで吹っ飛ぶ。 [W8a, 5]

反ユダヤ主義とフーリエ主義とのつながり。一八四五年にトゥスネルの『ユダヤ人——〔時代の〕王』が発行された。ついでに言えば、トゥスネルは「民主主義的王政」の信奉者である。 [W8a, 6]

「家族集団が呈する……一般的輪郭は、放物線である。われわれはこの事実の証明を巨匠たち、とりわけラファエッロの中に見出す。……放物線型に近づいた……この構成から、ラファエッロの作品の中に、家族の完成した……神々しい歌が生まれてくる。……

四つの円錐曲線の類比を決定した巨匠＝思想家は、放物線と家族主義との照応関係を認めた。ところで、この命題は、芸術家たちの君主たるラファエッロによって確認されている。」D・ラヴェルダン『芸術の使命と芸術家の役割　一八四五年の官展』パリ、一八四五年、六四ページ

[W9, 1]

デルヴォー〔『パリの裏側』〈パリ、一八六〇年〉、二七ページ〕は、フーリエとレティフ・ド・ラ・ブルトンヌ〔18―19世紀仏の農民出身の作家〕との間に関連があると主張する。

[W9, 2]

鉄道に対するコンシデラン〔19世紀仏の社会主義者。フーリエの弟子〕の駁論は、サン＝シモン主義者に対するフーリエ主義者の関係を見事に示している。この駁論は大幅に、オエネ・ウロンスキーの著作『鉄道の野蛮と輸送の科学的改革について』に依拠している。ウロンスキーの第一の非難は鉄道網に向けられている。コンシデランもそれに反論する。「鉄の道の名で知られている方法、すなわち、金属の軌道を備え、巨額の費用と膨大な労働を要求する巨大な平べったい道路の建設、「この方法は文明の真の進歩に対立するばかりでなく、進歩と背馳することははなはだしいがゆえに、むしろ実際には、ローマ人

の鈍重で生気のない道路を現在の世の中に野蛮に再現するという滑稽なことをしでかしてしまうのである」(「議会への請願」一一ページ)。」コンシデランは、単純なものとしての野蛮な手段に複合的な科学的手段を対置する(四〇―四一ページ)。このことは別のところではっきりと述べられている。「ところで、この単純主義は、どうしてもそうなるほかはないのだが、完全に野蛮な結果、たえずますます強制される道路の平坦化、へと帰着する。」(四四ページ)以上と同じ意味でこう言われている。「水上交通の場合は水平性が適切な条件である。反対に、地上輸送の体系は、明らかに、ちがった高さの地形をつなぐことのできるものでなくてはならない。」(五三ページ)これと関連したウロンスキーの第二の非難は、車輪による輸送に向けられる。彼はこの輸送手段を「古代の二輪馬車の発明以来実行されてきたような、よく知られているがきわめて通俗的なやり方」として特徴づけている。ここでもまた彼は、本来の意味で科学的かつ複合的な性格の不在を嘆いている。ヴィクトール・コンシデラン『鉄道熱の没理性と危険』パリ、一八三八年。この論文の内容の大部分は、最初は『ファランジュ』に発表　[W9, 3]

コンシデランは、技術者の仕事がその重点を路盤の改善ではなくて、乗り物の改善に移すべきだと主張する。彼が引き合いに出しているウロンスキーは、特に車輪形式の改善を、あるいは車輪を別のものによって置き換えることを、考えていたように思われる。コンシデランではこう言われている。「通常の道路上の輸送を容易にし、この道路での交通機関の現在の速度を……増大させるような機械が発明されるならば、あらゆる鉄道事業は根底からひっくり返されるであろうということは、……明らかではないだろうか。……だから、単に可能であるばかりか、実現の見込みがある一つの発見があれば、いたずらに鉄道に投資しようと提案されている巨額の資本は、一挙に、永遠に、不要なものになるのだ！」ヴィクトール・コンシデラン『鉄道熱の没理性と危険』パリ、一八三八年、六三ページ [W9a, 1]

「鉄道という方法を採用するならば、……人類は必ずや……地球全体にわたって自然の仕事を攻撃し、谷を埋め、山を切り穿ち、……ついには自分の惑星の大地の自然的条件に対して徹底的に闘いを挑み、……そして自然的条件をそれと正反対の条件によって全面的に置き換えることであろう。」ヴィクトール・コンシデラン『鉄道熱の没理性と危険』パリ、一八三八年、五二一―五三ページ [W9a, 2]

フーリエの天才的予知能力についてのシャルル・ジッド〔19―20世紀仏の経済学者。消費組合運動の理論家〕の言葉。「『ロンドンを出発した大型船が今日中国に到着する。惑星メルキュールは、東洋の天文学者によって船の入港と貨物の動きを知らされると、その一覧表をロンドンの天文学者に伝達するだろう』と彼〔フーリエ〕が書くとき、この予言を当世風の文体に置き換えて、次のような読み方をすればよい。「船が中国に到着すると、無線電信〔T・S・F〕はその情報をエッフェル塔またはロンドンに伝達するだろう。」私の考えでは、これこそ並はずれた予見だというべきである。彼が言いたかったことは、きっとこうだろう。すなわち、惑星メルキュールは、彼が予感はしていてもまだ知られていない、メッセージを伝達できる力の譬えである。」シャルル・ジッド『フーリエ――協同組合の先駆者』パリ、〈一九二四年〉、一〇―一一ページ　[W9a, 3]

フーリエのばかげた占星術的思弁についてのシャルル・ジッドの言葉。「三種類のスグリの実を生んだパラス、ユノ、ケレスという三つの小惑星の役割についての思弁、およびもっと美味しい四番目のスグリの品種を生むはずだったフェベ（月）の役割――あいにく「月が死んでしまった」のでなければの話だが！――についての思弁。」シャルル・ジッド『フーリエ――協同組合の先駆者』パリ、一〇ページ　[W9a, 4]

「恒星会議が人類を救済するために派遣することを決定した天上の軍隊、すでに一七〇〇年前から行軍中であり、太陽系の端に到着するためには三〇〇年の道のりを残すばかりになった軍隊……について彼が語るとき、……それはいささか黙示録の戦慄を覚えさせる。別の機会では、この狂気は愛すべきものとなり、ほとんど叡知に近づき、繊細で巧みな観察で溢れかえっている。それは、びっくり仰天している山羊飼いたちを前にして、黄金時代について一場の弁舌を振るっているドン・キホーテの狂気にいささか似ている。」シャルル・ジッド『フーリエ――協同組合の先駆者』パリ、一一ページ　[W10, 1]

「彼の天文台あるいは彼の実験室は、こう言ってよければ、台所であると言うことができるし、また彼自身がそう言っている。そこから彼は、社会生活の全領域に光を放ちつつ活動の場を広げる。」シャルル・ジッド『フーリエ――協同組合の先駆者』パリ、二〇ページ　[W10, 2]

引力理論について。「ベルナルダン・ド・サン＝ピエール〔18―19世紀仏の作家・博物学者〕は重力……を拒否するが、その理由は重力が神の摂理の自由な支配を侵害するからであった。そして天文学者ラプラスもまた……重力の空想的な普遍化を……それに劣らず攻撃した。しかしこの攻撃があったからといって、アザイス〔19世紀仏の哲学者〕や彼と同じような考えの学説が……模倣者を見出すことを妨げはしなかった。アンリ・ド・サン＝シモン……は「普遍重力」の体系を構築することに長年取り組み、一八一〇年に次のような告白を世間に発表した。「私は神を信ずる。私は、神が万有を創造したと信ずる。私は、神が万有を重力の法則の支配下に置いたと信ずる。」フーリエもまた……彼の……体系を「普遍引力」に基づいて築き上げたが、彼によれば、人間と人間との共感はこの引力の特殊例でしかない。」エルンスト・ローベルト・クルティウス『バルザック』ボン、一九二三年、四五ページ（アザイス、一七六六―一八四五年、『人間の宿命における償いについて』）

[W10, 3]

『共産党宣言』とエンゲルスの草案との関係。「労働の組織、ルイ・ブランへの譲歩、対立する都市と農村を橋渡しすべく、国有地に建設される共同の大宮殿、平和的民主主義《デモクラシー・パシフィック》派〔フーリエ主義者の機関紙『デモクラシー・パシフィック』にちなむ〕のフーリエ主義者への譲歩などを、『宣言』は削除した。因みに、『宣言』はこれらの要素をエンゲルスの草案から借用していたのだが。」グスタフ・マイアー『フリードリヒ・エンゲルス』第一巻『初期のフリードリヒ・エンゲルス』〈第二版〉、ベルリン、〈一九三三年〉、二八八ページ

[W10, 4]

フーリエに関するエンゲルスの見解。「「フーリエの文明批判の天才的性格は、モーガン〔19世紀アメリカの民族学者。原始乱婚制の存在や、母系制の先行を主張〕を通してはじめて全面的に現われる」と、彼はカウツキーへの手紙の中で述べていた。当時、彼は家族の起源に関する書物〔『家族・私有財産および国家の起源』〕を書いていたのである。だが、彼はその書物の中ではこう書いている。「新しい文明化された支配、階級支配を聖化するのは……もっとも低級な利害関心である。古代の階級なき高潔な社会を……没落させたのはもっとも破廉恥な手段である。」〕」グスタフ・マイアー『フリードリヒ・エンゲルス』第二巻『エンゲルスとヨーロッパにおける労働運動の興隆』ベルリン、〈一九三三年〉、四三九ページにおける引用　[W10a, 1]

クーゲルマン〔独の医者。マルクスやエンゲルスの親友〕への手紙〔一八六六年一〇月九日〕の中にあるマルクスのプルードン評。「ユートピア主義者たちに対する彼の見かけ倒しの批判と対立〔彼自身は単なる俗物的ユートピア主義者でしかないが、フーリエ、オーエン等々のユートピアの中には新しい世界への予感とその幻想的な表現がある〕は、最初は、「輝かしい青年層」たる学生たちを、ついで労働者を、とりわけパリの人々の心をとらえ魅了した。このパリ人たちは、ぬくぬくと贅沢に働いていたので、知らぬ間に、「どうしようもないほどに」古い時代の汚濁にまみれていたからである。」カール・マルクス／フリードリヒ・エンゲルス『往復書簡選集』アドラツキー編、モスクワ／レニングラード、一九三四年、〈一七四ページ〉　[W10a, 2]

「このとびきり抜け目のないベルリン人たち〔ヘーゲル左派のバウアーやシュティルナーたちのこと〕は、ドイツ全体が所有を廃絶するときにもまだ平和的民主主義派《デモクラシー・パシフィック》のごときものをハーゼンハイデに設置することだろう。……見ていたまえ、近々のうちに、ウッカーマルクに新しいメシアが現われるはずだ。このメシアはフーリエをヘーゲル流に小細工して、ファランステールを永遠のカテゴリーから構成し、それを自己に到達する理念の永遠の法則などと称するのだ。それによると資本、才能、労働は特定の割合で収益にあずかるというのである。それは亜流ヘーゲル主義者の新約聖書になるだろうし、老ヘーゲルは旧約聖書になり、「国家」や法律は「キリストにならう教師」になるだろう。そして、便所も論理的必然性に従ってしつらえられるファランステールは、「新しい天国」「新しい大地」となるだろう。それは、花嫁のように美しく着飾って天国から降りてくる新しいエルサレムというわけだ。」「マルクス宛てのエンゲルスの手紙」（バルメン、一八四四年一二月一九日)、カール・マルクス/フリードリヒ・エンゲルス『往復書簡集第一巻　一八四四―一八五三年』マルクス=エンゲルス=レーニン研究所編、モスクワ/レニングラード、一九三五年、一一ページ　[W10a, 3]

盛夏のごとき一九世紀の中葉においてのみ、またその太陽の光に照らされてはじめて、フーリエの空想が現実化された姿を想像することができる。　**[W10a, 4]**

「子どもたちに、犀とコサックがもつ聴覚の鋭さを与えること。」シャルル・フーリエ『産業的・協働的新世界または情念系列に沿って分配される魅惑的・自然的産業方式の発明』パリ、一八二九年、二〇七ページ　[W10a, 5]

フーリエにおける美食〔料理術〕的要素の意義は容易に理解できる。すなわち、どんなプディングにも調理法があるように、幸福にも調理法がある。幸福は、さまざまな要素の正確な調合によって生まれるのである。それは一つの結果なのである。例えば風景はフーリエにとってはものの数に入らない。彼はそのロマン主義的な側面が気に入らない。貧乏くさい農民の小屋は彼を憤激させる。しかし複合農業が風景の中に広がるとき、また数々の《少年団《プティット・オルド》》〔団員の三分の二は男子、三分の一は女子から成る。この女子たちは男子と同様に、汚いこと、騒々しいことが大好きである〕や《少女隊《プティット・バンド》》〔隊員の三分の二は女子、三分の一は男子から成る。この男子たちは少女のようにおとなしく、きれいなことが大好きである〕が風景の中を歩きまわり、産業軍のどよめくような軍隊行進が風景の中で演じられるとき、幸福を生み出す調合が得られる。〔WII,I〕

フーリエとサドとの近親関係は、あらゆるサディスムを形成する固有の契機のなかに見ることができる。フーリエは空想による色遊びと彼の特異体質である数遊びとを独特な仕方で結びつける。フーリエの《調和》が、ピュタゴラス的であれケプラー的であれ、伝来の数の秘儀のいずれとも無関係であることを銘記しておかなくてはならない。それらの調和は全面的に彼自身の頭から紡ぎ出されたものであり、また《調和社会》に対して近づきがたく、防御されているといった性格を与えるのである。それらは調和社会人をいわば有刺鉄線で取り囲む。「ファランステールの幸福は有刺鉄線の幸福である。」他方では、フーリエの特徴はサドのなかに認めることができる。サドの『ソドムの百二十日』が描いているようなサディストの経験は、その残酷さのゆえに、フーリエの極端な牧歌的雰囲気と相通ずるあの極点なのである。「両極端は一致する。」サディストはその実験のさなかで、拷問者が加えるまさにあの屈辱と苦痛を熱望するパートナーに出会う。サディストは、鞭の一打ちで直ちに、フーリエのユートピアが追求する諸調和の一つの真っ只中に立つとも言えよう。

[W11, 2]

単純主義はフーリエにあっては「文明」の指標として現われる。

[W11, 3]

フーリエによれば、ブロワやトゥールやパリの近郊に住む人々は、彼らの子どもたちを実験的ファランステールに委ねるのに特に適している。そこでは、下層の人々はきわめて礼儀正しい。(『新世界』二〇九ページを参照)

[W11a, 1]

フーリエの体系は、彼自身が説明しているように、引力と「四運動」という二つの発見にもとづいている。「四運動」とは「物質的、有機体的、動物的、社会的運動」である。

[W11a, 2]

フーリエは、インドからの情報を四時間以内にロンドンで入手できるようにする「蜃気楼のような伝送」について語っている。(フーリエ『虚偽の産業』Ⅱ、パリ、一八三六年、七

一一ページを参照）

[W11a, 3]

「社会的運動は、他の三つの運動の手本である。動物的運動、有機体的運動、物質的運動は、序列において最初のものである社会的運動と調和している。すなわち、一つの動物、一つの植物、一つの鉱物の特性は、そして天体の渦巻きの特性ですら、社会的領域における人間の諸情念のなんらかの結果を表現するし、原子から天体にいたるすべてのものは、人間の情念の諸特性の一覧表を提示する。」シャルル・フーリエ『四運動の理論』パリ、一八四一年、四七ページ

[W11a, 4]

地図を眺めるのが、フーリエは大好きだった。

[W11a, 5]

メシア的年代表。一八二二年、実験的小郡《カントン》の準備。一八二三年、その設立と成功の証明。一八二四年、すべての文明人によるその模倣。一八二五年、野蛮人と未開人の加入。一八二六年、支配権序列の組織化。一八二六年、コロニー編隊の巣分かれ。――「支配権序列」とは、「主権の王杖の分配」を意味する。（E・シルベルラン『ファランステール社会学辞典』パリ、一九一一年、二二四ページによる）

[W11a, 6]

ファランステールのモデルと考えられているのは、一六二〇人である。すなわち、男と女各八一〇人がそれぞれちがった性格を持っていて、フーリエによれば、これですべての可能性が尽くされている。

[W11a, 7]

一八二八年には、南極と北極は氷から解放されるはずであった。

[W11a, 8]

「人間の魂は地球の大きな魂の発現であり、人間の身体は地球の身体の一部である。人間が死ぬとき、その身体は地球の身体の中に溶解し、その魂は地球の魂の中に溶け去る。」F・アルマン／R・モブラン『フーリエ』I、パリ、一九三七年、一一一ページ

[W11a, 9]

「すべての子どもたちに見られる主要な好みは以下の通りである。(1)搔きまわしの趣味、つまり、あらゆるものをいじくってみる、あらゆるところに出没する、あらゆるところを徘徊する、しょっちゅうやることを変える、といった傾向。(2)仕事で大きな音をたてること、騒々しく労働する趣味。(3)猿まねまたは模倣マニア。(4)産業のミニチュア、小

さい仕事場を好む。(5)弱い状態から強い状態へと段階を踏んで練習する。」シャルル・フーリエ『産業的・協働的新世界』パリ、一八二九年、二一三ページ　[W12, 1]

二四の「適性を開花させる原動力」のうちの二つについて。「(3)等級を示す飾りの魅力。わが国では、一人の農民を有頂天にさせ、自分の自由を放棄するのに同意させるには、一個の羽根飾りでもあれば十分である。一人の子どもを娯楽や仲間たちとの楽しい集いに誘いこむために、一〇〇もの栄誉の飾りをつける効果はいかばかりだろう。……(17)文明社会の仕事場では知られていないが、軍人と振り付け師が一緒に仕事をする調和社会の仕事場では実行される物質的調和あるいは統一的演習。これは子どもたちを魅惑する方法である。」シャルル・フーリエ『産業的・協働的新世界』パリ、一八二九年、二一五、二一六ページ　[W12, 2]

フーリエが、子どもの教育から父親を遠ざけておくことを、母親を遠ざけておくよりも明らかにずっと重視したことは、注目すべきことである。「自然に……子どもたちは父親や家庭教師の教育への嫌悪をもつようになる。子どももまた命令したがっているのであって、父親に服従したいのではない。」シャルル・フーリエ『産業的・協働的新世界』パリ、

一八二九年、二二九ページ　［W12, 3］

子どものヒエラルキー。「青年」「ギムナジウムの生徒」「リセの生徒」「熾天使セラフィム」「智天使ケルビム」「ガキ〔bambins〕」「いたずらっ子〔lutins〕」「赤ん坊」「乳呑み児」。子どもたちは「一挙に調和社会の真っ只中に」入ることができる、「三つの性」の中で唯一の性である。　［W12, 4］

「いたずらっ子の場合、ペチコートとズボンのように対照的な衣装によって両性を区別することは避けたほうがよい。そんなことをすれば、天性の開花を妨げ、それぞれの仕事における両性の比率を歪めるおそれがある。」フーリエ『産業的・協働的新世界』パリ、一八二九年、二二三―二二四ページ。（いたずらっ子は、一歳半から三歳まで。「ガキ」は三歳から四歳半まで。）　［W12, 5］

七つの等級に区分される道具。子どもたちの産業ヒエラルキー――「各種の将校《オフィシエ・ディヴェール》」「学士《リサンシエ》」「大学入学資格者《バシュリエ》」「初心者《ネオフィト》」「候補生《アスピラン》」。　［W12, 6］

フーリエは、野良仕事へでかけることをピクニックのように考えている。馬車に乗り、鳴り物入りで。　［W12, 7］

「ケルビム天使合唱隊」への入隊試験項目。「⑴オペラ劇場で歌と踊りを演じてみせること。⑵三〇分で、一枚も割らないで一二〇皿を洗うこと。⑶一定の時間内で二〇キログラムのリンゴの皮を剥き、指定重量以上に皮を削らないこと。⑷決められた時間内で、一定量の米または他の穀類を完全に選り分けること。⑸手際よく敏速に、火を点けたり消したりする技を示すこと。」シャルル・フーリエ『産業的・協働的新世界』パリ、一八二九年、二三二ページ　［W12a, 1］

「一二歳から一三歳までに、パレードや軍隊の演習で一万人を指揮命令するような高位につく見通し」をフーリエは披瀝する。フーリエ『産業的・協働的新世界』パリ、一八二九年、二三四ページ　［W12a, 2］

フーリエにおける子どもの名前――ニザス〔Nysas〕、アンリアル〔Enryale〕。教育者の名前はイラリオン〔Hilarion〕。　［W12a, 3］

「このように、人間は幼年時代からすでに自然そのままの状態とは相いれない。一人の人間を育て上げるためには、まだゆりかごに向いていない赤児のときからでも、対照的で段階を踏んだ機能をもつ大がかりな訓練用具一式を必要とする。ジャン＝ジャック・ルソーは、子どもを縛りつけるこの〔身体の〕牢に憤激したが、弾力性に富んだハンモック、細やかにゆきとどく配慮、それにこの方法を活用するのに欠かせない気晴らしをそなえた制度を、想像するにはいたらなかった。だから、哲学者たちは、自然そのままの状態からはきわめて遠いが複雑な方法からのみ生まれる善の道を発明する代わりに、不毛な美辞麗句ばかりを悪に対置するしか能がない。」フーリエ『産業的・協働的新世界』パリ、一八二九年、二三七ページ。気晴らしとは、とりわけ、隣りあわせのハンモックの中にいる子どもたちを互いに遊ばせることにある。 [W12a, 4]

ナポレオン三世は、一八四八年に、フーリエ主義グループの一員であった。 [W12a, 5]

一八三三年にボーデ＝デュラリによって建設されたフーリエ主義コロニーは、今日でもなお家族ペンションの形で存続している。当時フーリエはそのような形式を認めなかっ

た。 [W12a, 6]

バルザックは、フーリエの著作を知って称賛した。 [W12a, 7]

ファランステールの旗は、虹の七色で作られていた。ルネ・モブランの注釈は次の通りである。「色彩はアナロジーによって情念と関連づけられている。フーリエが諸情念を、色彩、音階、自然権、数学的演算、幾何学曲線、金属、天体と比較する一連の表を並べてみると、例えば愛は、紺碧、ミ音、放牧権、割り算、楕円、錫、惑星に照応することが分かる。」A・アルマン／R・モブラン『フーリエ』I、パリ、一九三七年、二二七―二二八ページ [W12a, 8]

トゥスネルについて。「フーリエは……「諸情念の社会的機械装置と宇宙の中で知られる他の諸調和を同一平面に寄せ集める」と主張する。そしてそのためには――と彼は主張する――「われわれは、動物と植物のうちでもっとも魅惑的なものから引き出された面白い教訓だけを頼りにするだろう」。」アルマン／モブラン『フーリエ』I、パリ、一九三七年、二二七ページ(フーリエの文章は、フーリエ『家庭＝農業協働体論』I、パリ／ロンドン、

一八二二年、二四―二五ページと、『普遍統一論』一八三四年、三一ページから引用） ［W13, 1］

フーリエは、デカルトの懐疑が「文明と名づけられる嘘の木」を許したといって、デカルトを非難する。（『新世界』三六七ページを参照） ［W13, 2］

ジャン・パウルを思わせる文体上の風変わりな癖。フーリエの愛用する用語は次の通りである。前－書き〔pré-ambules〕、端－書き〔cis-ambules〕、横－書き〔trans-ambules〕、後－書き〔post-ambules〕、緒－言〔intro-ductions〕、尾－言〔extro-ductions〕、プロローグ、間奏曲〔interludes〕、後奏曲〔post-ludes〕、端－中音〔cis-médiantes〕、中音〔médiantes〕、間－中音〔trans-médiantes〕、幕間〔intermèdes〕、注記、付録。 ［W13, 3］

第一帝政を背景にして次の注記を読むと、フーリエはきわめて意義深いものに見えてくる。「協働状態は、開始するやいなや、はるか以前から延期されていただけに、いっそう輝かしいものになるだろう。ギリシアは、ソロンとペリクレスの時代にすでに協働状態を企てることができた。ギリシアの諸能力は、それを創設するに十分に見合うだけの成熟度に達していた。」アルマン／モブラン『フーリエ』I、パリ、一九三七年、二六一―二六二ページ(フーリエの文章は、『家庭＝農業協働体論』Ⅰ、パリ／ロンドン、一八二二年、LXI–LXIIページ、『普遍統一論』Ⅰ、一八三四年、七五ページから引用)　[W13, 4]

フーリエは、集団行列と集団行進の多くの形態を知っている――嵐型〔orage〕、渦巻き型〔tourbillon〕、蟻群型〔fourmillière〕、長蛇型〔serpentage〕。　[W13, 5]

ファランステールが一六〇〇もあれば、それだけでもう、あらゆる組み合わせをもった協働体《アソシアシオン》が展開する。　[W13, 6]

「フーリエは著作に全力を注いだ。それというのも、彼には、まだ存在しない革命的階級の要求に応ずることができなかったからである。」F・アルマン／R・モブラン『フーリエ』Ⅰ、パリ、一九三七年、八三ページ。ついでに言えば、フーリエは多くの点で、新しい人類を先取りしているように思われる。彼の無邪気さは意義深い。　[W13, 7]

「ふだん、扉口から窓に行こうとすれば、彼の部屋の真ん中にある、何も置かれていない空いた通路を通るほかはなかった。他の部分はみな植木鉢で占められていて、数々の鉢そのものが一連の段階別の大きさ・形・品質を示していた。素焼きの鉢もあれば、中国の磁器もあった。」シャルル・ペラン『フーリエの生涯』パリ、一八七一年、三二—三三ページ [W13, 8]

シャルル・ペラン『フーリエの生涯』(パリ、一八七一年、一四四ページ)が伝えるところでは、フーリエはたびたび、六夜か七夜連続して眠らなかったという。それは彼が自分の発見に興奮したからである。 [W13a, 1]

「ファランステールは、巨大な家具つきホテルになるだろう。」フーリエは、家族生活というものがどんなものであるかまったく知らなかった。F・アルマン／R・モブラン『フーリエ』I、パリ、一九三七年、八五ページ [W13a, 2]

「陰謀情念《カバリスト》」「複合情念《コンポジット》」「移り気情念《パピヨンヌ》」は、「分配情念《ディストゥリビュティヴ》」または「機械化情念《メカニザント》」という集合概念に類別される。 [W13a, 3]

「陰謀精神はいつも計算を情念に混ぜ合わせる。陰謀家にとってすべては計算である。

ちょっとした身振り、まばたき。彼はよく考えて迅速にすべてを行う。」『普遍統一論』I、一八三四年、一四五ページ。この発言は、いかにフーリエがエゴイズムを計算に入れているかを、とくにはっきりと示している。（一八世紀では、煽動する労働者は「陰謀家《カバルール》」と呼ばれた。）

[W13a, 4]

「地球は自分自身と交接するとサクランボの木を生み、水星《マーキュリー》と交接するとイチゴを、パラス（アテナ）と交接すると黒スグリ別名カシスを、ユノと交接するとフサスグリの実を生む、等々。」アルマン／モブラン『フーリエ』I、パリ、一九三七年、一一四ページ

[W13a, 5]

「一つの系列は、存在または対象の類・種・群の規則正しい分類であって、それらは、それぞれの特性の一つまたは複数に照らして、中心ないし軸の両側に、軍隊の両翼のように、一方では前進行進（逓増級数）、他方では後退行進（逓減級数）に従って対照的に並べられる。……下位区分の世界（！）が決定されていない「自由」系列があり、それぞれの度合に応じて、三、一二、三二、一三四、四〇四の下位区分を包摂する「規則正しい」系列がある。」アルマン／モブラン『フーリエ』I、パリ、一九三七年、一二七ペ

ージ

［W13a, 6］

フーリエにおいては、それぞれの情念に、人間の身体の各器官が対応している。

［W13a, 7］

「《調和社会》では……系列による諸関係はきわめて活発であるから、人は自分のアパルトマンに留まる時間すらないほどである。」アルマン／モブラン『フーリエ』Ⅱ、パリ、一九三七年、二一一ページに引用

［W13a, 8］

少年団《プティット・オルド》の徳性を示す四つの原動力。「その原動力とは、不潔、高慢、破廉恥、不服従への好みである。」フーリエ『産業的・協働的新世界』パリ、一八二九年、二四六ページ

［W14, 1］

少年団の仕事の合図。「半鐘、早鐘、太鼓、トランペットの騒音、犬の吠え声や牛の啼き声などが少年団の突撃ラッパだ。そのとき少年団は、彼らのチンギス＝ハンやドルイド教僧に率いられて、彼らに聖水をかけてくれる司祭団の面前を通り過ぎながら、大声

をあげて突進する。……これらの少年団は、宗教上の信徒団の資格で司祭団に加入しなければならないし、彼らの職務の実行に際して、衣服に宗教を示すバッジをつけなくてはならない。」「少年団は、その作業がもっとも難しいものであるにもかかわらず、全系列のうちで報酬がもっとも少ない。もしも協働体では分け前を一切受け取らないのが礼儀にかなっているのだとすれば、彼らは報酬をまったく受け取らないであろう。……どんな権威も、君主ですら、少年団に最初に挨拶しなくてはならない。彼らはポニーをもっており、彼らは地球上で最良の騎兵隊である。どの産業軍も、少年団なしに戦闘を開始することはできない。彼らは、あらゆる共同作戦に最初に着手する特権をもっている。」シャルル・フーリエ『産業的・協働的新世界』パリ、一八二九年、二四七―二四八ページ、二四四―二四六ページ　［W14, 2］

少女隊《プティット・バンド》の「近代的演習または直線様式」は少年団の「韃靼式演習または曲線様式」と対照的である。「少年団は、実に色とりどりのチューリップの方形の植え込みのようだ。一〇〇人の騎士は、二〇〇種の美しく対照的な色をくりひろげるだろう。」フーリエ『新世界』二四九ページ　［W14, 3］

「使役動物をいじめる、畜殺場で動物を苦しめるといった風に、四足獣、鳥、魚、昆虫を虐待するものは誰であれ、少年団の裁判にかけられるさだめである。年齢がどうあれ、彼は、子どもたちの法廷に召喚され、理性が子どもにも劣るものとして扱われるだろう。」フーリエ『新世界』パリ、一八二九年、二四八ページ　[W14, 4]

少女隊が「社会的魅力」を配慮する義務があるのと同様に、「少年団」には「社会的和合」を配慮する義務がある。　[W14, 5]

「少年団は、ひどく汚い仕事をするという善の道を通って美に向かう。」フーリエ『新世界』二五五ページ　[W14, 6]

「少女隊は、少年団のドルイド僧やドルイド尼僧とちがって、思春期の者たちから男女のキュベレー祭司という名の協力者を獲得する。同じ対照性が、彼らの同盟者たる旅人にも見られる。少女隊と同盟する旅人とは、芸術を使命とする男女の遍歴騎士の大隊である。他方、少年団と同盟する旅人は、公共事業に従事する男女の冒険者の大遊動団である。」フーリエ『新世界』パリ、一八二九年、二五四ページ　[W14a, 1]

少女隊は、農地・菜園荒らしと言語問題に関して裁判権をもっている。　[W14a, 2]

「ヴェスタラ制度の役目が子どもたちの心を色恋沙汰からそらせることにあるとすれば、肉体面では性尿器の兼用によって、触覚《タクト》は子どもたちを性の何たるかを知らないままに置く。」E・シルベルラン『ファランステール社会学辞典』パリ、一九一一年、四二四ページ（「触覚」）。同様に、少女隊の少女たちに対する少年たちの礼儀正しさは、大人たちのギャラントリーの意味について思い違いをさせかねない。　[W14a, 3]

「私がオペラの名で呼ぶものは、すべての舞踏的行為であり、小銃の扱いや、吊り香炉の持ち方さえもそこに含まれる。」フーリエ『産業的・協働的新世界』パリ、一八二九年、二六〇ページ　[W14a, 4]

ファランステールは、逸楽郷のようにしつらえられている。数々の娯楽（狩り、釣り、音楽の演奏、花の栽培、芝居の上演）にも報酬が支払われる。　**[W14a, 5]**

フーリエは搾取の概念を知らない。 [W14a, 6]

フーリエを読むと、カール・クラウス〔オーストリアの批評家・詩人〕の文章「人にはワインをすすめて、自分は水を飲む」を想い起こすだろう。 [W14a, 7]

調和社会人の滋養供給では、パンの役割はごくわずかである。 [W14a, 8]

「野蛮人に駆け引きを教えたことは、文明……の堕落的性格の一つである。」E・シルベルラン『ファランステール社会学辞典』パリ、一九一一年、四二四ページ(「駆け引き＝戦術」) [W14a, 9]

「未開人は七つの自然権を享受する。……狩猟権、漁労権、採集権、放牧権、外部盗奪権(すなわち、他の諸部族に属するものを盗むこと)、同盟権(部族内部の陰謀と策謀)、のんびり過ごす権利。」アルマン／モブラン『フーリエ』Ⅱ、パリ、一九三七年、七八ページ [W14a, 10]

貧乏人は言う。「私は、ありのままの自然が私に与えてくれた盗む権利の代わりに、必要な道具と生活手段の前貸しを要求する。」アルマン／モブラン『フーリエ』Ⅱ、パリ、一九三七年、八二ページに引用　[W15, 1]

ファランステールでは、「隊商宿」が外国人を迎えることになっている。ファランステールの特徴的な建物は「命令の塔」である。そこには、視覚を利用する送信機があり、発火信号と伝書バトのためのセンターがある。　**[W15, 2]**

ファランステール全体に必要な著作の発行部数は八〇万部に達する。フーリエは、とくに、『色刷り自然学百科事典』の出版のことを考えている。　[W15, 3]

フーリエは、もっとも理性的な陳述に想像力に富んだ考察の衣をかぶせるのが好きである。彼の発言は、高級な花言葉に似ている。　[W15, 4]

最新情報をつかんで広めるためにうろつきまわってばかりいる、文明社会では何の役にも立たない連中を、調和社会では人々の食卓を回って歩かせたいとフーリエは望んでいる。それというのも、彼らは人々に新聞を読む時間を節約させてくれるからである。これは、人間の性格の研究から、ラジオの出現を予言するものである。 [W15, 5]

フーリエは言う。「各職業はそれぞれの反道徳とそれぞれの原則をもっている。」アルマン／モブラン『フーリエ』Ⅱ、パリ、一九三七年、九七ページに引用。フーリエは、その例として、「遊女の世界」と召使の世界を挙げる。 [W15, 6]

「洗練された栽培技術によって完成の域にまで育て上げられたあらゆる花がそうなるように、調和社会の三世代が経た後では、女性の三分の二は不妊になるだろう。」フーリエ『虚偽の産業』Ⅱ、パリ、一八三五―三六年、五六〇―五六一ページ [W15, 7]

七つの自然権を自由に行使する未開人が自発的に服従するか否かが、フーリエによれば、文明社会の試金石になるだろう。調和社会になってようやく未開人を自発的に服従させることができる。 [W15, 8]

「個体は……本質的に間違った存在である。なぜなら、彼らは自分一人だけでも、二人になっても、一二の情念を発展させることができないからである。それというのも、諸情念は八一〇の接触キーと同数の補完物をもつ一つのメカニズムだからだ。それゆえに、個人ではなく、まさに情念の渦巻き《トゥルビヨン》から、等級体系は始まるのである。」『フーリエの草稿の公刊』パリ、一八五一―五八年、全四巻、一八五七―五八年度、三二〇ページ　[W15, 9]

七万年後に、衰退期に入る文明の新しい段階の姿をとって、調和社会の終焉が訪れ、それは新しい「地獄の辺土」にとって代わられることだろう。このようにフーリエにあっては、移ろいやすさと幸福とが緊密に交差しているのである。エンゲルスは述べている。「カントが自然科学の中に将来の地球の終焉を導入するのと同じく、フーリエは歴史の研究の中に将来の人類の終焉を導入する。」エンゲルス『反デューリング論』Ⅲ、一二ページ

[W15a, 1]

諸情念の機械装置《メカニク》。「五つの感覚バネ⑴味覚、⑵触覚、⑶視覚、⑷聴覚、⑸嗅覚)と、四つの情動バネ⑹友情、⑺野心、⑻愛、⑼父性)とを和合させる傾向。この和合は、ほとんど知られないままに中傷されている三つの情念を仲介にして確立される。私はこれら三つの情念を、⑽陰謀情念、⑾移り気情念、⑿複合情念と呼ぶ。」『新世界』からの引

用。アルマン／モブラン『フーリエ』Ⅰ、パリ、一九三七年、二四二ページ　[W15a, 2]

「(人間と地球に次いで、一つの宇宙が第三階梯を構成する……フーリエはこれを第三次宇宙《トリヴェール》と呼ぶ……ように)大多数の宇宙《ユニヴェール》は第四次宇宙《カトリヴェール》を形成し、そしてついには第八次宇宙《オクティヴェール》に到り、自然全体、調和的諸存在の全体を表現する。フーリエは詳細な計算に没頭し、オクティヴェールは10の96乗個の宇宙から構成されると宣言する。」アルマン／モブラン『フーリエ』Ⅰ、パリ、一九三七年、一一二ページ　[W15a, 3]

「農業の美」について。「このような鋤は、今日ではかなり耐えがたいものだが、きっといつか、若き君主も若き平民もそれを操ることであろう。それは一種の産業馬上試合のようなものになるだろう。この試合では、各競技者は自分の精力と技巧を証明し、美女たちを前にして自分を際立たせることだろう。そして、彼女たちは食事や飲み物を提供して、この催しを閉じることだろう。」シャルル・フーリエ『家庭＝農業協働体論』Ⅱ、パリ／ロンドン、一八二二年、五八四ページ。「農業の美」には、さらに、花飾りのある台座をもつ石碑、畑に散在する祭壇上に建てられた、功績のあった農民や農業経営者の胸像なども含まれる。「それらは、産業セクトあるいは産業系列の神話的な半神たちである。」(アルマン/モブラン、〈前掲書〉、Ⅱ、二〇六ページに引用) 人々は、キュベレー祭司たちを介して、これらの半神たちに香を捧げる。　[W15a, 4]

フーリエは、「実験ファランジュ」の中で、人間のもっとも突飛な性格を使ってやってみるように勧めている。　[W16, 1]

フーリエは排外主義者であった。彼はイギリス人とユダヤ人を嫌った。彼はユダヤ人を文明人ではなくて、ずっと家父長的習俗を維持してきた野蛮人と見ていた。　**[W16, 2]**

フーリエのリンゴ——ニュートンのリンゴと対をなすものだが——は、パリのレストラン「フェヴリエ」では、彼の出身地(ブザンソン)の田舎より一〇〇倍も値が張る。プルードンもまた自分をニュートンになぞらえている。　**[W16, 3]**

調和社会人にとって、コンスタンティノープルは地球の首都である。　[W16, 4]

調和社会人たちはごくわずかの睡眠で十分である(フーリエと同様に!)。彼らは少なく

とも一五〇歳まで生きる。[W16, 5]

「オペラは、教育の原動力のなかで第一の地位を占めるであろう。……オペラはイメージによる道徳の学校である。そこで若者たちは、真理、正しさ、統一性を傷つけるすべてのものを恐れるように育てられる。発声や拍子、身振りやステップが悪い人は、オペラでは、ひいき目にはけして見てもらえない。ダンスや合唱では、君主の子どもでも、真理を甘受し、大衆の根拠ある批判を受け入れなくてはならない。彼が一挙手一投足において統一的な一致や一般的和合に従うのを学ぶのは、ほかならぬオペラのなかでである。」アルマン／モブラン『フーリエ』Ⅱ、パリ、一九三七年、二三二—二三三ページ [W16, 6]

「文明社会では、雰囲気と呼ばれるあの衣服の部分を完成させることなど誰も考えない。……有閑階級のサロンだけでそれを改善させるのでは十分ではない。……雰囲気を全般的に改善させなくてはならない。」F・アルマン／R・モブラン『フーリエ』Ⅱ、パリ、一九三七年、一四五ページに引用 [W16, 7]

フーリエのテクストは、「パルナッソスへの階梯」〔*gradus ad parnassum* 17世紀イエズス会士による詩作指南書。以降、同一書名で多くの類似本が頻出した〕に匹敵しうる紋切り型の言い回しにみちている。彼がアーケードについて語るときには、「現在の状態ではフランス国王でさえも、雨の日に馬車に乗るときは雨に濡れるだろう」と言うように、ほとんどいつも決まった言い方になる。
［W16, 8］

完全なファランステールの設立には一〇〇〇万〔フラン〕、実験ファランステールの設立には三〇〇万、が必要である。
［W16, 9］

調和社会人の住むところでは、すべての花壇は過剰の太陽光線と雨から「守られている」。
［W16, 10］

フーリエは調和社会人の農業の美しさを描写しているが、この描写は、子どもの絵本の色彩豊かな絵のように読める。「協働状態では、もっとも不潔な仕事の場合ですら、特別の贅沢ができるであろう。耕作者グループの灰色の上っ張り、草刈り人グループの青色の上っ張りは、縁飾り、帯、揃いの羽根飾りによって、艶のある荷馬車、高価でない飾りをつけた引き馬たちによって、引き立てられるであろう。すべては飾りが仕事中に汚れないように按配されている。もしわれわれが、世に英国式と呼ばれるあいまいな様式で配置された美しい谷で、あるグループは色鮮やかな天幕で覆われ、あるグループはあちこちに散らばって集団労働をしている、あるグループは旗と道具をもって歩き回り、あるグループは行進しながら賛美歌を合唱する、といった仕事中のすべてのグループを見るならば、そして藁小屋の代わりに、柱廊や小塔をもった城と見張り台が点在する地域を見るならば、この風景は魔法にかけられている、それは桃源郷でありオリュンポスの神々の住まいだ、と信ずることだろう。」フーリエにとってはそれほど高い地位にはない蕪栽培者のグループでさえこの栄誉を分かち、彼らが「高地で仕事をし、金色の蕪を頭上に戴いた三〇の見張り台の上に旗をあげる」のが見られる。アルマン／モブラン『フーリエ』Ⅱ、パリ、一九三七年、二〇三、二〇四ページに引用　［W16a, 1］

例えば「羊小屋の仕事」「畑仕事」「庭仕事」との間の「歯車装置」。「この交換が一般的である必要はない。また、五時から六時半まで羊の世話をする二〇人が、六時半から八時まで、全員一緒に畑仕事に行く必要はない。ただ一つ必要なことは、各系列が他の系列に対してそれぞれに所属するいくつかのグループから引き抜かれた数名の協働者たちを提供し合い、こうすることで、あちこちの系列で次々と仕事をする多数のメンバーを噛み合わせながら相互の絆を確立することである。」アルマン／モブラン『フーリエ』II、パリ、一九三七年、一六〇―一六一ページに引用(「移り気情念」の発揮)　[W16a, 2]

フーリエが大革命のなかで嫌ったのは、恐怖政治だけではない。それに劣らず道徳主義も彼は嫌った。彼は、調和社会人たちの絶妙の分業を、平等の反対物として、彼らの熱心な競争を友愛の反対物として描いている。　**[W16a, 3]**

『産業的〔・協働的〕新世界』(一八二一―一八二二ページ)の中には、ペスタロッチ〔18―19世紀スイスの教育家〕に対する遺恨がかなり目につく。それによれば、フーリエはペスタロッチの「直観的方法」を、それがかなり公衆に受けたために、一八二二年の『普遍統一論』で批判の俎上に乗せたというのだ。しかし徒労であって、読者は奇妙に思うばかりだったという。イヴェルドン〔ペスタロッチの教育施設があったスイス西部の町〕に関しては、フーリエは、文明社会では調和社会の制度を導入すれば必ず罰を受けることを証明しようと、スキャンダラスな物語をもち出して、からかっている。　**[W17, 1]**

「聴覚の保護」の項目で、フーリエは民衆に、話し方と音楽教育の向上(トゥールーズ劇場労働者合唱団!)と並んで、騒音対策を扱っている。彼は製造所を隔離したい、とくに城外《フォーブール》に移したいと思っている。 ［W17, 2］

都市計画。「すばらしいサロンを持ちたい人は、主な客間が美しくても、そこに至る道を飾らずにすませられるものではないことを感じている。もしそこに辿りつくために、堆肥でいっぱいの中庭、残骸で塞がれた階段、古くて田舎くさい家具を備えた控えの間を通り抜けなくてはならないのだとすれば、彼のサロンを人はどう思うだろうか。……では、個人住宅の装飾に対する各個人の良識が、わが建築家にあっては、都市と呼ばれる集合住宅の装飾のために働かないのは、どうしてだろうか。またなぜ、あれほど多くの君主や芸術家たちのうちで、城外地区《フォーブール》、付属地区《アネックス》、大通り《アヴニュー》という三つのアクセサリーの段階を踏んだ装飾のことを、誰も思いつかなかったのだろうか……。」シャルル・フーリエ『労働者都市——都市建築に導入すべき変更』パリ、一八四九年、一九—二〇ページ。フーリエは、ほかにも多くの建設規則を書いたが、そのなかでも、建物の飾りが多くなるか少なくなるかを見て、どれほど町に近づいたか、あるいは遠ざかったかを知ることのできる建設規則を考え出している。 ［W17, 3］

野蛮社会、文明社会、調和社会の都市建設。「野蛮な都市は、たまたま偶然に寄せ集められた建物からできている。……これらの建物は、曲がりくねった、狭くて見通しのよくない、不健康な通りの間にごたごたと集められている。これが一般にフランスの都市である。……文明化した都市は、単調で不完全な秩序をもち、碁盤の目に配置されている。例えば、フィラデルフィア、アムステルダム、ロンドン新市街、ナンシー、トリノ、マルセイユ新市街等々がそうであり、その通りを三本か四本さえ見れば完全にわかってしまう。それ以上見物する元気は出ない。」反対に、どちらにも偏らない調和社会は、「不統一な秩序と結合された秩序を和解させる」。フーリエ『労働者都市』一七―一八ページ

[W17, 4]

調和社会人は休暇を知らないし、望みもしない。

[W17a, 1]

『聖家族』の中で（どこでか？（「第六章」でフーリエが参照されている））マルクスはフーリエに言及している。

[W17a, 2]

トゥスネルは一八四八年に「中央共和派協会」(ブランキのクラブ)の創設に加わった。[W17a, 3]

クロード＝ニコラ・ルドゥ(18―19世紀仏の宮廷建築家)について。「ルドゥによって理想都市ショーのために考え出された共同体のすべての建物と同様に、貧民救済所(四角い中庭のまわりにアーケードを巡らした低い建物)は、宿泊させる連中を念入りに検査し、良い連中は去らせ、悪い連中は強制労働のためにとどめおくといったやり方で、人類の倫理的向上に貢献する課題を担っている。当時の生活改善的思想がどれほどこの芸術家の心をとらえていたかは、一風変わった「オイケマ」計画からわかる。外面を見ただけでもきわめて異様で、古代風の入り口ホールと窓のない壁をもつ長く伸びた建物は、新しい性倫理への道を用意する場所として考えられていた。より良き性道徳の目的に達するために、抑制なき情念の家たる「オイケマ」においては、人間の錯誤を注視することが、美徳と「婚姻の神ヒュメナイオスの祭壇」へと通じるはずであった。後にこの建築家は、自然のなすがままにする……ほうがいいと考えるようになる。……建築家がきわめて美しい風景の中に置こうとした「オイケマ」において、新しくてより自由な結婚形式が実現することになる。」エミール・カウフマン『ルドゥからル・コルビュジエまで――自律

的建築の生成と発展』ウィーン／ライプツィヒ、一九三三年、三六ページ　[W17a, 4]

「グランヴィルは、その生涯の大部分を類似《アナロジー》という一般理念を中心にして動いた。」シャルル・ボードレール『作品集』II、ル・ダンテック編・注、〈パリ、一九三二年〉、一九七ページ（「フランスの風刺画家」）　[W17a, 5]

H・J・ハント『フランスにおける社会主義とロマン主義――一八三〇年から一八四八年までの社会主義出版物の研究』（オックスフォード、一九三五年）は、一二二ページで、フーリエの学説の大綱について特に簡潔にして適切な説明を与えている。ユートピア的なものは後退する。ニュートンになぞらえる傾向が顕著になる。「情念」は、主体のなかで感じとられる「引力」であり、この「引力」は「労働」をリンゴの落下と同じくらい自然な現象にする。　[W17a, 6]

「サン＝シモン主義者と違ってフーリエは、美的なものに関しては神秘主義に無縁である。たしかに、彼の一般学説は神秘的、ユートピア的で、こう言ってよければ救済論的であるが、彼が芸術を語る場合には、「聖職」という言葉は彼の口からは決して出てこない。……「虚栄心が勝ちを占め、その虚栄心から芸術家や学者たちは驕慢の心に酔い痴れて財産[彼らが自立するためにはどうしても必要なものだが]を犠牲にするほどである。」H・J・ハント『フランスにおける社会主義とロマン主義』オックスフォード、一九三五年、一二三—一二四ページ

[W18]

X

マルクス

「売り買いをする人間は、演説し闘争する人間よりもずっと素直に、取り繕うことなく、おのれの本当の姿をあらわにする。」

マクシム・ルロワ『サン＝シモンの土地投機と、出資者レーデルン伯爵との取引上の紛争』パリ、〈一九二五年〉、一ページ

「産業の歴史ならびに歴史的に出来上がってきた産業の現実のありようが、どれほど人間の本質諸力を読みとく書物のようなもの……であるかがわかる。この諸力はこれまで人間の本質との関連においてではなく、つねに外的な有用性との関係において把握されてきたにすぎなかった。……産業は自然と人間の、したがって自然科学と人間の現実的・歴史的関係である。」カール・マルクス『経済学と哲学』一八四四年〔カール・マルクス『史的唯物論――初期著作集』I、ランツフート／マイアー編、ライプツィヒ、〈一九三二年〉、三〇三―三〇四ページ〕　［XI, 1］

「人間の富のみならず貧困もまた同様に――社会主義の前提に基づくならば――人間的な、それゆえ社会的な意義を獲得する。貧困は、人間にもっとも巨大な富を、すなわち他の人間を欲求として感じさせる積極的〔positiv――MEGA I-2 によれば「受動的 passiv」〕紐帯である。」カール・マルクス『経済学と哲学』〔カール・マルクス『史的唯物論』I、ランツフート／マイアー編、ライプツィヒ、三〇五ページ〕　［XI, 2］

「マルクスが資本主義経済に対して導き出した結論とは、労働者が賃金という形で有する購買力では、労働者自身が行う労働の一部分しか生産に必要でないような価値量を購えるにすぎないということである。別な言い方をすればこうである。もし労働者によって生産される商品が経営者に利益をもたらすべく譲渡されねばならないとすれば、労働者はつねに剰余労働を行わねばならないのである。」ヘンリク・グロスマン「マルクス主義をめぐる五〇年の闘い」『国民経済学辞典 四版』Ⅲ、ルートヴィヒ・エルスター編、イエナ、一九三三年、三一八ページ

[XI, 3]

虚偽意識の起源。「分業がはじめて現実的なものとなるのは、物質的労働と精神的労働の……分業が登場するときからである。このときから意識は、自分が現に存在する……実践の意識とは何か別な意識であると実際に錯覚しうるようになる。すなわち何か現実的なものを表象することなしに自分が現実になにものかでありうると思い込むのである。」マルクス/エンゲルス『フォイエルバッハ論』(『マルクス゠エンゲルス・アルヒーフ』Ⅰ、D・リャザノフ編、フランクフルト・アム・マイン、〈一九二八年〉、二四八ページ、マルクス゠エンゲルス遺稿より)

[XI, 4]

ブルーノ・バウアー〔19世紀独の神学者・歴史家〕は批判意識の勝利を告げる「最後の審判」を夢見た。そうしたバウアーの「最後の審判」に対置される、「最後の審判」としての革命に関する箇所。「この聖なる教父〔バウアー〕は、最後の審判の日が――その日の朝焼けは燃え上がる町の天への照り返しなのだが……突如として彼にふりかかって来るや、そしてこの「天上の調べ」のもとで「ラ・マルセイエーズ」や「ラ・カルマニョール」の旋律が大砲の響きを伴いながら彼の耳をつんざき、ギロチンがそれに合わせて拍子をとり、不逞きわまりない「群衆」が「サ・イラ、サ・イラ」〔＝うまくいくよ。大革命時の歌〕と叫んで、「自己意識」を街灯に吊るす〔＝止揚する〕や、驚嘆してしまうのである。」マルクス／エンゲルス『フォイエルバッハ論』マルクス＝エンゲルス遺稿より（『マルクス＝エンゲルス・アルヒーフ』I、D・リャザノフ編、フランクフルト・アム・マイン、二五八ページ）

[XI, 5]

自己疎外。「労働者は資本を生産する。資本は労働者を生産する。したがって労働者は、彼にとって疎遠な資本のために存在するときにのみ自分自身を、そして……彼の人間としての諸属性を生産するのである。……労働者は、自分が自分に対して資本として存在するときにのみ、労働者として存在するようになる。そして彼は、資本が彼に対して存在するときにのみ、資本として存在するようになるのである。資本の存在が彼の存在であり……資本が彼の生活の内容を彼に無関係なやり方で決定する。……生産が生み出すのは、……非人間化された本質としての……人間である。」カール・マルクス『史的唯物論――初期著作集』I、ランツフート／マイアー編、ライプツィヒ、三六一―三六二ページ（『経済学と哲学』）　[X1a, 1]

革命は集団の神経を通じての刺激伝達であるという理論。「私的所有の止揚は、……人間のすべての感覚のまったき解放である。……ところで私的所有の止揚がこの解放であるのは、他の人間の感覚と精神が私自身の領有物となることによってである。したがってこうした直接的器官のほかに社会的器官が形成されるのであり、……たとえば他人との直接的交際の中で行われる活動が……生の表現の器官になり、人間的な生の領有の方法となる。人間的な眼が、粗野で非人間的な眼とは別なものを見、人間的な耳が粗野な耳とは別なものを聞く等々ということは自明である。」カール・マルクス『史的唯物論――初期著作集』I、ランツフート／マイアー編、ライプツィヒ、三〇〇―三〇一ページ（『経済学と哲学』）　[X1a, 2]

「人間の歴史において、すなわち人間社会を成立させる行為において生成する［！］自然は、人間の現実的な自然であり、それゆえ産業をつうじて生成する自然は、たとえ疎外された形態においてであろうと、真の人間学的な自然である。」カール・マルクス『史的唯物論――初期著作集』I、ランツフート／マイアー編、ライプツィヒ、三〇四ページ(『経済学と哲学』)　[X1a, 3]

「文化」批判のための出発点。「人間の生をわがものとする私的所有の積極的な止揚は、……あらゆる疎外の積極的な止揚であり、したがって人間が宗教や家族、国家などから(?)彼の人間的な、すなわち社会的な存在へと還ることである。」カール・マルクス『史的唯物論――初期著作集』I、ランツフート／マイアー編、ライプツィヒ、二九六ページ(『経済学と哲学』)　[X1a, 4]

ヘーゲルを利用して階級憎悪を導き出すこと。「疎外の規定のもとで対象性を止揚することは――この疎外は無関心な疎遠性から現実に敵対的である疎外まで進まねばならない――ヘーゲルにとって同時に、いなむしろもっぱら、対象性を止揚するという意義を持つ。というのも自己意識にとって疎外の中で不快なのは、対象の特定の性格ではなく、その対象としての性格そのものだからである。」カール・マルクス『史的唯物論』I、ライプツィヒ、三三五ページ(『経済学と哲学』)　[X1a, 5]

共産主義の「最初の形態」。「共産主義は……その最初の形態においては、この関係[私的所有]の普遍化と完成に……すぎない。……この共産主義にとっては、物理的な直接的占有が生と存在の唯一の目的と見なされる。労働者という規定は止揚されず、すべての人間へとその規定が拡張される。それは、暴力的なやり方で才能等を無視しようとする。……女性の共有がこのまだ粗野で無思想な共産主義のまぎれもない秘密である……といってよいだろう。ちょうど女性が結婚から一般的な売春に踏み入るように、富の世界全体が……私的所有者との排他的な結婚関係から、共同体との普遍的な売春関係へと踏み入るのである。……こうした形での私的所有の止揚が本当の意味で自分のものとすることではないのを証明しているのは、……世界全体、教養形成、文明の抽象的な否定であり、貧しくて無欲な人間の不自然な単純さへの還帰である。この人間は、私的所有を乗り越えるどころか、まだ一度もそれへ到達したことすらないのである。」カール・マルクス『史的唯物論』I、ランツフート／マイアー編、ライプツィヒ、二九二―二九三ページ(『経済学と哲学』)　[X2, 1]

ブルジョワジーの心理学を消費者の態度から展開することは誤りだろう。消費者の純粋な立場を代弁しているのはスノッブの階層だけである。ブルジョワ階級の心理学にとっての基盤はむしろ次のようなマルクスの文章の中に含まれている。そしてこの文章を手がかりとして、とりわけこの階級が芸術に対してモデルおよび注文主として有している影響も指摘することができる。「資本主義的生産が一定の水準に達すると、資本家は、自分が資本家として、言い換えれば人格化された資本として機能している全時間を、他人の労働の領有、つまりその支配のために、そしてその労働の生産物を売るために利用することができる。」カール・マルクス『資本論』〈I〉、カール・コルシュ編、ベルリン、〈一九三二年〉、二九八ページ　[X2, 2]

「銀行家の忠告は……牧師の忠告より重要である。」マルクス『資本論』Ⅲ-1、ハンブルク、一九二一年、八四ページ(フーゴー・フィッシャー『カール・マルクスとその国家ならびに経済への関係』イエナ、一九三二年、五六ページに引用)　[X2, 3]

技術における時間。「真の政治的行動の場合と同様に、適切な瞬間を……選択することは決定的なことである。「生産分野における資本家の指令は、戦場における将軍の指令と同じように不可欠である。」(『資本論』I、二七八ページ)……「時間」はこの生産分野の技術において、「あらゆる行為が平凡なかたちで合流する」同時代の歴史的出来事におけるのとは別な意義を持つ。「時間」は技術において、……労働時間を時計でもって計るような……近代経済におけるのとは別な意義も持つ。」フーゴー・フィッシャー『カール・マルクスとその国家ならびに経済への関係』イエナ、一九三二年、四二ページ(引用は『資本論』〈I〉、ベルリン、一九二三年) [X2, 4]

「クールノー(19世紀仏の経済学者・数学者・哲学者)が一八七七年に死んだこと、また彼の主要著作が第二帝政期に構想されたことを思えば、彼がマルクスについで当時のもっとも明敏な精神の一人であったことを認めなくてはならない。……クールノーは、人類教の教皇たらんとする錯誤に陥ったコントや科学教の教皇職に就こうという迷誤に走ったテーヌをはるかに乗り越えているし、ルナンのニュアンスに富んだ懐疑よりもずっと前進している。……彼は次のようなすばらしい言葉を述べている。「かつて人間は創造の王であったが、いまや人間は地球の施業権者の役割にまで昇りつめた、あるいは(こう解釈したほうがよければ)落ちぶれた。」未来の機械化文明は彼の目からみると「物質に対する精神の勝利」を示すのではまったくなくて……「それどころかむしろ、有機的生命のエネルギーと特性に対する事物の合理的で一般的な原理の勝利」を示すのである。」ジョルジュ・フリードマン『進歩の危機』パリ、〈一九三六年〉、二四六ページ　[X2a, 1]

「死んだものは、まずもって生きた労働力の前貸しであった。死んだものは第二段階では、生きた労働力の炎に焼き尽くされ、しかる後に第三段階において再び王位に就くのである。……労働者が「この過程に登場する前に、彼自身の労働は彼自身からは疎外されて、資本家に領有されており、資本に合体されているので、労働者の労働はこの過程においてたえず自分とは疎遠な生産物へと対象化されるのである」。……経済とは技術を巻き込む死せるものである。経済の対象は商品である。「生産過程」は、労働と生産物の、火花の散るような接触でもって始まり、「商品の中において死に絶える。商品の生産において労働力が消尽されるということは、いまや商品が価値を持つという商品の物的属性として現われる」（Ⅱ、三六一ページ）。……人間の活動はそのつど「比べようもない連関性をもった生産行為」（Ⅱ、二〇一ページ）として、すでにこうした活動の担い手以上のものである。……この活動はすでに、未来をわがものとするより高次な領域、すなわち技術において遂行されている。こうした活動の担い手は、バラバラの個人としてはいまだに経済の領域に留まっており、彼が生産したものもこの領域のものとなっている。……西欧において技術が技術としておのれを貫き通すとき、それは総体として比類のない活動となる。大地の相貌《フィジオグノミー》はまずもって技術の領域において姿を変える。そして都市と田舎との断絶にさえ橋わたしが行われる。しかし経済という死せるものがはびこるとき、絶対的に代替可能な人間が同じ名前の商品量を反復生産することが、つまり賃労働者による商品生産が技術的活動の一回性に対して勝利を収めるのである。」フーゴー・フィッシャー『カール・マルクスとその国家ならびに経済への関係』イエナ、一九三二年、四三―四五ページ(引用は『資本論』Ⅱ、ハンブルク、一九二一年) [X2a, 2]

「「機械を使って鉄道を建設するのと同じ精神によって、哲学者の頭脳の中に哲学体系が構築される。」……マルクスによるならば、一九世紀の荒野においては、技術は人間がその中で動ける唯一の生存圏である。」フーゴー・フィッシャー『カール・マルクスとその国家ならびに経済への関係』イエナ、一九三二年、三九―四〇ページ(マルクスからの引用はおそらく『マルクス゠エンゲルス著作集 一八四一―一八五〇年』Ⅰ、シュトゥットガルト、一九〇二年、二五九ページ) [X3, 1]

ペテン師のやんごとなき先祖について。「さまざまなやんごとなき先祖たちは今では」（一八世紀の終わり）、「もう生の妙薬の処方ばかりではなく、染色のやりかたや絹糸紡ぎの指図、あるいは陶土を焼く秘訣まで洩らしてくれた。産業が神話化されたのである」。グレーテ・デ・フランチェスコ『ペテン師の力』バーゼル、〈一九三七年〉、一五四ページ

[X3, 2]

マルクスが強調するのは、「労働力の価値と価格が労賃の形態へと転化すること、あるいは労働それ自体の価値および価格へと転化することの決定的な重要性である。労働者と資本家がいだく法観念のすべてが、資本主義的生産様式の神秘化のすべてが、両者の自由の幻想のすべてが、現実的な関係を見えなくし、ちょうどその反対物を示すようなこうした現象形態にもとづいている」。カール・マルクス『資本論』〈I〉、コルシュ編、ベルリン、〈一九三二年〉、四九九ページ

[X3, 3]

「どのような状況下において生産物のすべて、ないしは生産物の多くが商品という形態をとるにいたるのか、ということをさらに追究していったとすれば、こうしたことが、資本主義的生産様式というきわめて特殊な性格の生産様式を基礎としてのみ生じたとい

うことが明らかになっていただろう。」カール・マルクス『資本論』〈I〉、コルシュ編、一七一ページ　[X3, 4]

マルクスはプロレタリアートを指すことばとして時に「こうした独特な商品所有者という種族」という用語を使う(『資本論』〈I〉、コルシュ編、一七三ページ)。同書、九七ページ「商品所有者の「自然本能」」参照　[X3, 5]

マルクスは、金銀が空想的な価値にすぎないという見解に反対する。「貨幣はある種の機能においては自分自身を示す単なる記号〔Zeichen〕によって代替可能であるがゆえに、貨幣はたんなる記号にすぎないという誤った見方が生じた。他方そこには、物の貨幣形態が物自身にとっては外的であり、その背後に隠されている人間関係のたんなる現象形態であるという予感が存在した。こうした意味でならばあらゆる商品は記号であることになろう。というのも、商品は価値としては、商品にたいして支出された人間労働のたんなる物的外被《ザッハリヒ》にすぎないからである。しかし労働の社会的規定が一定の生産様式を基礎にしてもっている……物的性格をたんなる記号であるとするとき、そうした考えは、こうした物的性格を同時に人間の恣意的な思考の産物とするのである。」「人間労働」について。注解。「「価値の概念を考察するならば、物それ自体はたんに記号にすぎないものと見做され、それ自身としてではなく、それが値するものとして通用するのである。」〈ヘーゲル『法哲学』六三節への補足〉」マルクス『資本論』〈I〉、コルシュ編、一〇一―一〇二ページ(「交換過程」)　[X3, 6]

人間相互の疎外の根源としての私的所有。「物《ディング》はそれ自体としては人間にとって外的なものであり、それゆえ譲渡しうるものである。この譲渡が相互的であるためには、人間が暗黙のうちにそうした譲渡される物の私的所有者として、そしてまさにそうであることを通じて相互に自立した人格として相対すればよいのである。しかしながらこうした相互に疎遠な関係は、自然発生的な共同体の成員にとっては存在しない。……商品交換は、共同体が終わるところから始まる。」カール・マルクス『資本論』〈I〉、コルシュ編、ベルリン、一九三二年、九九ページ(「交換過程」)　[X3a, 1]

「物を商品として相互に関係させる……ためには、商品の番人たちは互いにそうした商品の中に自らの意志が宿っている個人として振る舞わねばならない。」カール・マルクス『資本論』〈I〉、コルシュ編、ベルリン、一九三二年、九五ページ(「交換過程」)　[X3a, 2]

マルクスは、商品の物神的性格《フェティッシュカラクター》の発展およびそれを見抜くには段階的な変化があることを認識している。「商品形態は、ブルジョワ的生産のもっとも普遍的で未発達な形態であり、だからこそ今日と同様の支配様式や性格においてではないにせよ早くから出現したのであるが、そのためにその物神的性格が比較的容易に見抜けるように見えるのである。より具体的な諸形態においては、こうした単純な外観さえ消えてしまう。」マルクス『資本論』〈I〉、コルシュ編、ベルリン、一九三二年、九四ページ(「物神的性格」)　[X3a, 3]

マルクス主義の提示する総合技術教育の要求が、自らの指標とすべきモデル。「同じ人間があるときは服の仕立てをし、またあるときは機を織ったりするような社会状況が……存在する。したがってこの二つの異なった労働のあり方は同じ個人の労働の変容にすぎず、異なった諸個人のある特別に固定した機能ではまだない。」(マルクス『資本論』五七ページ)この、一人の個人の内部で種々に変容する労働行為は、量的には、つまりその労働時間の長さによっては相互に比較されない。そうした労働行為において私たちが獲得しうる「単純労働」という抽象概念には、いかなる実在も対応しない。かかる労働行為は、その収益が商品所有者のものにはならない唯一の具体的な労働連関の中にある。これについては次のことを参照せよ。「商品生産者の一般的・社会的な生産関係においては、商品生産者は商品としての生産物に……関わり、この……形態において私的労働を同じ人間労働として相互に関係づけるが、そのような商品生産者の社会にとって、抽象的人間に対する礼拝を伴うキリスト教は……もっとも適切な宗教形態である。」(マルクス『資本論』九一ページ)(「物神的性格」)

[X3a, 4]

「等価物となる商品の本体は、つねに抽象的人間労働の受肉化と見なされ、しかもつねに、特定の有用な具体労働の生産物である。したがって具体労働は抽象的人間労働の表現となる。」この後者の文の中にマルクスにとっては、商品生産社会のみじめさのすべてが包み込められている(引用箇所は『資本論』七〇ページ[「価値形態もしくは交換価値」])。ここできわめて重要なのは、上記の箇所にすぐ続くところ(七一ページ)で、マルクスが抽象的人間労働を具体労働の「反対物」と呼んでいることである。――もしみじめさとして思考されているものを別なかたちで表現するとすれば、次のようにも言えるであろう。すなわち商品生産社会にとって「直接に社会的な形態をとる労働」(七一ページ)はつねに抽象労働にすぎないということこそが、商品生産社会のみじめさである。もしマルクスが等価形態の扱いに当たって、「私的労働がその反対物の形態、つまり直接に社会的な形態をとる労働になる」(七一ページ)ことを際立たせているとするならば、私的労働はまさに抽象的に商品を所有する人間の抽象的労働なのである。 [X4, 1]

マルクスは、もし労働生産の持っている商品としての性格が廃絶されるなら、労働は自発的に(情熱的労働《トラヴァーユ・パッシオネ》〔フーリエの言葉〕として)なされるだろうという観念をいだいていた。したがって労働が自発的なものにならない理由は、マルクスに則していえば、労働の抽象的性格にあるといえよう。 [X4, 2]

「価値は……各々の労働生産物を一個の社会的象形文字《ヒエログリフ》に変える。後になって人間は象形文字の意味を解読し、自分自身の社会的生産物の秘密を探り出そうとする。というのも、有用物を価値として規定することは言語と同様、人間の社会的生産物だからである。」マルクス『資本論』〈I〉、八六ページ(「商品の物神的性格とその秘密」) [X4, 3]

「労働生産物を差異化されない人間労働の単なる凝固体《ガレルテ》として表現する一般的価値形態は、それ固有の骨組みを通じて、自らが商品世界の社会的表現であることを示す。こうして一般的価値形態は、この商品世界〔みじめで抽象的な〕の内部において労働の一般的な人間的性格が同時に労働を社会的労働としてきわだたせる特徴になっていることを明らかにする。」マルクス『資本論』〈I〉、七九ページ（「価値形態もしくは交換価値」）。――社会的労働の抽象的本性と、他の人間に対して所有者としてふるまう人間の抽象的本性はたがいに照応する。　[X4, 4]

「織布労働が織布労働としての具体的形態において亜麻布の価値を形成するのではなく、人間労働としての一般的属性において亜麻布の価値を形成することを表現するためには、織布労働に対して亜麻布の等価物［上着］を生産する具体的労働としての裁縫労働が、抽象的人間労働の明白な具体化形態として対置される。」（『資本論』〈I〉、七一ページ）マルクスが「商品の価値表現において事態がねじ曲げられる」といま引用した文のすぐ前で書くとき、それはいま言ったことに関係している。これには注釈がついている。「感覚的＝具体的なものが抽象的＝一般的なものの現象形態にすぎないと見なされ、逆に抽象的＝一般的なものが具体的なものの属性とは見なされないという転倒が、価値表現を性格づけている。……もし私が、ローマ法もドイツ法も両方とも法であると言えば、それは自明なことであろう。だがその反対に私が、この抽象概念としての法そのものが、ローマ法とドイツ法という具体的な法において現実化されると言えば、その関係は神秘的なものになるだろう。」(七一ページ)(「価値形態もしくは交換価値」)

[X4a, 1]

「もし私が、上着、長靴等は抽象的人間労働の一般的な受肉化として亜麻布に関係すると言えば、その表現のとっぴさは一目瞭然であろう。しかし上着や長靴等の生産者がこうした商品を一般的等価物として亜麻布に――それが金や銀であっても事情は同じである――関係させるとき、彼ら生産者たちには彼らの私的労働の社会的総労働への関係がまさにこのとっぴな形態において現われるのである。」カール・マルクス『資本論』〈I〉、コルシュ編、ベルリン、一九三二年、八八ページ(「物神的性格」)

[X4a, 2]

「政治経済学は……これまで決して……なぜ労働が価値において表現され、労働量が労働生産物の価値量の中に含まれる労働の継続時間によって表現されるのか……という問題を提起したことがない。生産過程が人々を支配し、人間がまだ生産過程を支配していない社会形成体に属しているということがはっきり現われている諸方式は、政治経済学のブルジョワ的意識にとっては生産的労働そのものと同様、自明な自然的必然性と見なされる。」マルクス『資本論』〈I〉、〈コルシュ編〉、九二―九三ページ(「商品の物神的性格とその秘密」)

[X4a, 3]

「創造的なもの」という概念にとってきわめて重要な箇所となるのが、「労働はあらゆる富と文化の源泉である」というゴータ綱領の第一命題の冒頭についてのマルクスの注釈である。「ブルジョワは、労働には超自然的創造力があるといいふらすための立派な理由を持っている。というのも、労働力以外のいかなる所有物ももたない人間があらゆる社会・文化状況において、対象的な労働条件の所有者となっている他の人間の奴隷にならざるをえないのは、まさに労働が自然によって制約されているからである。」カール・マルクス『ドイツ労働党綱領評注』コルシュ編、ベルリン／ライプツィヒ、一九二二年、二三ページ　[X5, 1]

「生産手段の共有の上に築かれた協同組合的な社会の内部では、生産者はその生産物の交換を行わない。同様にここでは生産物に投入された労働はこうした生産物の価値としては現われないし、生産物に備わった物的属性としても現われない。なぜならいまや資本主義社会とは反対に、もはや個々の労働が回り道せずに直接に総労働の構成要素として存在するからである。「労働の収益」という言葉は……かくしてすべての意味を失うのである。」この箇所は「労働収益の公正な分配」という要求に関して述べられたもの

である。マルクス『ドイツ労働党綱領評注』ベルリン／ライプツィヒ、一九二二年、二五および二四ページ　[X5, 2]

「共産主義社会のより高次な段階において、すなわち個々人が分業の下に奴隷として従属させられることがなくなり、それとともに精神労働と肉体労働の対立が消えた後で、また労働がたんに生活の手段であるばかりではなく、労働それ自体が生の第一の欲求になった後で、さらに個々人のあらゆる面にわたる発展とともに生産力も拡大した後で……そのとき初めてブルジョワ的権利の狭隘な地平が完全に超克されうるのであり、社会はその旗に次のように書くことができるのだ。各人はその能力に応じて、各人はその必要に応じて！」マルクス『ドイツ労働党綱領評注』ベルリン／ライプツィヒ、一九二二年、二七ページ　[X5, 3]

マルクスは一八七五年のゴータ綱領批判の中で次のようにいう。「ラサールは『共産党宣言』を知り尽くしていた。……したがって彼がそれを乱暴に偽造したとすれば、それはブルジョワジーに反抗して絶対主義的、封建的な敵と手を結んだことを取り繕うためにすぎない。」マルクス『〈ドイツ労働党〉綱領評注』〈コルシュ編〉、二八ページ　[X5, 4]

コルシュは次のように示唆している。「マルクス主義的な共産主義の全体的理解にとって基礎であるにもかかわらず、今日マルクス主義的共産主義の敵はもとより、しばしばその支持者によってすら「意義のないもの」と見なされてきた学問的洞察とは、労賃はブルジョワ経済学者がのぞむように労働の価値(ないしは価格)なのではなく、「労働力の価値(ないしは価格)を隠蔽する形態にすぎず」、この労働力は、資本家的所有者の企業の中でその生産的利用(労働)が始まるずっと以前に、労働市場で商品として売られるのだ、という洞察である。」カール・コルシュ「序文」(マルクス『ドイツ労働党綱領評注』コルシュ編、ベルリン/ライプツィヒ、一九二二年)、一七ページ　[X5a, 1]

シラー。「卑俗な性格の人間は自らの為すことで支払い、高貴な性格の人間は自分の本質で支払う。」プロレタリアートは自分の本質のために為すことで支払う。　[X5a, 2]

「労働過程において労働はたえず流動する形態から存在の形態へ、運動の形態から対象性の形態へと置き換えられる。一時間たつと糸紡ぎの運動はある量の糸として表現されるようになる。つまり一定量の労働、一時間の労働時間が綿糸へと対象化されるのである。われわれが労働時間というのは、ここで糸紡ぎ労働が労働力の支出であるかぎりにおいてであって、糸紡ぎという固有の労働であるかぎりのことではない。……原料と生産物はここで［価値形成過程において］固有な労働過程の立場から見るのとはまったく別な光のもとで現われる。原料はここで一定量の労働を吸収するものとしてのみ見なされる。……一定量の、経験に則して確定された量の生産物はいまや一定量の労働、一定の基準で凝固した労働時間にほかならない。かかる生産物は、もはや一時間とか二時間とか一日とかの社会的労働の物質化にすぎないのである。」カール・マルクス『資本論』〈I〉、コルシュ編、ベルリン、〈一九三二年〉、一九一ページ（「価値形成過程」）

［X5a, 3］

プチブル的・観念論的な労働理論はジンメルによって卓越したかたちで定式化されている。ジンメルにおいて、こうした理論がまさしく労働理論そのものとして現われる。その際に道徳主義的要素がきわめてはっきりと反唯物論的要素として機能するのである。「きわめて一般的に……主張しうるのは、……精神労働と肉体労働の区別が心的自然と物質的自然の区別ではないということであり、後者［肉体労働］の場合でもその代価が求められているのは結局はむしろ労働の内面や、骨折りを厭う気持ちや、意志力をふりしぼることに対してであるということである。もちろんこうした、労働という現象の背後にひそむいわば物自体としての精神性は……けっして知的なものではなく、感情と意志の中にある。このことから帰結するのは、こうした肉体労働の背後にある感情や意志が精神労働の感情や意志と並列しているのではなく、それを基礎づけもするということである。なぜなら肉体労働の背後にある感情や意志においても代価への要求を生み出すものはもともと……その成果である……客観的内容ではなく……あの精神的内容の生産のために必要なエネルギー支出だからである。こうして価値の源泉が……魂の営為として明らかになることによって、肉体労働と「精神」労働は、共通の――そういってよければ道徳的――価値定立的な下部構造を持つことになる。この下部構造によって労働価値一般の肉体労働価値への還元から、浅薄で平凡な唯物論的外見が消える。物質もまた一個の表象であり、厳密な意味では……魂に対立する本質をもたず、それが認識されうる際にはつねに私たちの精神構造が有する形式と前提によって規定されているということを強調するならば、これは、まったく新しい、まじめな議論に値する本質を持った理論的唯物論の場合と、おおよそ同様なことがいえる。」こうした論述〈『貨幣の哲学』ライプツィヒ、一九〇〇年〉、四四九―四五〇ページ〉によってジンメルはいうまでもなく強弁家《アドヴォカートゥス・ディアーボリ》となる。なぜなら彼は、ここで問題となっている労働の肉体労働への還元を認めようとしないからである。そうするとエネルギー支出を求めながら価値は生まない労働も存在することになる。「このことが意味するのは、労働の価値が量ではなく労働の結果の有用性によってはかられるということである!」どうやらジンメルはマルクスを、事実の確認と要求を取り違えていると非難しているようだ。ジンメルはいう。「社会主義は……実際は、ものの有用価値とそのもののために使用された労働時間の比例関係がつねに一定であるような社会をめざしている。」〈同書〉、四五一ページ)「『資本論』の第三巻でマルクスがいうには、すべての価値の条件は労働理論においても使用価値であるが、ただしこのことが意味しているのは、各々の生産物には社会的総労働時間のうちちょうどその生産物が持っている有用度に見合うだけの時間が使用されるということである。……こうした完全にユートピア的な状態への接近は、一般的に、まったく議論の余地なく生活に役立つものが生産される場合にのみ技術的に可能であると思われる。なぜならもっぱらこうした場合にのみ、各々の労働が他の労働と正確に同じだけ必要かつ有用なものとなるからである。それに反して、一方では需要と有用性の評価が不可避的により個人的なかたちで確定され、他方では労働の強度がより強烈なかたちで確定されうるようなさらに高次な領域へと上昇するやいなや、どんなに生産量の調整をしても、需要と支出される労働の比例関係を一定にしておくことはできなくなる。かくして、こうした諸点に社会主義に関する考察の糸のすべてがもつれ合う。社会主義において明らかになるのは……困難さが……生産物の文化水準に比例して高まるということであり、生産物をもっとも単純で、もっとも必要で、もっとも平均的なものへと引き下げることなしにはこの困難を避けることはできない。」ゲオルク・ジンメル『貨幣の哲学』ライプツィヒ、一九〇〇年、四五一―四五三ページ。この批判については[X9, 1]〔[X9]をさすと思われる〕におけるコルシュのこうした立場に対する反批判を参照すること。

［X6, X6a］

「同じ価値を持ちながら種類の異なっているものは――間接的にせよ、観念的にせよ――お互いに交換が可能であることで、自分たちの個性の意義を減退させてしまう。……商品の個性に対する関心の減退はこうした個性それ自身の減退につながる。商品の二つの側面が……その質と価格であるとするならば、この両側面のどちらか一方だけに関心が集中することはもちろん論理的にはありえないと思われる。というのも、安価であるということが、相対的に高い質に見合った価格の低さをあらわしていなければ意味がないからである。……にもかかわらずそうした概念的にはありえないことが心理的には現実的であり有効なのである。一方の側面への関心が、論理的には必要なはずの他方の側面を完全に見えなくしてしまうほど高まることがありうるのである。こうしたケースの一つの典型が「五〇ペニッヒ均一セール」である。このセールにおいて近代貨幣経済の評価原理があますところなく表現されている。関心の中心はもはや商品ではなく、その価格である――それは、かつてならば厚顔無恥と思われるばかりでなく、内面的にまったくありえなかったはずの原理である。次のことに着目することは正しい。すなわち中世の都市では……広汎な資本〔主義〕経済が欠けており、このことが経済の理想を、拡張(安価によってのみ可能であるような)よりはむしろ提供されるものの質のよさの中に求めようとすることの根拠になっていたのである。」ゲオルク・ジンメル『貨幣の哲学』ライプツィヒ、一九〇〇年、四一一―四一二ページ　[X7, 1]

「政治経済学はもはや商品についての学ではない。……それは社会的労働を直接的にあつかう学となっている。」――「社会的労働は現実的で限定された一義的な形態をとっており、「他人の商品」を生産する労働、すなわち形式的にはその全価値に対して支払いが行われるものの、実際には搾取されている……賃労働者の……労働としてあるが、その賃労働者には、社会的分業によって数千倍化された労働の生産力が資本という形態をとって相対している。」コルシュ、前掲書〈『カール・マルクス』手稿〉、II、四七ページ
[XII, 1〔ママ〕参照]　[X7, 2]

技術の受容の失敗について。「この領域〔技術の領域〕の錯覚は、この領域に奉仕する諸表現において明瞭に特徴づけられる。そこでは自らの……神話からの解放を誇るものの見方がじつは解放の長所の直接的な反対物にすぎないことがわかってくる。私たちが自然に打ち克ったとか自然を支配している、などというのはまったく幼稚な考えである。というのも……勝利しているとか隷属させられているというような……考えのすべては、対立する意志が挫かれる場合にしか意味を持たないからである。……自然の出来事それ自体は……自由と強制の二者択一の彼岸に……ある。……こうしたことがたとえ表現上の問題にすぎなかったとしても、このような表現は、浅薄な考え方しかできない者たちすべてを擬人化という錯誤の道へと導き、神話的な考え方がいまだなお自然科学的世界観の内部に留まる場を見出せることを示しているのである。」ゲオルク・ジンメル『貨幣の哲学』ライプツィヒ、一九〇〇年、五二〇―五二二ページ。技術のまったく別な受容の道を拓こうとしたことが、フーリエの特色である。　［X7a, 1］

「……古典派ブルジョワ経済学者と、最初に彼らと対立した社会主義者によって……すでに大部分先取りされていた「剰余価値」の理論と……近代賃労働者の「自由な労働契約」を「労働力商品」の売買へと還元することは、商品交換の領域から……物質的生産の領域へと移行すること、すなわち商品と貨幣という形態の中にある「剰余価値」から、資本主義的経営の中で支配と抑圧の現存する社会的関係のもとにおいて現実の労働者が行う……「剰余労働」へと移行することによってはじめて現実を洞察する力を獲得する。」コルシュ、前掲書〈『カール・マルクス』手稿〉、Ⅱ、四一―四二ページ　[X7a, 2]

コルシュは上述の『カール・マルクス』のⅡの四七ページでマルクスから（『資本論』Ⅰ、第四版、ハンブルク、一八九〇年、一三八―一三九ページ）次のような言いまわしを引用している。「戸口に「無用の者立ち入るべからず」と貼紙のある生産の隠された場所。」ダンテの地獄門の碑文と『一方通交路』参照。　[X7a, 3]

コルシュは剰余価値を、「「労働力商品」としての商品の物神性がまとう「特別に倒錯した」形態」として定義する。カール・コルシュ『カール・マルクス』手稿、Ⅱ、五三ページ　[X8, 1]

「マルクスが……「商品世界の物神性」と名づけたものは、かつて彼が……「人間の自己疎外」として名づけたのと同じ事態に対する学的な表現にすぎない。……この経済的な「自己疎外」に対する哲学的批判と後の、同じ問題についての学的な叙述のあいだのもっとも重要な内容上の違いは、マルクスが『資本論』において……経済内部の他の疎外されたカテゴリー全体を商品の物神的性格に還元することによって、彼の経済学批判により深く、より普遍的な意義を与えたことにある。たしかに批判的攻撃の独特の鋭さは……いまもなお人間の自己疎外〔Selbstentfremdung〕が「賃労働と資本」の関係における人間の直接的な自己外化〔Selbstentäußerung〕として現われるときのあのきわめて特異な形態を暴露している点にある。しかしこの労働力商品の特別な物神性は……マルクスの経済学理論のこの最終ヴァージョン〔『資本論』をさす〕においては……すでに商品形態それ自身に含まれていたあの普遍的な物神性から派生した形態にすぎない。……まさしくすべての経済カテゴリーを唯一の巨大な物神として明らかにすることを通じてマルクスは初めて、……ブルジョワ経済学と社会理論の全形態および全次元を真に乗り越えたのであった。……そうした経済学や社会理論の最良の代弁者たちでさえ……ブルジョワ的仮象の世界に囚われたままであるか、そこへと逆戻りしてしまう。というのも彼らは、派生形態〔金銀物神や、土地から生じる地代や利潤の一部としての利子や、平均利潤率を超える余剰としての利子の正体の暴露〕とともに、商品としての労働生産物の価値形態と商品自体の価値諸関係の中に現われる経済の物神性のあのもっとも普遍的な根本形態をも同時に解明することにけっして成功しなかったからである。」コルシュ、前掲書、〈Ⅱ〉、五三―五七ページ　[X8, 2]

「ブルジョワ的な見方にとって「経済的」事物や諸連関は個々の市民と外在的にのみ……対峙しているのに対し、新しい見方にしたがえば人間はその行為全体も含めて、はじめから物質的生産のその都度の発展段階から生じる特定の社会的関係の中で動いているのである。……ブルジョワ社会の理想である自由で自律的な個人、政治的権利の行使の際のすべての市民の自由と平等、あるいは法の前での万人の平等といったことは、いまや商品交換から派生する商品の物神性の相関表象にすぎなくなる。……現実の社会的な基本関係を……意識下へと抑圧し、……資本家階級と賃労働者階級のあいだの社会的関係を、「労働力商品」の「資本」所有者への……「自由な」売り渡しというかたちで物神化することによってのみ……こうした社会で自由や平等について語ることが可能になる。」コルシュ、前掲書、〈Ⅱ〉、七五―七七ページ　[X8a, 1]

「労働力商品を売り渡す際の条件をめぐる個人および集団による交渉は、それ自体としてはいまだ完全に物神的仮象の世界に属している。個々人としては「自由な労働契約」を通して自らの労働力を前貸しのかたちで資本主義的経営者に売り渡す無産賃労働者は、社会的に見れば、対象的な生産手段とともに階級として、はじめから、そしてつねに対象的生産手段を自由に操る有産階級の所有物である。したがってマルクスが『共産党宣言』で……告知していることは完全な真理ではなかった。ブルジョワジーは……まだむきだしの「公然たる搾取」を行ってはいない。彼らは[中世の]宗教的・政治的幻想で粉飾された搾取の代わりに別種の洗練された、正体をあばくのがより難しい隠蔽された搾取の形態を持ち込んだのである。過去の時代においては、公然と宣告された支配・隷属関係が生産の直接的な原動力として現われたのに対して、ブルジョワジーの時代においては……逆に生産が……搾取関係の……逃げ口上となっている。」〈コルシュ〉、前掲書、〈II〉、六四―六五ページ　[X8a, 2]

価値理論について。「質的に異なる労働が、価値の経済学的概念の基礎となっている「労働一般」の全体量の中で単に量的に異なるだけの部分量としてみれば「等しいこと」は、商品生産の自然条件をかたちづくるというよりはむしろ逆に、一般的交換と、商品一般としての必需物資の生産を通じてはじめて可能になるのであり、じっさいにも商品の「価値」においてのみ現出するのである。すでに古典経済学においても、商品の「価値」をその中に受肉されている「労働」の量に還元することの根拠となっているのは、自然科学的前提条件ではなく、あの(もちろん経済学者は意識していない)歴史的・政治的前提条件である。「労働価値」の経済理論は社会的生産の一発展段階に対応しており、そこでは人間労働はカテゴリーとしてばかりではなく現実にも、個人やせまい集団といわば有機的に癒合するのを止めるのである。またそこでは同業組合《ツンフト》による制限が撤廃され、市民社会的な「交易の自由」の名のもとに法によってあらゆる個別労働が他の個別労働と対等なものとして認知されている。……したがって学的思考のこうした大胆さをすでに失ってしまっている後代のエピゴーネンたちが、古典派経済学者とマルクス主義者が「乱暴な抽象」を行い、商品の価値関係をそこに受肉されている労働量へと還元して、等しくないものを等しくしたといってうだうだ愚痴をこぼすとき、それには次のように返答がなされねばならない。すなわちこうした「乱暴な抽象」は……経済学から……はじめて生じたわけではなく、資本主義的商品生産の実際の性格から生じているのだと。商品は生まれながらの平等主義者である。」コルシュ、前掲書、Ⅱ、六六―六八ページ。――もちろん「現実」にはマルクスにとって「多様な有用財の生産のために行われる労働は価値法則の支配下でも実際は多様である」。前掲書、Ⅱ、六八ページ。このこと

はジンメルへの反論になる。X6a, 1〔[X6, X6a]をさすと思われる〕参照。 [X9]

「マルクスとエンゲルスは……ブルジョワ的な商品生産の時代に形成され、経済的にはブルジョワ古典経済学者の「価値法則」として表現された平等という理想が、それ自身依然としてブルジョワ的性格を持ち、それゆえ資本による労働者階級の搾取とイデオロギー的には相いれないにもかかわらず、現実には折り合いをつけてしまうということを指摘している。もし社会主義的リカードゥ主義者が……「価値を生み出すのは労働だけである」という経済原理にもとづいて、あらゆる人間を直接同じ労働量を交換する労働者へと変容させうると思い込んだとき」、「マルクスはそれに対して次のように反駁する。「この平等主義的関係はそれ自身現実の世界の反映でしかないのであり、したがって社会の美化された影にすぎないものを土台にして社会を再構成することなどはまったく不可能である。その影が再び肉体となるにつれて、この関係が夢にも見られた美化であるどころか、社会の現実の肉体であることに人は気づかされるのだ。」」引用は『哲学の貧困』から。コルシュ、Ⅱ、四ページ [X9a, 1]

コルシュによれば、ブルジョワ時代においては「労働生産物の生産は……抑圧と搾取の諸関係の逃げ口上でありヴェールである。このような抑圧・搾取という事態の隠蔽の学的な形態が政治経済学」である。その機能とは「抑圧・搾取によって社会的生産力の今日的段階においてすでに所与のものとなっており、巨大な経済危機の中で破局的なかたちで現われてくる発展の阻害と生活破壊の責任を、人間の行為の領域から……人為の及ばない変更不能な事物の関係の領域」へと転化することである。コルシュ、前掲書、II、六五ページ　［X9a, 2］

「使用価値と交換価値の区別は、ブルジョワ経済学者においてとられている抽象的な形態では、ブルジョワ的商品生産の認識のために役立つ出発点を含んでいない。……マルクスによれば、経済学において問題となるのは使用価値一般ではなく、商品の使用価値である。しかし「商品」の使用価値は商品の「価値」の(経済外的な)前提であるばかりではない。それは価値の基体《エレメント》である……ある物がある人間にとってなんらかの有用性をもつという事実は、ある人間が、たとえばその生産者だったとすれば、まだ使用価値の経済学的定義にはならない。その物が「他人にとって」有用性をもつときはじめて商品の特性としての使用価値の経済学的定義になるのである。商品の使用価値が経済学的に社会的使用価値(「他人にとっての」使用価値)として定義されるとき、こうした使用価値を生み出す労働もまた……経済学的に「他人のための」労働……として定義される。かくして商品を生産する労働は二重の意味で社会的労働として現われる。この労働は……ある特定の性質の社会的「使用価値」を生み出す「特殊有用労働」として一般的・社会的性格を持つ。また商品を生産する労働は一定量の「交換価値」を生み出す「一般的・社会的労働」として特殊歴史的性格を持つ。社会的労働が特定の、人間にとって有用な物を生産する能力は……使用価値において現われる。社会的労働が資本家のために価値および剰余価値を生産する能力（歴史の現段階において……労働の社会化の特別な形態から生じる特性）は、労働生産物の交換価値において現われる。商品を生み出す労働の二つの社会的性格の統一は、「労働生産物の価値形態」もしくは「商品形態」において現われる。」コルシュ、前掲書、〈Ⅱ〉、四二―四四ページ　[X10]

「たしかにブルジョワ経済学者たちは、政治経済学の抽象的カテゴリーがまだその素材的内容から分離しつつある過程にあった初期においては、価値を労働に還元する際に、やはり同様に実在する労働の多様な形態を考えていた。……したがって重商主義者や重農主義者等々は輸出産業、交易、海運へと投入される労働や農業労働等々を順番に富の真の源泉と宣告したのである。多様な労働部門から商品を生産する労働の一般形態へと最終的には移行したアダム・スミスにあってさえなお、リカードゥと共通する形式主義的な、「価値」(交換価値)においてのみ現われるような抽象的本性としての「労働」の定義とならんで、並行的に別な定義を考えていた。彼が交換価値を作り出す労働として定義したその同じ労働を彼は……素材としての富もしくは使用価値の唯一の源泉としても定義したのである。俗流社会主義において今日までしぶとく生き続けるこの理論は……経済学的には間違っている。」この理論を前提とすると、「なぜ今日の……社会において、これまでは唯一こうした富の源泉を自由に用いていた人々が貧しいのかが説明できないし、ましてなぜ彼らが自分たちの労働によって富を作り出す代わりに「失業」して、貧困状態にとどまるのかが明らかにならないのである。しかし……アダム・スミスが……「労働」の創造的な力を礼讃する際に思い描いていたのは、商品の価値において現われ、資本主義的利潤をもたらす近代賃労働者の苦役労働よりはむしろ人間労働の普遍的かつ自然的な必然性であった。近代資本主義的な国民経済の全体と彼が理解したあの「巨大マニュファクチュア」における「分業」を彼が無批判に称賛したのもそのゆえであった。彼は、現代資本主義社会における分業の極度に不完全な……形態ではなく、むしろ分業とともに輪郭がぼやけてくる人間労働の普遍的社会的形態を見ていたのである。〈原文のまま〉」コルシュ、前掲書、Ⅱ、四四―四六ページ　[X10a]

おそらくは結論においてなお解明すべき点を必要とはしているにせよ、剰余価値に関する決定的な箇所。「ふつうマルクスの経済学理論の真の社会主義的要素とみなされる剰余価値の理論も、それが練りあげられた姿でマルクスにおいて現われる際には、労働者に対して資本主義が犯す形式的ペテンを非難するための単純な経済学の計算問題でもないし、資本に対して労働者の「全労働成果」の中の横領された部分の返還を請求するための経済学の道徳的応用でもない。剰余価値理論は「経済学の」理論としてはむしろ次の点を出発点としている。すなわち資本主義的経営者は自らの事業において搾取される賃労働者の労働力を「通常は」、労働者が自分の売り渡した「商品」(労働力)の完全な代価として賃金を得るというまっとうな〔reell〕交換取引を通じて手に入れるということである。この取引における資本家の利得は経済からではなく、資本家の持っている特権的な社会的地位から生じる。資本家は客観的生産手段の独占的な所有者として、その経済的「価値」(交換価値)と引き換えに購入された労働力をその特殊な使用価値にしたがって商品の生産に用いることができる。労働力の搾取によって資本主義的企業が獲得する商品の価値とこうした労働力と引き換えに売り手に支払われる価格のあいだには、マルクスによればいかなる経済学的ないしはその他の合理的に規定されうる関係も存在しない。労働者によって労働生産物において賃金分以上に作り出された価値の大きさ、あるいはこうした「剰余価値」を作り出すために行われた「剰余労働」の量、そしてこうした剰余労働の必要労働に対する関係(すなわち、ある特定の時代や地域においてそのつど適用される「剰余価値率」や「搾取率」)はしたがって、資本主義的生産様式においてはけっして経済学的計算の結果ではない。それは社会的階級闘争の結果である。」コルシュ、前掲書、Ⅱ、七一—七二ページ　[XII]

「マルクスの価値理論の意味は……最終的には、現存する資本主義社会の中で私的利益を追求する実業家の実用的な計算や資本主義的利潤創出の機構が全体としてうまく作動するように配慮するブルジョワ国家官僚の経済政策のために、なんらかの理論的基盤を作ってやることにあるのではない。マルクスによれば彼の価値理論の学としての最終目標とはむしろ、「近代社会の経済的な運動法則——同時にその歴史的発展の法則——を、あばき出すこと」にある。」コルシュ、前掲書、Ⅱ、七〇ページ　[XIIa, 1]

「ブルジョワ経済学者やその対極にある俗流社会主義者によって、あるときは一面的に有用財の生産としてのみ語られ、またあるときは反対に価値の生産もしくは単純な利潤創出としてのみ語られるような近代資本主義的生産のあの根本過程の真の社会的性格の完全な規定」とは、「対象的生産財が資本として、そして現実の生産者が労働力商品として、資本家の支配する生産過程の中に入っていくような社会における有用財の生産に媒介された価値生産による剰余価値の生産」である。コルシュ、前掲書、Ⅲ、一〇―一一ページ

[X1la, 2]

私たちの世代の経験。資本主義はけっして自然には死滅しないだろうということ。

[X1la, 3]

ラファルグとジョレス〔19―20世紀仏の政治家・社会主義者〕の論争は唯物論の偉大な形態にとってきわめて特徴的である。

[X1la, 4]

マルクスとエンゲルスの源泉。「彼らは王政復古期のブルジョワ歴史家たちから社会階級と階級闘争の概念を受け継ぎ、リカードゥからは階級対立の経済学的根拠づけを受け継ぎ、プルードンからは近代プロレタリアートを唯一の真に革命的な階級として宣告することを受け継ぎ、新たな……経済秩序に対する封建的、キリスト教的な告発者たちか

らはブルジョワ的な自由の理想の仮面を情け容赦なく引き剝がすこと、すなわち憎悪にみちた、心を苛むような悪口雑言を受け継ぎ、シスモンディ〔18—19世紀スイスの経済学者・歴史家〕のプチブル社会主義からは近代的な生産様式の持つ解釈不能な矛盾の尖鋭な分析を受け継ぎ、ヘーゲル左派の初期の同志たち、とくにフォイエルバッハからは人間主義《ヒューマニズム》と行為の哲学を受け継ぎ、同時代の労働者政党——フランスの改良主義者やイギリスのチャーティスト——からは、労働者階級のための政治闘争の意義を受け継ぎ、フランスの国民公会派、ブランキおよびブランキストからは、革命的独裁の教義を受け継ぎ、サン＝シモン、フーリエ、オーウェンからは、社会主義および共産主義の目標設定の全内容である現存資本主義社会の総体的変革や階級の廃絶……国家を単純な生産管理〔機構〕に変えてしまうことを受け継いだ。」コルシュ、前掲書、Ⅲ、一〇一ページ

［X12, 1］

「プロレタリアートの理論である新しい唯物論は、ヘーゲルとのつながりを通じて対立したかたちをとってではあるが、先行する全時代のブルジョワ的社会思想の総体と結びついている。そして同じ対立したかたちで、プロレタリアートの社会行動は実践的にも先行するブルジョワ階級の社会運動を継続する。」コルシュ、前掲書、Ⅲ、九九ページ

[X12, 2]

コルシュが〔次のように〕言っていることはきわめて正しい。そしてその際に、ド・メーストル〔仏の伝統主義の政治家・哲学者。フランス革命期に国外に逃れた〕とボナルド〔仏の伝統主義の政治思想家。フランス革命期に亡命〕のことを考えてもいいだろう。「こうして近代労働者運動の理論……の中へ……フランス大革命の終了後に、最初はフランスではじめて生まれた反革命理論家によって、その後はドイツのロマン派によって宣明され、とりわけヘーゲルを通じてマルクスに強い影響を及ぼした、あの……「興醒め」の一部分……もまたともに持ち込まれた。」コルシュ、前掲書、Ⅱ、三六ページ　[X12, 3]

生産力の概念。「「生産力」はまず第一に、生きた人間の世俗的な現実の労働力、したがって……資本主義的関係のもとで「商品」を生産する力にほかならない。人間の労働力のこうした有用効果を……増大させるものすべてが、新たな社会的「生産力」である。物質的生産力には自然、技術、科学とならんでとりわけ、社会的組織それ自体とその中で協業および産業内分業によって生み出される……社会的諸力が含まれる。」コルシュ、前掲書、Ⅲ、五四―五五ページ　[X12a, 1]

生産力の概念。「社会的生産力についてのマルクス的概念は、社会の生産力を……純粋自然科学的ないしは技術的に立証……できると思い込んでいる「テクノクラート」の観念的抽象物とはなんの関係もない。……マルクス……によれば……「テクノクラート的」考え方では……あの……経済関係の持つ無言の暴力が……現在の状況のあらゆる変更に対置してくる……物質的障害を除去するには……まったく不十分である。」コルシュ、前掲書、Ⅲ、五九―六〇ページ　[X12a, 2]

マルクスは、彼の論文「歴史法学派の哲学宣言」『ライン新聞』一八四二年二二一号の中で、「フランドル絵画が素朴に描く真なる状態とは自然のままの〔roh〕状態であるという……正しい考え方」に言及している。コルシュ、Ⅰ、三五ページに引用　[X12a, 3]

マルクスは、機械と分業を対立するものとして見るプルードンに反対して、分業が機械の導入以降どれほど精緻なものとなったかということを強調する。ヘーゲルはヘーゲルで、分業がある意味では機械の導入に道を拓いたのだと強調している。「内容の個別化は……労働の分割をもたらす。……それによって同時により抽象的になった労働が、一方ではその単調さによって労働の容易さと生産の増大につながり、他方ではただ一つのことのみへの熟練とそれにともなう社会連関への無条件の依存へとつながる。こうして熟練それ自体が機械的なものになり、人間の労働の代わりを機械にやらせることが可能になる。」ヘーゲル『エンチュクロペディー』ライプツィヒ、一九二〇年、四三六ページ（§五二五―五二六）

[X12a, 4]

若きマルクスは人間の権利が公民《シトワイヤン》の権利とは区別されてしまっていることを批判する。「いわゆる人権のうちのなにものも……利己的人間を……超えられない。……人間は人権の中で類的存在として把握されているどころか、むしろ類的生活それ自体が、すなわち社会が、個々人にとって外在的な枠組みとして現われる。……個々人をつなぐ唯一の絆は、欲求や私的利害、自分の財産や利己的個人の保全といった自然的必然性である。政治的共同体である公民体制が政治的解放者からこうしたいわゆる人権なるものの保持のためのたんなる手段にまで引き下げられ、かくて公民が利己的人間の下僕であるとされ、人間が共同存在として振る舞う領域が、人間が部分存在として振る舞う領域に貶められ、ついには公民としての人間ではなく、私人《ブルジョワ》としての人間が本来的かつ真の人間と考えられるようになるにいたっては、それは……謎……といわねばならない。……謎はかんたんに解ける。……古い社会の性格はどのようなものだったか？……封建制である。古い市民社会は直接的に政治的性格を持っていた。……政治革命は……市民社会の政治的性格を止揚した。……政治革命は市民社会を一方では個々人へと分解し、他方ではこうした個々人の市民としての状況をかたちづくる物質的要素と精神的要素へと分解した。……政治的国家の形成と市民社会の独立した諸個人への解体——身分的・ギルド的人間の相互関係が特権であったように、こうした諸個人の相互関係が権利である——は同一の行為において成し遂げられる。しかし市民社会のメンバーであるかぎりでの人間は非政治的人間であり、必然的に自然的人間として現われ、人権は自然権として現われる。というのも自覚的な行動は政治的行為に収斂するからである。利己的人間は受けいれ身の、解体した社会のすでにある成果にすぎず、……自然的対象である。政治革命の……市民社会に対する関係、すなわち欲求と労働と私的利害および私権の世界に対する関係は……それらの自然基盤に対する関係である。最終的には市民社会のメンバーであるかぎりでの人間が本来的な人間、すなわち公民から区別される人間とみなされる。というのも、こうした人間はその感覚的……実存の中にいる人間であり、一方で政治的人間は抽象化された……人間にすぎないからである。……政治的人間の抽象性をルソーが次のように正しく描いている。「あえて一つの人民に制度を与えようと企てる人は、いわば人間性……を変更し、それ自体で完全かつ孤立した全体である個人を、この個人が自分の生命と存在をうけとる、より大きな全体の一部分へと変形することができると感じなくてはならない。」(『社会契約論』『著作集』Ⅱ、ロンドン、一七八二年、六七ページ)」マルクス『ユダヤ人問題のために』(『マルクス＝エンゲルス全集』第一巻第一部、フランクフルト・アム・マイン、一九二七年、五九五―五九九ページ)　[X13]

商品に与えられる物神的性格という特性は、商品生産社会それ自体にも備わっている。こうした商品生産社会は、たしかにそれ自体としてあるわけではないが、その社会が商品を生産しているという事実を捨象するたびに、つねにそれが自分自身を表象し、自己をそのように理解することだと信じている社会のことなのである。商品生産社会が自ら作り出し、自分の文化としていつも掲げるイメージは、幻影《ファンタスマゴリー》の概念に照応する(「エードゥアルト・フックス――蒐集家と歴史家」Ⅲ参照)。ヴィーゼングルント〔・アドルノ〕によればこのファンタスマゴリーは、「どのようにして出来上がったのかがもはや想起されえないような消費財と定義される。消費財が魔術化されるのは、その中に蓄積された労働がもはや労働とは見なせなくなると同時に、超自然的で聖なるものになるからである」(T・W・アドルノ「ヴァーグナー断章」『社会研究誌』八巻、一九三九年、一／二号、一七ページ)。これについて〔アドルノの〕『ヴァーグナー』の草稿から引用しておこう(四六―四七ページ)。「ヴァーグナーの管弦楽技法は……美的な形姿から〔より適切にいえば音の美的形姿から〕、音が直接的に作り出す部分を追放してしまった。……なぜハイドンが弱奏のときヴァイオリンにフルートをかぶせるのかをはっきり理解する者がもしもいるとすれば、その人間はおそらく、なぜ人類が何千年も前に生《なま》の穀物を食べるのをやめてパンを焼いたかとか、なぜ人類は自分の道具をピカピカに磨き上げるのかを知るための手引きを手に入れられるだろう。消費物においてはその生産の痕跡は忘れられるべきものなのである。交換する人間は消費物を作ったのではなくその物の中に含まれる労働を領有したのだということを露わにせぬために、消費物には、そもそもがもはや作られたものではないかのごとき外観をもたせねばならないからである。芸術の自律性の起源は、労働の隠蔽にある。」　［X13a］

Y

写真

「太陽よ、用心せよ！」

A・J・ヴィールツ『文学作品集』パリ、一八七〇年、三七四ページ

「太陽の光がいつか消えなければならないとしたら、
それを再び灯すことになるのは死すべき人間であろう。」

ローランサン／クレールヴィル『一八四四年の博覧会でのダゴベール王』（ヴォードヴィル劇場、一八四四年四月一九日）、パリ、一八四四年、一八ページ［産業の守護神が語る言葉］

一八五五年の予言。「ここ数年来、現代の誉れとも言える一つの機械がわれわれのもとに出現し、毎日われわれの思考を驚かせ、恐怖に目を見張らせている。／この機械は、一世紀もたたぬうちに、絵筆、パレット、絵の具箱、器用さ、慣れ、忍耐、一瞬の視線、タッチ、こね合わせた絵の具、上塗り、こつ、塗りの盛り上がり、仕上げ、描写力などの代わりをつとめるようになるだろう。／一世紀もたたぬうちに、絵画の世界に石工のような人はもういなくなり、言葉のまったき意味での画家や建築家だけになるだろう。／ダゲレオタイプが絵画を抹殺したなどと考えてはならない。そうではなくて、それは忍耐仕事を抹殺し、思考の仕事に敬意を表しているのだ。／巨大な子どもであるダゲレオタイプが成年に達したとき、そのあらゆる力量と能力が十分に発達したとき、芸術の守護神は彼の襟首をつかまえて、こう叫ぶだろう。「私のものだ！　いまや、お前は私のものだ。これからは一緒に仕事をすることにしよう。」」A・J・ヴィールツ『文学作品集』パリ、一八七〇年、三〇九ページ。一八五五年六月に最初に〔ベルギーの〕『ナシオン』紙に載った「写真」という論説からのもので、これは写真の引き伸ばしに関する新しい発明と等身大写真の制作可能性への示唆で締め括られている。「石工画家」とは、ヴィールツの場合、「もっぱらマテリアルな部分だけにかかわり」、「良い効果を上げる」者たちのことである。　　　　　　［YI, I］

文学における産業化。スクリーブ(19世紀仏の劇作家)について。「彼は大企業家や金満家を嘲笑しつつ、そうした連中の成功の秘密を見てとった。彼の鋭い視線は、あらゆる富が基本的には他人を自分たちのために働かせる技術のおかげであることを見落とさなかった。かくして彼は画期的といえる才気をもって分業の基本法則を、仕立て屋や家具屋や金属ペン製造業者の工房から劇作家たちのアトリエへと転用したのである。こうした改革以前には劇作家たちも、一人一人の労働者が得るプロレタリアートとしての賃金を、一個の頭脳と一本のペンでもって得るのがせいいっぱいだった。この時代のありとあらゆる優れた劇作家たちが彼の指導と教育にあずかり、彼のおかげでよい稼ぎを得た。富と名声すら彼のおかげであることが稀ではなかった。彼は素材を選び、全体の筋立てを決め、効果的な箇所と輝かしい幕引きを指示した。彼の弟子たちがそれに会話やちょっとした韻文をつけ加えた。弟子たちが進境を示すと、彼らにふさわしい報酬として、彼らの名前が劇のタイトルに(アトリエ名と並んで)添えられた。それは弟子の中のもっとも優秀な者たちが独立し、自分自身で劇作の仕事を受け継ぎ、ひょっとすると彼ら自身でも新しく助手を雇うようになるまで続いた。こうしてフランス出版法の庇護のもとでスクリーブは億万長者になったのである。」Fr・クライシッヒ『フランス文化・文学史研究』ベルリン、一八六五年、〈五六―五七ページ〉
[Y1, 2]

レヴューの始まり。「最近のフランスの夢幻劇は全体としてまだ新しいもので、レヴューに由来している。レヴューは新年の最初の一四日間上演されるのが常で、そこでは過ぎ去った年が一種幻想的に回顧されるのであった。レヴューは初めひどく子どもっぽいところが特徴で、もっぱら学童向けであった。そうした子どもたちの新年のお祝いは、この種の作品によって盛り上がるのだった。」ルドルフ・ゴットシャル「第二帝政期の劇場とドラマ」(百科事典のための月刊ドイツ総合誌『現代』ライプツィヒ、一八六七年、九三一ページ)
[Y1, 3]

あらかじめこの思想をしっかりと考察し、その建設的な価値を評価すること。すなわち減退・衰微現象を先行者として、後からやってくる偉大な総合《ジンテーゼ》のいわば幻影として捉え、評価すること。こうした静的な現実からなる世界〈?〉をいたるところで注目しておかねばならない。映画はそうした世界の中心である。■歴史〈的〉唯物論■
[Y1, 4]

夢幻劇。「こうしてたとえば『ロンドンのパリジャン』(一八六六年)にはイギリス産業博覧会の場面が登場する。そしてその場面は裸の美女たちの絵で彩られている。もちろんこうした絵はアレゴリーと文学的着想にのみ由来する。」ルドルフ・ゴットシャル「第二帝政期の劇場とドラマ」(百科事典のための月刊ドイツ総合誌『現代』ライプツィヒ、一八六七年、九三二ページ)■広告■　[Y1a, 1]

「「酵素」とは、他の有機体の比較的大きな塊の分解を引き起こし、あるいは促進させるものである。……ところで酵素が分解力を発揮する相手であるその「他の有機体」とは、歴史的に継承されてきた様式の型のことである。」「ここで酵素とは、……近代〔科学〕技術の成果である。これらの酵素は……三つの大きな素材圏のもとに統括されうる。(1)鉄、(2)機械技術、(3)光と炎の技術。」アルフレート・ゴットホルト・マイアー『鉄骨建築』エスリンゲン、一九〇七年(「序文」〈ページ数なし〉)　[Y1a, 2]

写真と絵画のあいだの闘いの一段階としての、芸術作品の写真による複製。　[Y1a, 3]

「一八五五年の産業大博覧会の一環として写真の特別展示区画が開設された。これによって写真は初めて広汎な大衆にとっても一層なじみ深いものとなった。この展示は写真の産業としての発展のための幕開けとなった。……観衆は数多くの著名人たちの肖像写真の前に群がった。それまでは遠くから眺め賛嘆するだけだった、劇場や演壇における、つまりは公的生活における著名人たちが突然生き生きと眼前に眺められるということが、こうした時代にあって何を意味したかを、われわれは思い浮かべてみなければならない。」ギゼラ・フロイント『フランスにおける写真の発達』(未公刊)■博覧会■ [Y1a, 4]

写真の歴史に関して注目すべきなのは、写真に対して有名な推薦意見を開陳した当のアラゴが――同じ一八三八年(?)に――政府が計画した鉄道建設に対しては否定的見解を述べていることである。「一八三八年に、政府がパリ鉄道をベルギー、ル・アーヴルおよびボルドーに建設することを認可する法案を議会に提出したとき、委員会報告者であったアラゴは法案を却下する結論を述べ、一六〇票対九〇票で彼の意見が支持された。論拠の一つとして、トンネルに入るときと出るときの温度差が生命にかかわるほどの熱気と冷気を生じさせるだろう、などといわれたりした。」デュベック/デスプゼル『パリの歴史』パリ、一九二六年、三八六ページ [Y1a, 5]

一九世紀半ばにおいて成功を収めたいくつかの劇作品。デヌリー作『ラ・ペルーズ』(18世紀仏の海洋探検家)の難破』(一八五九年)、『マルティニックの地震』(一八四三年)、『パリのボヘミアン』(一八四三年)、ルイ゠フランソワ・クレールヴィル作『悪魔の七つの城』(一八四四年)、『病んだ馬鈴薯』(一八四五年)、『ロトマーゴ』(一八六二年)、『シンデレラ』(一八六六年)。ほかの作品では、デュヴェリエやダルトワのもの。デヌリーのは『カスパール・ハウザー』ものか?

[Y1a, 6]

「夢幻劇のもっとも幻想的な産物が、われわれの目の前でほとんど現実のものとなろうとしている。……われわれの工場では、ファウスト博士が魔術の本を片手に生み出した驚異とおなじくらい大きな驚異が、毎日生産されている。」ウジェーヌ・ビュレ『フランスとイギリスにおける労働者階級の貧困について』II、パリ、一八四〇年、一六一―一六二ページ

[Y2, 1]

パリのカタコンベを撮った自分の写真についてのナダールの素晴らしい記述から。「場所を変えるたびに、露出時間を経験から割り出さねばならなかった。これらのネガの中

には、なんと一八分間の露出を要することになったものもある。——当時はまだネガ・フィルムにコロジオン〔綿をエーテル液中で溶解させた膠質の膜〕を用いていたことを想起されたい。……私はこうした光景のいくつかに人物を配して、生気を与えるのがよいと判断した。画趣の観点からというよりはむしろ、大きさの尺度を示すためである。この種の気づかいは、探検家たちにあまりにもしばしば無視されていて、そんな彼らの忘却がわれわれをとまどわせることがあるからだ。一八分の露出時間のあいだ、ある人物に、生命が消えたようにぴくりとも動かないでいてもらうなどということは、とてもできなかっただろう。そこで、マネキン人形に作業服を着せて、演出どおりになんとか配置することで、私はこの困難を切り抜けようとした。この細かい気づかいのために、われわれの苦労がとくに増すことはなかった。……下水道やカタコンベでのこうした危険な仕事は、われわれの場合、それでも三カ月は続いたと言わねばならない。……結局、私は一〇〇枚のネガを持ちかえった。……これら一〇〇枚の最初の焼き付けを、私は急いでパリ市のコレクションに提供することとし、われわれの地下構築物の著名な技師たるベルグラン氏に手渡した。」ナダール『私が写真家だった頃』パリ、〈一九〇〇年〉、一二七—一二九ページ

[Y2, 2]

ブンゼン灯による人工の光のもとでの写真。「そこで、私は熟練した電気技師に頼んで、ブールヴァール・デ・キャピュシーヌのわが家のテラスの平らな部分に、中程度の大きさの〔ブンゼン〕灯を五〇個設置させた。そのくらいで十分と思ったのだが、実際それで十分であった。……毎日、日没のころ、当時まだほとんど使用されていなかったこの照明を必ず点灯した。すると、目抜き通り《ブールヴァール》の路上で群衆が立ち止まり、多くの野次馬が、友人同士も無関係な人たちもみな蛾のように光に誘われて、いったい何が起こっているのか確かめようと階段を登らずにはいられなくなった。あらゆる階層からなるこれらの訪問者の中には、幾人かの名の通った人や名士と呼ばれる人の姿さえあり、こうした訪問者たちは、新しい実験にすっかり乗り気になって、われわれのためにこぞって無料のモデルになってくれたので、大歓迎された。こうして、私はとりわけニエプス・ド・サン＝ヴィクトール〔ガラス板写真の発明者。日光写真の発明者ニセフォール・ニエプスの従弟〕、……ギュスターヴ・ドレ、……金融家E・ペレール、ミレス、アルフェン等々を夜ごと写真におさめたのだった。」ナダール『私が写真家だった頃』パリ、〈一九〇〇年〉、一一三、一一五―一一六ページ　[Y2, 3]

ナダールが諸科学の立場に対して示した大きな俯瞰図の末尾の言葉。「われわれは、危機に瀕した祖国の守護神がもろもろの発見を命じていた至高の時期に、フルクロワ〔18―19世紀仏の科学者〕が行った称賛すべき総決算さえも、はるかに超えた地点にいる。」ナダール『私が写真家だった頃』三ページ　［Y2, 4］

ナダールはバルザックのダゲレオタイプに関する理論を再現している。それは幻像《エイドラ》に関するデモクリトスの理論から来ている。（ナダールはこのデモクリトスの理論を知らないようで、その名を挙げていない。）ゴーティエとネルヴァルはバルザックの意見に賛成だったはずである。「……だが、幻影《スペクトル》がどうしたというような話をしていたのに、ゴーティエもネルヴァルも……われわれのレンズの前を快く通過した最初の人々の一人となってくれた。」ナダール『私が写真家だった頃』八ページ　［**Y2a, 1**］

進歩の概念は誰に由来するのか。コンドルセか？　いずれにせよこの概念は一八世紀の終わりにはまだ確固としたかたちで根づいてはいなかったようだ。エロー・ド・セシェルは彼の論争術を展開する中で、敵をうちまかすための忠告として次のように言っている。「精神の自由に関する諸問題と無限に続く進歩の中に、論敵をまよわせること。」エロー・ド・セシェル『野心の理論』〈パリ〉、一九二七年、一三二ページ　［**Y2a, 2**］

一八四八年。「革命は……鉄道建設がもたらした投機と、一八四六年と一八四七年の二年続きの凶作によって引き起こされた、きわめて深刻な経済危機の最中に起こった。このとき、飢餓暴動は……再びパリのフォーブール・サン＝タントワーヌにまで及ぶことになった。」A・マレ／P・グリエ『一九世紀』パリ、一九一九年、二四五ページ　[Y2a, 3]

リュドヴィック・アレヴィ〔19世紀後半の仏の劇作家・アマチュア写真家〕についての発言。「どんなことでも、私を好き勝手に攻撃してかまわないが、写真はだめだ。それだけはゆずれない。」ジャン・ロワーズ「エミール・ゾラ、写真家」（『グラフィック技術工芸』誌四五号、一九三五年二月一五日、〈三五ページ〉）　[Y2a, 4]

「かつて一度でもその生涯において写真家の魔法のマントで自らの頭を覆い、あの素晴らしい自然のイメージのミニアチュアによる再現を見るべくカメラを覗き込んだ者には、……次のような問いが迫ってくるに違いない。すなわち、もし写真家が形態と同様に色彩をも乾板に定着させることに成功するとするならば、私たちの〔時代の〕現代絵画はいったいどうなるのかという問いである。」ヴァルター・クラーネ「芸術における模倣と表現」

『ノイエ・ツァイト』一四巻一号、シュトゥットガルト、四二三ページ　[Y2a, 5]

芸術と写真を全面的に対決させようとする試みは、最初失敗せざるをえなかった。こうした対決は、歴史がなし遂げた芸術と技術の対決の中の一契機たるべきであったのだ。　[Y2a, 6]

ルメルシエの「ランペリーとダゲール」における写真に関する箇所。
「雲雀が狡猾な鳥刺しの網に見張られて、
朝の谺を目覚めさせながら、
飛び回り、草原のなかで、彼女の愛嬌を映す鏡の上に、
狂おしく落ちてゆく、それと同じように、
ランペリー(=太陽の光)の飛翔が、ようやく
ダゲールの仕掛けた化学の網に捕らえられる。
凹であろうと凸であろうと、水晶の表面が
そこに刻まれたどんな物体でも縮小し、あるいは拡大する。
暗い罠の奥で、その細く白い光線が

さまざまな場所の様相を手早く鉛筆で点描する。イメージは自由を奪うガラスに捕らえられると、ただちに破壊的な触覚から守られて、末永く生きつづける。そして、確かな反射がもっとも遠くの景の深部にまでたどりつく。」

ネポミュセーヌ・ルメルシエ「才気ある画家によるディオラマの発明について」〔『一八三九年五月二日木曜日の五アカデミーの合同公開年会議』パリ、一八三九年、三〇―三一ページ〕　[Y3, 1]

「写真は……まず社会の支配的階層において採用された。……実業家、工場主、銀行家、政治家、文学者、学者たちである。」ギゼラ・フロイント『社会学的視点から見た写真』(手稿、三一ページ)。そうだろうか？　むしろ順序は逆だったと考えるべきではないか？

[Y3, 2]

写真より前の発明の中では、石版画(一八〇五年にアロイス・ゼネフェルダーによって発明され、その数年後に、フィリップ・ド・ラステイリによって、フランスに輸入された)と、同じく機械化に他ならないシルエット切り抜き手法のフィジオノトラース(顔の輪郭を描く器具〕が注目されるべきである。「ジル＝ルイ・クレティアンは……一七八六年に……肖像画の二つの様式、つまりシルエットと版画を組み合わせた装置の発明に成功した。……フィジオノトラースはパントグラフ〔写図器〕のよく知られた原理にもとづいていた。パントグラフは、水平面上を移動できる可動式の平行四辺形を連結させたシステムである。乾式スティレー〔烏口〕を用いて、操作者はあるデッサンの輪郭をなぞる。すると、インク式スティレーが最初のスティレーの軌跡にしたがって動き、スティレーの位置関係によって決定される縮尺で、デッサンが複写される。」ギゼラ・フロイント『社会学的視点から見た写真』（手稿、一九―二〇ページ）。この器械は照準装置を備えていた。実物大を達成することができたのである。　[Y3, 3]

フィジオノトラースの撮影時間は通常のシルエットの場合は一分、着色した場合は三分だった。特徴的なのは、この器具において行われた肖像画の技術化の始まりが、肖像画というものをちょうど写真が後になって前進させたのと同じくらい質的に後戻りさせたということである。「フィジオノトラースによる作品をかなりたくさん見てゆくと、肖像画がどれもおなじ表情をしていることがわかる。こわばって、図式的で、平板な表情だ。……装置が数学的な正確さでもって顔の輪郭を複写しているのに、実物とのこうした類似に表現力がないのは、それが芸術家によってなされたものではないからだ。」ギゼラ・フロイント『社会学的視点から見た写真』(手稿、二五ページ)。ここで明らかにされねばならないのは、なぜこの原始的な器具がカメラとは対照的に「芸術家たち」を排除してきたかということだろう。

[Y3a, 1]

「一八五〇年頃、マルセイユには多くて四、五人の細密画家がいた。それなりの評判を得ていたのは、そのうちのせいぜい二人で、年に五〇ほどの肖像画を描いていた。これらの画家たちはなんとか生計を立てていく程度の収入しかなかった。……それから数年後、マルセイユに四、五十人の写真家がいた。……彼らはそれぞれ年平均一〇〇〇から一二〇〇枚の写真を撮り、一枚一五フランで売っていた。つまり、一人一万八〇〇〇フランの収入になったから、全体では一〇〇万ちかくの売り上げというわけだった。フランスのすべての大都市で、同じような発展が見られた。」ヴィダル「マルセイユ統計学会一八六八年一一月一五日報告会での報告」(『フランス写真学会年報』一八七一年、三七、三八、四〇ページに再録)。ギゼラ・フロイント『社会学的視点から見た写真』(手稿、一五、一六ページ)に引用

[Y3a, 2]

技術上の発明の相互結合について。「いくつかの石版画の制作を試みようとしたとき、田舎に住んでいたニエプスはそれに欠かせない石の入手にたいへんな苦労をした。そこで、彼は石を金属板に、鉛筆を太陽光線に取り替えることを思いついたのである。」ヴィクトール・フーク『ニエプス――写真術の発明に関する真実』シャロン゠シュル゠ソーヌ、一八六七年。ギゼラ・フロイント『社会学的視点から見た写真』（手稿、三九ページ）に引用　[Y3a, 3]

議会でのアラゴの演説のあとで起こったこと。「数時間後には、眼鏡屋にお客が殺到した。これほど多くの熱心な愛好者の情熱を満足させるには、レンズも暗室も足りなかった。人々は地平線に傾く太陽を残念そうに目で追いかけながら、実験の材料を自宅に持ち帰った。だが、その翌日夜が明けるとすぐに、家々の窓には、隣家の天窓、あるいは暖炉の煙突がずらりと並んだ光景などを用意済みの乾板に写しとろうと、おっかなびっくり苦労している大勢の実験家たちの姿が見られた。」ルイ・フィギエ『写真術――近代の主要な科学的発見の歴史展覧会』パリ、一八五一年（ギゼラ・フロイントによる引用。ページの指示なし。手稿、四六ページ）　[Y4, 1]

一八四〇年にモリセは写真に関する風刺漫画を公刊した。　[Y4, 2]

「肖像画に関して、人物の「境遇」と「立場」にこだわり、彼(画家)に「社会的身分」と「気どり」の形象化を期待するような見解は、全身像によってしか満足を得られない。」ヴィルヘルム・ヴェッツォルト『肖像芸術』ライプツィヒ、一九〇八年、一八六ページ(ギゼラ・フロイント、手稿、一〇五ページに引用)　[Y4, 3]

ディスデリ(第二帝政期を代表する写真家で、名刺判写真を考案し巨富を得た)時代の写真。「一八六五年の写真家のアトリエの特徴的な付属物は円柱とカーテンと小型円卓だった。被写体となる人物は、そこにもたれたり、すわったり、あるいは立ったままで、全身像、半身像、あるいは胸像のポーズを取った。背景は、象徴的で画趣のある付属物を加えることによって、モデルの社会的地位に応じてより豪華さを増した。」このあとに、ディスデリ『写真の技術』(パリ、一八六二年)からの大変特徴的な一節が続く(ページの指示なし)。そこではとりわけこう言われている。「肖像写真を撮る場合、……人物の姿かたちを数学的正確さで再現する必要はない。むしろ、姿かたちを修正し、美化することで、この人物について自然が抱いていた意図を把握し、それを表現することがとりわけ必要なのだ。」ギゼラ・フロイント『社会学的視点から見た写真』(手稿、一〇六、一〇八ページ)。

——円柱は「普遍的教養〔形成〕」のエンブレムである。■オースマン化■ [Y4, 4]

ギゼラ・フロイント(手稿、一一六—一一七ページ)はディスデリの『写真の技術』から次の引用をしている。「完璧に構成された広いアトリエで、日除けや反射鏡によって光のあらゆる効果をわがものとする写真家は、あらゆる種類の背景、舞台装置、小道具、衣装を備えているので、聡明でよく訓練されたモデルを使えば、さまざまな風俗画、さまざまな歴史的場面を組み立てることができるのではないだろうか？〔アリ・〕シェフェールのように感情を、アングル氏のように様式を追求することができるのではないだろうか？ ポール・ドラロッシュが彼の絵画「ギーズ公の死」でやったように、歴史を扱うことができるのではないだろうか？」一八五五年の万国博覧会では、イギリスからもたらされたこの種の写真のいくつかが見られた。 [Y4a, 1]

ドラクロワの絵が写真との競い合いを免れたのは色彩の力によってだけではなく、描かれた対象の激しい動き——その当時まだスナップ写真は存在しなかった——にもよる。

こうして写真に対して彼は好意的な関心を抱くことができた。 [Y4a, 2]

初期の写真を比類のないものにしたのは恐らく次の点である。すなわち、初期の写真は機械と人間の出会いを初めてイメージとして表現しているということである。[Y4a, 3]

しばしば暗黙のうちに写真に対して向けられる非難の一つは、人間の顔を機械で捉えることなど不可能だというものである。とくにドラクロワがそう非難している。[Y4a, 4]

「ドラロッシュの弟子であった……イヴォンは、ある日ソルフェリーノの戦いを〔絵画で〕再現しようと決意した。……写真家のビッソンをつれて、彼はテュイルリー宮殿に赴き、皇帝〔ナポレオン三世〕に望ましいポーズを取らせ、顔を振り向かせ、全体を自分が再現しようと考えているとおりの光で照らした。こうしてでき上がった絵は「ケピ〔軍隊帽〕をかぶった皇帝」と呼ばれて有名になった。」これとの関連で、この画家と、彼のネガを商売にもちこんだビッソンとのあいだで訴訟になった。ビッソンは有罪を宣告された。ギゼラ・フロイント『社会学的視点から見た写真』(手稿、一五二ページ) [Y4a, 5]

ナポレオン三世は彼の率いる連隊がディスデリの家の前の通りを通ったとき、連隊を停止させてこの家に上がり、写真を撮らせた。[Y4a, 6]

文芸家協会の会長としてバルザックは、存命中のフランスでもっとも偉大な一二人の作家たちの作品は、国家の定めるところにしたがって買い上げられるべきである、という提案を行った。(ダゲール参照)　[Y4a, 7]

「カフェ・アムランには……写真家や夜歩きに興ずる人々がたむろしている。」アルフレッド・デルヴォー『パリの時間』パリ、一八六六年、一八四ページ(「午前一時」)　[Y5, 1]

ネポミュセーヌ・ルメルシエについて。「あのペダンティックで、ばかげていて、おおげさな言いまわしを使う男は、たしかに自分の時代をけっして理解していなかった。……誰が同時代の出来事を、時代遅れの表現やイメージを用いて、彼以上にゆがめることができようか。」アルフレッド・ミシエル『一九世紀フランス文芸思潮史』II、パリ、一八六三年、三六—三七ページ　[Y5, 2]

写真の普及について。——交通技術は絵画のもっている情報上のメリットを低下させた。一方で新しい現実が準備されつつあり、それに対しては誰も個人として態度表明を行う責任を引き受けることはできなかった。〔写真の〕レンズが頼りにされた。絵画の方では、色彩を強調し始めた。　　[Y5, 3]

「蒸気」——「十字架で死んだ者の最後の言葉！」マクシム・デュ・カン『現代の歌』パリ、一八五五年、二六〇ページ〔「蒸気」〕　　[Y5, 4]

「蒸気Ⅲ」でデュ・カンは蒸気、クロロホルム、電気、ガス、写真への讃歌を歌っている。マクシム・デュ・カン『現代の歌』パリ、一八五五年、二六五―二七二ページ。「鎌」は芝刈り機を賛美している。　　[Y5, 5]

「糸まき」の最初の二連と第四連。

「打たれた杭の一本一本で、
渦を巻いて一休みしながら、
滝となって流れる川のそば、
緑の牧場の真ん中に、
花咲くウマゴヤシに囲まれて、

私の大宮殿が建てられた。
私の宮殿には千の窓があり、
私の宮殿には畑の葡萄が
屋根まで這い上がる。
私の宮殿で休みなしに歌うのは、
うなり声を上げる敏捷な〔水車の〕輪、
張り裂けそうな声で歌うよ！

雪の上でいつもワルツを踊り
追いかけてくる霊から逃げまわる
ノルウェーの小鬼エルフのように、
私は回る、私は回る、私は回る！
けっして安らぐことなく、
昼も夜も回りつづける！」

マクシム・デュ・カン『現代の歌』パリ、一八五五年、二八五―二八六ページ　［Y5, 6］

「蒸気機関車」――「聖女と、いつの日か、私は名づけられるでしょう。」マクシム・デュ・カン『現代の歌』パリ、一八五五年、三〇一ページ。この詩は他の詩と同様に『物質《マチエール》の唄』という連詩からのものである。 [Y5, 7]

「新聞とは、進歩の巨大にして神聖なる蒸気機関車である。」ヴィクトール・ユゴー。ブリュッセルで『レ・ミゼラブル』の版元が開いた一八六二年九月一六日の祝宴での演説。ジョルジュ・バトー『デマゴギーの大御所――ヴィクトール・ユゴー』パリ、一九三四年、一三一ページに引用 [Y5, 8]

「〔一九世紀は〕われわれの栄誉を讃える世紀！
　発明の世紀だ！
　残念ながら、それはまた
　革命の世紀でもある。」

クレールヴィル／ジュール・コルディエ『水晶宮あるいはロンドンに行ったパリの人々』（ポルト・サン＝マルタン劇場、一八五一年五月二六日）、パリ、一八五一年、三一ページ [Y5a, 1]

「幾両かの優美な客車」を牽いた蒸気機関車が舞台に登場した。クレールヴィル兄／ドラトゥール『地獄での一八三七年』(リュクサンブール劇場、一八三七年一二月三〇日)、パリ、一八三八年、〈一六ページ〉　[Y5a, 2]

石版画がパノラマ文学に与えた影響を語ることができる。石版画家にとっては何の問題もなく一つの個性の描写であるものが、作家にとってはしばしば同じように何の問題もない類型的な表現になる。　[Y5a, 3]

フールネルは一八五八年(『パリの街路に見られるもの』)に、対象を美化することができない、とダゲレオタイプを非難した。ディスデリの出番であった。しかしフールネルは、ディスデリが広めた小道具を使った設定《ポーズ》も告発した。　[Y5a, 4]

デルヴォーは出典を明記せずにナダールの容貌の次のような描写を引用している。「彼の〔赤毛の〕毛髪は、沈みゆく夕日のように和らいだ熱を帯びている。その残照は顔中に広がり、そこには、花火のようにふぞろいな縮れ毛の束がほとばしり、ぶつかり合う。

極端に大きくひらいた瞳がぎょろぎょろと動き、とほうもなく激しい好奇心とたえまない驚きを物語る。金切り声で、動作は、熱を出したニュールンベルクのおもちゃさながらだ。」アルフレッド・デルヴォー『時のライオン族』パリ、一八六七年、二一九ページ

[Y5a, 5]

自分自身についてのナダールの言葉。「生まれつき束縛されるのが大嫌いで、礼儀作法などはどれもじれったくてたまらず、手紙の返事を二年後になってやっと書くような次第。暖炉に足をのせられないようなご立派な家のしきたりにはとんと縁がない。そのうえ――足りないものが何一つないようにするためには、身体上のつまらぬ欠陥さえも欠けてはならじと、また、かの魅力的な美徳の数々なんぞは踏みにじり、さらに友だちの一人や二人も増やしてやろうと――近眼の度を進めてもはや盲も同然、そのせいか鼻先一五センチの距離から二五回以上は見かけた顔でないと覚えられない、無礼千万な健忘症にかかっている。」アルフレッド・デルヴォー『時のライオン族』パリ、一八六七年、二二二ページに引用

[Y5a, 6]

一八四八年頃の発明。マッチ、ステアリン蠟燭、金属ペン。

[Y5a, 7]

輪転機の発明は一八一四年。最初に『タイムズ』紙で使われた。 [Y5a, 8]

自分自身についてのナダールの言葉。「かつて風刺漫画家だったが……結局、写真のボタニー＝ベイ〔オーストラリア南東部の湾。英国の犯罪者隔離収容所があった〕に逃げこんだ男。」アルフレッド・デルヴォー『時のライオン族』パリ、一八六七年、二二〇ページに引用 [Y6, 1]

ナダールについて。「そののち、『雲雀捕りの鏡』と『デジャニールのドレス』と『私が学生だった頃』の著者〔ナダール〕の、いったい何が残ることになるのだろうか。私にはわからない。私にわかるのは、ゴゾ島〔地中海のマルタ島近くの島〕の巨石の破片の上に、ポーランドの詩人チェスラウ・カルスキーがアラビア語で、といってもローマ字書きだが、「燃えるような赤毛のナダールがこの塔の上空を通過した」という言葉を彫りつけたということと、いまごろはこの島の住民たちが彼〔ナダール〕を未知の神としてたぶん崇めているだろうということである。」アルフレッド・デルヴォー『時のライオン族』パリ、一八六七年、二二三―二二四ページ [Y6, 2]

図 1 「絵画の起源」
（パリ国立図書館）

風俗写真。彫刻家のカリマコスはハアザミを眺めてコリント式柱頭を創り出した。――レオナルドはモナ・リザを描いた。――「栄光とポ・ト・フー」国立図書館版画室 Kc 164 a1 [Y6, 3]

一七七五年のあるイギリスの銅版画は、芸術家が壁に投射された影に即してモデルのシルエットを描いている様子を、風俗画として描いている。この銅版画は「絵画の起源」と題されている。国立図書館版画室 Kc 164 a1〈図1〉 [Y6, 4]

写真の発明と一八三八年にホイートストーンが成功した反射式ステレオスコープの発明のあいだには、ある種の関係がある。「そこ〔ステレオスコープ〕では同一の対象の二つの異なった像が示される。右目には、対象をちょうど右目の視角で見たのと同じ視野で表わされている像が、左目には、左目に映るのと同じ像が示されるのだ。このことによってあたかもわれわれが……三次元の対象を眼前にしているかのような錯覚が生じる。」（エーゴン・フリーデル『近代の文化史』Ⅲ、ミュンヘン、一九三一年、一三九ページ）このステレオスコープに用いられる像が必要としている正確さを満たすのは、おそらく絵よりもむしろ写真の方だろう。　[Y6, 5]

ヴィールツとエドガール・キネのあいだにあるであろう類縁関係を追うべきである。　[Y6, 6]

「カメラのレンズは鉛筆や絵筆のような道具で、写真はデッサンや版画のような手法にすぎない。なぜなら、芸術家をつくるのは感情であって、手法ではないからだ。したがって、幸運にも適切な才能に恵まれた人なら誰でも、これらの複製手段のいずれかを用いて、同じ結果を得ることができるのである。」ルイ・フィギエ『一八五九年のサロンにおける写真』パリ、一八六〇年、四―五ページ　[Y6, 7]

「キネ氏は……詩のなかに、イギリスの画家マーティンが美術に導入したジャンルをもちこみたかったようだ。……詩人は……われらが主の墓の前に聖堂を跪かせたり、都市が黄金の櫛で、肩にかかるブロンドの円柱の髪をくしけずるさまを描いたりすることを、すこしも恐れず、その一方では塔が山々と奇妙なロンドを踊っているのだった。」アルフレッド・ネットマン『七月王政下におけるフランス文学の歴史』I、パリ、一八五九年、一三一ページ

[Y6a, 1]

「一八五五年の万国博覧会では、写真は、はげしい異議申し立てにもかかわらず、モンテーニュ街の〔美術〕宮殿の聖域には入りこめなかったので、産業館にあふれるあらゆる種類の雑多な産物からなる巨大なバザールの中に、避難場所を探さなくてはならなかった。一八五九年になると、さらに強い要請を受けた美術館委員会は……産業館中の絵画と版画の展覧会のすぐ隣に、写真の展覧会場を設けることを許可したが、入り口はまったく別で、いわば、鍵も別々なのであった。」ルイ・フィギエ『一八五九年のサロン〔官展〕における写真』パリ、一八六〇年、二ページ

[Y6a, 2]

「巧みな写真師《フォトグラフィスト》は素描家や画家とまったく同様に、自分だけの流儀をもっている。……さらにそれ以上に……それぞれの国民の芸術的精神に固有の性格が……さまざまな

国から生まれた作品中に……明らかに姿を現わしている。……フランスの写真師がイギリスの同業者の一人にまちがえられることは、けっしてないだろう。」ルイ・フィギエ『一八五九年のサロンにおける写真』パリ、一八六〇年、五ページ　[Y6a, 3]

フォト・モンタージュのそもそもの始まりは、風景写真が絵画的な性格を失わないようにしようとする試みに由来している。「シルヴィ氏は彼の作品を制作するためのすばらしいやり方をもっている。……彼はすべての風景の上に、似たりよったりの写真から作られた同じ空を芸もなくはりつけるのではない。そのことが可能である場合にはいつも、彼は風景の写真を撮り、それとは別に空の写真を撮ってつなげるという手間をかけるのである。それがシルヴィ氏の秘訣の一つだ。」ルイ・フィギエ『一八五九年のサロンにおける写真』パリ、一八六〇年、九ページ　[Y6a, 4]

フィギエの『一八五九年のサロンにおける写真』が風景写真に対する論評から始まっているのは特徴的である。　[Y6a, 5]

『一八五九年のサロンにおける写真』には、エジプトへ、エルサレムへ、ギリシアへ、スペインへというぐあいに、無数の「旅」が登場する。フィギエは最初にこう書き留めている。「印画紙に写真を焼きつける実際的な手法が知られるようになるとすぐに、一群の撮影技師たちが……あらゆる方面に出かけていき、既知の世界のあらゆる場所で撮られたモニュメントや建造物や廃墟の写真を持ち帰った。」だから新しい「写真の旅」なのだ。ルイ・フィギエ『一八五九年のサロンにおける写真』パリ、一八六〇年、三五ページ　[Y6a, 6]

フィギエが『一八五九年のサロンにおける写真』でとくに強調している複製作品の中には、ハンプトン・コートにあるラファエッロの下絵の写真――「一八五九年の写真展覧会全体を圧倒する……作品」(五一ページ)――と、プトレマイオスの『地理学』の写本の写真がある。この写本は一四世紀に成立したもので、当時アトス山の修道院で発見されたのである。　[Y7, 1]

ステレオスコープで見るように指定されているポートレートがいくつかあった。これはとくにイギリスで広まっていた流行だった。　[Y7, 2]

フィギエ（七七―七八ページ）は、マイクロ写真を戦時下で極秘メッセージのために（縮小版の急送公文書という形態で）利用することが可能だと、ぬかりなく示唆している。

[Y7, 3]

「展覧会を注意深く見て回って気がつくことは、……一つには……ポジ・プリントの改良である。五、六年前には、写真において関心がもたれていたのは、ほとんどもっぱらネガ・プリントのみであった。……まるで、ポジ・プリントをうまく焼き増しすることなど、ほとんど考えていないかのようだった。」ルイ・フィギエ『一八五九年のサロンにおける写真』パリ、一八六〇年、八三ページ

[Y7, 4]

画家は写真を基準にして評価されるのを甘受しなければならない、という深刻な価値基準の転倒の徴候があるようだ。「われわれは、公衆と意見を同じくするであろう。表現の細やかさにおいてダゲレオタイプの写真版と拮抗しうる絵画によって今年際立っていた……精緻な画家に、われわれもまた……賛嘆を惜しまないのである。」このようにオーギュスト・ガリマールはメソニエについて『一八四九年のサロンの検討』（パリ、〈一八五〇年〉、九五ページ）の中で述べている。

[Y7, 5]

「韻文で写真撮影すること」——韻文で描写するのと同義とされている。エドゥアール・フルニエ『パリの街路の記録と伝説』パリ、一八六四年、一四—一五ページ [Y7, 6]

「ついに世界最初の映画館が開業した。一八九五年一二月二八日、パリのブールヴァール・デ・キャピュシーヌ一四番地、グラン・カフェの地下である。そして、やがて何十億もの金が動くことになるこの見世物の最初の売り上げは、三五フランという結構な数字に達した！」ロラン・ヴィリエ『映画とその驚異』パリ、〈一九三〇年〉、一八—一九ページ [Y7, 7]

「一八八二年は写真報道の意味の転換点と呼ばれねばならない。この年に、ポーランドのリサ出身の写真家オットマール・アンシュエッツがフォーカルプレーン・シャッターを発明し、これによって本当の意味でのスナップ写真が可能になったのである。」ヴォルフガング・シャーデ編『ヨーロッパのドキュメント——写真で見る一八四〇年—一九〇〇年の歴史』シュトゥットガルト／ベルリン／ライプツィヒ、［V］ページ [Y7, 8]

最初の写真入りインタヴューは、一八八六年にナダールによって九七歳のフランス人化学者シュヴルールを相手に行われた。『ヨーロッパのドキュメント——写真で見る一八四〇年—一九〇〇年の歴史』シュトゥットガルト／ベルリン／ライプツィヒ、八—九ページ　[Y7, 9]

「科学的……運動の生成へと探究を向かわせることになった最初の実験は、一八二五年のパレ博士によるよく知られた実験である。彼は小さな正方形のボール紙の表側に鳥籠を、裏側に小鳥を描いておいた。一本の軸を中心にしてボール紙を勢いよく回転させると、……二つの絵が連続して現われるわけだが、まるで一つの絵しか描かれていないかのごとく、小鳥は籠の中に入っているように見えるのだった。この現象は、それだけでもう立派な映画といえるが、網膜の残像の原理にもとづいている。……ひとたびこの原理を確認すれば、毎秒一〇コマかそれ以上のリズムで提示される分解された運動が、肉眼では完全に連続した運動として知覚されることは容易に理解される。人為的な運動の奇跡を実現した最初の装置は、早くも一八三三年にベルギーの物理学者プラトーによって組み立てられたフェナキスティスコープであり、これは今日なお玩具として知られているが、人物像の連続した運動が描かれた円板……をぐるぐる回転させて眺めるようになっているものである。……この装置は……現在のアニメーションと明らかに関連している。……学者たちは……線描画の代わりに連続写真を用いれば得られるはずの利点に注目した。残念ながら……少なくとも一〇分の一秒ごとに撮影された写真でなければ(!)この目的に使用できなかった。そのためには、臭化銀のゼラチン溶液を塗った乾板によって最初のスナップ・ショットが可能になるまで待たねばならなかった。動体写真術を試みる最初の機会は天文学によって与えられた。一八七四年一二月八日、天文学者のジャンセンは、太陽の上を金星が通過するのを利用して、自分で考案した七〇秒ごとに一枚写真を撮影するレヴォルヴァー式写真機の実験を試みることができた。……やがて、動体写真術はさらに撮影の速度を増すことになるだろう。……こうして、マレー教授が彼のライフル型写真機とともに競争に参加するのである。……だが、今度は……毎秒一二枚の写真が撮影できた。……こうした探究はこれまで純粋に科学的なものだった(!)。動体写真術の開発に専心した学者たちは……そこに「人間や動物の運動を分析する手段」しか見出していなかった。……そして、いよいよ一八九一年になって、われわれはエジソンに出会う。……エジソンは二種類の装置を作った。撮影用のキネトグラフと、もう一つは映写用のキノトスコープである。……その間に、マレーの協力者であったデムニーが一八九一年に映像と音を同時に記録できる装置を実現していた。彼のフォノスコープは……最初のトーキー映画となった。」ロラン・ヴィリエ『映画とその驚異』パ

リ、〈一九三〇年〉、九―一六ページ(「映画小史」)　[Y7a, 1]

「実際は後退《ヴェックシュリット》であるような技術的進歩《フォルトシュリット》の例として、写真機の改良を挙げることができる。現代の写真機は、ダゲレオタイプ〔銀板写真〕を写していた旧式の写真機よりはるかに感光力が強い。この写真機を使ってなら、ほとんど照明のことを気にせずに、仕事をすることができる。これは、そのほかにも一連の長所があり、とくに顔の撮影には向いている。だが、この写真機で撮ることのできるポートレートの出来がずっと悪い、ということは確かだ。感光力の弱い旧式の写真機の場合には、かなり長い時間光をあてられた写真版のうえに多くの表情が現われた。したがってでき上がった写真にはより普遍的で生き生きとした表情が認められ、また機能的なものもそこには伴われていたのだ。とはいうものの、新しい写真機を古い写真機よりも劣ったものと説明するなら、それは完全に誤りだろう。新しい写真機には明日にも発見されるだろう何かがまだ欠けているのかもしれないし、顔を撮影する以外のことにこの写真機を使うことだってできる。だがひょっとして顔についてもそうなのか。新しい写真機はもはやさまざまな表情を統合しない――だが、表情というものは統合されねばならないのか？　ひょっとして、さまざまな表情を分散させるような、新しい写真機に可能な撮影方法があるのだろうか？

そのような撮影の新しい機能が見出されないかぎり、この撮影方法が……見出されないことだけは完全に明らかだ。」ブレヒト『試行』〈八―一〇、ベルリン、一九三一年〉、二八〇ページ（「三文裁判」） [Y8, 1]

ビッソン兄弟は、一八五六年一二月二九日に行われたナポレオン三世の彼らの写真スタジオへの訪問に際して――この訪問は彼らが述べているように、彼らの写真館の開館一周年に当たっていた――「ビッソン兄弟写真館への皇帝皇后両陛下のご来臨を記念して」と題した詩をパンフレット形式で刊行した。このパンフレットは四ページからなっていて、はじめの二ページには「写真」と題した詩が収められている。二つの詩ともかなり素朴な代物である。 [Y8, 2]

「現代の最良の写真家たちが……いまさら「写真は芸術か？」と問おうなどとはあまり考えていないことに注目すべきである。……喚起力のあるショックを創造する才能によって、彼〔写真家〕は自己の表現力を立証するが、それは〔写真に関する〕ドーミエの懐疑的態度に対する逆襲となる。」ジョルジュ・ベッソン『フランスの写真』パリ、〈一九三六年〉、〔五―六〕ページ [Y8, 3]

写真についてヴィールツが述べている有名な一節を、以下のヴェイの一節はきわめて巧みに説明している。もちろんこのことによって明らかになるのは、ヴィールツの予測が誤りだったということだ。「自分より劣ったものを消滅させることで、ヘリオグラフィー〔ニエプスの発明した日光写真術〕は芸術を新たな進歩へと向かわせる。芸術家に自然を想起させることによって、芸術家を果てしなく豊穣なインスピレーションの源泉へと近づけるのだ。」フランシス・ヴェイ「芸術における自然について」〔『リュミエール』誌、一八五一年四月六日〕（ギゼラ・フロイント『一九世紀フランスにおける写真』パリ、一九三六年、一一一ページに引用）　［Y8, 4］

「占いの当たりそうな面しか見ず、ある人のこれまでの人生に起こった出来事は……彼が混ぜて切るカード、占星術師が神秘的な法則に従っていくつかの小さな束に分けるそのカードによって、ただちに表わされるものである、などと信じることはばかげている。だが、蒸気機関を非難した人や、さらには空中飛行を非難するような人、火薬や印刷術の発明、眼鏡や版画の発明、そして最近の大発見であるダゲレオタイプ写真術を非難した人もまたばかげている。もしある男がナポレオン〔一世〕のところにやって来て、建物も人間も、一つの像によって大気中にいつでもすぐに表わすことができ、存在するあらゆる物体は捕捉も知覚も可能な幻影《スペクトル》を大気中にもっているのだなどと言ったとしたら、ナポレオンはその男をシャラントン〔精神科病院所在地〕に収容したことだろう。……けれども、これこそはダゲールが彼の発見によって立証したことなのである。」オノレ・ド・バルザック『従兄ポンス』(『全集』XVIII『人間喜劇――パリ生活情景』VI、パリ、一九一四年、一二九―一三〇ページ)。「こうして、人体は大気中に自己を実際に投影し、うつろっていくその影をダゲレオタイプが捕まえて、そのようにして捕捉された幻影《スペクトル》がそこに消えずに残るわけだが、これと同じようにして、観念は……霊的世界の大気とでも呼ぶべきもののなかに自己を刻みつけ、……幻影[スペクトル]的に(まだ名づけられていない現象を表現するためには、何か言葉をこしらえなければならないのだ)、そこに住みつくのである。そうなればすぐに、希有な能力に恵まれた若干の人々は、観念のこうした形態や痕跡を完璧に知覚することができる。」(前掲書、一三二ページ) [Y8a, 1]

「ドガは初めて、われわれがスナップ写真によって得ているような素早い動きの表現を彼の絵のために利用した。」ウラディミール・ウェイドレ『アリスタイオスの蜜蜂』パリ、〈一九三六年〉、一八五ページ(「芸術の苦悶」) [Y8a, 2]

以下の一節でモンテスキュー〔ロベール・ド・モンテスキュー、19—20世紀仏の作家〕が引用しているのはどんな作家か。この一節は、一九三七年の春にパリで開かれたギースの展覧会で、陳列棚におかれていた高価な装丁の回想録の中の草稿から読み取ったものである。「今回のコンスタンタン・ギースの初の展覧会は、いささか性急な表現を用いて言うなら、おおよそ以上のようなものである。そしてこれはナダール氏が、その豊穣なびっくり箱からわれわれのもとに取り出してきたばかりのものだ。高名な飛行家たる氏をまた、著名な写真家とも言うべきだろうか。たしかに、この経験豊かで創意溢れる精神の持ち主は、もっとも高貴な意味で、またある力強く才長けた思想家が、その至上のページにおいてなした次のすばらしい定義にしたがって、写真家と呼ばれる資格を有する。彼はこう言ったのだ。人類は、夕暮れ、心の迷いの昂ずるころ、すなわち一九世紀に、記憶の象徴をも発明した。人類は不可能と思われかねなかったことを発明した。人類は記憶する鏡を発明した。写真を発明したのである、と。」

[Y8a, 3]

「芸術はいかなる時代においても、美的要請のみに応えてきたわけではない。ゴシック期の彫像作家たちは信者のために仕事をすることによって神に奉仕した。肖像画家たちはモデルとの類似をめざした。シャルダン〔18世紀仏の静物画家〕のような画家の描く桃や野兎は、食堂の中、一家の食卓の上のしかるべき場所に置かれていた。場合によっては、そのことで悩んだりする芸術家もいたが、それはごく少数にすぎなかった。芸術全体としては、そのような状況を利用したのであり、あらゆる偉大な芸術の時代をつうじてそんな具合だったのだ。とくに、自分たちは「自然を模倣しているだけだ」という素朴な思いこみは、理論的には正当化できないものだったが、これらの幸福な時期の画家たちにとっては有益だった。オランダの老巨匠たちは、自分を芸術家というよりはむしろ〔こう言ってよければ〕、写真家とみなしていたのであり、写真家が是非とも芸術家とみなされたいと願うような状況は、今日だけにしか見られないことなのだ。版画はかつてなによりもまず記録《ドキュメント》であり、それも写真より〔概して〕不正確で、より芸術的な記録だったが、同じ機能をもち、ほとんど同じ実際的役割を果たしていた。」この重要な洞察とともに著者にはそれに劣らぬ重要さをもつ次のような洞察がある。すなわち、写真家が造形芸術家と異なるのは、彼の仕事がより偉大なリアリズムを原理としていることによってではなく、より高度に機械化されたテクニック、しかも彼の芸術活動を排除することのないテクニックによってである、という洞察だ。こういったことはすべて、著者が次のように書くことの妨げになりはしない。「不幸〔強調は私〔ベンヤミン〕による〕なのは、今日写真家が自分を芸術家だと信じていることではない。写真家が実際に、絵画の技術に固有なある種の手段を利用しうることが、不幸なのだ。」ウラディミール・ウェイドレ『アリスタイオスの蜜蜂』パリ、一八一―一八二、一八四ページ（「芸術の苦悶」）。叙事詩に関するヨッホマンの次の見解を参照せよ。「そのような詩が引き起こす普遍的な関心、一つの民族全体がその詩を復唱する際の誇り、そういった詩にそなわっている思想や心情に規範を与える威信、こういったことすべては、まさしくその詩がたんなる作りものとは見なされていなかった、ということに基づいている。」〔カール・グスタフ・ヨッホマン『言語について』ハイデルベルク、一八二八年、二七一ページ（「詩の退歩」）〕

〔**Y9, 1**〕

すでに一八四五年頃、広告業のなかにイラストが登場する。『ジュルナル・デ・デバ』紙、『コンスティテュシオネル』紙、『プレス』紙の広告を引き受けていた「総合広告会社」は、この年の七月六日にパンフレットを発行しているが、そこにはこう書かれている。「われわれは、……多数の実業家がここ数年来広告に添えることを習慣とするようになった挿絵に、諸氏の注意を喚起するものであります。活字の形や配置によって人目を引くことはたしかに可能ですが、それは、デッサンやひな型や図面によって、往々にして無味乾燥になりがちな文章による説明を補うことができるという利点に、おそらく

優るものではありません。」P・ダッツ『広告の歴史』I、パリ、一八九四年、二一六―二一七ページ　[Y9, 2]

ボードレールは「玩具のモラル」の中でステレオスコープとならんでフェナキスティコープ〔円盤を回転させて絵が動くように見せる玩具〕に言及している。「フェナキスティコープ〔[Y7a, 1]ではフェナキスティスコープ〕はもっと古いが、ステレオスコープほど知られていない。何かの運動、たとえば舞踏家や軽業師の演技が、いくつかの数の運動に分別され、解体されると想定してみてほしい。そしてそれらの運動――お望みなら二〇個としてもよい――のどれもが舞踏家や軽業師の姿かたち全体によって表わされ、それらがみなボール紙の円盤の周囲に描かれていると想定してみてほしい。」このあとボードレールは鏡のメカニズムを記述しているが、このメカニズムによって、外側の円に開いた二〇の孔のなかで、リズムに合わせて動いている二〇の小さな像が一つの連続した運動を続けている様が、眼前に展開するのである。ボードレール『ロマン派芸術』パリ、一四六ページ。[Y7a, 1]を参照のこと。　[Y9a, 1]

パントグラフの原理は顔のトレーシングの際にも用いられている。最初紙に透写された輪郭線を石膏の塊に描き写すという、写真彫刻で必要な手続きを自動的に行うもの、それがパントグラフだった。さまざまな方向から同時に二四枚の写真撮影を行うというのが、この方法の典型的なやり方だった。ゴーティエはこの方法が彫刻に脅威を与えるものだとは考えていなかった。メカニックに作り出された基本形態に、彫刻家が芸術作品としての魂を吹き込むことを何が妨げようか、というわけだ。「それだけではない。この世紀〔19世紀〕は、浪費好きではあるが、節約家でもあるのだ。純粋芸術は、彼〔19世紀〕には高くつくように思える。成り上がり者の図々しさで、彼は時おり巨匠たちを値切りにかかる。大理石やブロンズは彼をたじろがせる。……写真彫刻なら彫刻術ほど貴婦人ぶってはいない。……縮小できるから、立派な台座の代わりにそのへんの棚で満足しているし、お好みの顔を忠実に複製できて喜んでいる。……彼女〔写真彫刻〕はパルトー〔前ボタンの短コート〕をばかにしたりしない。張り骨入りスカート《クリノリン》に動きをはばまれない。彼女はあるがままの自然と世界を受け入れる。誠実さゆえにどんなことにも甘んじる。彼女のステアリン石膏は大理石にも、素焼きにも、雪華石膏にも、青銅にも見えるとはいえ、……彼女は自分の仕事のために、あの姉〔彫刻術〕だったら材料代にしかならないような金額しか諸君に要求しない。」テオフィル・ゴーティエ「写真彫刻」ブールヴァール・ド・レトワール四二番地、パリ、一八六四年、一〇―一一ページ。この論文の末尾には数

点の写真彫刻を描いた木版画が添えられているが、その写真彫刻の一つはゴーティエの像である。 [Y9a, 2]

「彼〔ダゲール〕はパノラマの幻想技術を洗練してディオラマを発明した。彼は別の画家と協力して、一八二二年七月一一日にパリのサンソン通りに……見世物小屋を開き、その評判は急速に広がっていった。この見世物小屋の考案者・経営者は……レジオン・ドヌール勲章に叙せられた。真夜中のミサ、ソロモンの神殿、猛火の凄まじい光に照らされたエディンバラ、それにナポレオンの墓、これには赤々とした夕日が光背となって自然な神々しさを添えている。これらが、ここで見ることができた奇跡の数々だった。ダゲールの、彼の二つの発明に関する著作（一八三九年）の翻訳者は光の多彩さ、つまり大小の光、壮麗な光、ひそやかな光、恐ろしい光について、とても美しく表現している。「鑑賞者は小さな円形劇場に座っている。彼には舞台はまだ暗闇に包まれた幕で覆われているように見える。だがだんだんとこの暗闇が薄ら明るくなってくる。……一つの風景ないしは眺望が次第にくっきりと現われる。夜明けだ。……影から木々が浮かび上がり、山並みの稜線、家々の輪郭が目に見えるようになる。……朝になったのだ。日はぐんぐん昇ってゆく。一軒の家の開いた窓からは台所の煙がゆっくりと立ち昇っている。

その風景の一角では、野営する一団がキャンプ鍋を囲んで座っており、鍋の下では炎がだんだん大きくなるところだ。鍛冶屋の煙突が浮かび上がり、その灼熱の炎はますます勢いを増すように見える。しばらくすると……日の光が弱まり、人工的に作られた炎の赤い輝きが強まってゆく。ふたたび最初の薄ら明かりが現われ、最後に夜になる。だがまもなく、月の光が然るべき位置に現われ、月光を浴びた夜の柔らかな色調のなかでこの一帯があらためて目に見えるようになる。前景をなしている港に繋がれた船では、船灯に火が点される。すばらしい遠近法を形づくっている教会のうしろでは祭壇の蠟燭に火がつけられ、祭壇から差す光によって、初めは見えなかった会衆が照らし出される。あるいは山崩れに見舞われた端のところでは人々が立って嘆きの声をあげている。その荒廃した様を月が照らしている。まさにそこは、以前にはルッフィ山がゴルダウの愛すべきスイスの景観の背景となってそびえていた場所なのである。」」「ダゲールの二つの発明に関するダゲール自身の著作〈一八三九年〉の翻訳者」として、ドルフ・シュテルンベルガーの「驚くべき光、ダゲールの生誕一五〇年に際して」〈『フランクフルター・ツァイトゥング』一九三七年一一月〈二一日〉〉に引用されている。　[Y10, 1]

パノラマへの時間的な契機の導入は、日中のさまざまな時間を連続的に表現すること

(よく知られた照明トリックをともなった)によって実現されている。このことによってパノラマは絵画を越えて写真の到来を予示している。その技術的な事情のゆえに写真は、絵画と異なって、ある特定のひと続きの時間帯(露出時間)に位置づけることができるし、またそうせねばならないのだ。この時間的な厳密さのなかに写真の政治的意義が、核のかたちですでに孕まれている。

[Y10, 2]

「こうした嘆かわしい時代に、一つの新たな産業が生まれたが、この産業は自らの信念にしたがって愚劣さを確固たるものとすることに、そしてまた、フランス的精神に残っていたかもしれぬ神々しいものを破滅させることに、すくなからず貢献したのだった。あの偶像崇拝的な群衆が、自分にふさわしい、そして自らの本性に適した理想を希求していたことは言うまでもない。絵画と彫像に関して、社交界の人々の現在の《信条《クレド》》は……次のとおりである。「芸術とは自然の正確な複製であり、そのようなものでしかありえないと……私は信じる。……それゆえ、自然と同一の結果をわれわれにもたらすような産業があったとしたら、それは絶対的な芸術となるだろう。」復讐者である神はこの大衆の望みをかなえてやった。ダゲールがその救世主となった。そこで大衆はこう考えた。「写真は正確さに関して望みうるすべての保証をわれわれに与えてくれるのだから（彼らはそう信じているのだ、この頭のおかしい連中は！）、芸術とは写真のことである。」この瞬間から下劣な社会が、まるで一人のナルシスのように、金属板の上に自分の低俗な姿を眺めようとやっきになった。一つの狂気が、ある常軌を逸した熱狂が、これら太陽光線の新たな崇拝者たちをとらえた。奇妙な嫌悪すべき事態が生じた。〔写真家たちは〕いかがわしい男たちやいかがわしい女たちをよせ集め、カーニヴァルの肉屋や洗濯女のように飾り立ててそれを群像にまとめ、これらの英雄たちに、撮影に必要な時間のあいだ、ちょっとだけしかめ面をしたままでいてくれるよう頼んで、古代史の悲劇的なあるいは優雅な場面を再現できた気になっていたのだ。……その後まもなく、何千もの貪欲な眼が、まるで永遠の小窓をのぞくように、ステレオスコープの孔をのぞきこんだ。猥褻さへの嗜好は、人間の生まれつきの心のなかで自己愛と同じくらい強烈であって、みずからを満足させるこれほどの好機を逃しはしなかった。……〔二二三ページ〕……写真の進歩は、誤った方向に向けられて、純粋に物質的な他のあらゆる進歩同様、すでにきわめて希有であったフランスの芸術的才能の貧弱化をおおいに助長したと、私は確信している。……詩と進歩は本能的な憎悪によってたがいに憎みあっている二人の野心家であり、彼らが同じ路上で出会うとき、どちらか一方が他方に奉仕しなければならないのだ。」シャルル・ボードレール『作品集』Ⅱ、〈ル・ダンテック編、パリ、一九三二年〉、

二二三―二二四ページ（『一八五九年のサロン――現代の大衆と写真』）　［Y10a, 1］

ボードレールは「フランスのある風刺画家」でモニエに関して述べるなかで、「ダゲレオタイプの残酷で意表をつく魅力」について語っている。シャルル・ボードレール『作品集』Ⅱ、ル・ダンテック編、一九七ページ　［Y10a, 2］

「詩と進歩は本能的な憎悪によってたがいに憎みあっている二人の野心家であり、彼らが同じ路上で出会うとき、どちらか一方が他方に奉仕しなければならないのだ。写真が芸術をそのいくつかの機能において補うことを許されたとすれば、それは大衆の愚劣さのなかに当然のごとく同盟者を見出すだろうから、やがて芸術に取って代わっているか、あるいは芸術を完全に腐敗させてしまっていることだろう。したがって、写真は諸科学と諸芸術の下女としての、その真の任務に立ち戻るべきである。それも、印刷術や速記術のような、きわめてひかえめな下女と言うべきであって、そうしたものは、文学を創造しもしなかったし、文学に取って代わることもなかったのである。写真よ、旅行者のアルバムを速やかに豊かなものとし、彼の記憶に欠けているであろう正確さを目の前にもたらすがよい。博物学者の書斎を飾り、微小な動物を拡大し、いくつかの知見にもとづいて天文学者の仮説を補強しさえするがよい。さらにまた、物質的な面で絶対的な正確さを必要とする職業に従事するどのような人のためにも、これまでにない有能な秘書となり備忘録となるがよい。写真よ、いまにも崩れ落ちそうな廃墟、時間に貪られる書物や版画や手稿、その形が消滅しようとしており、われわれの記憶の資料館中に場所を得ることを必要としている貴重な事物を、忘却から救い出すがよい。そうすれば、写真は感謝され、拍手喝采を受けるだろう。だが、触知できないものや想像されたものの領域に、すなわち人間がその魂のいくばくかを付け加えることによってのみ価値あるものとなるすべてのことがらに、写真が足を踏み入れることが許されるなら、そのときこそ、われわれに不幸が訪れるだろう！」シャルル・ボードレール『作品集』Ⅱ、ル・ダンテック編、二二四ページ（『一八五九年のサロン――現代の大衆と写真』）　[Y1, 1]

コクトーの「エッフェル塔の花嫁」は、ショックの両面――メカニズムにおける技術的機能と体験における不毛化の機能――がこの作品に現われているかぎりで、おそらく一つの「スナップ撮影批判」として考察することができるだろう。　[Y1, 2]

Z

人形、からくり

「私は人間たちの中ではいつも感じる心をもつ唯一の人形であった。」

アマーリエ・ヴィンター『五歳から一〇歳までの子どもとその母たちのためのベルリンの人形の思い出』ライプツィヒ、一八五二年、九三ページ

「時計の代わりに目が時間を示すところ。」

フランツ・ディンゲルシュテット『ある物語』(アドルフ・シュトロットマン『詩人の横顔Ⅰ』シュトゥットガルト、一八七九年、一一一ページに引用)

「目先の利くパリジエンヌたちは、彼女たちのモードを手早く広めるために、その新しいモードのとくに目立つ模造品、つまりモード人形を流行らせた。……こうした人形は、一七、一八世紀にも大きな役割を果たしたのだが、モード人形としてのその働きを終えた後は、少女たちの玩具にされた。」カール・グレーバー『昔の子どもの玩具』ベルリン、一九二七年、三一―三二ページ■モード■宣伝■　[Z1, 1]

人形はこのパサージュの真の妖精である――等身大の妖精より買いやすく、使いやすい――パリの人形はかつては世界的に有名で、オルゴールの鳴る台座の上をぐるぐる回り、人形の腕に抱えられている小さな籠からは、オルゴールが短調の和音を奏でるたびに、この小さな羊が頭を出して鼻をヒクヒクさせる。ハックレンダーは、彼の童話の一つにこの《産業が作り出した贅沢の最新発明》を持ち出していて、主人公のティンヒェンが、妖精コンコルディアの命令で可哀想な兄たちを救い出すために危険なパサージュの中を通って行かねばならないときに、このすばらしい人形たちに出会うことになる。「ティンヒェンは落ち着いてこの魔法の国への境界を越えて行った。彼女はただ兄たちのことしか考えていなかった。最初はとくに変わったことには出会わなかったが、道を進んで行くと、やがて玩具が一杯並んでいる広い部屋に出た。ここには小さな馬車のついたメリーゴーラウンド、ブランコや木馬、何よりもすばらしい人形の部屋など、考えられるかぎりの玩具の並んだ小さな部屋がいくつもあった。食事の用意のできた小さなテーブルの前の肘掛け椅子には大きな人形が座っていて、そのうちの一番大きく美しい人形がティンヒェンを見て、立ち上がり、彼女に恭しくお辞儀して、えもいわれぬ美しい小声で語りかけてきた。」この少女ティンヒェンはからくり人形についてはなにも知らないらしい。しかしこのまことしやかな薄気味悪い魔術は、今日に至るまで、動く大きな人形の形をよくとるものである。■宣伝■　　[Z1, 2]

「モードを作り出しているのがロンシャン競馬場だということは誰でも知っている。今度のは私もまだ見ていないが、明日には、悪戯っぽい妖精のすべてが、貴婦人の小さな侍女たちのすべてが、美少女たちのすべてが、ロンシャンのシーズンが始まる以前にすでに出来上がっていて考え出されていた新しい服装について報告書を書くことになろう。儀装馬車の多くでは、その所有主は、馬車の中に座っていると思われるご婦人を運んでいるのではなく、流行の衣装を着飾っている人形を運んでいるにすぎないのではないかと私は疑っている。その人形は、所有主のショールや絹とビロードの生地への関心に見合ったものを身に着けていなければならなかった。」カール・グッコウ『パリからの手紙』I、ライプツィヒ、一八四二年、一一九―一二〇ページ　[Z1, 3]

パレ＝ロワイヤルの影絵芝居から。「一人の……ご婦人が、舞台でお産をした。生まれた子どもたちはすぐにモグラのように走り回ることができた。子どもは四人で、生まれたと思うと次の瞬間にはもうかわいいカドリーユ〔四人が組になって踊る舞踏〕を一緒に踊った。別のご婦人が頭を強く横に振ると、あっという間に、その頭から二番目のご婦人が正装して生まれ出てきた。このご婦人もすぐ踊り出すが、すぐまた頭を横に振った。それは陣痛であって、その頭から第三のご婦人が生まれ出た。このご婦人もすぐ踊り出すが、まもなく彼女もまた頭を振り始め、そこから四番目が生まれ出た。こうしたことが続いて、この舞台に八世代ができるまでになった。――これらは皆、ケジラミのように、過受胎《ズーパーフェタツィオン》によって互いに親族関係にあった。」J・F・ベンツェンベルク『パリ旅行書簡』I、ドルトムント、一八〇五年、二九四ページ　[Z1, 4]

人形のモティーフに社会批判的意味が含まれている時代がある。たとえば次のように。

「このからくりと人形が人の気持ちにいかに逆らうようになるか、この社会でまったき自然に出会うとき、いかにほっと安堵の吐息をつくか、これがあなたにはわかっていない。」パウル・リンダウ『夕暮れ』ベルリン、一八九六年、一七ページ　[Z1, 5]

「バティニョルのルジャンドル通りにある一軒の店先には、女の胸像が並んでいて壮観である。頭部も脚もなく、腕の部分にはカーテン止めの金具が付いていて、濃い灰色やあざやかなピンクやどぎつい黒のペルカリン布の皮膚をしていて、下に軸が付いて立っていたり、テーブルの上に置かれたりして、一列に並んでいる。……この女の胸の流れ、乳房のこのクルティウス蠟人形館を見ていると、ルーヴル美術館の古代彫刻が置かれたあの地下倉庫が、それとなく思い出される。そこでは、同じようなトルソーがいつ果てるとも知れず並んで、雨の日にあくびをしながら眺める者たちのわざとらしい喜びようが生まれるのだ。……婦人服の仕立て屋にある、これらのとても生き生きしたマネキン人形たちは、ヴィーナスの陰気な彫像などより、よほどましである。これらの詰めものをした胸像のほうがよほど誘惑的で、それらを見ていると、果てしない夢想へと誘われる――少女の乳首といたんだ乳房の前では、放縦な夢想――萎黄症でちぢこまり、脂肪で膨らんだ老女の乳房の前では、慈悲深い夢想だ。慈悲深いというのは、そこにはさまざまなあわれな女たちの苦悩が思いやられるからである。……夫がもうすぐ私に無関心になるのではないかしらとか、旦那に明日にでも捨てられるのではないかしらとか、きゅっと閉じた男の財布を開かせようとどうしても戦わなくてはならないとき、勝つための武器だった魅惑がいよいよ衰えてきたと痛感する女たちの苦悩だ。」J-K・ユイスマンス『パリの素描』パリ、一八八六年、一二九ページ、一三一―一三二ページ「胸像の流れ」

[Z1a, 1]

「〔第二〕帝政末期に、まったく特殊な問題が生じた。プパッチ〔指人形劇〕の問題である。この人形劇を使って、ヴァリエテ座で「プリュドム王」を上演したいという要求が出てきたのだ。この寸劇には、皇帝、エミール・オリヴィエ、……V・ユゴー、ガンベッタ……、ロシュフォール……が登場し、サロンやテュイルリーの宮廷でさえすでに上演されていた。しかし、こうした内輪な上演形式からは、公開の場で上演した場合の結果を予測できないので、演劇がこの方向に向かうことは……認められなかった。」ヴィクトール・アレー＝ダボ『演劇における検閲と劇場（一八五〇―一八七〇年）』パリ、一八七一年、八六ページ

[Z1a, 2]

「衣服の……物質面の装飾材料がどうしても必要な条件とする協力体制《コンクール》においては、人形好きの性質が利用される。……その大半が少女たちからなる子ども隊が人形やマネキンの展示を担当し、人びとはこれらに基づいて選択を行うことになる。」シャルル・フーリエ『産業的・協働的新世界』パリ、一八二九年、二五二ページ　[Z1a, 3]

ヴィクトール・ユゴーは、小説『海に働く人々』を書いているとき、ガーンジー島〔イギリス海峡の中の英領の島〕の昔の婦人の衣装を着た人形をいつも手元に置いていた。わざわざ自分のために作らせたもので、〔『海に働く人々』の〕デリュシェットのモデルとなった。　[Z1a, 4]

マルクスが説明しているところでは、「一六世紀から一八世紀中葉まで、つまり手工業から発展してきたマニュファクチュアから本来の大工業に至るまでの時代では、時計と製粉機(当初は粉挽機で、しかも水車)が、マニュファクチュア内部での機械産業の下準備になっていた二つの物質的な基盤であった。両者とも古代から伝わっているものである。……時計は、実用目的に用いられたからくり仕掛けの初めてのものである。規則正しい動きを作り出す理論のすべては、この時計から発展してきた。事柄の性質上、時計そのものは、半ば芸術的な手作業と直接的な理論とが結び付いてでき上がっている。たとえばカルダーノも時計の構造について書いている(実際の製法も書きつけている)。一六世紀のドイツの文筆家たちの表現では、時計製作は、「学者風の(つまり同業組合《ギルド》的ではない)職人仕事」であった。時計の発展を見れば、手工業において博識と実践の関係がたとえば大工業におけるのとはまったく違っていることが証明されよう。一八世紀には、からくり(しかもバネ仕掛けのからくり)を生産に応用するという最初のアイディアのもとになったのが時計であったことは疑いえない。この方式を用いたヴォーカンソンの試みが、イギリスの発明家たちの空想に大きな影響を与えたことは、歴史的にも証明できることである。他方、粉挽機の場合には、水車が作られて以来というもの、機械のメカニズムは時計とは本質的に違っていた。力学的な駆動力。駆動力を提供する主モーター[主となる原動機]。伝達のメカニズム。そして最後に作業機械で、それが素材を加工する。それらすべてがそれぞれが独立していながら相互にかみあっている。摩擦理論とならんで歯車や歯車装置などの数学的形式についての研究、これらすべてが粉挽機を見ることから生まれた。つまりここで初めて、動力の度合の測定やそれを応用する最善の方式の理論などが使われたのである。一七世紀中葉以来の偉大な数学者のほとんどすべては、実際のメカニズムに取り組み、それを理論化する場合、簡単な水車小屋の粉挽機から出発している。それゆえ実際にマニュファクチュアの時代にできた「ミューレ」〔ドイツ語〕なり「ミル」〔英語〕という名前もすべての実際的目的のための力学的駆動装置を指すものである。しかし、粉挽機の場合、圧縮機や鍛造機や耕作機などとまったく同じで、昔から、人間や牛馬の力で動かされたとはいえ、打つ、押し潰す、粉にする、切り刻むなどという本来の作業を、人間の労働によらずに行うものである。それゆえ、こうした様態の機械は……極めて古い。……それゆえ、これはマニュファクチュアの時代にできたほとんど唯一の機械装置である。産業革命が始まるのは、先述の機械装置の場合のように、素材の加工がもともと人間の手が関わらずにすむところにではなく、昔から最終結果が人間の労働を必要とするところに、機械装置が用いられるようになってからである。」「マルクスよりエンゲルス宛ての書簡、ロンドン発、一八六三年一月二八日」〔カール・マルクス／フリードリヒ・エンゲルス『往復書簡選集』V・アドラッキー編、モスクワ／レニングラード、一九三四年、一一八―一一九ページ〕　〔Z2〕

カイヨワはその論文「カマキリ〔フランス語では《修道女のマント》mante religieuse、ドイツ語では《神様に祈りを捧げる女》Gottesanbeterin という〕〔神話の本性と意味作用についての探究〕」において、カマキリでとくに目につく反射作用の自動性を指摘している（そこでは頭をはねられても、生のための機能はほとんど失われない)。カイヨワはこの反射作用を、その不幸な意味のゆえに、神話に見られる呪われた自動機械と関連させている。例えば、パンドラは「人間たちを滅ぼし、「人間たちがみずからの不幸を愛で包む」(ヘシオドス『仕事と日々』五八行)ために、鍛冶屋の神によってつくられた人形からくりである。インドのクルティアも同じで、それを抱く者に死をもたらすよう、魔術師によって動かされる人形である。文学もまた、宿命の女《ファム・ファタル》の項目には、生身の女たちとは比べものにならない、何よりも人を殺す、人工的で機械的な、機械仕掛けの女《ファム・マシーン》という構想が出てくる。おそらく精神分析も、死と性の関係を考察する独特の方法から、もっとはっきり言えば、死と性が互いに入り組んでいるのが見られるという両義的な予感から、この表象をつくり出すことをためらわない」。ロジェ・カイヨワ「カマキリ(神話の本性と意味作用についての探究)」(『ムジュール』誌三巻二号、一九三七年四月一五日、一一〇ページ)　[Z2a, 1]

ボードレールは、そのギース論の中の一節「女たちと娼婦たち」で、ラ・ブリュイエールの次のような言葉を引用している。「ある種の女たちには、目の動きや顔の様子や歩き方に結びついた、人工的な輝きが備わっているが、それ以上のものではない。」ボードレールの「嘘への愛」と比較。――同じ章でボードレールは「ラテン風刺詩人のいわ

ゆる単純ナル女性《フェミナ・シンプレクス》」観を引用している。（「ロマン派芸術」パリ、一〇九ページ）　[Z2a, 2]

大工業の開始。「多くの農民は都市へ移住する。かつて河の流れに沿って散らばっていた工場が、蒸気機関のおかげで、都市に集中することが可能になっているのだ。」ピエール＝マクシム・シュル『機械と哲学』パリ、一九三八年、五六―五七ページ　[Z2a, 3]

「アリストテレスは、杼《ひ》や弦楽器の爪がひとりでに動き出したら、奴隷制は不要になるだろうと断言している。この発想は、生きた道具という、奴隷についての彼の規定と見事に一致している。……同じように、シロスの老詩人ペレシデスはダクテュロイたちがゼウスのために家を建てるとき、あわせて男女の召使も造ったと語っていた。これは神話時代の話である。……とはいえ、それから三世紀もたたないうちに『詞華集』の詩人、ビュザンティオンのアンティフィロスが、女性を粉挽きのつらい仕事から解放する水車の発明についての詩をつくって、アリストテレスに答えるのである。「粉挽き女よ、挽き臼から手を離すがよい。一番鶏が夜明けを告げても、いつまでも眠りつづけるがよい。おまえたちの手が果たしていた仕事を、デメーテルがニンフたちに委ねたのだから。ニンフたちは、水車の輪の上から下へ飛び降りて軸木を回し、軸木は、歯車の働きでニシユラの挽き臼の窪んだおもりを動かす。デメーテルのつくったものを苦もなく味わう術が学べるなら、われらは黄金時代の生活を楽しむことになろう。」」〈注「『宮中詞華集』IX、第四一八篇。このエピグラムはすでに……マルクスによっておそらく初めて、アリストテレスのテクストと比較されている。」おそらく、『資本論』〈モリトール訳、パリ、一九二四年〉、第三巻、六一ページ〉ピエール＝マクシム・シュル『機械と哲学』パリ、一九三八年、一九—二〇ページ

［Z3］

a

社会運動

「見せてやれ、策略を打ち破り、
おお共和国よ、悪徳の輩に、
メドゥーサのような君の大きな貌を、
赤い稲妻のただなかで。」

「一八五〇年頃のフランス労働者の歌」アドルフ・シュタール『パリでの二カ月』Ⅱ、オルデンブルク、一八五一年、一九九ページに引用

「信仰も魂も祖国もない人間たちの群れが、
技芸と労働と産業を殺そうとし、
十字架への崇拝を踏みつぶそうとする。
パリの目の前で荒れ狂う血と炎の海の大波で、
寺院と宮殿と僧侶と民と王たちを
溺死させる！」

エドゥアール・ダングルモン『インターナショナル』（パリ、一八七一年、七ページ）

「パレルモにはエトナ火山が、パリには思想がある。」
ヴィクトール・ユゴー『パリ』〔——文学と哲学の融合、パリ、一八六七年、四六六—四六七ページ〕、ジョルジュ・バトー『デマゴギーの大御所——ヴィクトール・ユゴー』パリ、一九三四年、二〇三ページに引用

「シュルレアリストたちは、現代世界の進行を追いかける代わりに、倫理的非順応主義《ノン・コンフォルミスム》とプロレタリア革命を混同しつづけているので、彼らはこの混同がまだ可能であった歴史上の時期に、つまり〔フランス社会党が第三インター加盟をめぐって分裂し、フランス共産党が生まれるきっかけとなった一九二〇年の〕トゥール大会以前の雰囲気、あるいはマルクス主義の展開にさえ先立つ〔一八〕二〇、三〇、四〇年代の雰囲気、に立ち戻ろうとしているのである。」エマニュエル・ベルル「最初のパンフレット」（『ウーロップ』七五号、一九二九年三月一五日、四〇二ページ）。そして、このことはなんら偶然ではないことなのだ。というのも、まず一方では、ここには——人間学的唯物論にしても、進歩に対する敵対的態度にしても——、マルクス主義に対して敵対的な諸要因があり、他方では、再生〔Apokatastasis〕へのあの意志、つまり、ほかならぬ「あまりにも早すぎた」要素と、「あまりにも遅すぎた」要素、すなわち最初の発端と最後の解体の要素を革命的行動と革命的思考においていまいちど凝集させようという決断が、声をあげているからである。 [a1, 1]

封建的で階層的な暴力に対峙する共産党は組織と合理主義への賛美を厭くことなく行わ

ねばならないが、最高度に必要なことは、この賛美をまさにその攻撃的関係において捉えることであり、またこの共産党の運動には、たとえ封建的・階層的な暴力とは別の種類のものではあっても同じく神秘的な要素が内属しているのを確認することである。だが、もちろんのこともっと重要なのは、身体性に内属するこうした神秘的な要素を宗教的な要素と取り違えないことである。 [a1, 2]

二月革命のエピソード。二三日夜一一時、キャピュシーヌ大通りで銃撃戦。死者二三名。「ただちに、ロマンティックで巧妙な演出によって、死体が街路を引き回される。「まもなく午前零時だ。大通りは、青白い照明でまだかすかに照らされている。」「ギゾーの辞任を喜ぶかがり火」「「立ち並ぶ家や店の扉と窓は閉じられている。誰もが自宅に引き籠もり、悲しみにうちひしがれている。……突然、街路の舗石の上に車輪の鈍い音が聞こえ、いくつかの窓が用心深く少しだけ開けられる。……両腕をむき出しにした一人の労働者が手綱をもって引く白い馬に繋がれた荷馬車だ。そのなかには、五体の死体が恐ろしいほど整然と並べられている。民衆の子どもが一人、荷車の連結棒の上に立っている。顔色は青ざめ、熱い目はじっと動かない。片方の腕を突き出して、ほとんど不動の姿勢だ。子どもは、まるで復讐の権化といった様子で、松明を後方にかざして若い女の死体を照らす。彼女の首と鉛色の胸には長い血のあとがべっとりとついている。ときどき荷馬車の後部にいる別の労働者が逞しい腕で死体を抱え、火の粉や火花を飛び散らせて松明を揺さぶりながら、死体を立たせると、獰猛な視線で群衆を見回して叫ぶ。復讐だ！　復讐だ！　やつらは民衆をなぶり殺したぞ！　すると群衆の声が答える。武器を取れ！　そして死体は再び横たえられ、荷馬車は進み続ける……」(ダニエル・シュテルン)」—デュベック／デスプゼル『パリの歴史』パリ、一九二六年、三九六ページ■照明■

[a1, 3]

オースマンによって動員された労働者大衆を人々は——悪意を込めて——一八四八年に国立作業場《アトリエ・ナシオノー》へと徴募された大衆と比較した。■オースマン■

[a1, 4]

「仕立て職人は一七八九年の大革命の歴史物語を好んで読んだ。この革命が望ましいものであり、それによって庶民階級の境遇が改善されたという思想が、そこに展開されているのを見ることを好んだのである。何人かの有名作家の手による人物や出来事のドラマティックな描写に、興奮を覚えるのだった。……自分が社会的に劣っていることの主要な原因が自分自身の中に存在することに気づかずに、そうした人物たちが、新しい進歩を実現して、あらゆる種類の不幸から自分を救い出してくれる人物の手本なのだと考えたがった。」ル・プレー『ヨーロッパの労働者』〈パリ、一八五五年〉、二七七ページ　[a1, 5]

「市街戦は今日独特の技術を獲得するにいたった。この技術は、武装勢力によるミュンヘン奪還〔第一次大戦後のミュンヘン革命の敗北のこと〕の後で、ベルリン政府によって極秘裡に出版された奇妙な小冊子において練り上げられている。すなわち、もはや街路を前進することは止めて、無人状態にしておき、建物の内部を、壁に穴を開けて進むのである。ある街路を制圧したら、直ちにそこを拠点化することになる。壁の穴を利用して、電話を設置すればよい。ただし、敵の逆襲を避けるために、制圧した地区には直ちに地雷を敷設することだ。……もっとも明白な進歩の一つは、人家や人命などにはおかまいなしにやればよくなったことである。未来の市街戦の際には、あのトランスノナン街〔[a10a, 5]参照〕の戦闘でさえも……無邪気で古風なエピソードとなっているだろう。」デュベック／デスプゼル『パリの歴史』パリ、一九二六年、四七九ページ■オースマン■

[a1a, 1]

ル・プレー(『ヨーロッパの労働者』パリ、一八五五年、二七四―二七五ページ)による一八四九年―一八五一年のパリのある屑屋の家計簿。「第四部門。精神的欲求、レクリエーション、健康管理にかかわる支出。……子どもの教育、家長によって支払われる授業料―四八フラン、図書費―一・四五フラン／義援金・宗教的寄付（この階層の労働者は通常寄付金を払うことはない）／レクリエーション・祝祭日の行事――パリ入市税関《バリエール》の外に出て家族全員で取る食事（年八回の遠出）、ワイン・パン・フライドポテト―八フラン。クリスマス、マルディ・グラ（謝肉祭の最後の日）、復活祭、聖霊降臨祭の食事（バターとチーズで和えたマカロニとワイン）。第一部門に含まれる支出――労働者用の噛み煙草（葉巻は吸殻を自分で拾う）六キロ八〇〇（一キロ五フランで三四フランになる）、女性用の嗅ぎ煙草（自分で買う）二キロ三三〇で一八・六六フラン。子どもに与える玩具その他の贈り物―一フラン。……親戚との通信、イタリア在住の兄弟からの手紙が平均年一回。……注――事故の際の家族の主要な資金源は、私的な慈善が頼りである。……年間を通じての貯蓄（屑屋は、将来をまったく予測できないので、彼らの階層でも何とかなる程度の楽な暮らしをとりわけ妻とかわいい娘にさせてやりたいと願うために、けっして貯蓄しない。その日に稼いだものはその日のうちに使ってしまう）。」　[a1a, 2]

「連帯を敵対に置き換えることで、先見の明のない労働者のモラルにもたらされた損害は、労働者が彼の天賦の特性を実際に到達可能な唯一の形態において発揮する機会を、この置き換えによって奪われているという事実のうちに、まさに見出される。何事かをよく成し遂げたいという願望によって、経営者の利益を配慮し、労働の規則性と相容れない好みや情熱を犠牲にすることによって明らかになる献身的態度は、実際、一定の金額によって彼の同胞を援助するという献身よりも、労働者にとって接近しやすいものなのである。……誰かを援助したり、その結果として保護したりするという徳性は、とりわけ上層階級の属性である。この徳性は、労働者の場合には、直接的で、長続きしない精神の高揚のかたちをとって現われる。だが、労働者の手にいちばん届きやすい徳性は、経営者に対する義務の達成によって明らかになる。」M・F・ル・プレー『ヨーロッパの労働者』パリ、一八五五年、「皇帝の許可により帝国印刷所にて印刷」二七八ページ [a1a, 3]

「郊外の小地主」。「彼らは、葡萄を栽培して質の低いワインを作っているが、首都の内部では消費税が課されるので、このワインは郊外でよく売れている。」F・ル・プレー『ヨーロッパの労働者』パリ、一八五五年、二七一ページ [a1a, 4]

「熱帯植物の中には、見栄えがせず、花も咲かせない期間が何年も続いたあとで、ある日ついに散弾銃が発射されたときのような轟音をとどろかせたかと思うと、それから数日後に、その茂みから大きなすばらしい花が咲き出てくるものがある。この花が咲き出る速度は非常に速いため、その一部始終を眼で追うことができるほどである。同じようにフランスの労働者階級は、社会の片隅にあってみすぼらしく、落ちぶれた状態にあったところ、突然に二月革命の爆発音がとどろいたのである。そして見栄えのしない樹から同じく巨大な花が咲き出した。蜜と生命に溢れたこの花、美しく意味深いこの花の名はアソシアシオン。」ジグムント・エングレンダー『フランス労働者アソシアシオンの歴史』Ⅳ、ハンブルク、一八六四年、二二七ページ　[a2, 1]

トマによる国立作業場《アトリエ・ナシオノー》の組織化。「エミール・トマが労働者を旅団と中隊に分け、その指導者たちは労働者たちの全員参加の選挙を通じて選ばれた。このことを指摘すれば十分である。中隊はどれも隊旗を揃えていた。こうした組織化を行うに当たってエミール・トマは、ほかの民間の技術者と理工科学校の生徒を使った。彼らはその若さのゆえに労働者たちに道徳的影響力を発揮したのである。……ところが、公共事業に関わる大臣たちが、仕事の提案をするようにと国の技師たちに命令しても、……橋梁・道路部門の技術者たちは、大臣のこの命令に服する旨の決定を行わなかった。というのも、フランスでは昔から国の技師と民間技師のあいだには大変な対抗意識があり、国立作業場《アトリエ・ナシオノー》を指揮していたのは後者の方だったからである。したがってトマは、手持ちの人的資源に頼らざるをえず、労働者からなるこうした軍団は日ごとに増えたが、彼はこの軍団になんらかの有効な仕事を命じることが一度としてできなかった。例えば彼は、二月の戦闘で大通りの樹木が引き倒されてしまったために、郊外から樹木をパリに運びこませ、植樹させた。労働者たちは樹木をかついで、歌を歌いながらだらだらとパリの中を行進していった。……ほかにも、例えば橋の手摺りをきれいにする役目を受け持った労働者たちは、通りがかりの人々の嘲りの対象になった。そういうありさまであったから、労働者たちの大多数は、カード遊びや合唱などで時間をつぶすだけであった。……いくらもたたないうちに国立作業場《アトリエ・ナシオノー》は、浮浪者や怠け者連中を引きつける場所となった。旗手とともに往来を練り歩き、ところどころで道路の舗石の手直しをし、また地面を掘りかえすなどしたりするが、しかし全体として言うならば、服はぼろぼろだし、すさんだ雰囲気で、叫びと歌をまじえながら、たまたま思いついたことをするのが彼らの仕事のすべてだったのである。……ある日、俳優、書割画家、芸術家、そして仲介業者があわせて六〇〇人もやってきて、共和国はすべての市民に仕事を保証したはずだから、自分たちも仕事を要求すると宣言した。そこでトマは、彼らを監督官に任命した。」ジグムント・

エングレンダー『フランス労働者アソシアシオンの歴史』Ⅱ、ハンブルク、一八六四年、二六八―二七一ページ■遊歩者■　[a2, 2]

「労働者たちがパリ地区の管轄に属することを証明する公文書に署名しなければならないのは、区長や警察署長たちであったが、彼らのいずれも、自分たちに公然と向けられた脅迫のためにいかなる取り締まりも行えなかった。彼らは怖がって、一〇歳の子どもにも公文書を発行し、子どもたちはそれをもってやって来て、国立作業場《アトリエ・ナシオノー》に入れてくれるようにと要求した。」ジグムント・エングレンダー『フランス労働者アソシアシオンの歴史』Ⅱ、ハンブルク、一八六四年、二七二ページ　[a2a, 1]

六月蜂起のエピソード。「女たちが煮えたぎった油や熱い湯を兵隊たちに注ぎかけながら、叫びかつわめくさまが見られた。蜂起側の者たちにはいたるところでブランデーが配られたが、このブランデーにはさまざまな成分が混入されていて、彼らを狂気に近いまでに興奮させた。……女たちの何人かは、捕まえた国民軍遊撃隊の兵隊たちの生殖器を切り取った。女の服を着た蜂起側の一人が、捕まえた何人かの将校の頭をはねたことも知られている。……兵隊たちの首がバリケードの上に突き立てられた槍の穂先に掲げられているのが見えた。たしかに語り伝えられていることの多くはでっち上げであった。例えば、蜂起側は、捕まえた国民軍遊撃隊の兵隊たちを二枚の板のあいだに挟んで、生きたまま鋸でばらばらに引いてしまったなどというのが、それである。だが、これとまったく同じほど残酷な個々の事例が実際に起きたこともたしかである。……蜂起側の多くの者たちが用いた弾丸は、傷口から引きぬくことのできないものであった。弾のなかに針金が通っていてそれが両側から飛び出しているのである。いくつものバリケードの後ろには噴射機が設置されていて、攻めてくる兵隊たちに硫酸を吹きかけるようになっていた。両陣営が行った悪魔のような残虐行為のすべてを挙げることは不可能である。ただ世界史はこれに類似したものを今まで知らないというだけで、十分である。」エングレンダー、前掲書、Ⅱ、二八八―二八九ページ　[a2a, 2]

六月蜂起について。「多くの店は閉められて、戸には蜂起側の者たちによって「私有財産を尊重しよう。泥棒には死の報いを！」と書き記されていた。バリケードの上の多くの旗には「パンと仕事」と書かれていた。サン＝マルタン街では蜂起勃発の当日には宝石店が一軒開いていたが、その店にはなんの危険もなかった。ところが、その店からいくらも離れていないところにあった、古鉄の倉庫をもった店は略奪された。……蜂起した者たちの多くは、戦闘の最中に自分たちの妻や子どもをバリケードの上に集めて、こう叫んだ。「もはや妻子を養っていくことはできないから、せめてみんなで一緒に死のうではないか！」男たちが戦っているあいだに女たちは火薬を作り、子どもたちは、手に入る鉛や錫の断片ならなんでも使って弾丸を鋳造していた。子どもたちの多くは、弾丸の鋳造のために指ぬきをつかっていた。娘たちは、戦う連中が寝ている夜間に、舗石をバリケードに引きずってきた。」エングレンダー、前掲書、Ⅱ、二九一および二九三ページ

[a2a, 3]

一八四八年のバリケード。「バリケードは四〇〇以上を数えた。塹壕が前にあって銃眼を備えたものが多く、その高さは建物の二階にまで達した。」マレ／グリエ『一九世紀』パリ、一九一九年、二四九ページ

[a2a, 4]

「一八三九年にパリの何人かの労働者たちが『人民の蜂の巣《ラ・リュシュ・ポピュレール》』と題した新聞を創刊した。……この新聞の事務所はパリの最貧地区である「四人の息子《カトル・フィス》通り」にあった。これは、労働者が編集した新聞で民衆の中に浸透していった数少ないものの一つであった。その理由は、この新聞が目指した傾向から説明される。つまり、プログラムとして、隠

れた悲惨を、金持ちの慈善家たちに知らせることがかかげられていたのである。……この新聞の編集局には悲惨の登録簿が置かれていて、飢えに苦しむ者は誰でもそこに名前を書き込むことができた。この不幸の目録は強烈だった。この時期にウジェーヌ・シューの『パリの秘密』によって慈善事業が上流社会で流行になっていたこともあって、汚い編集局の前に豪華な馬車がやってきて、お高くとまったご婦人方が可哀想な人々の住所を問い合わせたのである。彼らに個人的に施し物をわたし、そうすることで、麻痺した神経をまた掻き立てるためであった。この労働者の刊行物のどの号も、編集部に名乗り出てきた貧しい人々を一括して列記する欄から始まっていた。不幸の詳細については登録簿に記されていた。……二月革命の後ですべての階級がおたがいに不信の眼で見あうようになった時期ですら、……『人民の蜂の巣』は、貧しい人々と金持ちたちの個人的な接触を仲介し続けた。……この時期になっても『人民の蜂の巣』の記事はすべて実際の仕事をしている現実の労働者たちによって書かれ続けていたことを考えると、このことは一層奇妙に思える。」ジグムント・エングレンダー『フランス労働者アソシアシオンの歴史』Ⅱ、ハンブルク、一八六四年、七八―八〇、八二―八三ページ　[a3, 1]

「三〇年前からパリでは産業が拡大し、産業の序列の最下層を占める屑屋の仕事もある程度重要になった。男も女も子どもも、誰もが容易にこの仕事の実践にはげむことができる。いかなる訓練も必要とされないし、道具といっても、仕事の手順同様じつに単純なものだ。背負い籠と手鉤、それにランタンが、屑屋の道具のすべてである。大人の屑屋は、季節によって異なるが、日に二五から四〇スー稼ぐために、ふつう市街を三度、つまり日中二度と夜中に一度回らねばならない。日中回るのは、朝の五時から九時までと一一時から[国立図書館の本ではこの箇所から四ページ欠落！]」「彼らには、肉体労働者同様、居酒屋通いの習慣がある。……肉体労働者同様、いやそれ以上に、屑屋はこのときとばかりに、見栄を張って金を使う。アルコールは、年を取った屑屋、とりわけ年を取った女の屑屋にとっては、他の何ものにも代えがたい魅力をもっている。……屑屋は居酒屋で、いつもふつうのワインですませているわけではなく、ホットワインを作らせることがある。このワインに、砂糖がたくさん入ってレモンで香りがついていなければ、彼らは腹を立てるだろう。」H‐A・フレジエ『〈大都市〉住民中の危険な諸階級〈とその改善法〉について』I、パリ、一八四〇年、一〇四、一〇九ページ　[a3, 2]

代書屋〔écrivains publics〕についてフレジエは詳しく述べている。彼らはひどく評判が悪かったはずである。こうした連中の中からその筆跡の美しさで評価されたラスネール

〔19世紀仏の詩人。殺人魔でもあった〕が出てきたのである。「ある元船員のことを誰かから聞いたことがある。彼は代書の際立った才能に恵まれていたが、真冬にもワイシャツを着ないで、上着の前をピンでとめて肌を隠していた。ろくな服装もできないこの男は、貧窮にくわえて吐き気を催させるほど汚れていたのに、ときどき夕食に五、六フラン使うのだった。」H-A・フレジエ『住民中の危険な諸階級について』I、パリ、一八四〇年、一一七―一一八ページ　[a3a, 1]

「ある企業家がある労働者を、彼の仕事仲間のいるところで非難した。彼には不当だと思える非難だった。……するとその労働者は仕事の道具を放り出して、居酒屋に走って行った。……監視が厳しくない多くの工場では、労働者は仕事の始まる時間の前と、九時と二時の食事時に居酒屋に行くだけでは満足しない。彼は四時にも、夜帰宅してからも、そこに出かけて行く。……妻たちの中には、もう働けるようになった子どもをつれて入市税関《バリエール》を出たところにある居酒屋まで夫について行くことをためらわない者もいて、彼女たちはそんな時、ちょっと遊んで来るわ、などと言う。……そこで家中が稼いだ給料の大部分を使ってしまい、月曜の朝にはほとんど酩酊状態で帰宅することになる。時には子どもも、実際にはそれほどでもないのに、親たちのようにすっかり酔っぱらったふりをする。誰の目にも、酒をしこたま飲んだことがわかるようにするためだ。」H-A・フレジエ『住民中の危険な諸階級について』I、パリ、一八四〇年、七九―八〇ページ、八六ページ　[a3a, 2]

繊維労働者の家庭の子どもの労働について。「労働者は……たいていは一日四〇スー以下の乏しい賃金では、この額の半分にも達しない妻の賃金を加えても、自分の子どもの食費や養育費にも足らないので、……子どもが何らかの労働ができる年齢になるとすぐに、彼らをこうした施設に入れざるを得ない。この年齢はふつう七、八歳である。……これらの労働者は、子どもを一二歳まで織物工場か製糸工場にあずけておく。この年齢で、子どもの初聖体拝領式をすませるようにしてから、職人の作業場で見習い奉公をさせるのである。」H-A・フレジエ、前掲書、I、九八―一〇〇ページ　[a3a, 3]

「ふところあったかいから、
ピエール、遊びに行こうよ。
あたしなら、ごらんよ、月曜ごとに
職場を変えりゃあいいのさ。

六スーのワインを知ってるよ、
けちなビールなんかじゃないさ。
楽しくやろうよ、
バリエールの居酒屋にくりだしてさ。」

H・グルドン・ド・ジュヌイヤック『一八三〇年から一八七〇年までのはやりうた』パリ、一八七九年、五六ページ　[a3a, 4]

「そしてワインもなんとすばらしいことだろうか！　ボルドーからブルゴーニュ、ブルゴーニュから重いニュイ・サン・ジョルジュ、リュネル、南仏のフロンティニャン、フロンティニャンから泡立つシャンパンまで、なんという違いがあることだろうか！　白ワインにも赤ワインにもなんという多様性があることだろうか！　プティ・マコンやシャブリからシャンベルタンやシャトー・ラローズ、ソーテルヌ、ルシヨン、泡立つアイの白ワインまでなんとさまざまにあることだろう！　しかも考えてみるがいい。これらワインのどれ一つとして同じ酔い心地にはならないのだ。ほんの数本のビンでミュザールのカドリーユ〔四人が組になって踊る舞踏〕からラ・マルセイエーズまでの、カンカン踊りの激烈な歓喜から革命の荒々しい熱狂までのあらゆる段階のニュアンスを味わい尽くすことができ、最後には一本のシャンパンで世界でいちばん陽気なカーニヴァルの気分に、また浸りきることができるのだ。そしてフランスのみがパリのような都市をもっている。ヨーロッパの文明がそのもっとも見事な花を咲かせるまでに発展した都市、ヨーロッパの歴史のすべての神経線維が集まっている都市、全世界を震動させる電撃が適度の時間間隔で起こる都市、市民たちが快楽の情熱と歴史的行為の情熱をどんなほかの民族よりも合一させている都市、アテネのもっとも繊細なエピキュリアンのように生きることを知っており、もっとも恐れを知らぬスパルタ人のように死ぬことを心得ている、アルキビアデスとレオニダスを一身にかねそなえた市民たちの都市、ルイ・ブランが言うように本当に世界の心臓と脳髄である都市。」フリードリヒ・エンゲルス「パリからベルンまで」『ノイエ・ツァイト』一七巻一号、シュトゥットガルト、一八九九年、一〇ページ。この遺稿の掲載に当たっての「まえがき」でエードゥアルト・ベルンシュタインは書いている。「この旅行記は断片にはちがいないが、ひょっとすると著者の他のどんな仕事よりも彼のあり方を見事に示しているのではなかろうか。」前掲書、八ページ　[a4, 1]

「女工ジェニー」という唄の一節。そのリフレインは女たちを大いに喜ばせた。

「庭の芳しい花の下、

　聞こえるかい、いつもの鳥が、
　女工ジェニーのために歌ってる。
　貧しいけれど満ち足りた娘さ。
　金持ちにだってなれるのに、
　神様がくれた暮らしを選ぶ娘さ。」
H・グルドン・ド・ジュヌイヤック『一八三〇年から一八七〇年までのはやりうた』パリ、一八七九年、六七―六八ページ　[a4, 2]

〔一八四八年の〕六月蜂起の後の反動的な歌。

「ご覧、ご覧、あの葬列を。

あれは大司教様、帽子を取ろう。

お可哀そうに、冒瀆者どもの闘いの犠牲者、
みんなの幸福のためにお倒れになった。」

H・グルドン・ド・ジュヌイヤック『一八三〇年から一八七〇年までのはやりうた』パリ、一八七九年、七八ページ　[a4a, 1]

「プロレタリアは、……辛辣で恐ろしいラ・マルセイエーズの替え歌を作曲し、それを工場で合唱したが、この歌がどういうものであるかは、次のリフレインを見れば判断ができる。

畑に種蒔け、プロレタリアよ。
収穫は有閑階級のものだ。」

「第三フランス革命以降の社会主義および共産主義の運動」シュタイン『現代フランスの社会主義と共産主義』冒頭、ライプツィヒ／ウィーン、一八四八年、二一〇ページ〔V・コンシデラン『所有権および労働権の理論』より〕　[a4a, 2]

ビュレは『ルヴュ・ブリタニック』誌一八三九年(?)あるいは二九年(?)一二月号の記事にしたがって報告している。「ブライトンの仲間たちは、機械が絶対的に良いものであることを認めている。」「しかし」と彼らは言う。「現体制下で使用されると、機械は不吉なものとなる。機械は、ドイツの民話の中のクリスパン〔18世紀の仏喜劇の人物〕ごとき従僕に奉仕した妖精たちのように人間に従順に仕えるどころか、生を受けてしまうと、それを与えてくれた者を迫害するためにしかその生命を用いなくなったあの怪物フランケンシュタイン〔ドイツの伝説〔原文のまま〕〕のような働きをする。」ウジェーヌ・ビュレ

『イギリスとフランスにおける労働者階級の貧困について』Ⅱ、パリ、一八四〇年、二一九ページ
[a4a, 3]

「もし下層階級のもろもろの悪徳が、それらの悪徳を行う者たちだけにしか影響を及ぼさないとしたら、上層階級はそれらの痛ましい問題に取り組むことを拒否するだろうし、世界を支配する良きまたは悪しき諸原因の作用に、世界をゆだねてしまうことだろう。しかし……すべては関連し合っている。貧困が悪徳の母であれば、悪徳は犯罪の父である。こんな具合に、あらゆる階級の利害は……関連し合っている。」ウジェーヌ・ビュレ『イギリスとフランスにおける労働者階級の貧困について』Ⅱ、パリ、一八四〇年、二六二ページ
[a4a, 4]

「『女工ジェニー』は社会組織のもっとも悲惨な傷口の一つをむき出しにした。それは……家族にパンを与えるために……彼女の美徳を家族にささげて犠牲にし、身売りしなければならない民衆の娘という傷口である。……『女工ジェニー』のプロローグについては、ドラマの出発点も貧困や飢えの細部の描写も、検閲を通らなかった。」ヴィクトール・アレー＝ダボ『演劇における検閲と劇場（一八五〇―一八七〇年）』パリ、一八七一年、七五―

七六ページ　[a4a, 5]

「工場主の頭の中では、労働者は人間ではなく、使用料が高くつく労力そのものであり、火力で動く鉄製の機械より経済的でない反抗的な道具である。……もともと残酷だというわけではないが、工場主は、彼が精神的交流も共通の感情ももてない人間たちの階級の苦しみに対して、完全に無感覚になることができる。たしかに、セヴィニェ夫人〔17世紀仏の貴族、書簡文学の名手〕は悪人ではなかった。……にもかかわらずセヴィニェ夫人は、ある課税に反対して蜂起したブルターニュの民衆に科せられた残虐な処罰について語るとき、あの愛情あふれる母親たるセヴィニェ夫人がである、首吊りとか車刑とか……面白そうに、気軽な調子で言うのだが、そこにはいささかの同情も含まれてはいない。……現在の産業体制の支配下では、経営者と彼の労働者たちとのあいだに、一七世紀の貧しい農民や町民たちと宮廷の美しい貴婦人とのあいだに存在した以上の精神的交流が存在しているとは、私には思われない。」ウジェーヌ・ビュレ『イギリスとフランスにおける労働者階級の貧困について』Ⅱ、パリ、一八四〇年、二六九―二七一ページ　[a5, 1]

「工場で働く……娘の多くは夕方の八時まで工場で働かねばならないというわけではな

く、六時に仕事場を抜け出し、外国人に出会うかもしれないという期待に胸をふくらませて、通りを歩きまわる。そんな男がいたら、恥ずかしそうに当惑してみせて、相手をその気にさせるのだ。――これを工場ではその日の五番目の交替勤務〔通常は四交替制〕をやると呼んでいる。」ヴィイェルメ『労働者の身体および精神状態要覧』I、二二六ページ。E・ビュレ『労働者階級の貧困について』I、パリ、一八四〇年、四一五ページに引用　[a5, 2]

博愛の原理はビュレにおいて古典的な定式化を見ている。「人情から言っても、さらには体裁からも、人間たちが動物のように死んでゆくことは許されないので、棺桶代のための施しを拒むわけにはいかない。」ウジェーヌ・ビュレ『労働者階級の貧困について』I、パリ、一八四〇年、二六六ページ　[a5, 3]

「主権者たる人民の機関である国民公会は、物乞いと貧困を一気に消滅させようとして……失業中のすべての市民に仕事を確保した。……残念ながら、物乞いを犯罪として弾圧することを目的とした法律の部分は、国家が気前よさを発揮して恩恵を寛大に施すことを可能にした法律の部分より容易に適用しうるものだった。こうして弾圧の処置が実行に移されたが、この処置は法律の条文にもその精神にも痕跡を残している。ところが、それらのきっかけとなり、それらを正当化もした慈善の体系は国民公会の布告の中にしか存在したことがなかった！」Ｅ・ビュレ『労働者階級の貧困について』Ⅰ、パリ、一八四〇年、二二一—二二四ページ。ここに描かれている体質をナポレオンは自分に有利に——一八〇八年七月五日の法律で——利用した。国民公会の法律は一七九三年一〇月一五日のもの。乞食のかどで三回逮捕された者には、マダガスカルに八年間の流刑が待っていた。
[a5, 4]

前閣僚イポリット・パッシーがアミアン禁酒協会宛ての手紙で述べた言葉（『ル・タン』紙一八三六年二月二〇日号を見よ）。「貧者の取り分がどれほど少ないにしても、真に欠けているのは取り分を必要に応じて使うすべであり、将来を構想する能力である。貧者の窮乏はなによりもこの事実に由来していることを認めざるをえない。」Ｅ・ビュレ『労働者階級の貧困について』Ⅰ、パリ、一八四〇年、七八ページに引用
[a5a, 1]

「かつては、といってもそれほど昔のことではないが、厳かで悲壮感さえ漂う言葉で労働が称賛されていても、労働者の生計を支えている労働が、じつは彼の意思の所産ではなくて、労働者の汗で肥え太っているある種の連中が彼から徴収する税金のようなもの

だ、などということを、労働者にほのめかすことは許されなかった時代があった。……これは人間による人間の搾取と呼ばれたものだが、街頭に流れるシャンソンには、この虚偽に満ちた陰気な教義がまだいくらか残っている。……そこでは、労働についてつねに尊敬の念をこめて語られてはいるが、この尊敬には何かしら強制的で、しぶしぶといったようなところがある。……とはいえ、労働に対するこのような見方は例外であって、たいていの場合、労働は自然界の一法則、快楽や恩恵として歌われる。……

怠け者にはいつでも挑もう闘いを、
やつらは社会の大敵だ。
藁の布団で寝るのがつらいと嘆いても、
可哀想だが自業自得。
おいらの工場や仕事場じゃ、
朝から皆がこう呼びかける。
でっかい機械を動かしながら、
さあさ歌おうよ、あの仲間の歌を……」

アントワーヌ・レミー

シャルル・ニザール『民衆の歌』II、パリ、一八六七年、二六五―二六七ページ　[a5a, 2]

「王政復古の一五年間は、農業と産業が大いに繁栄した時期であった。……新聞の制度の問題や多様な選挙制度に関心をもったのは、パリといくつかの大都市を除けば、国民の一部にすぎなかった。すなわち、国民の最少数派だったブルジョワジーだけであった。しかもブルジョワジーの中には、革命を恐れている者が多かったのである。」A・マレ／P・グリエ『一九世紀』パリ、一九一九年、七二ページ　　[a5a, 3]

一八五七―五八年の恐慌は、帝国社会主義に対するいかなる幻想にも即座に終止符を打つものであった。賃金水準を、食料費や住居費のたえざる上昇にある程度でも合わせていこうとする努力はすべて徒労に終わることが明らかとなった。D・リャザノフ「第一インターナショナルの歴史」(『マルクス＝エンゲルス・アルヒーフ』I、フランクフルト・アム・マイン、〈一九二八年〉、一四五ページ)　　[a5a, 4]

「リヨンでは、経済恐慌が絹織物工たち(カニュと呼ばれた)の賃金を一日十五、六時間の労働につき一八スーにまで下落させた。知事は、労働者と経営者が最低賃金協定の確立に合意するよう画策したが、この試みが失敗に終わったので、一八三一年一一月二一日、労働者たちは暴動を起こした。それは政治的性格をもたない蜂起、貧困ゆえの決起であった。労働者たちの先頭に立ったカニュが掲げる黒旗には「働いて生きるか、闘って死ぬかだ」と書かれていた。……二日間の戦闘の後で、国民軍に支援を拒否された前線部隊はリヨンから撤退した。労働者たちはみずから武装を解いた。するとカジミール・ペリエは三万六〇〇〇の正規軍に市街を再び占拠させ、知事を更迭して、彼が経営者に認めさせることにやっと成功した賃金協定を取り消し、国民軍を解散した(一八三一年一二月三日)。……それから二年後……リヨンの労働者の結社《アソシアシオン》であるミュチュアリスト〔共済会〕に対する官憲の訴追が提起されたので、再び蜂起が起こり、五日続いた。」A・マレ/P・グリエ『一九世紀』パリ、一九一九年、八六—八八ページ　[a6, 1]

「繊維労働者の状態に関する一八四〇年の調査によれば、一日の実労働一五時間半に対する平均賃金は男性の場合二フラン以下であり、女性の場合にはせいぜい一フラン足らずだった。とくに一八三四年以後……事態はもっと悪くなった。というのも、国内の平穏がようやく確保されて企業の数が大きく増加したために、農民が工場に押し寄せた勢いだけで都市人口が一〇年で二〇〇万人も増えたからである。」A・マレ/P・グリエ『一九世紀』パリ、一九一九年、一〇三ページ　[a6, 2]

「一八三〇年に、多くの人々はフランスのカトリシズムが瀕死の状態にあり、聖職者の役割がついに終わったと判断していた。……ところが……一八四八年二月二四日、蜂起した者たちはテュイルリー宮殿の略奪を始めたが、礼拝堂から持ち出した十字架の前で脱帽し、この十字架をサン＝ロック教会まで護衛して運んだのだった。共和政の成立が宣言されると、普通選挙によって……三人の司教と一二人の僧侶が……国民議会に選出された。このことは、ルイ・フィリップ治下では聖職者が民衆に接近していたことを示している。」Ａ・マレ／Ｐ・グリエ『一九世紀』パリ、一九一九年、一〇六、一〇七ページ

[a6, 3]

一八三一年一二月八日、大資本の『ジュルナル・デ・デバ』紙はリヨンの蜂起に対する態度を表明している。「『ジュルナル・デ・デバ』紙の記事は大変なセンセーションを引き起こした。この労働者の敵は、リヨンの徴候が持つ国際的な意義を非常にはっきりと強調した。しかし、共和派の新聞も正統王党派の新聞も、問題をこれほど危険な形で……表現しようとはしなかった。……正統王党派は……純粋にデマゴギーの意図で抗議しているだけであった。というのも、あの時点におけるこの党派のスローガンというの

は、労働者階級を自由主義的ブルジョワジーに対抗させ、それによってブルボン朝の本家を再建しようということだったからである。それに対して共和派は、この運動の純粋にプロレタリア的なニュアンスをできるだけ弱めることに興味をもっていた。それは……七月王政に対する闘争で将来の共闘相手として労働者階級を失わないためであった。にもかかわらずリヨンの蜂起の直接の印象は同時代者にとって独特のものであり、またきわめて苦痛に満ちたもので、それだけでもリヨンの事件には歴史のなかで特別の位置が与えられてしかるべきである。その際に言っておかねばならないのは、七月蜂起を経験したこの世代は、……少々のことではうろたえないということである。にもかかわらず、彼らはこのリヨンの蜂起になにかまったく新しいものを認めたのである。……ところが、リヨンの労働者たち自身は明らかにこの新しい点に気づかず、またそれがなんであるかを理解しなかったように見えるだけに、一層彼らはショックを受けたのである。」E・タルレ『リヨンの労働者蜂起』(『マルクス＝エンゲルス・アルヒーフ』II、D・リャザノフ編、フランクフルト・アム・マイン、一九二八年、一〇二ページ)　[a6a, 1]

リヨンの蜂起に関してベルネ〔19世紀独の文芸評論家。旧秩序を批判〕がカジミール・ペリエ〔19世紀仏の政治家。リヨンの蜂起を鎮圧〕に対する不快感を表明している箇所をタルレが引用している。ベルネが不快感を表明したのは、タルレが書いているように、「ペリエがリヨンの蜂起に政治的要素が欠如していることを喜んでおり、この蜂起が単に貧しき者の富める者に対する戦争にすぎないことに満足しているからである」。タルレの引いている箇所にはこう記されている（ルートヴィヒ・ベルネ『全集』X、ハンブルク／フランクフルト・アム・マイン、一八六二年、二〇ページ）。「まさに貧しき者の富める者に対する戦争、つまり、失うべきものをなにも持たない者たちの、持てる者たちに対する戦争以外のなにものでもない、というのだ。そしてこのおそろしい真理は、たしかに真理であるだけに深い井戸の底に沈めてしかるべきなのに、この気の狂った人間はそれを高く手に掲げ、そこいらじゅうに見せてまわっているのだ。」E・タルレ『リヨンの労働者蜂起』による（『マルクス＝エンゲルス・アルヒーフ』Ⅱ、フランクフルト・アム・マイン、一九二八年、一一二ページ）　[a6a, 2]

ビュレはシスモンディの弟子であった。シャルル・アンドレール〔19―20世紀仏のドイツ研究家。『共産党宣言』の仏訳者〕は、彼がマルクスに影響を与えたとしている（アンドレール『共産党宣言』パリ、一九〇一年）。メーリングは断固としてそのことを否定している（「一つの方法論的問題」『ノイエ・ツァイト』二〇巻一号、シュトゥットガルト、四五〇―四五一ペー

ジ)。　[a6a, 3]

政治的常套句へのロマン主義の影響。コングレガシオン〔宗教結社〕に対する戦いが説明されている。「ロマン主義が始まっていた。そのことは、何でも劇的に誇張するやり方を見ればよくわかる。ヴァレリアンの丘にキリスト磔刑の十字架が建立されただけで、この十字架は……市民社会に対する宗教界の支配を象徴する、などといって非難された。イエズス会の修練所は「モンルージュの巣窟」としか呼ばれなかった。一八二六年には聖年の儀式が予告されただけで、ただちに世界中から黒ずくめの男たち〔イエズス会士〕が湧き出てくるのが見えるような気がするのだった。」ピエール・ド・ラ・ゴルス『王政復古』第二巻、『シャルル一〇世』パリ、五七ページ　[a7, 1]

「われらは機械も同然だ。
われらのバベルは天までとどく。」
(リフレイン)
「仲間を愛して団結しよう。
円陣組んで酒酌み交わすなら、

大砲が鳴ろうとへっちゃらだ。
さあ飲め、さあ飲め、さあ飲もう、
世界の独立めざすのだ！」

ピエール・デュポン『労働者の歌』パリ、一八四八年　[a7, 2]

歌の最後の節とリフレイン
「汚いやつらが火と鉄使って、
真の神の子人民の
体と魂ふんじばり、
鎖につなぐつもりなら、
見せてやれ、策略を打ち破り、
おお共和国よ、悪徳の輩に、
メドゥーサのような君の大きな貌を、
赤い稲妻のただなかで。

――

おお守護神たる共和国よ、

天に戻って行くではないぞ、
御身は理想の地上の化身、
普通選挙で姿を見せる!!」
第四節から、
「不意の夜襲で投票が
妨害されたりせぬように!
投票箱には見張りを立てよう、
これぞわれらの運命の箱舟。」
ピエール・デュポン『投票の歌』パリ、一八五〇年　[a7, 3]

「真の崇高者《シュブリーム》」「神の子」「崇高者中の崇高者《シュブリーム》」「ワイン商人」「崇高者の歌人」といったようないくつかの章においてプーロは労働者とならず者のあいだの中間タイプを扱っている。この本は改革主義的であり、一八六九年に出た。ドニ・プーロ『社会問題――「崇高者《ル・シュブリーム》」』新版、パリ　[a7, 4]

ルイ・ナポレオン『貧窮の根絶』(一二三ページ)における提案。アンリ・フージェール『第二帝政下の万国博覧会における労働者代表団』(モンリュソン、一九〇五年、二三ページ)に引用。

「工場あるいは農場のすべての経営者、あらゆる企業家は、一〇人以上の労働者を雇用する場合には、彼らを指導する労働委員を一名配置し、その者に単純労働者の二倍の賃金を支払うことが、法律によって強制されるべきであろう。」

[a7a, 1]

「足下に撒き散らされた黄金の上を裸足で歩いても、
何ひとつその身かがめて拾いはしない、勝利者こそは民衆だ。」
エジェジップ・モロー

これは『愛すべき場末住人、下層民の新聞』のモットーである。『革命渉猟。赤色新聞』あるジロンド党員による〔序文つき〕、パリ、一八四八年、二六ページに引用
[a7a, 2]

A・グラニエ・ド・カサニャック『労働者階級とブルジョワ階級の歴史』(パリ、一八三八年)の理論。プロレタリアは盗賊と娼婦を祖先としている。
[a7a, 3]

「パリ入市税関《バリエール》の外で売られるワインが、政府の屋台骨を幾多の打撃から免れさせたことは間違いない。」エドゥアール・フーコー『発明家パリ――フランス産業の生理学』パリ、一

八四四年、一〇ページ　[a7a, 4]

理工科学校《エコール・ポリテクニク》の学生シャラスは、布告に署名しようとしなかったロボー将軍〔ルイ・フィリップ治下のパリ防衛軍司令官〕についてこう言った。「彼を銃殺に処すことにしましょう。――本当にそんなことを考えているのか？　とモーギャン氏が激しい口調で反論した。臨時政府の一員である、あのロボー将軍を銃殺するというのか？――そのとおり！〔モーギャン〕代議士を窓際に連れて行き、バビロン兵営の戦闘に参加した一〇〇名ほどの男たちを彼に見せながら、学生〔シャラス〕は続けた。あの人の良い連中に、神様だって銃殺するよう命じれば、きっとそうするでしょう。」G・ピネ『理工科学校《エコール・ポリテクニク》の歴史』パリ、一八八七年、一五八ページ〔明らかにルイ・ブランから一字一句変えずに引用〕　[a7a, 5]

レオン・ギユマン。「彼には二つの救い主がいた。……神とエコール・ポリテクニクだ。どちらか一方がいない場合でも、もう一方がいる。」G・ピネ、〈前掲書〉、一六一ページより　[a7a, 6]

ラムネー〔19世紀仏のサン＝シモンの影響を受けた宗教哲学者〕とプルードンはどちらも共同

墓地に葬られることを望んだ。（デルヴォー『パリの時間』〈パリ、一八六六年〉、五〇―五一ページ）　[a7a, 7]

二月革命のひとこま。テュイルリー宮殿が略奪された。「だが群衆は礼拝堂の前で敬虔に立ち止まった。一人の理工科学校の学生がこの瞬間を利用して典礼用の聖具を奪わせた。夜になって、彼はそれをサン＝ロック教会に運ばせた。彼は、祭壇上に置かれていた荘厳なキリストの彫像を自分で運ぼうとした。民衆の群れが恭しげに彼の後に続いた。彼が通ると、皆は脱帽し、頭を垂れた。この場面は……版画で複製されたので、ずっと後になってからも、どの版画屋のショーウィンドーでも見ることができた。その版画では、理工科学校の学生がキリストの像を両腕に抱えて、頭を下げる群衆に見せながら「この方がわれらすべての主である！」と叫んでいる様子が描かれていた。この言葉はじっさいには発せられなかったが、国民の感情に沿うものだった。というのも、あの時期には、聖職者さえもが、ヴォルテールに染まった国王の下で迫害されていたので、革命を熱狂的に歓迎したのである。」G・ピネ『理工科学校《エコール・ポリテクニク》の歴史』パリ、一八八七年、二四五―二四六ページ　[a8, 1]

理工科学校の学生たちが「一階のホールに結集したブランキ・クラブを監視していた。そこでは煽動専門の演説家たちが、もっとも凶悪で挑発的な動議について討議しながら、すでに臨時政府の糾弾を口にしていた」。G・ピネ『理工科学校《エコール・ポリテクニク》の歴史』パリ、一八八七年、二五〇ページ　[a8, 2]

二月革命のときに理工科学校の学生たちはテュイルリー宮殿で、そこに署名している人々の立場を危うくすると思われた文書を焼却したが、その文書は革命側にとっては非常に関心があったはずのものである。その文書とはルイ・フィリップへの忠誠宣言であった。ピネ、二五四ページ　[a8, 3]

『戦い』中の『レ・ミゼラブル』論におけるリサガレー〔19世紀仏のジャーナリスト〕の言葉。「ちょっと民衆のことに触れれば、それだけでもう革命家扱いだ。」〔『世論の前のヴィクトール・ユゴー』パリ、一八八五年、一二九ページ〕　[a8, 4]

「一八四〇年頃、数人の労働者たちが、世論を前にして彼らの大義を直接主張することを決議した。……それまでは攻勢に出ていた共産主義は……この時……用心深く守勢に回った。」A・コルボン『パリの民衆の秘密』パリ、一八六三年、一一七ページ。ここで扱われているのは、共産主義系の『友愛《フラテルニテ》』である。これはすでに一八四五年に廃刊になっている。また反共産主義系の『アトリエ』、『ユニオン』、そしてもっとも早くからある『人民の蜂の巣』もそうである。［a8, 5］

労働者について。「一般的に言って、労働者は積極的なことがらに合意するには不向きである。したがって、彼にもっとも適した解決法は、彼が下等な側面と見なしている生活のための苦役を絶えず気にすることから解放してくれそうに思われるものである。……それゆえ、彼を仕事場に釘づけにするようなあらゆるシステムは、たとえパンよりはるかに多くのバターを約束する〔できそうもない約束の意〕ものであっても、……われわれの労働者には向かないだろう。」A・コルボン、〈前掲書〉、一八六―一八七ページ［a8, 6］

「労働者問題は貧民問題と同様、革命の前に立ちふさがる、すぐにも解決すべき問題であった。労働者および職人の家庭の子どもたちだけでは、労働力に飢え渇いている産業界の需要をカバーできないので、孤児たちも採用された。……産業における児童と婦女子の搾取……こそは、博愛のもっとも光栄ある成果の一つである。また賃金引き下げを目的とした、労働者への安価な給食は、一八世紀の工場主や国民経済学者たちがとくに好んだ博愛主義のアイディアの一つである。……もしもフランス人たちが冷静に、また階級的偏見なしに大革命のことを調べるならば、彼らは、革命を偉大にしている諸理念が、すでにブルジョワジーが支配権を得ていたスイスから来ていることに気づくはずである。つまり、A・P・ド・カンドル〔18—19世紀スイスの植物学者〕が、革命のパリで大流行したいわゆる〔貧民救済のための〕「エコノミック・スープ」をもちこんだのは、ジュネーヴからである。冷徹で頑強なヴォルネー〔18—19世紀仏の思想家。フランス革命を擁護〕ですら、「名望ある地位にある男たちの集団が、沸騰する鍋のスープを一所懸命配っているのを見ると」どうもほろりとした気持ちにさせられてしまった。」ポール・ラファルグ「キリスト教の博愛事業」(『ノイエ・ツァイト』二三巻一号、シュトゥットガルト、一四八—一四九ページ)　[a8a, 1]

「三人の男が通りで賃金について話しているとしよう。彼らが、彼らの労働で豊かになった企業家に一スーの賃上げを要求するとしよう。ブルジョワはびっくりして叫び声を上げ、助けを呼ぶ。……たいていの政府は、……この恐怖がみじめにも広がっていくことを利用しようとする。……この点について私がここで言えることは、……われわれの恐怖政治の大立者たちは民衆の出などではなく、ブルジョワや貴族であり、それに教養があって、怜悧で、気まぐれな人々、詭弁家や瑣末主義者でもあったのだ。」J・ミシュレ『民衆』パリ、一八四六年、一五三―一五四ページ　[a8a, 2]

『危険な諸階級』の著者のフレジエは、警視庁の課長であった。　[a8a, 3]

『感情教育』の中の二月革命の描写――これは読み直してみるべきだ――について〈スタンダールによるワーテルローの戦いの描写との関連で〉こう言われている。「全体の動きや大きな衝突については何も描かれていない。些細な出来事が延々と描かれているだけで、一つの全体を構成することなどできはしない。これが、フローベール氏が一八四八年二月革命と六月蜂起の描写のさいに模倣した手本であり、それは暇人による叙述とニヒリスト的な政治に属するものである。」J-J・ネシオ〔ジュール・ダヴィッドとジュール・ドリアック〕『両帝政下の文学――一八〇四―一八五二年』パリ、一八七四年、〈一一四ページ〉　[a8a, 4]

七月革命のひとこま。ある婦人は男性の服を着こんで一緒に戦い、その後では女性として、取引所にはこびこまれた負傷者たちを手当てした。「土曜日の夜、証券取引所に残されていた大砲をパリ市庁舎まで運んだ砲手たちは、月桂樹で飾られた砲身にわれらの若きヒロインを乗せて連れていった。夜の一〇時頃になって、彼らは松明に照らされて、意気揚々とこの女性を再び証券取引所まで連れ戻した。彼女は、今度は花輪と月桂樹で飾られた肘掛椅子に腰掛けていた。」C・F・トリコテル『去る〔一八三〇年〕七月二八、二九、三〇日の証券取引所内の場面の素描――負傷者救援のために』パリ、一八三〇年、九ページ　[a9, 1]

ラスネールは、「ギロチンに捧げる頌歌」を書いたが、その中では、犯罪が女性の姿をしたアレゴリーの下に美化されている。それについてはこう歌われている。
「この女は笑っていた、ぞっとするほど陽気に、
粉砕したばかりの王座の側で笑っている、あの民衆さながらに。」
この頌歌は、ラスネールが処刑される直前、つまり一八三六年一月にできた。アルフレッド・デルヴォー『時のライオン族』パリ、一八六七年、八七ページ　[a9, 2]

市役所による慈善給食。そこには求職者たち、冬にはとくに建築労働者たちが集まって

くる。「〔貧民のための〕共同の食事の時間になると、《小さな青マント《プティ・マントー・ブルー》》は象牙の握りのついた彼の杖を助手の一人に渡し、外套のボタン穴に差しこんであった銀製のスプーンを取り出して、あちこちの鍋にスプーンを突っこんで味見をし、給仕係に支払いを済ませると、貧民の差し出す手を握り、再び杖を取って、スプーンをしまい、静かに立ち去る。……すると、食事の配給が始まる。」《小さな青マント《プティ・マントー・ブルー》》とは、ごく平凡な階層の出身である博愛主義者のシャンピオン〔[a12a, 1]参照〕の愛称であった。アルフレッド・デルヴォー『時のライオン族』パリ、一八六七年、二八三ページに引用されているCh・L・シャッサンの『《小さな青マント》の伝説』からの一節　[a9, 3]

棄農に反対する文書の中でその著者は、百姓娘たちにこう訴えかけている。「哀れな、美しい娘よ！　あなたの兄弟たちにとっても利益になるかどうか怪しいフランス巡歴修行は、あなたにとってはつねに災難となる。必要とあれば四〇歳になるまで、けっして母の前掛けから離れてはいけない。……もし母から去るような馬鹿げたことをしてしまって、失業と飢餓があなたの小部屋に主人顔で居すわったら、その時は、私がいつか知り合った乙女のように、ついにやって来る最期の賓客、コレラの助けを呼びなさい。その痩せこけた腕に、その蒼白な胸に抱かれるのであれば、少なくとも、あなたはもう自分の貞節に気をつかわないですむのだから。」そしてこの節のすぐ後にこうある。「これを読む優しい人たちに、私はひざまずき、手を合わせてもう一度お願いしたい。可能なかぎりのあらゆる手段を用いて、この最後から二番目の章の内容を広めていただくことを。」エミール・クロザ『世紀の病または社会階級からの脱落の有害な諸結果――訴訟のない弁護士、顧客のいない公証人や代訴人、患者のいない医者、資金のない卸売商、仕事のない労働者らの悲惨な勧めで書かれた著作』ボルドー、一八五六年、二八ページ　[a9, 4]

ルイ＝フィリップ治下における蜂起運動。「そのとき一八三二年、赤旗がはじめて姿を現わした。」シャルル・セニョボス『フランス国民の真正の歴史』パリ、一九三三年、四一八ページ　[a9a, 1]

「一八四八年には、人口が一〇万を超える都市はリヨン、マルセイユ、ボルドー、ルーアンの四つしかなく、七万五〇〇〇から一〇万までの都市はナント、トゥールーズ、リールの三つしかなかった。パリが、郊外(一八六〇年に合併)を入れないで人口一〇〇万を超える唯一の大都市だった。フランスは相変わらず小都市の国だったのである。」シャルル・セニョボス『フランス国民の真正の歴史』パリ、一九三三年、三九六―三九七ページ

[a9a, 2]

一八四〇年に小市民層は、国民軍に選挙権を与えるように要求することによって、選挙権への突破口とした。 [a9a, 3]

一八四八年の国民議会。「某令嬢は、自分の家賃を払うために国民議会に六〇〇フランの借金を申し込んだ。」歴史的事実。『一八四八年の共和政のパリ』「パリ市図書館および歴史記念建造物事業局」展に際して刊行、一九〇九年、四一ページ [a9a, 4]

「女性軍団が話題になるやいなや、漫画家たちは工夫をこらして彼女たちの衣装を見つけようと努めた。……『女性の声』の主幹だったウジェニー・ニボワイエが……世論を定着させた。彼女は言った。「ヴェズヴィエンヌ〔「ヴェスヴィオ火山の人」の女性形〕とは、加盟した女性の一人一人が心の奥に、革命的熱情の炎を噴き上げる火山をもっているということです。」……ウジェニー・ニボワイエは彼女の「姉妹たち」をバザール・ボンヌ＝ヌーヴェルの下のホールかタランヌ・ホールに招集したものだった。」『一八四八年の共和政のパリ』「パリ市図書館および歴史記念建造物事業局」展に際して刊行、一九〇九年、二

八ページ　[a9a, 5]

世紀中葉の抒情詩においては社会的なテーマが非常に大きな場を占めている。シャルル・コルマンスのような他愛もない歌(下宿人の歌、印刷工の歌)から、ピエール・デュポンのような革命的な歌にいたるありとあらゆる歌のうちに、そうした社会的なテーマが見られる。発明が好んで歌われ、その社会的意義が強調された。こうして、「最初に有害物質[白鉛]の使用をやめて「無害な亜鉛華」を採用した思慮深い企業家を讃える詩が書かれた」(白粉の材料のこと)。(『一八四八年の共和政のパリ』パリ市の展覧会に際して刊行、一九〇九年、四四ページ)　[a9a, 6]

カベについて。「新たな金鉱発見の知らせがパリに伝えられたのは、一八四八年末のことだった。移住者の渡航の便宜をはかるために、いくつもの会社がただちに設立され、一八四九年五月には一五を数えた。「パリ会社」は最初の旅行者を送り出す名誉を担った。……これらの新たなアルゴー船の乗組員たちは、カリフォルニアを一度も見たことのない盲目にも等しいイアーソーンたるジャック・アラゴ(19世紀仏の作家。政治家フランソワ・アラゴの弟)に運命を委ねた。……彼は世界一周旅行記の著者だったが、その一部は他人の手記をもとに書かれていたのである。……いくつもの新聞が創刊された。太平洋地域の幅広い関心に応える『カリフォルニア』、金鉱の情報紙『金脈』、それに『サクラメント・エコー』などである。いくつもの株式会社が、誰にでも手がとどくように、たったの五フランという廉価で株券を発行した。」多くの娼婦たちが海を渡った。開拓者たちには女性が不足していたのだ。『一八四八年の共和政のパリ』パリ市の展覧会に際して刊行、一九〇九年、三二ページ　［a10, 1］

カベに関しては次の詩句を比較参照すること。もちろん、この詩句はサン＝シモン主義者たちを攻撃したものである。これはアルシド・ジャンティ『A・M・ド・シャトーブリアン――フランスの詩人たち、散文家たち、風刺詩』（パリ、一八三八年）から取ったものである（キャレル・ロードヴィク・ド・リーフデ『一八二五年から一八六五年までのフランス詩におけるサン＝シモン主義者』〈ハーレム、一九二七年〉、一七一ページに引用）。
「言葉巧みなロドリグがイロクォイ族に売りつけるものは
　商品の交換早見表とガリアの処女たち。」　［a10, 2］

デルフィーヌ・ゲー（E・ド・ジラルダン夫人）は「リヨンの労働者たち」という彼女の

詩（『全詩集』パリ、一八五六年、二一〇ページ）において飲み屋の主人の哲学の先駆者となっている。「金持ちが楽しんでいるときに、貧乏人は陽気にしている。」　［a10, 3］

「二本の鉄の筋の上、壮大な道が
パリから北京まで、わが共和国を取り巻くだろう。
その道では、百を数える諸民族がそれぞれの隠語《ことば》を混ぜ合わせ、
巨大な客車をバベルの塔と化すだろう。
その道では、人道主義者の乗合列車が炎をあげる車輪で、
大地の筋肉を骨まですり減らすだろう。
この乗り物の上から、あっけにとられた人間たちが見るのは、
一面キャベツとカブの広大な畑だけだろう。
世界は一杯の鉢のように清潔で素っ気ないものとなり、
人道主義者気取りの連中がその鉢を人類の飯盒にするだろう。
そして地球は丸刈りにされて、顎髭も頭髪も失ってしまい、
大きなカボチャさながらに天空を回転することだろう。」

アルフレッド・ド・ミュッセ『ナムーナ』パリ、一一三ページ（デュポンおよびデュラン書店）

サン＝シモン主義的な詩（靴屋のサヴィニヤン・ラポワント作「暴動」）　[a10, 4]

「否、バリケードの上にもはや未来はない！

……

権力者たちよ！　汝らの手が死刑台を打ち立てているとき、
私の手は墓の上に花を撒き散らしていた。
誰にもその使命または苛酷な務めがあるものだ。
詩人には歌があり、あらゆる権力には首切り斧がある。」

オランド・ロドリグ『労働者の社会詩』パリ、一八四一年、二三七、二三九ページ　[a10, 5]

アルフレッド・ド・ヴィニーの詩「羊飼いの家」から鉄道についての箇所。

「神よ、山々を貫いて走る鉄道の上で、
雷のごとき蒸気をその目的地まで導きたまえ、
天使よ、轟音を立てる汽車の釜が地下に潜り橋を揺らすとき、
釜の上に立ちたまえ。

……
……
鉄道を避けよう——そんな旅は魅力がない、
鉄路の上では、旅が空を飛ぶ矢のように
すばやいだけのものとなるから、
ひゅうと鳴って的に当たっている矢のように。
こうして遠方に投げ出された人類が、
自然のなかで呼吸し目にするものといえば、
火花が貫く分厚い煙霧だけだ。
……
……
距離と時間は打ち負かされて、科学は
この地球をとりまく悲しい直線の道を引く。
世界はわれわれの経験によってせばめられ、
赤道はもはやきつすぎる輪でしかない。」

アルフレッド・ド・ヴィニー『全詩集』(新版)、パリ、一八六六年、二一八ページ、二二〇—二二

一ページ　[a10a, 1]

カベに関しては、刺繡女工エリーズ・フルーリの奇妙な美しい詩「ル・アーヴル」を比較参照のこと(オランド・ロドリグ『労働者の社会詩』パリ、一八四一年)。この詩は遠洋航海の汽船を描き、特等船室と三等船室を対照させている。　**[a10a, 2]**

「韻文の小冊子(『共同体のシステムに関する「小さな青マント」の諸原則』共産主義者ロルー著、パリ、一八四七年)は、共産主義の信奉者と敵対者との一種の対話のかたちをとっている。……あらゆる……貧困を軽減するために、共産主義者ロルーは嫉妬と復讐心ではなくて、善意と寛大さの力を借りようとする。」ジャン・スケルリッチ『一八三〇年から一八四八年までの政治・社会詩から見たフランスの世論』ローザンヌ、一九〇一年、一九四ページ　[a10a, 3]

一八四七年に飢饉があった。そのことを歌った多くの詩がある。　[a10a, 4]

一八三四年リヨンにおけるミュチュアリスト(共済会)たちの蜂起。ほとんど同じ頃トランスノナン街の蜂起。リヨンでは、「軍隊側は死者一一五名、負傷者三六〇名、労働者側は死者二〇〇名、負傷者四〇〇名であった。政府は賠償金を支払おうとしたので、委員会が設置されたが、そのさい次のような原則が宣言された。「政府は社会秩序の勝利が涙や悔恨を引き起こすことを望むものではない。いちばん大切な人命の損失によって生じる苦痛は時とともに徐々に消えるとしても、財産の損失のほうは忘れられない。」……七月王政のモラルのすべてがこの言葉のなかに見出される」。ジャン・スケルリッチ『一八三〇年から一八四八年までの政治・社会詩から見たフランスの世論』ローザンヌ、一九〇一年、七二ページ　[a10a, 5]

「私は生々しい真実のほうに民衆を煽動し、
街頭の踏み台に立って予言を行う。……」
エジェジップ・モローによる(ジャン・スケルリッチ『一八三〇年から一八四八年までの政治・社会詩から見たフランスの世論』八五ページに引用)　[a11, 1]

「一八三〇年の革命の初期からすでに、「ある労働者の中道派への嘆願」という歌がパリに流布していた。そのリフレインは大変どぎつかった。

　腹が減ったぞ！

そいつは結構、自分の握り拳でも食え。
残ったほうは明日にとっておけ。
　これが俺の決まり文句さ。

……バルテルミーは……職を失った労働者は「暴動という仕事場」で働かざるをえない……と言う。バルテルミーの『ネメシス』では……教皇面《づら》のロスチャイルドが、一群の信者たちを伴って、「利子のミサ」を行い、「金利の詩篇」を歌う。」ジャン・スケルリッチ『詩から見たフランスの世論』ローザンヌ、一九〇一年、九七―九八ページおよび一五九ページ
[a11, 2]

「六月六日の日没までに、下水道に潜む者たちの追い出しが命じられた。敗残者の隠れ場所に利用されることを恐れたのだ。ビュジョー将軍が表のパリの掃討を進めている間に、警視総監ジスケは裏のパリを捜索しなければならなかった。この二重の合同作戦は、公的武力の二重の戦略を要求した。上の方は軍隊、下の方は警察というわけである。警官と下水掃除夫からなる三つの小隊がパリの下水道網を探索した。」ヴィクトール・ユゴー『全集――小説九』パリ、一八八一年、一九六ページ(『レ・ミゼラブル』)
[a11, 3]

「黄金の翼をひろげて、
十万《とおよろず》の腕をもつ産業は、
楽しげに、わが国土を踏破し、
諸々の地方を豊かにする。
その声を聞くと砂漠にも人が満ち、
干からびた土地も豊穣になる。
そして世界の悦楽のために、
産業が世界の掟となる。」〈二〇五ページ〉
リフレイン
「われらを讃えよ、産業の子たるわれらを！
讃えよ、われらの労働を讃えよ！
あらゆる技術で競争者に打ち勝ち、
わが祖国の希望と誇りとならん。」〈二〇四ページ〉

『フランス五十の歌』（諸作詞家による歌詞、ルージェ・ド・リール作曲、ピアノ伴奏つき）、パリ（一八二五年）、［国立図書館、Vm7・四四五四］、二〇二ページ（四九番「産業家の歌」、一八二一年、ド・リール自身の作詞）。同巻二三番は「ラ・マルセイエーズ」　[a11, 4]

『レ・ミゼラブル』に描かれた革命戦術とバリケード闘争。――バリケードの闘い前夜。「蜂起側の目に見えない取り締まりの組織がいたるところを見張っていて、秩序、つまり夜の暗闇を維持していた。……この闇の区域を上のほうから見たとしたら、おそらくあちこちに、間隔を置いて、ぼんやりした明かりが目についたことだろう。これらの明かりは、奇妙な破線を、不思議な構築物の輪郭を浮かび上がらせたが、その様子は廃墟から洩れるほのかな光にも似ていた。そこが、バリケードなのだ。」『全集――小説八』パリ、一八八一年、五二二―五二三ページ。――次の一節は「歴史がそこから始まり、歴史が無視する事実」の章から。「集会には、定期的に開かれるものもあった。参加者が八名あるいは一〇名を超えることはなくいつも同じ顔ぶれ。他の集会では、入場自由で、会場は満員なので、立っていなければならないものもあった。熱狂と情熱からそこにやって来る者もいたが、仕事に行く通り道だったからというだけの者もいた。革命の最中のように、そうした酒場には祖国愛に燃えた女たちがいて、新参者に抱きつくのだった。また、他にもこんな特徴的な出来事も起こるのだった。一人の男が居酒屋に入ってきて、酒を飲んで出ていく時にこう言った。……おい、亭主、勘定は革命が払うぜ。……ある労働者が仕事仲間と一杯やっていて、こんなに体が熱いと言って相手に体を触らせると、上着の下にピストルがあるのがわかった。……こうした沸き立った状態はおおっぴらで、平穏なものだったとさえ言ってもいいくらいだった。……奇妙なことがあればすべて、まだ地下に潜んではいたが、すでに察知できる危機の始まりだった。これから起ころうとしていることについて、ブルジョワは労働者と穏やかに話ができた。奥さんの調子はどうかね？　とでも言うような具合に、蜂起の調子はどうかね？　と言うのだった。」ヴィクトール・ユゴー『全集――小説八』パリ、一八八一年、四三ページ、五〇―五一ページ（『レ・ミゼラブル』）

[a11a, 1]

『レ・ミゼラブル』に描かれたバリケード戦。「パリの特性」の章から。「蜂起した地区以外では、普通、蜂起中のパリの表情ほど不思議な静けさに満ちたものはない。……四つ角やパサージュや袋小路では銃撃戦があり、……死体が舗道をふさいでいる。ところが、そこから数本先の通りでは、カフェからビリヤードの球を打ち合う音が聞こえてくる。……辻馬車が走り、通行人たちはレストランに食事をしに行くところだ。戦闘中の地区でさえ、そんなこともある。一八三一年には、婚礼の列を通すために銃撃が中断された。一八三九年五月一二日のサン＝マルタン街の蜂起の際には、体の不自由な小柄な老人が、ぼろ布の三色旗を立てた荷車を引いていた。そこには何かの飲み物が入った水差しがいくつか載せてあり、彼はバリケードから正規軍へ、正規軍からバリケードへと行ったり来たりしながら、ココ〔レモン入り甘草水〕を分け隔てなくふるまった。……これほど奇妙なことはない。そしてこれこそは、他のいかなる首都でも見出せない、パリの蜂起に固有の性格なのである。そのためには二つのことがらが必要だ。パリの偉大さと陽気さとである。ヴォルテールの都市とナポレオンの都市とが必要なのだ。」ヴィクトール・ユゴー『全集――小説八』〈パリ、一八八一年〉、四二九―四三一ページ　[a11a, 2]

解放のモティーフと結びついたエキゾチックなモティーフ。
「すべての後宮は開放され、
イシュマンは葡萄酒に酔って霊感を得、
オリエントは読み方を学び、
バローは大海を渡る。」
ジュール・メルシエ「神の方舟」(『新しき信仰――バロー、ヴァンサール……の歌とシャンソン、一八三一―一八三四年』パリ、一八三五年一月一日、第一分冊二八ページ)　[a12, 1]

「オリエントに自由を打ち立てよ、

解放の日、女性の叫びが
後宮から発せられ、こだまとなって帰ってきて、
西欧のおぞましい沈黙を打ち破らんとする。」

ヴァンサール「オリエントへの最初の旅立ち」(『新しき信仰――バロー、ヴァンサール……の歌とシャンソン、一八三一―一八三四年』パリ、一八三五年一月一日、第一分冊四八ページ)　[a12, 2]

ヴァンサールの「旅立ち」の中の奇妙な詩節
「隷属の世界から
古き産着と晦渋なる語を剝ぎ取れ、
民衆から粗雑な言葉を、
小唄と悪態を学び取れ。」
『新しき信仰――一八三一―一八三四年』パリ、一八三五年一月一日、八九―九〇ページ

[a12, 3]

「われらの旗はフランスの空ではもうもの足りない、
それはエジプトのモスクの尖塔の上に翻らねばならない。

……

その時かの地の人々は見るであろう、
敏捷な働き手であるわれらが鉄の鞭で、
砂漠の砂を飼い慣らすのを。
そして椰子の木のように、都市がいたるところに繁茂するであろう。」

F・メナール「オリエントへ」(『新しき信仰』パリ、一八三五年一月一日、八五および八八ページ)

[a12, 4]

J・アラゴの一八四八年のビラ「反乱者をさばく裁判官へ」には、流刑が植民地発展の手段として出てくる。著者はまずイメージに富んだ言葉でフランスの海外領地を総覧し、そのどれも流刑地として適切とは見なさない。そして最後にパタゴニアに目をつけるのである。彼はその地と住民をとてつもなく詩的な表現で描いている。「かの地の男たちは地球上でもっとも背が高い。かの地の女たちのいちばん若い娘は、ひと泳ぎした後は、ふるいつきたいほど魅力的である。あの羚羊、あの鳥、あの魚、あのきらめく水面。まるでさまよう雌鹿の群れのようにあちこちと流れる雲によって、空には豹の毛皮を思わせる文様が一面につけられている。……これらすべてがパタゴニアだ。豊かで、何ものにも依存しない、処女なる大地だ。……アメリカ大陸のこの地域に足を踏み入れる権利はないぞ、などとイギリスから言われはしないかと、諸君は恐れているのか。……放っておきたまえ、市民諸君、イギリスにぶつぶつ言わせておきたまえ。……もしあの国が戦争の準備を始めたら、諸君の法によって処罰された男たちをパタゴニアに移送したまえ。やがて、戦いの日が訪れたなら、諸君が追放したこれらの男たち自身が、最前線に断固として立ちはだかり、堅固で移動可能なバリケードとなってくれるだろう。」

[a12, 5]

エドゥメ・シャンピオン――立志伝中の人物、博愛主義者(一七六四―一八五二年)。「シテ島を通るたびに、彼は警察の死体置き場をのぞいてゆくことをけっして忘れなかった」とシャルル＝ルイ・シャッサンは『《小さな青マント》の伝説』(パリ、一八六〇年ころ)の一五ページで述べている。シャンピオンは金細工師であった。そして革命の間は、貴族階級のお得意さんたちを守り、そのために彼自身が危険に曝されることになった。

[a12a, 1]

バルザックは『ウジェニー・グランデ』の中で、吝嗇な人間が抱く未来の夢に関してこう言っている。「レクィエムの彼方でわれわれを待っているあの未来が、現在のなかに移し替えられてしまった。」これは、貧しい人々が抱く未来に対する不安に関してもっとあてはまる。

[a12a, 2]

一八三〇年頃の警視総監ジスケの状況分析から。労働者についてはこう言われている。「労働者たちは、ブルジョワジーの富裕な諸階層のように、リベラルな諸原理をさらに拡張すれば築き上げた財産を危険に曝すことになるなどという恐れを抱いてはいない。……第三身分が貴族の特権の廃止から利益を得たのと同様に、……今日の労働者階級は、今度はブルジョワジーが失うかもしれないすべてのものから利益を得るだろう。」シャルル・ブノワ「一八四八年の人」I（『両世界評論』一九一三年七月一日、一三八ページ）に引用

[a12a, 3]

「偉大な貧民と聖なるごろつきが
　不死をめざして殺到する。」

一八三〇年頃の革命歌より。シャルル・ブノワ「一八四八年の人」I（『両世界評論』一九一三年七月一日、一四三ページ）に引用

[a12a, 4]

ラムフォード〔18―19世紀米生まれの英物理学者・発明家B・トムソン。独立戦争後、英に亡命、バヴァリアで活躍、叙爵〕は彼の経済に関する試論において、代用品を使って博愛スープを安くするための調理法を作成した。「彼の考案したポタージュはたいして高価なものではない。一一フラン一六で一一五人に一日二食を提供できるのだから。唯一の問題は、彼らが本当の食事をしたことになるかどうかである。」シャルル・ブノワ「労働の称揚から労働者の賛美へ」(『両世界評論』一九二三年一月一五日、三八四ページ)。こうしたスープは大革命時にフランスの企業家たちがさまざまなかたちで導入している。　[a12a, 5]

一八三七年――普通選挙権獲得をめざす最初のバンケ〔食事集会〕および二四万人の署名による請願。――二四万というのは、当時の有権者の数と同じであった。　[a12a, 6]

一八四〇年頃は、労働者の頭の中で自殺はごくなじみのことであった。「生活費を稼げなくなり、絶望して自殺するイギリスの労働者を描いた石版画が競って求められた。シュー自身の家にも、こんな書き置きを手にして首を吊りに労働者が来た――「私は絶望ゆえに自殺する。私たち〔労働者〕を愛し擁護してくれる方とおなじ屋根の下で死ねるなら、死ぬこともきっと辛くはないだろう。」労働者に大変よく読まれた小さな本の書き手、植字工アドルフ・ボワイエもまた、絶望ゆえに自殺する。」シャルル・ブノワ「一八四八年の人」Ⅱ（『両世界評論』一九一四年二月一日、六六七ページ）　[a12a, 7]

ロベール（・デュ・ヴァール）『労働者階級の歴史』（一八四五年―一八四八年）から。「労働する者よ、この歴史を通して君に見えただろう。君は奴隷の身で、聖書を理解した途端にいきなり農奴になってしまった。農奴の身だった君が、一八世紀の哲学者たちが理解できた途端に、プロレタリアになった。さていまや、君は社会主義が理解できたのだ。……君が協働体の一員になることを誰が阻止できるだろうか。君は王であり、教皇であり、帝王である――その観点からは、君は自分の運命を握っている。」シャルル・ブノワ「一八四八年の人」Ⅱ（『両世界評論』一九一四年二月一日、六六八ページ）に引用　[a13, 1]

一八四〇年代の精神についてのトックヴィルの指摘。「大地主は、ブルジョワ階級と常に敵対し、庶民階級には常に好意的であったと言ってきかせた。ブルジョワたち自身は、父の代は労働者だったことを一種の誇りをもって回顧した。一人の労働者……までさかのぼることが無理な時は、せめて身をおこして財をなしたらしい粗野な者を先祖に持とうとした。」シャルル・ブノワ「一八四八年の人」Ⅱ(『両世界評論』一九一四年二月一日、六六九ページ)に引用　[a13, 2]

「貧窮の問題は、……わずか数年でずいぶん異なった局面を経て来た。王政復古の末期には、議論は、もっぱら物乞いの根絶に集中し、社会は貧困に手をさしのべるというよりは、……陰に追いやって忘れ去ろうとした。七月革命の際には、政治を介して一つの反動が起きる。共和派政党は、貧窮を取り上げて、それをプロレタリアの問題に仕立て上げた。……労働者たちはペンを取り始めた。……仕立て屋、靴直し職人、植字工たちは、革命的職業団体を結成していて、最前衛を歩んでいた。……一八三五年ころ、論争は……共和派政党の数々の敗北のために中断された。一八四〇年頃には、再燃して、二つの学派に分かれていった。……片方は共産主義に、もう一方は、労働者と雇い主の利害の協調《アソシアシオン》に行き着いた。」シャルル・ルアンドル「文学統計――過去一五年間におけるフランスの知的生産について」(『両世界評論』一八四七年一〇月一五日、二七九ページ)　[a13, 3]

ブランキ派のトリドン曰く。「おお、力よ、バリケードの女王よ、……稲妻に、暴動に、輝く君、……囚人たちは鎖につながれた手を君のほうに差し出している。」シャルル・ブ

ノワ「労働者階級の「神話」」(『両世界評論』一九一四年三月一日、一〇五ページ)に引用　[a13, 4]

授産所に反対し、貧しい者に対する税の削減に賛成する。F・M・L・ナヴィル『法的慈善事業、主に授産所設立と物乞いの禁止について』二巻、パリ、一八三六年　[a13, 5]

一八四八年のある刻銘。「神は労働者」　[a13a, 1]

シャルル・ブノワはコルボンの『パリの民衆の秘密』において、彼ら民衆が他の諸階級よりも数の上で勝っていることについての高慢なる意識を見出したと主張している。(ブノワ「労働者階級の「神話」」『両世界評論』一九一四年三月一日、九九ページ)　[a13a, 2]

一八四八年のビラは組織という概念で占められている。　[a13a, 3]

「一八六七年ともなると、そこでは一一七の職業団体に属する四〇〇人の労働者の代表が、……労働者会議を合同組合に組織することについて議論するといった集会があり得た。それまでは、相手側の雇い主のほうには、四二の雇い主組合を数え上げることができたのに、……労働組合はごくわずかだった。一八六七年以前は、法に挑戦し、法の枠外で組織されたのは、植字工〔一八三九年〕、鋳型工〔一八六三年〕、製本職人〔一八六四年〕、帽子職人〔一八六五年〕の組合だけがあげられる。パサージュ・ラウルにおける一連の〔パリ万博労働者代表〕会議後は、……こういった組合が増えていった。」シャルル・ブノワ「労働者階級の「神話」」〔『両世界評論』一九一四年三月一日、一一一ページ〕　[a13a, 4]

一八四八年にトゥスネルは、リュクサンブール宮におかれたルイ・ブランの主宰する労働委員会のメンバーであった。　[a13a, 5]

ロンドンをそれがバルビエ〔19世紀仏の政治的風刺詩人〕とガヴァルニ〔19世紀仏の石版画家。貧富の差を描いた〕にとってもつ意味に関して描くこと。ガヴァルニのシリーズ「ロンドンで無料で見られるもの」〔ただし原題は「ロンドンで見られるもの」〕　**[a13a, 6]**

マルクスは『ブリュメール一八日』の中で協同組織について、労働者階級は「古い世界を彼ら自身の偉大なる全体的手段で覆すことを原則的に放棄しており、むしろ社会の背後で私的なやり方で、自分たちの限られた生活条件の範囲での救済を成し遂げようとするのだ」と述べている。E・フックス『ヨーロッパ諸民族の戯画』Ⅱ、〈ミュンヘン、一九二一年〉、四七二ページに引用　[a13a, 7]

ロドリグ編『労働者の社会詩』について『両世界評論』は書いている。「ベランジェ氏〔18—19世紀仏の詩人〕からの無意識の借用があったと思うと、次は、ラマルティーヌ氏やヴィクトール・ユゴー氏の作風の粗野な偽物がくる。」〔九六六ページ〕この批判がもつ階級的な性格は、この筆者が労働者について次のように語るときに〔九六九ページ〕、非常に天真爛漫に現われる。「「労働者」が、生まれながらの身分に沿った仕事と文芸を学ぶことを両立させようとすれば、肉体のひどい疲労がいかに精神の発達の妨げになるかを身をもって知るであろう。」裏付けのために、この筆者は、気が狂ってしまった労働者詩人の悲しい話をする。レルミニエ「労働者たちの文学について」〔『両世界評論』二八巻、パリ、一八四一年〕　[a13a, 8]

アグリコル・ペルディギエ〔19世紀仏の政治家。労使協調を説いた〕の『同業職人組合の書』は、労働者たちの結合の中世的＝ギルド的形態を、アソシアシオンの新たな形態に役立たせようとしている。この試みはレルミニエの「労働者たちの文学について」〔『両世界評

論』二八巻、パリ、一八四一年、九五五ページ以降）においてすげなく拒否されている。　　[al4, 1]

アドルフ・ボワイエ『労働者の状態と労働の組織化によるその改良』（パリ、一八四一年）。この書の著者は植字工であった。同書はまったく成功せず、著者は自殺をし、（レルミニエによれば）労働者たちに自分の例にならうように要求した。この本は一八四四年にストラスブールでドイツ語で出版されたが、非常に穏健な内容であり、同業組合〔compagnonnage〕をアソシアシオンに役立たせようとするものであった。　　[al4, 2]

「勤労者階級が営むことになっている厳しくつらい生活を考えると、労働者の間でもっとも優秀な人は、……急いでペンを手にするような人ではないという確信ができる。ものを書く人なのではなく、行動をする人なのだ。……すなわちある者には行動を、そしてほかの者には思考を割り当てる労働の分業は、自然の理にあいかわらず適っている。」レルミニエ「労働者たちの文学について」（『両世界評論』二八巻、パリ、一八四一年、九七五ページ）。そして「行動する〔agir〕」ということで著者がまず第一に考えているのは、残業をすることであった！　　[al4, 3]

労働者アソシアシオンは、その積み立て資金を貯蓄銀行もしくは国庫証券に投資した。レルミニエ「労働者たちの文学について」(『両世界評論』パリ、一八四一年、九六三ページ)は、そのことで労働者アソシアシオンを称賛している。彼らのもろもろの保険制度は、公共の手による福祉の負担を軽くしてくれる、とレルミニエは続けて言っている。

[a14, 4]

プルードンは金融資本家〔モイーズ・〕ミヨー〔貧しさから身を起こした19世紀のユダヤ系銀行家、新聞社主〕から、ディナーの招待を受ける。「プルードンは、まったく家庭的な生活をしているので、晩の九時にはいつも床に入っていると返事をして、……切り抜けた。」フィルマン・マイヤール『知識人の都市』パリ、〈一九〇五年〉、三八三ページ

[a14, 5]

ルドリユ゠ロラン〔19世紀仏の共和主義の政治家〕をうたったドーエレの詩から。

「フランス人がみな崇める赤い旗は、
　キリストの纏われた上衣だ。
勇気あるロベスピエールと、

旗を重んじさせたマラ〔フランス革命の指導者の一人〕とを讃えよう。」
〔フランス革命後の法律で、赤い旗は、暴動の際の戒厳令と軍隊出動の予告として掲げられることが決められた。後に、この法律への抗議の意味で赤い旗が革命的暴動の象徴になった。〕
オーギュスト・ルパージュ『パリの政治カフェと文学カフェ』パリ、〈一八七四年〉、一一ページに引用

[a14, 6]

ゲオルク・ヘルヴェーク「一八三〇年パリのエピゴーネンたち」一八四一年一一月
「君の父親の手柄を見ていた
あの三色旗を持っていくがいい。
そして門には警告の言葉を書くがいい。
ここは自由の頂点である、と！」
ゲオルク・ヘルヴェーク『生ける者の詩集』II、チューリヒ/ヴィンタートゥーア、一八四四年、一五ページ

[a14a, 1]

二月革命におけるブルジョワジーについてハイネはこう述べている。「現行犯で捕まえた泥棒に……対処する民衆の厳しさは多くの人々にとって……決してうなずけるものがで

はなかった。そして、ある種の人々は、泥棒がその場で射殺されたと聞いたときには、ぞっとした感じをもったものだった。こういう政府の下では、結局のところ自分の生命もおぼつかないのだ、と彼らは考えた。」ハインリヒ・ハイネ「二月革命」(『全集』V、ヴィルヘルム・ベルシェ編、ライプツィヒ、三六三ページ)

[a14a, 2]

ヘーゲル哲学におけるアメリカ。「ヘーゲルは、……歴史の一時代を終えつつあるという意識に、直接的表現は与えなかったが、間接的表現を与えた。彼は、次のように思考することによってその意識を顕在化させている。「精神の老い」に立って過去に目をやり、同時に、精神の領域で新しい発見は可能かと探し求めつつも、その発見をさらに知ることははっきりと留保する。当時は未来の自由の国に見えていたアメリカ［注　A・ルーゲ『昔より』Ⅳ、七二―八四ページ。しかし、すでにフィヒテは、古きヨーロッパが崩壊するときには、アメリカに移住しようと考えた(「一八〇七年五月二八日の妻宛ての手紙」)］とスラヴ世界に関するわずかな記述は、ヘーゲルにおいて完結した……精神の原理の新しい当事者たちを準備するために、普遍精神がヨーロッパの外に移住する可能性を考えている。「アメリカはすなわち未来の国であり、世界歴史の重要性は近い時代に、たとえば、北米と南米の戦いにおいて現われるだろう。」……しかし、「今日までアメリカで起こってきている事は、旧世界のこだまであり、外国の活気の表現である。未来の国として、われわれの関知するところではない。哲学者は予言とはなんら関係がない」。」〔ヘーゲル『歴史哲学』ラッソン版、二〇〇ページ(と七七九ページか?)〕K・レーヴィット「古典哲学のヘーゲルにおける完成およびマルクスとキルケゴールにおける解体」〔『哲学研究』Ⅳ、創刊者A・コイレ、H・Ch・ピュエシュ、A・スパイエル、一九三四年―一九三五年、パリ、二四六―二四七ページ〕 [a14a, 3]

オーギュスト・バルビエは、サン＝シモン派の詩を暗く陰気に変えただけのような詩を書いている。彼はサン＝シモン派の詩との類縁性を否定するが、といっても、たいていはせいぜい〔詩集の〕プロローグの終わりの詩句に違いが見られる程度である。

「わたしの詩句があまりに露骨で、わたしの口にとめどがないとすれば、
今日、青銅の世紀に響きわたっているからだ。
風俗の破廉恥はことばを汚すことになり、
誇張をうみ出すのは、悪を嫌うこころだ。
しからば、慎ましやかなまなざしに刃向かうことができよう。
わたしの荒削りで朴訥な詩句も中身は紳士なのだ。」

オーギュスト・バルビエ『詩集』パリ、一八九八年、四ページ　[a15, 1]

ガノーは、『ワーテルロー』(パリ、エヴァダ出版局、一八四三年)を匿名で出版する。もっぱらナポレオンを祀るだけのこの冊子は――「アベル＝キリストなるイエズス、カイン＝キリストなるナポレオン」(八ページ)――最後は「エヴァダ的統一」の誓いを立てて(一五ページ)、「偉大なるエヴァダの御名によりて、偉大なる神、母、父……ル・マパーの御名によりて」(一六ページ)と唱えて終わっていた。　[a15, 2]

ガノーの『予言の頁』は、最初は一八四〇年に刊行され、一八四八年の革命の最中に再版された。最後の版に次の前書きがのっている。「この『予言の頁』は、一八四〇年七月一四日に(警察が)押収したものであるが、(一八四八年革命時)警視庁へ派遣された元・代表の市民ソブリエが、市民ガノー(ル・マパー)の捜査書類の中から見つけ出したものである。」――(警察の報告書には、「発行部数三五〇〇部の革命的《頁》、馬車の出入り門で配布」と書かれている。)　[a15, 3]

ガノーの『洗礼、婚礼』は、エヴァダの時代の始まりを一八三八年八月一五日に設定している。冊子は、サン゠ドニ街三八〇番地、パサージュ・ルモワーヌで発行されており、署名は「ル・マパー」となっている。こう告げている。「マリア様はもう母ではない。妻である。イエズス・キリストは息子ではない。夫である。旧世界（収縮）は終わりつつある。新世界（拡張）は始まる！」「マリア゠エヴァという創世記《ゲネシス》の女性単位」と「キリスト゠アダムという創世記《ゲネシス》の男性単位」は、「エヴァダムという両性具有的な名！」で現われる。 [a15, 4]

「リヨンの「ドゥヴォワール・ミュチュエル（相互義務）」（互助職人組合）は、一八三一年と一八三四年の反乱の際には主要な役割を果たしたが、古い互助会から抵抗運動組織への移行を示している。」ポール・ルイ『大革命から今日までのフランスにおける労働者階級の歴史』パリ、一九二七年、七二ページ [a15, 5]

一八四八年五月一五日、ポーランド再建を支持するパリの労働者たちの革命的デモ行進。 [a15, 6]

「イエズス・キリストは、……独自の政治法典をのこさなかったので、その仕事は未完成のままである。」オノレ・ド・バルザック『村の司祭』(グロッステートに宛てたジェラールの手紙)、シエークル版、XVII、一八三ページ

[a15a, 1]

労働者に関する初期の調査をしたのは、ほとんどの場合において、企業家、その代理人、工場監督官や行政当局の役人たちであった。「調査をする医者や博愛主義者たちが自ら労働者の家庭を訪れる場合でも、たいていは企業家やその代理人がついていった。例えばル・プレーは労働者の家庭を訪問する際には「慎重に選んだ権威ある人のお墨付きを利用する」ようにと勧めている。彼は個々の家族メンバーに対してはできるだけ外交的配慮のある態度をとるようにと、いや、さらにはちょっとした補償金を払うか贈り物を配るようにと勧めている。「亭主がしっかりしていること、おかみさんたちが綺麗なこと、子どもたちの躾がいいことを別々に誉め、全員にうまく贈り物を配る」ようにというのだ(『ヨーロッパの労働者』I、パリ、二二三ページ)。オーディガンヌ(仏の評論家。労働問題を論じた)が彼のサークルの議論でこうした調査方法に対する詳細な批判を展開させたが、その過程でル・プレーについては次のような発言があった。「意図は最良のものだったとしても、これほど間違った方法がとられたことはかつてもってなかった。肝心なのはやり方なのだ。観点が誤っているし、観察方法が誤っている。その結果として、

社会の現実とはなんの関係もない想念がまったく手前勝手に並べ立てられ、そこには暴政と頑迷さに対するどうしようもない偏愛がにじみ出ていることになる。」〔オーディガンヌ、六一ページ〕調査の遂行に当たって広く行われている誤りとしてオーディガンヌが挙げているのは、調査者たちが労働者家庭を訪問するに当たってあらたまった態度を取ることである。「第二帝政の下でなんらかの確実な成果をもたらしたような特別調査は一つもなかったが、その責任の多くの部分は、調査に当たっての派手で大袈裟な調子にある。」〔同、九三ページ〕こうした社会調査に当たって労働者たちを発言に誘うときのやり口、いやさらには労働時間短縮に反対する請願を提出するように仕向ける方法については、エンゲルスやマルクスも描いている。」ヒルデ・ヴァイス「カール・マルクスの「労働者調査」について」〔マックス・ホルクハイマー編『社会研究誌』五巻一号、パリ、一九三六年、八三―八四ページ〕。引用したオーディガンヌの本とは『パリの一労働者の回想』〈パリ、一八七三年〉　[a15a, 2]

一八五四年に大工たちの事件が起きた。その結果としてパリの大工のストライキ決議が行われたために、結社を禁止する法に違反するかどで彼らの指導者たちが起訴された。第一審および控訴審で彼らの弁護をしたのは、ベリエ氏〔仏の弁護士。労働者の団結権を擁護〕であった。控訴審におけるベリエの弁論のなかではこう言われている。「仕事の正当な報酬を受けないくらいなら、仕事を放棄するというあの自由な決断、あの神聖な決断が法によって罰せられたのではないはずだ。否！　罰せられたのは他人の自由を拘束する決断のほうであり、工場に赴くことへの妨害や仕事の禁止のほうである。……団結〔罪〕が成立するためには、人間の自由に対する拘束、他人の自由に対して行使された暴力が必要である。しかもである、それが四一五条と四一六条の真義でないとすれば、わが法体系のなかに労働者の身分と企業経営者の身分の間に恐るべき不平等が存在することになりはしないだろうか。経営者は、談合して、労賃は高すぎると決めつけることができる。……法が……経営者の団結を罰するのは、不当で過度の合意があるときだけだ。同じことばを再び使ってはいないが、法は同じ思想を労働者に対しても再び表現している。これらの条項の健全な解釈を通して、この二つの階層間に存在すべき身分の平等に到達することができるでありましょう。」ベリエ『著作集』「口頭弁論集Ⅱ——一八三六—一八五六年」パリ、一八七六年、二四五—二四六ページ　[a16, 1]

大工の訴訟事件。「ベリエ弁護士は、口頭弁論を終えるにさいして、フランスにおける下層階級の現状をめぐる省察に話をもっていった……。」曰く、「構成員のうちの五分の二の者たちは、病院あるいは死体公示所の大理石の台で果てる運命にあるのだ」。ベリエ『著作集』「口頭弁論集Ⅱ——一八三六—一八五六年」パリ、一八七六年、二五〇ページ。(この裁判での主たる被告には懲役三年の判決が下り、この判決は控訴審でも認められた。)

[a16, 2]

「近年の労働者詩人たちは、持ち前の庶民的な個性をあまりにも多くの場合に犠牲にしながら、……ラマルティーヌの韻律を真似てきた。……彼らは正装して、手袋をはめて文章を書くのだ、そうすることで、その強い腕と力ある手をうまく使えば与えられるはずの優位を失ってしまう。」ジュール・ミシュレ『民衆』第二版、パリ、一八四六年、一九五ページ。ほかの箇所(一〇七ページ)で、著者はこれらの詩の「特有の悲しく、優しい性格」を強調している。

[a16, 3]

「エンゲルスは「信仰告白」の作成をパリの友邦協会から委託され、文案を作ったが、そのときに、シャッパーとモルがこの草案に与えた「信仰告白」という表現が気に入らなかった。また、労働者に合わせて作られたこうした綱領的な宣言文で、当時は教理問答的形式がごく普通に取られており、ついにはまだコンシデランやカベもそれを用いたが、こうした教理問答的形式も、エンゲルスには適切なものとは思えなかった。」グスタフ・マイアー『フリードリヒ・エンゲルス』I、ベルリン、〈一九三三年〉、二八三ページ
[a16, 4]

労働者弾圧に関する法制定はフランス革命にまで遡る。刑罰の対象となる項目として挙げられるのは、労働者の集会や結社であり、また集団的な賃上げ要求やストライキであった。「一七九一年六月一七日の法律と一七九四年一月一二日の法律には、今日までの時点において、これらの軽罪を鎮圧するのに十分と見受けられる処置が含まれている。」シャプタル『フランスの産業について』II、パリ、一八一九年、三五一ページ
[a16a, 1]

「マルクスは国外追放以来、フランスの地に入ることができなかったので、エンゲルスは一八四六年八月に、住まいをフランスの首都に移す決心をした。その目論見は、当地にいるドイツ人プロレタリアたちを自分たちの革命的共産主義の味方につけることであった。しかし、グリューンが接近を試みたこうした仕立て屋や指物師や皮なめし工たちは、エンゲルスが……念頭においていたプロレタリアのタイプにはまったく合っていなかった。彼らの大部分は、流行や工芸のこの先端地で自分たちの職業での競争力をつけ

るべくパリにきたのであり、彼らは古いギルド精神にどっぷりと浸かっていた。」グスタフ・マイアー『フリードリヒ・エンゲルス』Ｉ『初期のフリードリヒ・エンゲルス』〔第二版〕、ベルリン、〈一九三三年〉、二四九—二五〇ページ　[a16a, 2]

マルクスとエンゲルスによる一八四六年のブリュッセルでの「共産主義通信委員会」において。「マルクスと彼はプルードンを味方につけようと努力したが無駄であった。そこでエンゲルスは、大陸における実験的ユートピア的共産主義の頭目である老カベになんとか……通信委員会に加わってもらおうとしたが、それも成功しなかったことをわれわれは知っている。数カ月後になってようやく……エンゲルスは、『改革《ラ・レフォルム》』紙のサークル、ルイ・ブランやとくにフロコン〔19世紀仏の政治家。『改革』紙社長〕と密接な関係を結ぶようになった。」グスタフ・マイアー『フリードリヒ・エンゲルス』Ｉ『初期のフリードリヒ・エンゲルス』〔第二版〕、ベルリン、〈一九三三年〉、二五四ページ　[a16a, 3]

ギゾーは二月革命の後でこう書いている。「ずいぶん前から私は二つの感情をいだいている。一方では、病はわれわれが思ったり、口にしたりするよりはずっと重いということ。もう一方で、われわれの使う治療薬はたわいないもので、皮膚より奥へとはなかなか入って行かないということ。私がわが国とその政治を司っている間、この二つの感情は日に日に増していった。そして、成功して政権の座についているうちに実感したのは、私の成功も政権の存続も奥のほうまでは届かないのであって、敗北した敵が実は私に勝利をおさめていること、さらに、その敵を実際に敗北させるには、口では言うことさえ不可能な事柄を実行しなければならなかっただろうということである。」アベル・ボナール『穏健派』(『現在のドラマ』I)、パリ、〈一九三六年〉、三一四―三一五ページに引用

[a16a, 4]

「個人がアジテーションで本当に成果を挙げるためには、集団の名前において登壇しなければならない。……最初のパリでの活動時代にエンゲルスはこのことを経験しなければならなかった。二度目にはそれだけに、彼がいつでも開いていてほしいと思っていた戸がなんと簡単に開いたことか！　当時のフランスの社会主義はどの色合いの党派であってもほとんどすべてがいまなお政治闘争を拒否していた。それゆえにパリのエンゲルスは、近づきつつある決定的闘争のための同志を、改革派の周りにいる、多かれ少なかれ国家社会主義的なメンタリティをもった民主主義者たちの陣営にしか求めることができなかった。彼らは『改革』紙の周辺に集まってエンゲルスと同様に、ルイ・ブランや

フェルディナン・フロコンの指導下で、民主主義を通じての政治権力の奪取こそがいかなる社会的変革にあってもその第一条件であると考えていた。断固として民主主義的な方向をとるなら市民階級のなかのどんなものとも一緒に動く心づもりがあったために、エンゲルスは、綱領として賃労働の廃止を掲げていたこの改革派の党との協力を忌避する必要はなかった。とはいえ、彼らの議会指導者であるルドリュ＝ロランがいかに共産主義を嫌っていたかは知っていたはずであるが。……前の経験で賢くなっていたために、エンゲルスはルイ・ブランを訪ねた折に、ロンドン、ブリュッセル、そしてドイツ・ライン地方の民主主義者の公式の派遣員であり、「チャーティストのエージェント」であると自己紹介したのである。」グスタフ・マイアー『フリードリヒ・エンゲルス』Ｉ『初期のフリードリヒ・エンゲルス』ベルリン、〈一九三三年〉、二八〇―二八一ページ　[a17, 1]

「臨時政府の下では、公報ポスターで何千枚と印刷させたように、「共和政のために三カ月の貧困生活を耐えた」寛容な労働者たちに「二月革命は労働者たちのためになされたのであり、二月革命で問題だったのは、なんといっても労働者の利益であった」と説教して見せるのは礼儀に適ったことであり、また必要なことでもあった。そしてこうした説教を彼らにするのは、戦略でもあり、同時に熱狂によるものでもあった。国民議会が再開されてから人々は散文的になった。トレラ大臣が述べたように、今や問題なのは労働を昔の条件に引き戻すことだけだった。」カール・マルクス「六月の闘士たちを偲んで」〔D・リャザノフ編『思想家、人間および革命家としてのカール・マルクス』ウィーン／ベルリン、〈一九二八年〉、三八ページ所収。一八四八年六月二八日ころの『新ライン新聞』に掲載〕　[a17, 2]

六月〔蜂起〕の闘士についてのマルクスの論文は、国家がどのような処置によってブルジョワジー出身の犠牲者たちを追悼するかを描いた後に、その最後の文章でこう述べている。「だが、人民は飢えにさいなまれ、新聞で罵られ、医者に見捨てられ、愚直《オネット》な市民からは泥棒呼ばわりされ、放火犯とかガレー船の奴隷だと非難され、妻や子どもたちは際限のない悲惨に落とし入れられ、生き残った最良の者たちは海の彼方に流される。彼らの恐ろしいほど暗い額に月桂樹の冠を飾ることこそ、民主主義的新聞の特権であり、その権利なのである。」カール・マルクス「六月の闘士たちを偲んで」〔D・リャザノフ編『思想家、人間および革命家としてのカール・マルクス』ウィーン／ベルリン、四〇ページ所収。一八四八年六月二八日ころの『新ライン新聞』に掲載〕　[a17, 3]

ビュレの『イギリスとフランスにおける労働者階級の貧困について』およびエンゲルス

の『イギリスにおける労働者階級の状態』に関して。「シャルル・アンドレールは、エンゲルスの本はビュレのそれの「焼き直しであり、修正」としか見ようとしない。だが、われわれから見れば両者の一致があるとすれば、それはせいぜいのところ、両者とも……部分的に同じ資料によっている点だけである。……フランス人ビュレの価値基準は自然法に根をもっているのに対して、ドイツ人エンゲルスは……もろもろの経済的および社会的発展の傾向を……説明……のために使っている。エンゲルスは現状が共産主義へと発展していくことのうちに唯一の救いの可能性を期待しているが、それに対してビュレが希望をかけるのは、土地所有の完全なる動産化であり、社会政策であり、制度化された工場体制なのである。」グスタフ・マイアー『フリードリヒ・エンゲルス』I『初期のフリードリヒ・エンゲルス』ベルリン、〈一九三三年〉、一九五ページ　[a17a, 1]

六月蜂起についてのエンゲルスの文章。「おそらくは『新ライン新聞』の文化欄のためと思われる旅日記に彼は書いている。「当時のパリと今日のパリとのあいだには五月一五日と六月二五日がある。……カヴェニャック〔六月蜂起を鎮圧した軍人・政治家〕の手榴弾は、パリのあの抑えようのない陽気さを吹き飛ばしてしまった。《ラ・マルセイエーズ》も《出発の歌》も沈黙してしまった。ブルジョワだけが彼らの《祖国のために死す》

を歯のすきまから低く歌っている。労働者はパンも武器もなく、恨みを抑えながら歯ぎしりしている。」」グスタフ・マイアー『フリードリヒ・エンゲルス』I『初期のフリードリヒ・エンゲルス』ベルリン、〈一九三三年〉、三一七ページに引用
[a17a, 2]

六月蜂起のあいだエンゲルスは「パリの東部と西部を、ここパリで社会全体がはじめて分裂してできた敵対する二大陣営のシンボル」と呼んでいる。グスタフ・マイアー『フリードリヒ・エンゲルス』I『初期のフリードリヒ・エンゲルス』ベルリン、〈一九三三年〉、三一二ページ
[a17a, 3]

マルクスは革命を形容して「われわれの良き友、われわれのロビン・フッド、地下でとても速やかに仕事を進める老練なもぐら――これこそ革命だ」と述べている。同じ演説の最後にはこうある。「中世のドイツでは支配者の悪行に復讐するための秘密の裁判があって「フェーメ裁判」と呼ばれていた。ある家に赤い印がついていると、その持ち主はフェーメの判決が下ったことがわかるのだった。今日ではヨーロッパのすべての家に秘密の赤い十字の印がついている。歴史自身が裁判官となっているのだ。そして判決を執行するのはプロレタリアートなのだ。」カール・マルクス「一八四八年革命およびプロレタ

リアート」『人民新聞』創刊四周年記念の演説。一八五六年四月一九日の『人民新聞』掲載［D・リヤザノフ編『思想家、人間および革命家としてのカール・マルクス』ウィーン／ベルリン、〈一九二八年〉、四二ページ、四三ページ］　[a17a, 4]

マルクスはプルードンに逆らって、カベを「彼のプロレタリアートに対する実践的な態度のゆえに尊重すべきである」として守った。「一八六五年一月二四日ロンドン発マルクスよりシュヴァイツァー宛ての手紙」（カール・マルクス／フリードリヒ・エンゲルス『往復書簡選集』V・アドラツキー編、モスクワ／レニングラード、一九三四年、一四三ページ）　[a18, 1]

プルードンについてのマルクスの発言。「二月革命は実際プルードンにとってきわめて不都合な時に起きた。というのも、そのわずか数週間前に彼は「革命の時代」は最終的に過ぎ去ったと、抗いようなくきっぱりと論証していたからである。国民議会での彼の発言は、状況がほとんど分かっていないことの証明には違いないとはいえ、大変な称賛に値することだ。六月蜂起の後では、それは大変に勇気のある行動であった。さらにこの発言はいい結果をもたらした。つまり、ティエール氏は、後に特別文書として出版されたこのときのプルードンの提案に反対する演説で、フランス・ブルジョワジーの知的支えであるこのティエール氏がいかに子ども用教理問答の説教台に立っているような存在にすぎないかを、全ヨーロッパに対して示すことになった。実際ティエール氏に対してプルードンは、時代おくれの巨人にまでのし上がったのである。……当時フランスの社会主義者たちは、一八世紀の市民的ヴォルテール主義や一九世紀ドイツの無神論的風潮を、宗教性によって凌駕するのが適切であると考えていただけに、そういうときに宗教や教会に対してプルードンの行った攻撃は〔フランスという〕地方性の中では大変な功績である。ピョートル大帝はロシア的野蛮を打倒するに当たって同じく野蛮をもってしたが、プルードンがフランス的な空疎なきまり文句を打ち負かすに当たって同じく空疎なきまり文句をもってしたのは、彼としては最上のことであった。」「一八六五年一月二四日ロンドン発マルクスよりシュヴァイツァー宛ての手紙」(カール・マルクス／フリードリヒ・エンゲルス『往復書簡選集』V・アドラツキー編、モスクワ／レニングラード、一九三四年、一四三―一四四ページ)　[a18, 2]

「面白い話があるよ。『ジュルナル・デ・ゼコノミスト』の今年の八月号は、共産主義についてのある論文でこんなことを言っているよ。「ドイツの共産主義者ヴァイトリングが一人の仕立て屋であるように、マルクス氏もまた、一人の靴修理職人である。……

マルクスは、……けっして……抽象的な言い方以外はしないし、真に実際的な問題を取り上げることは慎重に避けている。彼に言わせれば(ナンセンスに注目してください)、ドイツの民衆の解放は、人類の解放の合図になる。この解放の頭脳をなしているのは哲学であり、その心臓部はプロレタリアートである。用意万端ととのって、ガリアの雄鶏がゲルマンの蘇生の時を告げるだろう。……マルクスは、共産主義の哲学的思想を現実に移すために、ドイツに国際的プロレタリアート(!!)をつくらなければならないと主張している。」」「一八四六年九月一六日ころのエンゲルスよりマルクス宛ての手紙」(カール・マルクス/フリードリヒ・エンゲルス『〈往復書簡集〉第一巻　一八四四—一八五三年』マルクス=エンゲルス=レーニン研究所編、モスクワ/レニングラード〈/チューリヒ〉、一九三五年、四五—四六ページ)　[a18, 3]

「革命でも反革命でも、それが起こるに至った因果性を完全に忘却することは、反動が勝利した場合には必ず起きる帰結である。」「ウジェーヌ・テノーの一八五一年のクーデタに関する数冊の本をきっかけにして書かれた、一八六八年一二月一八日マンチェスター発エンゲルスからマルクス宛ての手紙」(カール・マルクス/フリードリヒ・エンゲルス『往復書簡選集』V・アドラツキー編、モスクワ/レニングラード、一九三四年、二〇九ページ)　[a18, 4]

国民の祝日には公営質屋からある種の物品を無料で受け出すことができた。　[a18a, 1]

ラフィット〔18―19世紀仏の銀行家・政治家〕は自ら「有産市民」と称している。アベル・ボナール『穏健派』(『現在のドラマ』I)、パリ、七九ページ　[a18a, 2]

「詩は……芸術と労働力を切り離すという大きな誤りを定着させた。鉄道を呪うアルフレッド・ド・ヴィニーに続いて、ヴェラーレン〔19―20世紀ベルギーの詩人〕は、『触手ある都会』を罵倒する。詩は近代文明の諸形態から逃げていった。……芸術にとって、人間によるどんな活動のなかにも選ぶ要素があり、また、周囲のすべてのものに対して発想源になる可能性を否定すると芸術は弱体化することを見抜けなかった。」ピエール・アンプ「社会の像としての文学」(『フランス百科事典』第一六巻「現代社会における芸術と文学」I、六四ページ、二段)　[a18a, 3]

「一八五二年から一八六五年にかけてフランスは外国に四五億フラン貸しこんだ。……経済的変動はブルジョワの共和主義者たち以上に労働者たちを直接に襲った。イギリスとの通商条約の影響、またアメリカ南北戦争によって引き起こされた木綿産業における失業によって、自分たちの状況は国際経済の状況に直接に依存しているのだという認識が……生まれた。」S・クラカウアー『ジャック・オッフェンバックと彼の時代のパリ』アムステルダム、一九三七年、三二八および三三〇ページ　[a18a, 4]

ピエール・デュポンの平和の讃歌は、一八七八年の〔パリ〕万国博覧会のあいだもまだ街頭で歌われていた。　[a18a, 5]

一八五二年、鉄道の資金調達のために動産銀行《クレディ・モビリエ》（ペレール）の設立。不動産銀行やオ・ボン・マルシェ百貨店の設立。　[a18a, 6]

「サン＝シモン主義者たちによって提唱された信用供与の民主化に反対する勢力の影響下に、恐慌の年だった一八五七年以降、一連の金融不祥事裁判が始まった。詐取、詐欺破産、背任、人為的な値のつり上げなどが裁判の審議の対象となった。一八六一年に始まり何年も続いたミレス金融会社に対する裁判は大変なセンセーションを引き起こした。」S・クラカウアー『ジャック・オッフェンバックと彼の時代のパリ』アムステルダム、一九

三七年、二六二ページ　[a18a, 7]

ギゾーに向かってルイ＝フィリップは述べている。「われわれはフランスにおいて何をしても何も成し遂げられないであろう。そして、私の子どもたちがパンを得られない日がやって来るであろう。」S・クラカウアー『ジャック・オッフェンバックと彼の時代のパリ』アムステルダム、一九三七年、一三九ページ　[a18a, 8]

共産党宣言に先立って多くの宣言があった。（一八四三年コンシデランの『平和的民主主義宣言』）　[a19, 1]

フーリエは靴直し職人のことを「アソシアシオンに集まったとき、ほかの者に劣らない礼儀正しさを示す人間たち」だと言っている。フーリエ『産業的・協働的新世界』パリ、一八二九年、二三一ページ　[a19, 2]

一八二二年のフランスには被選挙権者はたったの一万六〇〇〇人、有権者は一一万人しかいなかった。一八一七年の法律によれば被選挙権を得るには四〇歳で一〇〇〇フランの直接税を、選挙権を得るには三〇歳で三〇〇フランの直接税を納めていなければならなかった。(支払いを怠る納税者には兵営の男(兵士?)が一人割り当てられ、彼らは自分たちの納税義務を清算するまでこの男の面倒を見なければならなかった。) [a19, 3]

ヘーゲルについてプルードンは言っている。「二律背反は解消されない。そこにヘーゲル哲学全体の基本的な欠陥がある。それを作り上げる二つの項は、相殺《バランス》されている。収支《バランス》は総合《ジンテーゼ》ではない。」「長い間、プルードンが経理担当者だったことをわれわれは忘れてはならない」と、キュヴィリエ〔20世紀仏の哲学者・社会学者〕は付け加えている。ほかの箇所でプルードンは、彼の哲学を決定している思想は、「基本的な考え方で、簿記にも形而上学にも共通した考え方」であると述べている。アルマン・キュヴィリエ「マルクスとプルードン」(『マルクス主義に照らして』II、パリ、一九三七年、一八〇—一八一ページ) [a19, 4]

『聖家族』でのマルクスは、プルードンの次のような根本思想がすでにイギリスの経済学者サドラーによって一八三〇年に述べられていることに気づいている。プルードンは言う。「「労働者たちの連合と調和や、彼らの努力が集中し、同時に働いた結果として生じた莫大な力に対して、資本家は代価を支払っていない。」二〇〇人の歩兵が数時間でコンコルド広場にルクソールのオベリスクを起てることに成功した。これとは逆に、一人の人間が二〇〇日間働いたとしても、何の結果も得られなかっただろう。「労働者を互いに引き離してみなさい。各人に支払われた日給は、労働による利益の一人分の値を上回っているかもしれない。しかしそれが問題なのではない。一〇〇〇人が二〇日間働いて得られた労働力は、一人の人間が五五年間働いて得られた労働力と同じ報酬を受けてきた。しかしこの一〇〇〇人の人間の労働力は二〇日で、一人の人間が百万世紀にわたってその努力を続けても実践できないことを成し遂げている。はたして取引は公正だろうか。」」アルマン・キュヴィリエ「マルクスとプルードン」（『マルクス主義に照らして』Ⅱ、パリ、一九三七年、一九六ページ）　[a19, 5]

サン＝シモンやフーリエと異なって、プルードンは歴史には興味がなかった。「古代の諸国民の下での所有権の歴史は、われわれにとって学識や好事家の関心以上の事柄ではない。」（キュヴィリエ「マルクスとプルードン」〈前掲書〉、二〇一ページにおける引用）。歴史感覚の欠如と結びついた保守主義は小市民的であり、歴史感覚と結びついたそれは封建的である。　[a19a, 1]

プルードンによるクーデタ擁護論。それは一八五八年四月二一日付ルイ・ナポレオンに宛てた書簡に見られるが、プルードンはそこでは王位継承の原理について「この原理は、一七八九年以前は、一つの選ばれた家系が神授権または宗教的理念を体現することであったが、……今日では、人間の定めた権利または革命という合理的理念を一つの選ばれた家系が体現するのである、または、その体現であると定義できる」と断言している。（アルマン・キュヴィリエ「マルクスとプルードン」『マルクス主義に照らして』Ⅱ、第一部、パリ、一九三七年、二一九ページに引用）　[a19a, 2]

キュヴィリエはプルードンをファシズムいうところの「国民社会主義〔socialisme national〕」の先駆者として描いている。　[a19a, 3]

「プルードンは、生産の組織を変えずに、不労所得や剰余価値をなくすことができると信じた。……プルードンは、社会化されていない生産環境の中で、交換を社会化するというあの気違いじみた夢をいだいた。」アルマン・キュヴィリエ「マルクスとプルードン」（『マルクス主義に照らして』Ⅱ、第一部、パリ、一九三七年、二一〇ページ）　[a19a, 4]

「労働によって測定された価値は……プルードンの目から見て……進歩の目的そのものである。マルクスにとっては、まったくそうはなっていない。労働による価値の決定は理想ではなくて、事実である。われわれの現在の社会に存在するのである。」アルマン・キュヴィリエ「マルクスとプルードン」(『マルクス主義に照らして』Ⅱ、第一部、パリ、一九三七年、二〇八ページ)　[a19a, 5]

プルードンはフーリエに対してきわめて悪意に満ちた発言をしている。カベに対してもそれに劣らず軽蔑的な言辞を弄している。カベの件では、マルクスはプルードンに対して気を悪くした。マルクスから見ればカベは、彼が労働者階級のなかで果たしている政治的役割のゆえにきわめて尊重すべき人物であったのだ。　**[a19a, 6]**

一八三〇年七月二九日の夜モンゴルフィエ嬢のサロンに入ったときのブランキの叫び。「負けたぞ、ロマン主義者たちは！」　[a19a, 7]

六月蜂起の開始。「六月一九日、国立作業場《アトリエ・ナシオノー》の解散はまもなく実施されるとの発表があり、群衆はパリ市役所のまわりに集まる。二一日付の『モニトゥール』紙は、翌日から、年齢が一七歳から二五歳の労働者は軍に徴用されるか、ソローニュや他の地方に送られると発表する。この最後の方策がパリの労働者たちをもっともいらだたせた。この男たちはみな仕事台や万力を前にした指先の細かい仕事に慣れていたので、沼地に行かされて道路をつくったり、土をほじくり返すという案は受け入れられなかった。暴動の叫び声の一つは「俺たちは行かないぜ、行かないぜ」になった。」ギュスターヴ・ジェフロワ『幽閉者』I、パリ、一九二六年、一九三ページ　[a20, 1]

一八三四年三月の『ル・リベラトゥール』紙上にブランキは書いている。「彼は誰でも知るあの月並みなことば「金持ちたちが貧乏人を働かせている」を、一つの比較を行って解体させている。「それは大体プランテーションの領主が黒人を働かせるようなものであるけれども、労働者は、奴隷みたいに大切にすべき財産ではないという違いがあるだけだ。」」ギュスターヴ・ジェフロワ『幽閉者』I、パリ、一九二六年、六九ページ　[a20, 2]

一八四八年四月二日のガラ氏の議題。「飢え死にさせられることになっている金持ちの住まいのまわりの警戒防疫線の設置。」ギュスターヴ・ジェフロワ『幽閉者』I、パリ、一九

二六年、一五二ページ　[a20, 3]

一八四八年の歌のリフレイン。
「庇付き帽《カスケット》の前で、帽子《シャッポー》を脱げ、
労働者の前にひざまずけ！」　[a20, 4]

パリの六月蜂起における五万人の労働者たち。　[a20, 5]

プルードンは、自分のことを「新しい人、論争の人であり、バリケードの人ではない。毎日のように警視総監と晩餐をともにしていれば、また社交界出入りの「ド・ラ・オッド」氏〔警察に通じていた秘密結社史家〕のような連中をみな相談相手にしていれば、目標を達成することのできた人」であると定義した。それも、一八五〇年のことだ。（G・ジェフロワ『幽閉者』I、パリ、一九二六年、一八〇―一八一ページに引用）　[a20, 6]

「〔第二〕帝政時代には、しかも最後まで、一八世紀の思想の復活と発展があった。その当時、人は自分のことを無神論者、唯物論者、実証主義者と言いたがり、一八四八年ころの、漠然と宗教的な共和主義者あるいははっきりとしたカトリックの共和主義者というものは……珍しいものになった。」ギュスターヴ・ジェフロワ『幽閉者』パリ、一八九七年、二四七ページ　[a20, 7]

人民友愛協会事件の裁判でブランキは裁判長の質問に答えてこう言った。
「あなたの職業は何ですか？
ブランキ――プロレタリアです。
裁判長――それは職業ではない。
ブランキ――何、職業ではないと。自らの労働によって生活し、政治的権利を剥奪されている三〇〇〇万のフランス人の職業です。
裁判長――それなら、よかろう。書記、被告はプロレタリアであると書きなさい。」
『一八三二年重罪院における市民ルイ・オーギュスト・ブランキの弁論』パリ、一八三二年、四ページ　[a20, 8]

オーギュスト・バルビエの『英雄的脚韻』について語るボードレール。「ここには、一言にして言えば、世紀の狂気のすべてが、その無意識なる裸身において現われ、輝きわたる。偉人たちに敬意を表すべく一四行詩《ソネ》を作るという口実の下に、詩人は避雷針や織機を歌った。こうした諸観念、諸機能の混同が、いかに驚異的な馬鹿馬鹿しさにまでわれわれを引きずって行き得るであろうかは、お察しいただけよう。」ボードレール『ロマン派芸術』(アシェット社版、Ⅲ)、パリ、三三六ページ　[a20a, 1]

『一八三二年重罪院における市民ルイ・オーギュスト・ブランキの弁論』(パリ、一八三二年、一四ページ)におけるブランキ。「あなた方は、七月の銃を没収した。そうだ。しかし弾丸は発射された。パリの労働者たちの弾丸はどれもが世界一周の旅の途上にある。」　[a20a, 2]

「天才は、人類の最大の力と最大の弱みを同時に代表している。……彼が諸国民に語るには、弱者の利益と天才の利益とは一致し、片方を損なわずに他方を損なうことはできない、そして、もっとも弱い者の権利がもっとも強い者の権利に代わって王座に就いたときにはじめて、向上可能性の最終的限界に到達したことになる。」オーギュスト・ブランキ『社会批評』Ⅱ、パリ、一八八五年、「断片とノート」四六ページ(「知的所有」一八六七年「結論!」)　[a20a, 3]

ロットシルト〔仏ロスチャイルド家当主サロモン〕にラマルティーヌがおくった賛辞について。「政治の世界のキャプテン・クックであり、一九世紀の船乗りシンドバッドであり、……オデュッセウスに劣らずさまよう旅人でありながらもっと幸運だったド・ラマルティーヌ氏は、人魚たちを自らの船の乗組員にして、すべての党の岸辺に彼の信念のかくも多様な音楽を鳴り響かせた。ド・ラマルティーヌ氏は、終わりなきこのオデュッセイアにおいて、風に左右されて鳴り響く舟とともにしずかに株式取引所の柱廊玄関に流れ着いた。」オーギュスト・ブランキ『社会批評』II、パリ、一八八五年、一〇〇ページ(「ラマルティーヌとロットシルト」一八五〇年四月)

[a20a, 4]

ブランキの教理。「否！　だれも未来の秘密を知ってもいなければ、握ってもいない。どんな見通しのきく人でさえも可能なのは、せいぜい予感やかいま見た眺めや束の間のぼんやりした瞥見であろう。革命のみが、地面をならすことで地平を明るくし、ヴェールを少しずつはがし、新たな秩序へ向かう道路というよりは多数の小径を切り開くだろう。服のポケットの中にこの未知の国の完全な地図が入っていると言い張る者たち、その者たちは気違いだ。」オーギュスト・ブランキ『社会批評』II、パリ、一八八五年、一一五—

一一六ページ（「諸セクトと革命」一八六六年一〇月）　[a20a, 5]

一八四九年の議会。「国民議会で四月一四日に行った演説の中で、フーリエの……弟子であるコンシデラン氏は述べていた。「従順の時代は過ぎた。人々は互いに対等のような気分であり、彼らは自由でありたい。彼らは信仰がなく、快楽を享受したい。それが魂の状態です。」――「野蛮人の状態とおっしゃって下さい！」と言ってド・ラロシュジャクラン氏（19世紀仏の政治家。二月革命後は共和政を支持）は遮った。」L・B・ボンジャン『社会主義と共通感覚』パリ、一八四九年五月、二八―二九ページ　[a21, 1]

「（学士院会員の）デュマ氏は、大声で言った。「二月の竜巻が巻き上げた狂気じみたいろいろな理論の、目をくらませるような埃が空中に散ってしまい、消えてしまったこの雲の後から、一八四四年という年が、物質的利益の崇高な教理とともに、荘重なその姿で再登場した。」」オーギュスト・ブランキ『社会批評』Ⅱ、パリ、一八八五年、一〇四ページ（「ラマルティーヌの演説」一八五〇年）　[a21, 2]

ブランキは一八五〇年に『民生保護に関するティエール氏の膨大な報告』という論争文

を書く。　[a21, 3]

「物質は、天空において一つの点のように……振る舞うだろうか。それとも問題にならぬほどわずかに、そのやせこけた狭い領土を広げる千や万や十万の点で満足するだろうか。否、物質の使命、物質の法則、それは無限である。物質は、空虚の覆い尽くすところとはけっしてならないだろう。宇宙は物質の牢屋にはならないだろう。」A・ブランキ『天体による永遠――天文学的仮説』パリ、一八七二年、五四ページ　[a21, 4]

第三共和政の始まった頃の、国民議会のある本会議の終わりの発言。「ルイーズ・ミシエル〔19世紀仏の女性革命家。パリ・コミューンの闘士〕は獄中の同志たちの妻子のために募金を行うと発表した。「われわれがみなさまにお願いするのは、慈善の行為ではありません、連帯の行為です。なぜならば、慈善を行う人々は、行った後、自慢げに、満足してしまいます。しかしわれわれは満足することはけっしてありません。」」ダニエル・アレヴィ『パリ地方』パリ、〈一九三二年〉、一六五ページ　[a21, 5]

バルテルミーの『新しきネメシス』（パリ、一八四四年）には「労働者たち」と題した第一六章がある。これは労働者たちの要求をとくに心にかけている「風刺」である。バルテルミーはすでにプロレタリアという概念を知っていた。　[a21, 6]

バリケード。「晩の九時、心地よい夏の夜の、街灯も店もガス灯も車もなくなったパリは、世にもまれな荒れ果てた光景を見せていた。夜中の一二時には、積まれた舗石、バリケード、崩れた壁、泥の中にのめりこんだ何千という馬車、荒らされた大通り、人気のない暗闇の通り、そんなパリは、いままでに見覚えのあるものの何一つにも似ていなかった。〔古代エジプトの〕テーバイやヘルクラーヌム〔古代ローマの都市〕さえこれほど陰気ではない。拳銃と鉄砲をもってバリケードを、身動きもせずに番をしている労働者のほかには一切、物音も人影も、生けるものの姿もなかった。これらのものすべては、昨日の流血と明日の不安とに取り囲まれていた。」バルテルミー／メリー『蜂起——詩』パリ、一八三〇年、五二―五三ページ〔「注」〕■パリの古代■　[a21a, 1]

「誰が信ずるだろうか？　時間に対していらだった、
新しきヨシュアたちが、ひとつひとつの塔のふもとから、
日を止めるために、時計の文字盤をねらって撃っていた。」

これに次のような注。「暴動の歴史においてきわめてまれないきさつである。民衆が公的な建物に加えたただ一つの破壊行為である。しかもなんたる破壊行為だろうか。〔一八三〇年七月〕二八日の夜、人々のおかれた精神の状況をなんとよく表わしていることだろう。暮れてゆき、無表情の時計の針が普通の日と同じように夜に向かってゆくのを、どんな悔しい思いをしながら見守ったことか。このエピソードの中のもっとも特異な点は、同じ時間に、別々の界隈でそれを観察することができたということである。孤立した考えでも異例の思いつきでもなく、ほとんどみなに共通した感情だった。」バルテルミー／メリー『蜂起――パリの人々に捧げられた詩』パリ、一八三〇年、二二ページおよび五二ページ [a21a, 2]

七月革命においては、三色旗が通用するようになるまでの短い期間は、黒旗が蜂起側の旗であった。この黒旗が女性の〈死体〉に被せられていた。その女性は、松明の明かりに照らされながらパリ市中を運ばれていった、あの同じ女性であろう。バルテルミー／メリー『蜂起』パリ、一八三〇年、五一ページ参照 [a21a, 3]

鉄道の詩。

「誰もかれも軌道面の下を通過しなければならない。
列車が自由な広がりを横断するところはどこも、
賤しい者と貴い者の見分けがもうつかない。
平らな地面は人の身分をならす。」

バルテルミー『新しきネメシス』XII「蒸気」パリ、一八四五年、〈四六ページ〉　[a22, 1]

ティソ『自殺癖と反抗精神について』の序文の冒頭。「今日、社会の成員〔四肢〕と社会の本体〔胴体〕とを特殊なやりかたで蝕みつつある一つの疾病の表現のようなものである二つの精神的な現象に驚かずにいることは不可能である。われわれは「自殺」と「反抗」のことに言及したいのだ。あらゆる法に我慢がならず、あらゆる立場に不満を抱き、人間の本性と人間に対して、自分自身と社会に対してひとしく反抗するのである。……われわれの時代の人間は、ことにフランス人は、もしかすると誰にも増してだろうが、過去と激しく絶縁した後、……地平線がすでにこんなにも暗く見える未来というものに恐れをなして、……人類の改善や、とくに悪から善を引き出すことを知っている摂理なるものを……信じずに……弱者であれば、自殺をする。」J・ティソ『自殺癖と反抗精神について』パリ、一八四〇年、〈Vページ〉。この著者が序文で主張するには、著書を書いてい

る時点ではフレジエ、ヴィイェルメ、ドゥジェロードの著作を読んでいなかったということである。 [a22, 2]

フローラ・トリスタン〔19世紀仏の婦人解放運動家〕の〔小説〕『メフィス』に関して。「今日では、これほど正確に定義されるプロレタリア〔無産者〕という呼び名は、……当時は、ただただロマンティックで闇に包まれた響きをもっていた。賤民であり、漕役囚であり、炭焼党員《カルボナロ》〔19世紀イタリアからフランスに広まった秘密結社〕であり、芸術家であり、刷新者であり、イエズス会士の宿敵である。そんなプロレタリアとスペインの麗人との出会いから、世界を贖うことになる霊感を備えた女性がやがて生まれるのだ。」ジャン・カスー『一八四八年』パリ、〈一九三九年〉、一二ページ [a22, 3]

ブランキはコンシデランとカベのエキゾチックな企てに当たって「人類の片隅における」実験という言い方をしている。カスー『一八四八年』〈前掲書〉、四一ページにおける引用 [a22, 4]

イギリスにおける失業率は、一八五〇年から一九一四年の間にたった一回だけ、八パー

セントを超えた。(一九三〇年では一六パーセントに達している。)　[a22, 5]

「植字工ビュルジは、著書『労働者の現在と未来』の中で、仲間たちに……独身を説いている。諦めと敗北主義という描線を加えなければ、プロレタリアートの身分の描写は完全ではない。」ジャン・カスー『一八四八年』パリ、〈一九三九年〉、七七ページ　[a22a, 1]

『政治における運動と抵抗について』という本の中でギゾーは書いている。「平均よりも高い知能をもっていながら、財産ももたず、生業ももたない、すなわち国家にたいして税を納めることができない、あるいは納める意志がないような男子はすべて、政治的な観点から危険な男子とみなすべきである。」カスー『一八四八年』一五二ページに引用　[a22a, 2]

一八三七年、議会におけるギゾーの発言。「貧民階級に見られるこの革命的な傾向に対抗するには、今日では、法の拘束力とは別に、有効であり力強い保証《ギャランティ》はたった一つだけです。労働です、たえず労働をする必要性です。」カスー、前掲書、一五二―一五三ページに引用　[a22a, 3]

マイヤール宛ての手紙でブランキは書いている。「幸いにして、プロレタリアの陣営に大勢のブルジョワがいます。彼らが主力さえなしているのです。ともかくもっとも執拗な力になっています。残念ながら民衆がまだ差し出すことのできない知識《リュミエール》の割り当てをプロレタリア陣営に運んで来ます。プロレタリアの旗を最初に掲げたのも、平等思想をあらわし、その普及につとめ、それを維持し、その思想がつまずいてから再び起こしたのもブルジョワたちです。どこでも、ブルジョワ階級に対する数々の戦いにプロレタリアートを導くのはブルジョワたちです。」これに直接つづく箇所では、政治的突撃隊としてのプロレタリアのブルジョワジーによる搾取が扱われている。モーリス・ドマンジェ『ベル＝イールのブランキ』〈パリ、一九三五年〉、一七六―一七七ページ　[a22a, 4]

「一瞬のすきもなく人につきまとう恐ろしい災いである貧窮に対しては、同じく恐ろしい療法で対抗すべきである。社会科学が示してくれる療法のうち、独身生活がもっとも確実のようである。」マルサスへの言及につづいて述べている。「最近では、無慈悲なマルカス[多分マルサスの間違い]は、際限のない人口増大の不吉な結果を推し量った上で、……貧乏人の子どもを、一世帯当たり三人目以上はみな窒息して死なせて、かかる残酷な必要性による行為を実行した母親たちに褒賞を与えるという提案を敢えて行った。……これが何と英国の経済学者たちの最終的な結論なのだ！」［ジュール・ビュルジ］『労働者の現在と未来』パリ、一八四七年、三〇ページ、三二―三三ページ　[a22a, 5]

「あります、地上に地獄の桶が一つあります、
それをパリと呼んでいます。広い桶です、
周囲が広大である一つの石の槽です、
それを黄色のどろどろした水が三重に囲んでいます。
人間という物質を多量に動かしていて、
煙りを噴き出し、常に活動中の火山です。」
オーギュスト・バルビエ『風刺詩《イアンブ》と詩歌《ポエム》』パリ、一八四五年、六五ページ（「桶」）　[a23, 1]

「パリの人種は、身体のか細い、
古銭のように黄色い血色の、蒼白きちんぴらだ。
ねんがら年中、何もせずにぶらぶらと、
姿を見せているのはこのやかましい子だ、

家から遠出して、痩せこけた犬たちをぶったり、
口笛ふきながら大きな壁に不潔ないたずら書きをする。
この子は神を信じていないし、母に唾するのだ、
天の名は彼にとって苦い悪ふざけに過ぎない。」

オーギュスト・バルビエ、前掲書、六八ページ(「桶」)。ユゴーはガヴロッシュ(『レ・ミゼラブル』の中のパリの浮浪児)の人物像においてこうした特徴をすでに修正して描いている。

[a23, 2]

解説
『パサージュ論』とパリのベンヤミン
――同時代人の回想を中心に

塚原　史

1　引用の織物としてのテクストとパリ体験

岩波文庫版で全五巻、二千五百ページを超えるヴァルター・ベンヤミンの巨大な著作『パサージュ論』は「一九世紀のパリという一つの時代と社会のあらゆるジャンルから抜き取られた断片的資料集」であると同時に、それらの断片の集合自体が「〈引用文で作られたテクスト〉そのもの」(今村仁司)であると言えるのだが、そこには「ベンヤミン自身のパリ生活の実際の風景が込められていること」(三島憲一)もまた重要な事実である。(1)

第四巻に収められた「サン＝シモン、鉄道」、「フーリエ」、「マルクス」、「陰謀、同業職人組合」、「写真」、「人形、からくり」、「社会運動」などの「覚え書と資料」を見わたすとき、たとえば「われわれの惑星は、その住民の社会的階梯上の発達の遅れによって、物質的衰退期に入っている」(フーリエ[W2a, 1])、「分業がはじめて現実的なものとなるのは、物質的労働と精神的労働の……分業が登場するときからである。このときから意識は、自分が現に存在する……実践の意識とは何か別な意識であると実際に錯覚しうるようになる」(マルクス/エンゲルス[X1, 4])、「生産が生み出すのは、……非人間化された本質としての……人間である」(マルクス[X1a, 1])などの項は、たしかに引用の織物としてのベンヤミン自身のテクストになっている。

こうした引用のほとんどを、ベンヤミンがパリ二区リシュリュー通り五八番地のビブリオテーク・ナショナル(国立図書館BN、一九九四年、一三区にフランス国立図書館BnFが新設され「リシュリュー館」となった)に日参して書きとめていたことを想起するなら、次のような引用はベンヤミン自身のパリ生活の実感と重なるように思われる。というのも「スナップ写真」は彼のシュルレアリスム論の副題「ヨーロッパ知識人の最近のスナップショット」につながるし、とくに「警視総監の身上書類」に関する皮肉な引用からは滞在許可で苦労した彼の心情がうかがえるのだ――「一八八二年は写真報道の意味の転換点と呼ばれねばならない。この年に、ポーランドのリサ出身の写真家オットマール・アンシュッツがフォーカルプレーン・シャッターを発明し、これによって本当の意味でのスナップ写真が可能になったのである」(シャーデ[Y7, 8])、「〔パリ〕警視庁の身上書類は有名だし恐れられている。新警視総監がその職務に就くと、彼自身の身上書類が彼のところに届けられる。このように彼だけが手心を加えてもらえるのだ」(アレヴィ[V1, 3])。

ここで、ベンヤミンのパリ体験についてごく手みじかに確認しておけば、最初のパリ旅行は学生時代の一九一三年だが『パサージュ論』執筆につながる「体験」が始まるのはプルーストの独訳を手がけたことによる一九二六年三月〜一〇月の滞在の頃からで、この数カ月間にパリの文壇人と接触を試み、朝市や蚤の市にも足を運んでいる。一九二七年に再訪して、のちに『パサージュ論』に収められる「産業、商業、政治、パリ風俗」を中心とする資料の研究を開始するが、そのことはベンヤミンがビブリオテーク・ナショナル館長ジュリアン・カーンに宛てた一九三五年の書簡からも確認される。

「八年前〔一九二七年〕に私はまさにビブリオテーク・ナショナルで一九世紀の精神を題材とする著作のための研究を開始しました。この著作は「パリ、一九世紀の首都」と命名される予定であり、「ドイツ悲哀劇の根源」の表題で、ドイツで発表された一七世紀に関する私の研究と対をなしています。以前の試みは文学に関するものでしたが、新しい著書は一方で産業や商業のさまざまな表出を、他方では政治やパリの風俗を土台とすることになります。」（一九三五年七月八日付、フランス語で執筆(2)）

ベンヤミンは一九三〇年と一九三一年にもパリに滞在し、一九三〇年初めにはオデオン通りに書店「本の友の家」を開いていたアドリエンヌ・モニエと面会しているが、移住（亡命）したのは一九三三年三月一九日、ヒトラー政権成立の一カ月半ほど後のことだった。

その後、ジョルジュ・バタイユ、ピエール・クロソウスキーらコレージュ・ド・ソシオロジー（社会学研究会）の知識人たちと交流を深め、地中海のイビサ島、デンマークのスヴェンボル（ブレヒトの亡命先）やイタリアのサンレモ（元妻ドーラのペンション）での数度の滞在などを除けば一九三九年秋まで、六年半ほどこの「一九世紀の首都」で暮らすことになる。そして、一九三九年九月の第二次世界大戦勃発と独仏開戦でフランス中部ヌヴェールの外国人収容所に収容されるが、一一月にはアドリエンヌ・モニエや著名な外交官アンリ・オプノらの支援で解放される。パリに戻ったベンヤミンは一九四〇年春まで「歴史の概念について」を執筆し、六月ドイツ軍に占領されるパリをようやく脱出（岡本太郎の離仏と同時期）。ピレネーに近い聖地ルールドからマルセイユをへてスペイン入国を企てるが、出国ビザが発行されず当局に阻止された直後の一九四〇年九月二六日未明、四八歳で服毒死をとげたのだった。パリ脱出の前に『パサージュ論』の草稿を当時ビブリオテーク・ナショナル賞牌《メダイユ》部門司書だったバタイユに託していたことは、よく知られている通りである。(3)

2　同時代人の回想からたどるパリのベンヤミン

それではこれから、十数年にわたるベンヤミンのパリ体験に同時代のフランス知識人の証言を中心に接近してみよう。この節は資料集の性格を持つのでコメントは回想者の紹介にとどめる。

(1) アドリエンヌ・モニエ「ヴァルター・ベンヤミンのポートレート」

モニエ(一八九二―一九五五)はフランスの書店主、作家で、セーヌ左岸のオデオン通り七番地に第一次大戦中の一九一五年から長年にわたり書店兼貸本屋「本の友の家」を開き、ヴァレリー、ジッドからジョイス、ヘミングウェイまで著名作家が集まって国際的交流の場となった(J-M. Sollier の筆名でも執筆)。

一九三〇年の一月末に、私はフェリックス・ベルトー〔フランスのゲルマニストの作家〕

から私を喜ばせる一通の手紙を受け取った。彼はそこで、ムッシュー・ヴァルター・ベンヤミンというベルリンの作家がJ－M・ソリエの署名でN・R・F誌に掲載された何篇かの詩に「とても感動しています」と書いて、こうつけ加えた。「……もしムッシュー・ベンヤミン（彼はプルーストの訳者です）に対してあなたが頑固に匿名にこだわるつもりがなければ、彼との面会を許可するひと言を受け取れたら、彼は有頂天になるでしょう」。――私はすぐ翌々日の午後四時に彼と会おうと決めて、ムッシュー・ヴァルター・ベンヤミンに手紙を書いた。彼は時間通りにやって来た――人生で初めて、私はドイツのユダヤ人（un Juif allemand）と対面しているのだった。

ヴァルター・ベンヤミンは、たしかに「ドイツのユダヤ人」であり、両方の性格を帯びていたが、どちらか一方が他方より強く表われることはなかった。巧妙な叡智が読み取れる知的な顔立ちはユダヤ人的で、どことなく非社交的な雰囲気が人の好さと奇妙に混ざり合っていた。〔……〕ドイツ人的なのはとくに彼の身ぶりや話し方で、とても真面目で、もちろんとても礼儀正しく、もったいぶった物腰だった。きつい訛りはなく、しっかりと身に着けたフランス語でとても熱中して話し、言葉の間違いはほとんどなかった。談話は言葉を注意深く探すようにゆっくりと進んだ。彼にとっては、話し言葉（パロール）が書き言葉（エクリチュール）とほとんど同じくらい重要なのだと強く感じられたほどだ。彼はけっして自分を押し出すことがなく、「私としてはですね」(moi je)のような言葉づかいほど彼らしくない言い方はなかった。(4)

（2）ギゼラ・フロイント「ベンヤミンとの出会い」

フロイント(一九〇八―二〇〇〇、ジゼル・フロインドとも表記)はドイツに生まれフランスに帰化した写真家で一九三三年からパリに亡命、ジッド、ジョイス、サルトル、ブルトン、ブレヒト、ヴァージニア・ウルフ、ボーヴォワールら多くの作家のポートレートで著名。一九七七年にはフランス写真家協会会長となった。主著に『写真と社会』(一九七四年)など。

一九三二年にバレアレス〔イビサなど地中海のスペイン領諸島〕で、私はヴァルター・ベンヤミンに初めて出会っているが、彼に話しかける勇気さえなかった二十代の若い娘はたいした関心を惹かなかっただろう。

その後ヒトラー体制が成立して、彼は一九三四年にパリに住みついた〔原文ママ〕。私がビブリオテーク・ナショナルで毎日博士論文〔La Photographie en France au XIXe siècle: essai de sociologie et d'esthétique「一九世紀フランスの写真：社会学と美学の試論」(ソルボンヌ大学で受理された写真史に関する最初の博士論文〕を準備していた頃である。彼もボードレール研究のために通っていたから、やがて私たちの間には友情の関係が定着した。

ベンヤミンは中肉中背で、全身が丸みを帯びていた。手はぽってりとして、額が張り出ていた。少し鷲鼻で、唇はとても赤くて分厚かった。短い口ひげを蓄え、髪の毛は栗色で、自然のウェーヴがかかっていたが、こめかみのあたりはもう白髪だった〔当時四十代前半〕。極端に鋭い近視のまなざしは、眼鏡の厚いレンズの奥に半ば隠れていた。歩く時はゆっくりと移動し、時々胸が苦しそうで階段を登るのに苦労していた。

何年もの間、私は彼が同じ地味なスーツを着続けているのを見てきたが、その両袖はすり切れて短すぎるほどだった。彼はいつも熟考してから、ゆっくりと話した。周囲の人々と行動をともにする際には、とてももったいぶった、ドイツ人的なふるまいをするのだった。〔……〕何年もの間、私たちはあのビブリオテークの途方もなく広い静かな閲覧室で毎日出会った。時には図書館の回廊を一緒に散歩するか、あるいはリシュリュー通りを横切って〔通りの西側の〕ルーヴォワ辻公園のベンチまで行くこともあった。ベンヤミンはパイプに火をつけて、私たちはほんとうに様々な話題について語り合った。政治情勢、マルクス主義、同時代の作家たちなど……。

ビブリオテークの閉室時刻には、私たちは何度も一緒に閲覧室を出て、チュイルリー公園を横切ってセーヌ河岸《ケー》沿いに歩いたものだ。ベンヤミンはいつも古本屋の前で立ち止まって、時には店主から何かの本を買うこともあった。

彼は友人の精神科の医師が又貸ししていたアパートの一室だけを借りて住んでいた。ケストラー〔アーサー・ケストラー、『真昼の暗黒』等で著名なハンガリー出身のユダヤ系作家〕も同じ家に住んでいたが、ベンヤミンは彼と交流がなかった。私はベンヤミンの部屋を何度か訪れたが、ある時彼はフランス革命期の彩色フィシュ〔三角巾のスカーフ〕をいくつも見せてくれた。彼には蒐集家の気質があり、とくに児童書に関心を抱いていた。ある日、素晴らしい版画入りの稀覯本であるブレンターノの絵本『ギッケル、ガッケルとゴッケライア』〔正しくは『ゴッケル、ヒンケルとガッケライア』一八三八年初版〕を見せると、彼は何週間ものあいだ執拗に手に入れたがった。それは私が父の書斎から救い出すことのできた唯一の本だったが、結局ベンヤミンにプレゼントすることにした。週に二度、私たちはブールヴァール・サンジェルマンのカフェの二階で待ち合わせて、二人でチェスをしたものだ。そこで数時間を過ごすには、一杯のブラックコーヒーだけで足りた。ゲームに負けるとベンヤミンはいつも不機嫌になった。

二度の大戦のあいだにベンヤミンは頻繁にパリを訪れ、ジッド、ヴァレリーやその他の多くの作家にインタビューした。彼らをドイツに紹介したのはベンヤミンが最初である。その後彼は不運な亡命者《レフュジエ》となり、フランスの文芸雑誌に寄稿することを望んだが、ジッドのようなある種の作家たちの慎重な態度に失望させられた。とはいえ気位が高かったから、ほとんど絶望的な自分の経済状態を説明して彼らに援助を求めるようなことはしなかった。

アドリエンヌ・モニエにベンヤミンがパリに移住したと知らせると、彼女はすぐに彼を自宅に招いた。一九二〇年代〔原文ママ〕から彼のことを知っていて高く評価していたのだ。ベンヤミンはオデオン通りの店の常連となり、アドリエンヌと何度も長話をしていた。一九五六年の死〔正しくは一九五五年歿〕の少し前に、あなたが精神的にいちばん近いと思った作家は誰かと尋ねた時――彼女は同時代のもっとも優れた精神の持ち主たちと友情で結ばれていた――アドリエンヌはこう答えたものだ。ヴァルター・ベンヤミンよ。(5)

（3）ピエール・クロソウスキー「マルクスとフーリエの間で」

クロソウスキー（一九〇五―二〇〇一）はポーランド系のフランスの作家、思想家で、画家バルチュスの実兄（彼らの母は一時期リルケと愛情関係にあった）。小説『ロベルトは今夜』、『バフォメット』、評論『わが隣人サド』、『ニーチェと悪循環』などで著名。一九三〇年代後半にバタイユ、カイヨワらの公開研究会「コレージュ・ド・ソシオロジー」(社会学研究会)と反ファシズムの過激な結社「アセファル」(無頭の巨人)の主要メンバーとしてベンヤミンと交流した。同時期に岡本太郎とも知り合い、彼のフランス語の著書『美的なものと聖なるもの』(Taro Okamoto, *L'Esthétique et le sacré*, Seghers, 1976)に序文を寄せている。

私がヴァルター・ベンヤミンに出会ったのは、ある時の「コントル・アタック」(反撃)の集会でのことだ——一九三五年にアンドレ・ブルトンのグループとジョルジュ・バタイユのグループが一時的に合同してそう名づけられたのだが、その後、ベンヤミンは(ブルトンとの断絶の直後にバタイユの周辺に結成された)閉鎖的な秘密結社「アセファル」の表向きの発展形態である「コレージュ・ド・ソシオロジー」の熱心な聴講者となり、この時期から私たちの秘密会にもしばしば出席していた。

「アセファル的」な反＝神学の晦渋さに当惑したヴァルター・ベンヤミンは、ドイツの現状のブルジョワ的知的展開の分析から当時彼が引き出した結論、つまり(産業資本主義社会の二律背反《アンチノミー》のせいで)「コミュニケーションの不可能性が形而上的政治的な領域で激化している」事態が、ナチズムに有利な心理的状況を準備してしまったという結論を理由として、私たちに反論した。慎重な態度で、彼は私たちが「坂道」に踏みとどまることを望んでいた。表面的には不屈な非妥協的態度をとっているとはいえ、私たちはまったく単純な「前《プレ》ファシズム《ファシザン》的耽美主義」という賭けにのめりこむ危険があるというのだ。当時はまだルカーチの理論に強く染まっていたこのような解釈の図式に、彼は自分自身の困難を克服するためにしがみつき、この種のジレンマのうちに私たちを閉じ込めようとしていた。

　こうした分析にとって想定される前提が、ブルトンとバタイユによって続けて組織された集合体、とりわけ「アセファル」の諸条件や前例とまったく一致しなかったので、ベンヤミンの分析はこの点ではまったく理解を得られなかった。その代わり、私たちは彼のもっとも正統的な土台になると推察した思想、つまり〔フーリエによる社会の〕「ファランステール的」再生（renouveau “phalanstérien”）に関する彼の個人的解釈について、何度も問いただしたものだった。ベンヤミンは、彼自身の明確なマルクス主義的諸概念の根底に隠れた「エロティックであると同時にアルチザン（職人）的な」ある種の「エゾテリスム（秘教主義）」として、そのことについて私たちに語ったものだ。生産諸手段の共有は、廃絶された社会的諸階級に「情動的諸階級」が取って代わることを可能にするだろう。解放された産業的生産は、情動性を服従させる代わりにその多様な形態を開花させ、その交換を可能にするだろう。この意味で、労働は自由な欲望の懲罰的代償であることをやめて欲望の共犯者になるだろう、というのである。[6]

ここに紹介した三人の証言からはベンヤミンのパリ生活の知的な場面が目に浮かぶが、彼の日常が「これ以上に調和のとれたものを想像することは難しい」[7]（『パサージュ論』第一巻[F7a, 1]）と称された丸天井で名高いビブリオテーク・ナショナルの閲覧室で過ごした静謐な時間ばかりで満たされていたわけではなく、不安定で困難をきわめたものだったこともまた事実である。この点について『ヴァルター・ベンヤミン・フランス語著作集』編者ジャン＝モーリス・モノワイエは、およそ次のように述べている。

――ベンヤミンを受け入れたフランスの待遇は、当初は好意的だったが、一九三四年以後、ナチズムの支配から逃れたドイツ人の波が押し寄せたために状況は一変する。彼らはやがてフランスにとっても望まれない存在となり、不適切な状態で住みついて安ホテルを転々とした。「ベンヤミンはフランス語で書かれた経歴書を当局に提出することを要求され、著作や翻訳の一覧表を作成したが、その際ためらわずに彼の業績とフランスの文化との密接な関係を打ち明けている。彼を擁護するために名前の挙がった人物のリスト（高等師範学校校長セレスタン・ブーグレ、リュシアン・レヴィ＝ブリュールあるいはジャン・ポーラン、さらにヴァレリー、アラゴン、ジュール・ロマン〕は一見すると堂々たるものだが、この種の嘆願的な支援は関係当局にとってはごく控えめなものであり、その後の事態の展開に影響を及ぼすことはなかった。経歴書を文字通りに読めば、この書類はむしろベルリンの著名な批評家であるベンヤミンが置かれている境遇の矛盾〔著名人でありながら定収がないこと〕を暴露していた。担当官が検討する場合を想定すれば、そこには嫌疑を惹起しうるあらゆる要素が見出されるのである。」

「その後一九三八年に、ベンヤミンは公式の帰化申請のかたちで書類を再度作成し、ロラン・ド・ルネヴィル〔シュルレアリスムに参加した詩人で当時国璽尚書〔現司法省〕官房アタッシェ〕とジャン・カスー〔反ファシズム派の作家・言論人で当時国民教育・美術大臣官房美術担当〕の直接的な支援に期待していた。この書類には一九三三年三月以降の住所一覧が添えられており、彼は過去四年間に六区フール通りから一四区ダンフェール・ロシュロー広場まで十一回転居を繰り返し、その間、デンマークのスヴェンボルに近いブレヒトの隠れ家、さらにはイタリア〔サンレモ〕の元妻の住まいなどに滞在している。こうした事実は〔……〕何らかの定収の証明による持続的滞在許可を得られなかったことを明らかにするものだ。居住証明の取得を労働許可証の取得に従属させるパリ警視庁の嫌がらせは、ベンヤミンの申請を門前払いしたことになる。ベンヤミンは幻想を抱いてはいなかったが、「小さなチャンス」がまだ失われてはいないはずだと信じた。彼は一九三五年一〇月一日から一九三七年一〇月二〇日まで一四区ベナール通りの、ある婦人の家に寄宿していたが、彼女は下宿人を申告しなかったとベンヤミンは当局に告げるのだが、そのことはかえって事態を複雑にした。そのために、彼は社会科学研究を目的とするフランクフルト社会研究所の常勤共同研究者(collaborateurs réguliers)の一員であることの証明をホルクハイマーに依頼している。数カ月の間〔……〕ベンヤミンの書類は関係省庁と警察当局のあいだを往復するが、一九三九年四月一八日付の一通の手紙が〔……〕ジャン・カスーの無力さを事実上弁明することになる。ベンヤミンは、まだ彼の申請書が警視庁に積み上げられた九万件の未決書類の中にあることをカスーから知らされたのだった。」(7)

3　『パサージュ論』とシュルレアリスム

引用が長くなったが、ベンヤミンのパリ生活の光と影が実感されるのではないだろうか。このへんで『パサージュ論』とシュルレアリスムのかかわりに少しだけ視線を向けてみよう。まず『パサージュ論』中のシュルレアリスム関連の主要な引用(《　》内)とベンヤミンのコメント(「　」内)を列挙しておく(引用文は今回の文庫版と若干異同がある)。

＊ルイ・アラゴン――［C2a, 9］：『パリの農夫』、《パサージュはじっさいに束の間のもの《エフェメール》を崇拝する神殿となり、昨日までは理解されえなかったと思えば、明日にはもう知る人もなくなっているような快楽と呪われた諸々の職業との幽霊じみた風景となった〔……〕》。［N3a, 4］：「アルフレッド・ド・ヴィニーからアヴデエンコまで――ソヴィエトの作家たち」、「私が私の過去に反論を加えながら、それによって他者の過去と連続性を作ることは可能なはずだ。そしてこの他者は彼〔アラゴン〕の過去にコミュニストとして反論を加えることになる。〔……〕彼自身は同じ論文で自分の『パリの農夫』から距離を取っているのだ」。［O2a, 1］：『パリの農夫』、「アラゴンは言う。《人間は、想像力の戸口に立ちつくすことをなんと好むことか！》「――敷居というものは、境界線とはっきり区別されねばならない。敷居は一種の領域である。変化や、移行や、満潮などの意味合いが、「溢れる」という言葉には含まれている」。［R2, 1］：『パリの農夫』、「パサージュを支配している光について。《あらわな脚の上にたくしあげられるスカートの下の突然の輝きにも似た、どことなく深海を思わせる、海緑色の微光》」。

＊アンドレ・ブルトン――［B3, 4］：『ナジャ』、「永遠化の方法のうちでも、蠟人形館がわれわれに残してくれているモードの永遠化、はかなく過ぎゆくものの永遠化ほど衝撃的なものはない」。［E2a, 2］：『ナジャ』、《グレヴァン蠟人形館では〔……〕その人形は、

物陰で靴下留めを結んでいる女で、〔……〕挑発そのものの眼を持つ唯一の立像である》。[N1a, 5]：「ブルトンとル・コルビュジエを包みこむこと——ということは、現在のフランスの精神を弓を張るような緊張で満たすことである」。[d2, 1]：「現在における詩の大局的状況」、《真正の芸術家たる詩人と、自らの解放に向かう熱烈な渇きにつき動かされたある広汎な階級の人間たちとのこのような協調《コミュニオン》は、社会が極度の興奮状態にある時期には、自然発生的に起こる可能性が大いにあるのだし、そのとき詩人について、どのような留保もなされることはない》。

＊サルバドール・ダリ——[S2, 5]：「腐ったロバ」、《モダン・スタイルの建築群ほど純粋で惑わしにみちた夢の世界をつくり出すことはできなかったのであり、〔……〕そこでは、このうえなく暴力的で残酷なオートマティスムによって、現実に対する憎悪や観念の世界のなかに逃げ場所を求める欲望が、幼児期の神経症のように痛々しくあらわにされるのである》。

＊シュルレアリスム全般——[C1, 2]：「シュルレアリスムが生まれたのは、あるパサージュ〔パサージュ・ド・ロペラ〕においてであった」。[C1, 3]：「シュルレアリスムの父がダダだとすれば、その母はあるパサージュであった」。[K1a, 6]：「真の歴史的存在のシグナル〔……〕を最初に受け止めたのは、シュルレアリストたちであった」。[K3a,

〔二〕：エマニュエル・ベルル「最初のパンフレット」、《革命という語に関する混乱を、シュルレアリストたちは、ピカソを革命家として提示したいという願望によって、十分に強調している》。

以上のリストを概観してすぐに気づくのは『パサージュ論』の準備を開始した一九二七年前後に出版された『パリの農夫』（一九二六年）と『ナジャ』（一九二八年）への言及が頻出することだろう。ベンヤミンはすでに一九二九年の評論「シュルレアリスム」で「唯物論的、人類学的な霊感に満ちた非宗教的啓示〔……〕をもっとも力づよく宣言した書物、アラゴンのたぐいまれな『パリの農夫』とブルトンの『ナジャ』」[8]と書いている。とくにアラゴンの作品を「たぐいまれな」と形容していることでも明らかなように、『パリの農夫』は『パサージュ論』に着手するきっかけになったとされる書物であり、よく知られている通り、彼は一九三五年五月三一日付のテオドール・アドルノへの手紙で「出発点にはアラゴンがある――『パリの農夫』が。これをぼくは毎晩ベッドのなかで読んだが、二ページか三ページ以上はどうしても読めなかった。動悸がたかぶってきて、本を置かぬわけにゆかなかったのだ。〔……〕パサージュ論への最初のメモは、あのころに書かれている」と記していた[9]。

じつは、先ほどのベンヤミンによる『パリの農夫』の引用[R2, 1]の続きには「アメリカ式の巨大な本能が、第二帝政のある知事〔オースマン〕によって首都〔パリ〕に輸入される。〔……〕この本能は近いうちに、あの人間水族館の数々を維持することを不可能にしてしまうだろう。すでにその原初の生命は失われているが、それらはそれでもなお、いくつもの現代の神話が隠れている場所として、人々から見つめられる価値はある(10)」とあり、「人間水族館」(aquariums humains)とはもちろんガラス屋根のパサージュのことだから、アラゴン自身がパサージュの「遊歩」を提案し、みずから実践していたわけである。彼はさらに「言い忘れたが、パサージュ・ド・ロペラ〔オペラ座パサージュ〕は巨大なガラスの柩(un grand cercueil de verre)なのだ(11)」ともつけ加えていた。

この意味では『パリの農夫』、とくに第一部「パサージュ・ド・ロペラ」(一九二四年初出)はアラゴン自身による「パサージュ論」だったのであり、その最後の一三五ページ(ベンヤミンが[C1, 3]でページの数字の和にシュルレアリスムの詩神の「九人という数が隠されている」と記して謎を掛けたページ)は、こう結ばれていた――「ぼくは影から光へといたるパサージュであり〔je suis le passage... ; je suis は I am だが、「たどる」の意の suivre の活用と同形〕、同時に西方でも東方でもある。ぼくはひとつの限界《リミット》、ひとつの線になる。すべてが風に吹かれて混ざりあうと、すべての言葉はぼくの口のなかに入る。ぼくを包囲するもの、それはひとつの波紋、戦慄《フリッソン》の目に見える波動なのだ[12]」。

「影から光へと」たどってパリのパサージュと一体化したアラゴンが「戦慄の目に見える波動」に包まれるというファンタスマゴリー〔幻像〕は、巨大なガラスの柩のイメージとも重なってベンヤミンの「動悸」をたかぶらせ『パサージュ論』の原光景となっているかのようだ。もっとも『パリの農夫』が出版された一九二六年半ばには、シュルレアリスム運動は政治化の一途をたどり、ブルトンとアラゴンは翌年フランス共産党に入党する。その後党と断絶するブルトンとは異なり、アラゴンは終生コミュニスト詩人の道を歩み続けるのだから『パリの農夫』は彼がシュルレアリストとして発信した最後の時期のメッセージだったが、この点についてはベンヤミンが[N3a, 4]で鋭く指摘している通りである。

最後に、ベンヤミンのシュルレアリスム論と『ナジャ』の関連に一瞬だけ立ち入れば、ベンヤミンが前述のシュルレアリスム論で「かれ〔ブルトン〕はまず〔……〕すたれはじめた物たち〔……〕、流行からとり残されはじめた、「時代おくれのもの」のうちにあらわれる、革命的エネルギーに出会った[13]」と書いた時、『ナジャ』の次の箇所を意識していたことはほぼ間違いないだろう——「わたし〔ブルトン〕がよくそこ〔パリ北部サン＝トゥアンの蚤の市〕へ行くのは、ほかのどんな場所でも見つからない物品《オブジェ》を探すためである。時代遅れのもの、部分だけ切りはなされたもの、使い途《みち》のないもの、ほとんどわけのわからないもの、そして最後に、私の考える意味で、私の好む意味で逸脱〔倒錯 pervers〕したもの」。

そのすぐあとに、「ある日曜日」蚤の市でブルトンと出会った店番の娘（ファニー・ベズノス）が『パリの農夫』を途中まで読んだと話す場面が続くのだから、「暗号文のように読み解かれることをもとめている」複数の「人生」が交錯する時空を通じて、ベンヤミンの『パサージュ論』はシュルレアリストたちのパリと奥深くつながっていたのだった。(14)

＊（本文中の〔　〕内は筆者による補注・省略）

（1）今村仁司による『パサージュ論（一）』岩波現代文庫版の「解説」、四六七、四六九頁、三島憲一による『パサージュ論（一）』岩波文庫版の「解説」、五四四頁。

（2）ビブリオテーク・ナショナル館長宛書簡（一九三五年七月八日付）：*Gesammelte Briefe* V—8 juillet 1935, au Directeur général de la B. N.(Julien Cain), lettre écrite en français : ユダヤ歴史美術館（パリ）「ベンヤミン・アルシーヴ」: Walter Benjamin Archives, mahJ/Musée d'art et d'histoire du Judaïsme,（www.mahj.org › programme › walterbenjamin）

（3）ベンヤミン略年譜は三島憲一『ベンヤミン――破壊・収集・記憶』（岩波現代文庫、二〇一九年、五一五―五二〇頁)、ユダヤ歴史美術館「ベンヤミン・アルシーヴ」他参照。なおベンヤミンはヌヴェールの収容所からアドリエンヌ・モニエに送った一九三九年九月二一日付書簡(フランス語)で「ヴァレリーや〔ジュール・〕ロマンの証言をここに持っています。しかしそれを提出する機会はまだありません」と書いている(『ベンヤミン著作集15』野村修・高木久雄・山田稔訳、晶文社、一九七二年、二六八頁)。

(4) Adrienne Monnier, “Un portrait de Walter Benjamin”, *Écrits français par Walter Benjamin*, Gallimard, 1991, p. 360–361:『ヴァルター・ベンヤミン・フランス語著作集』(「文献WB」と略)。初出は *Lettres nouvelles*(no. 11, janvier 1954):*Rue de l'Odéon*(Albin Michel, 1960/1989)に再録、邦訳は『オデオン通り』(岩崎力訳、河出書房新社、二〇一一年)だが新たに訳出。

(5) Gisèle Freund, “Rencontres avec Walter Benjamin”:文献WB p. 363–365. 初出は Gisèle Freund, *Itinéraires*, Albin Michel, 1985.

(6) Pierre Klossowski, “Entre Marx et Fourier”, *Le Monde*, 31 mai 1969: Denis Hollier, *Le Collège de Sociologie (1937–1939)*, Idées/Gallimard, 1979, p. 586–587. 初出は『ル・モンド』紙、一九六九年五月三一日号、ドゥニ・オリエ『コレージュ・ド・ソシオロジー(一九三七―一九三九)』から訳出。

(7) Jean-Maurice Monnoyer, “Introduction”:文献WB「序文」p. 10–12.

(8) 「シュルレアリスム」、『ベンヤミン著作集8』針生一郎訳、晶文社、一九八一年、一四一五頁。訳文中『パリの土着民』を『パリの農夫』に変更。

(9) 『ベンヤミン著作集15』前出、一三九頁。訳文中『パリのいなか者』を『パリの農夫』、「路地論」を「パサージュ論」に変更。

(10) Aragon, *Le Paysan de Paris*, Gallimard, 1926, p. 19. 邦訳は『パリの農夫』(佐藤朔訳、思潮社、一九八八年)だが新たに訳出(以下同じ)。

(11) *Ibid.*, p. 42.

(12) *Ibid.*, p. 135.

(13) 「シュルレアリスム」前出、一八頁。

(14) 『ナジャ』巖谷國士訳、岩波文庫、二〇〇三年、六〇、六四、一三三頁。訳文中『パリの土地者』を『パリの農夫』に変更。*Le Paysan de Paris* の邦題は様々だが、「田舎からやって来てパリを初めて見てうっとりする農夫のように、アラゴンはこの首都の魔術的魅惑の虜になっている」というルシェルボニエの説に従う。アラゴンはパリのリセからパリ大学医学部に進んだ「土地者」ではあるが、都市改造で破壊される直前のパサージュの「束の間」で「幽霊じみた(ファントマティックな)風景」を田舎の「農夫」の驚きを通じて「現代の神話」として体験しているという解釈である。Bernard Lecherbonnier, *Aragon*, Bordas, 1971, p. 67.

アンリ・ド・サン＝シモン
(1760-1825)

シャルル・フーリエ
(1772-1837)

カール・マルクス
(1818-1883)

ナダール
(1820-1910)

パサージュ論《ろん》（四）〔全5冊〕
ヴァルター・ベンヤミン著

2021年6月15日　第1刷発行

訳　者　今村仁司《いまむらひとし》　三島憲一《みしまけんいち》　大貫敦子《おおぬきあつこ》
高橋順一《たかはしじゅんいち》　塚原《つかはら》　史《ふみ》　細見和之《ほそみかずゆき》
村岡晋一《むらおかしんいち》　山本《やまもと》　尤《ゆう》　横張《よこはり》　誠《まこと》
與謝野文子《よさのふみこ》　吉村和明《よしむらかずあき》

発行者　坂本政謙

発行所　株式会社　岩波書店
〒101-8002　東京都千代田区一ツ橋2-5-5
案内 03-5210-4000　営業部 03-5210-4111
文庫編集部 03-5210-4051
https://www.iwanami.co.jp/

印刷・精興社　製本・中永製本

ISBN 978-4-00-324636-8　Printed in Japan

読書子に寄す

――岩波文庫発刊に際して――

岩波茂雄

真理は万人によって求められることを自ら欲し、芸術は万人によって愛されることを自ら望む。かつては民を愚昧ならしめるために学芸が最も狭き堂宇に閉鎖されたことがあった。今や知識と美とを特権階級の独占より奪い返すことはつねに進取的なる民衆の切実なる要求である。岩波文庫はこの要求に応じそれに励まされて生まれた。それは生命ある不朽の書を少数者の書斎と研究室とより解放して街頭にくまなく立たしめ民衆に伍せしめるであろう。近時大量生産予約出版の流行を見る。その広告宣伝の狂態はしばらくおくも、後代にのこすと誇称する全集がその編集に万全の用意をなしたるか。千古の典籍の翻訳企図に敬虔の態度を欠かざりしか。さらに分売を許さず読者を繋縛して数十冊を強うるがごとき、はたしてその揚言する学芸解放のゆえんなりや。吾人は天下の名士の声に和してこれを推挙するに躊躇するものである。このときにあたって、岩波書店は自己の責務のいよいよ重大なるを思い、従来の方針の徹底を期するため、すでに十数年以前より志して来た計画を慎重審議この際断然実行することにした。吾人は範をかのレクラム文庫にとり、古今東西にわたって文芸・哲学・社会科学・自然科学等種類のいかんを問わず、いやしくも万人の必読すべき真に古典的価値ある書をきわめて簡易なる形式において逐次刊行し、あらゆる人間に須要なる生活向上の資料、生活批判の原理を提供せんと欲する。この文庫は予約出版の方法を排したるがゆえに、読者は自己の欲する時に自己の欲する書物を各個に自由に選択することができる。携帯に便にして価格の低きを最主とするがゆえに、外観を顧みざるも内容に至っては厳選最も力を尽くし、従来の岩波出版物の特色をますます発揮せしめようとする。この計画たるや世間の一時の投機的なるものと異なり、永遠の事業として吾人は微力を傾倒し、あらゆる犠牲を忍んで今後永久に継続発展せしめ、もって文庫の使命を遺憾なく果たさしめることを期する。芸術を愛し知識を求むる士の自ら進んでこの挙に参加し、希望と忠言とを寄せられることは吾人の熱望するところである。その性質上経済的には最も困難多きこの事業にあえて当たらんとする吾人の志を諒として、その達成のため世の読書子とのうるわしき共同を期待する。

昭和二年七月

《ドイツ文学》〔赤〕

ニーベルンゲンの歌 全二冊 相良守峯訳
若きウェルテルの悩み ゲーテ 竹山道雄訳
ヴィルヘルム・マイスターの修業時代 全三冊 ゲーテ 山崎章甫訳
イタリア紀行 全三冊 ゲーテ 相良守峯訳
ファウスト 全二冊 ゲーテ 相良守峯訳
ゲーテとの対話 全三冊 エッカーマン 山下肇訳
スペインの太子 ドン・カルロス シルレル 佐藤通次訳
改訳 オルレアンの少女 シルレル 佐藤通次訳
ヒュペーリオン ―希臘の世捨人 ヘルデルリーン 渡辺格司訳
青い花 ノヴァーリス 青山隆夫訳
夜の讃歌・サイスの弟子たち 他一篇 ノヴァーリス 今泉文子訳
完訳 グリム童話集 全五冊 金田鬼一訳
ホフマン短篇集 池内紀編訳
水妖記（ウンディーネ） フーケー 柴田治三郎訳
O侯爵夫人 他六篇 クライスト 相良守峯訳
影をなくした男 シャミッソー 池内紀訳

流刑の神々・精霊物語 ハイネ 小沢俊夫訳
冬物語 ―ドイツ ハイネ 井汲越次訳
ユーディット 他一篇 ヘッベル 吹田順助訳
芸術と革命 他四篇 ワーグナー 北村義男訳
ブリギッタ・森の泉 他一篇 シュティフター 宇多五郎 高安国世訳
みずうみ 他四篇 シュトルム 関泰祐訳
村のロメオとユリア ケラー 草間平作訳
沈鐘 ハウプトマン 阿部六郎訳
地霊・パンドラの箱 ルル二部作 F・ヴェデキント 岩淵達治訳
春のめざめ F・ヴェデキント 酒寄進一訳
ゲオルゲ詩集 手塚富雄訳
花・死人に口なし 他七篇 シュニッツラー 番匠谷英一 山本有三訳
リルケ詩集 高安国世訳
ドゥイノの悲歌 リルケ 手塚富雄訳
ブッデンブローク家の人びと 全三冊 トーマス・マン 望月市恵訳
トオマス・マン短篇集 実吉捷郎訳
魔の山 全二冊 トーマス・マン 関泰祐 望月市恵訳

トニオ・クレエゲル トオマス・マン 実吉捷郎訳
ヴェニスに死す トオマス・マン 実吉捷郎訳
車輪の下 ヘルマン・ヘッセ 実吉捷郎訳
漂泊の魂 クヌルプ ヘルマン・ヘッセ 相良守峯訳
デミアン ヘルマン・ヘッセ 実吉捷郎訳
シッダルタ ヘッセ 手塚富雄訳
ルーマニア日記 カロッサ 高橋健二訳
美しき惑いの年 カロッサ 手塚富雄訳
若き日の変転 カロッサ 斎藤栄治訳
幼年時代 カロッサ 斎藤栄治訳
指導と信従 カロッサ 国松孝二訳
ジョゼフ・フーシェ ―ある政治的人間の肖像 シュテファン・ツワイク 高橋禎二 秋山英夫訳
変身・断食芸人 カフカ 山下肇 山下萬里訳
審判 カフカ 辻瑆訳
カフカ短篇集 池内紀編訳
カフカ寓話集 池内紀編訳
三文オペラ ブレヒト 岩淵達治訳

肝っ玉おっ母とその子どもたち　ブレヒト　岩淵達治訳
ドイツ炉辺ばなし集 —カレンダーゲシヒテン　ヘーベル　木下康光編訳
憂愁夫人　ズーデルマン　相良守峯訳
悪童物語　ルウドヰヒ・トオマ　実吉捷郎訳
ウィーン世紀末文学選　池内紀編訳
ティル・オイレンシュピーゲルの愉快ないたずら　阿部謹也訳
大理石像・デュランデ城悲歌　アイヒェンドルフ　関泰祐訳
改訳 愉しき放浪児　アイヒェンドルフ　関泰祐訳
チャンドス卿の手紙 他十篇　ホフマンスタール　檜山哲彦訳
ホフマンスタール詩集　川村二郎訳
陽気なヴッツ先生 他一篇　ジャン・パウル　岩田行一訳
インド紀行 全二冊　ボンゼルス　実吉捷郎訳
ドイツ名詩選　生野幸吉　檜山哲彦編
蝶の生活　シュナック　岡田朝雄訳
聖なる酔っぱらいの伝説 他四篇　ヨーゼフ・ロート　池内紀訳
ラデツキー行進曲 全二冊　ヨーゼフ・ロート　平田達治訳
ジャクリーヌと日本人　ヤーコプ　相良守峯訳

人生処方詩集　エーリヒ・ケストナー　小松太郎訳
三十歳　インゲボルク・バッハマン　松永美穂訳
第七の十字架 全二冊　アンナ・ゼーガース　山下肇　新村浩訳

《フランス文学》〔赤〕

ロランの歌　有永弘人訳
ラブレー第一之書 ガルガンチュワ物語　渡辺一夫訳
ラブレー第二之書 パンタグリュエル物語　渡辺一夫訳
ラブレー第三之書 パンタグリュエル物語　渡辺一夫訳
ラブレー第四之書 パンタグリュエル物語　渡辺一夫訳
ラブレー第五之書 パンタグリュエル物語　渡辺一夫訳
ピエール・パトラン先生　渡辺一夫訳
日月両世界旅行記　シラノ・ド・ベルジュラック　赤木昭三訳
ロンサール詩集　ロンサール　井上究一郎訳
エセー 全六冊　モンテーニュ　原二郎訳
ラ・ロシュフコー箴言集　二宮フサ訳
ブリタニキュス ベレニス　ラシーヌ　渡辺守章訳
ドン・ジュアン —石像の宴　モリエール　鈴木力衛訳

完訳 ペロー童話集　新倉朗子訳
偽りの告白　マリヴォー　鈴木力衛訳
贋の侍女・愛の勝利　マリヴォー　佐藤実枝　井村順一訳
カンディード 他五篇　ヴォルテール　植田祐次訳
哲学書簡　ヴォルテール　林達夫訳
孤独な散歩者の夢想　ルソー　今野一雄訳
フィガロの結婚　ボオマルシェエ　辰野隆訳
危険な関係 全二冊　ラクロ　伊吹武彦訳
美味礼讃 全二冊　ブリアーサヴァラン　関根秀雄　戸部松実訳
アドルフ　コンスタン　大塚幸男訳
近代人の自由と古代人の自由・征服の精神と簒奪 他一篇　コンスタン　堤林剣　堤林恵訳
恋愛論 全二冊　スタンダール　杉本圭子訳
赤と黒 全二冊　スタンダール　桑原武夫　生島遼一訳
ゴプセック・毬打つ猫の店　バルザック　芳川泰久訳
艶笑滑稽譚 全三冊　バルザック　石井晴一訳
レ・ミゼラブル 全四冊　ユーゴー　豊島与志雄訳
死刑囚最後の日　ユーゴー　豊島与志雄訳

岩波文庫の最新刊

梶山雄一・丹治昭義・津田真一・田村智淳・桂紹隆 訳注
梵文和訳 **華厳経入法界品**（上）

大乗経典の精華。善財童子が良き師達を訪ね、悟りを求めて、遍歴する雄大な物語。梵語原典から初めての翻訳、上巻は序章から第十七章を収録。（全三冊）
〔青三四五-一〕 **定価一〇六七円**

大髙保二郎・松原典子編訳
ゴヤの手紙（下）

近代へと向かう激流のなかで、画家は何を求めたか。本書に編んだゴヤ全生涯の手紙は、無類の肖像画家が遺した、文章による優れた自画像である。（全二冊）
〔青五八四-二〕 **定価一一一一円**

マックス・プランク著／西尾成子訳
熱輻射論講義

量子論への端緒を開いた、プランクによるエネルギー要素の仮説。新たな理論の道筋を自らの思考の流れに沿って丁寧に解説した主著。
〔青九四九-一〕 **定価一一七七円**

小南一郎訳注
楚辞

『詩経』と並ぶ中国文学の源流。戦国末の動乱の世に南方楚に生まれ、屈原伝説と結びついた楚辞文芸。今なお謎に満ちた歌謡群は、悲哀の中にも強靱な精神が息づく。
〔赤一-一〕 **定価一三二〇円**

ヴァルター・ベンヤミン著／今村仁司、三島憲一 他訳
パサージュ論（四）

産業と技術の進展はユートピアをもたらすか。「サン＝シモン、鉄道」「フーリエ」「マルクス」「写真」「社会運動」等の項目を収録。断片の伝えるベンヤミンの世界。（全五冊）
〔赤四六三-六〕 **定価一一七七円**

……今月の重版再開……

イブン＝ハルドゥーン著／森本公誠訳
歴史序説（一）
定価一三八六円
〔青四八一-一〕

イブン＝ハルドゥーン著／森本公誠訳
歴史序説（二）
定価一三八六円
〔青四八一-二〕

定価は消費税 10% 込です

2021. 6